歷代小說話

八

黄霖 編著

鳳凰出版社

榛梗雜話

樂水 撰

載於《小説海》一九一五年第一卷第三、六期。洪深（一八九四——一九五五），學名洪達，字伯駿，號潛齋，别號淺哉，筆名莊正平、樂水、蕭振聲等，江蘇武進人。一九一二年考入北京清華學校，一九一六年夏赴美國留學，一九二二年春回國後，長期從事戲劇活動，歷任復旦大學、暨南大學、山東大學、中山大學、厦門大學、北京師範大學等校教授。解放後任中國劇協副主席等職。這三篇雜話論三部小説，角度各不相同。談《魯濱孫漂流記》能跳出『冒險小説』的框架，詳論其社會意義，所以認定它也是一部社會小説，『著者或有意狀世，藉此寓諷刺耳』。論《雙鴛侣》則注重在比較中西不同的風尚，認爲『西人風尚，與中國較，確有勝於我者三』。説《老殘遊記》則主要考證小説人物在現實生活中的原型，具有一定的開創意義。

魯濱孫漂流記

《魯濱孫漂流記》(*Robinson Crusoe*)一書，在西國幾於無人不讀。我國則略習英文之學生，皆能言其事。然其書雖有名家譯本，而愛讀者殊寡。豈橘逾淮則爲枳，人民心理固有異歟？顧余味其書而深有感焉。以爲人之一生，其所經受種種苦樂之感情，固全似魯濱孫之在荒島耳。人當其始生，混沌渺茫，不帶一物，爲善爲惡，爲榮爲辱，皆須煢然一身，自爲自作，以迄畢世。然當孩提時代，則不能不憑藉父母，或他人之恩同父母者，有如魯氏之必有需於船中遺物也。及長，則自爲計畫，自爲造作，千端萬緒，心力之使用愈繁，而成就之時期乃近。人生於世，每懷悲觀，甚者視世界不能一朝居。然居久之，則覺境漸佳而心漸舒，此少年必經之階級，而惟久歷磨煉之人，始克隨遇而安，處事應變，乃足勇而有恒也。魯氏前後感情之變遷，正類乎此。然人雖見擾於世情，而當日暮蒼凉，獨處兀坐，則身世之感，紛至沓來，亦猶魯氏之時而思憶故鄉，圖作歸計，終不可得也。魯氏雖忽喜忽憂，終不致如他人之一朝墮廢，自速其死者，宗教信仰之熱誠爲之也。人世之治，必待於禮法，而以宗教輔翼之。禮法宗教之根據維何？天理人心而已。人心之正當者，即是天理；天理者，猶魯氏心中所信服之上帝也。人之自待甚高者，往往視世中人，皆不當意，必欲求其思想言論，與我相并者，始屑與之游，否則寧絕親棄友，入山辭世，是猶魯氏在荒島，極思得人共處，而既不可得，則乃與鸚鵡、貓、犬相周旋，亦曰親者不失其親而已。從古若莊、列、屈、賈之流，其視世與自待，皆將如魯濱孫耳。至書後半叙禮拜五僕人，及英船叛兵事，乃實寫文明與野蠻之區别。野蠻中固有凶殘如生番之食人者，然亦有敏而誠如禮拜五者，其忠勤摯愛之情，不可見之於文明人矣。至英船叛兵，則忽正忽邪，乍離乍合，驟戰驟降，乃活畫出文明人舞蹈行動之活劇也。魯氏之得歸，實藉天幸，其人之才智謀畫，固勝人一等，然就誠信二字言之，其道德有虧甚矣。此亦文明人慣例，無足怪。要之，《魯濱孫漂流記》人以爲冒險小説，余則以爲社會小説，著者或有意狀世，藉此寓諷刺耳。

雙鴛侣

英文 *The Vicar of Wakefield* 小説，Goldsmith 氏之名著也。我國人譯之爲『雙鴛侣』，實則原書乃家庭小説，并寫宗教及社會道德，而非言情之作。余讀之，深有所感。余之此感，乃讀西文小説者所同有，今姑就《雙鴛侶》發表之。《雙鴛侶》以改良社會、糾正人心爲旨。就而察之，知西人風尚，與中國較，確有勝於我者三：

（一）西人以赦罪忘眚，俾人改過遷善爲方針。故巨仇怨敵，一旦握手言歡，皆可復爲至戚密友。而報仇主義，則不如我國人持之之重且急。雖間亦有元惡巨憝，始終不解斯義者，然其先覺名儒，咸汲汲提倡之。我國雖有聖人之教，然一般人心理，咸以報復爲必要之舉動，故我國説部，其收場處，大都以善人得福，惡人受禍爲懲勸之標準。西國名小説，則皆以同遷於善爲指歸，否則亦以不知所終了之。《雙鴛侶》意在提進道德，驚醒世俗，故於此點，尤致意焉。

（二）西人重鼓舞奮發，雖受挫折，不輕安於絶望，終始努力向前，不稍沮喪，非若我國人以一死謝責，爲至榮烈之舉動也。其冒險小説所叙英雄奇迹，九死一生，都不必論，但以《雙鴛侶》中之人物言之。當家難重重、驚濤駭浪、目不暇接之時，而猶不餒其素養之氣質，仍鼓勇直前，終獲團聚，不失舊有幸福，氣概爲何如哉！

（三）西人性質活潑，處事敏捷，其家庭間，洩洩融融，常見樂趣。我國人則大都以家爲絶對之累，新舊小説，無不描寫家庭間之苦况。蓋西人言動皆尚自由，喜豁達，人與人間之感情心曲，無論善惡混淆，常皆直白坦蕩，表示無遺。心無事，故常樂。我國人過重虚文禮節，凡事以箝制爲用，以隱忍爲德，故家庭間亦有層層之桎梏，甚至父子夫婦之間，亦鮮有盡吐其感想懷抱者。即有曲折深微之心思，亦不敢逕直發表，只圖默示心喻而已。由是種種之猜忌誤會，緣之而起。社會群治日壞，源皆在此。

此三事，非謂西國是處皆然，特小説中之社會，概皆如是。然西人之能得此三種精神，其功皆本於宗教。宗教效力，於彼中感人至偉，未可稍没。若《雙鴛侣》尤以叙牧師生活爲主。顧在我國，則由於天然之習慣，欲增進民德，不必定資於宗教。著新小説者，於《雙鴛侣》之宗旨，固當分别審辨之也。

（一九一五年《小説海》第一卷第三期）

老殘游記

《老殘游記》爲近時小説中佳本。描摹社會，得其真相，可與《文明小史》、《官場現形記》等相頡頏。文筆雅潔靈動，而北拳南革之預言，尤見奇中。按是書著者爲皖人劉鐵雲，其行事略如書中老殘之自况，後以辦理福公司交涉，與比人轇轕，讁戍新疆，旋卒於其地。書中所述，皆本於事實，其人物亦班班可考。若『玉賢』之爲『毓賢』，『剛弼』之爲『剛毅』，其行事已昭昭在人耳目。莊勤果公即張曜，撫魯時頗事虚聲，好延攬賓客，一時撫署附近，旅棧寓客，充塞至不能容，張公均予接納。時致饋遺，豐厚有加，而咨詢之事，則月不得一。顧一時已嘖嘖人口矣。白子壽太守，即黄子壽。黄名彭年，黔人，少時曾文正家書中，曾稱其英器非凡，後爲能吏，嘗任秦藩，又主講關中、蓮池二書院，崇士右文，頗邀時譽。尤以決獄才見稱。書中記其明察平反，蓋著實也。

（一九一五年《小說海》第一卷第六期）

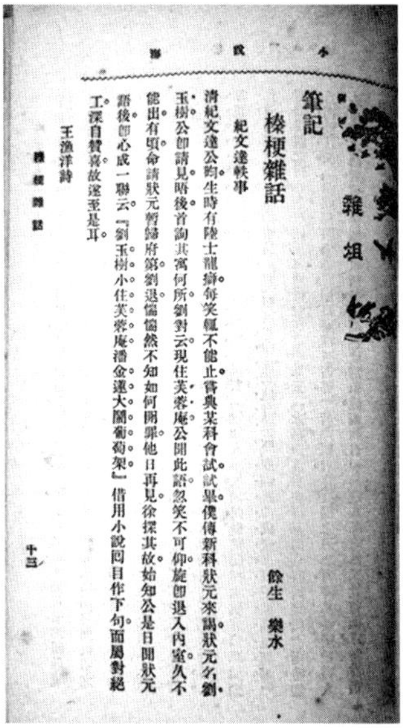

小說海

雜俎

筆記

榛梗雜話　　餘生　樂水

紀文達軼事

清紀文達公昀生時有陸士龍癖。每笑輒不能止。嘗典某科會試。試畢。偶傳新科狀元來謁。狀元名劉玉樹。公卽請見。晤後首詢其寓何所。劉對云。現住芙蓉庵。公聞此語。忽笑不可仰。旋卽退入內室。久不能出。有頃命請狀元暫歸府第。劉退。惝惝然不知如何開罪。他日再見。徐探其故。始知公是日聞狀元語後。卽心成一聯云。『劉玉樹小住芙蓉庵。潘金蓮大鬧葡萄架。』借用小說回目作下句。而屬對絕工。深自贊賞。故遂至是耳。

王漁洋詩

榛梗雜話　十三

談瀛室隨筆

無名氏　撰

載於《文藝雜志》一九一五年第五期。發表時署「無名氏」或「隱名氏」作，具體作者不詳。這三則内容主要介紹《繁華夢》、《九尾龜》、《官場現形記》三書作者的基本情况與創作的原由及基礎，并對三書的成敗得失也有所點評。

繼《海上花》而作者爲《繁華夢》，係上海孫玉聲君家振所著。孫君家境素豐，當慘緑少年時，獵艷尋芳，大有揚州杜牧之概。當筵買笑，揮霍甚豪。故曲院名花，無不歡迎，恐後孫君。又自創笑林報館，青樓中人，苟色藝有一節之可取，必極意揄揚之，出墨池而登雪嶺，枇杷門巷，多有因此而驟獲芳譽者。自是閱歷歡場數十年，纏頭之資，不下數萬。家雖由是中落，而此中狐媚伎倆，則已勘破情關，早登覺岸。書中謝幼安蓋即孫君自況；桂天香爲君所娶之姬人也。美人名士儕輩，皆艷稱之。無奈圓月不常，好花易謝。娶不逾年，姬即香消玉殞。孫君悼亡之後，著爲是書。其用意在警醒痴迷，與《海上花》相同。惟《海上花》以蘊蓄勝，《繁華夢》以明快勝，殆異曲而同工也。書中於局賭、騙術諸事尤發揮無遺。少年人讀之，或可有所警悟，此則孫君之用意。而與世之導邪誨淫諸書，固不可同日而語也。

《九尾龜》小説之出現，又後於《海上花》、《繁華夢》二書。所記亦皆上海近三十年青樓之事。用筆以秀麗勝，叙事中或間以駢語，一二聯頗得輕圓流利之致，蓋仿《花月痕》體裁也。書爲常州張春帆君所撰。張君寓滬久，時爲各報館撰短篇小説，閱者頗歡迎。之後至粵東，任隨宦學堂監督。民國光復後，任江北都督處要職，頗著勞勩。自江北都督取消，久不得其消息矣。書中以章秋穀爲全部重要人物，描寫其性情之豪俠，舉動之闊綽，氣概之高邁。文章則咳吐珠玉，勇力則叱咤風云。至於獵艷群芳，陶情適性，則又風流跌宕，旖旎纏綿，有杜牧之閒情，擅冬郎之綺語。是蓋宇宙間獨一無二之全才，亦即張君以之自況也。惟『九尾龜』之義，但藉以譏毗陵某某諸巨紳而於本書無甚關係。喜聞小説者，以其名之奇，購閱者頗衆。是又引人注意之一法也。

《官場現形記》爲常州李伯元先生撰。其體裁仿《儒林外史》，每一人演述完竣，即遞入他人。全書以此蟬聯而下，蓋章回小説之變體也。刻畫宦途惡劣處，頗有入木三分之妙，與雲間顛公之《滿清官場百怪録》結構不同，而爲官場之照妖鏡、燃渚犀則固異曲同工也。李君自號南亭亭長，曾創《游戲報》於滬上，方朔詼諧，諄於嘲謔，實開後來各小報之先聲。其爲人尤風流藴藉，無絲毫塵俗氣。嘗爲予言，未作《官場現形記》之先，覺胸中有無限藴蓄，可以藉此發抒。迨一涉筆，又覺描繪世情，不能盡肖，頗自愧閲歷未廣。倘再閲十年而有所撰述，或可免此弊矣。李君之不自滿，假良可欽敬。惜成書未久，遽患瘵疾卒。天不假年，使社會失一小説家，傷哉！

第三期
文藝雜誌
埽葉山房發行

憶夢樓《石頭記》泛論（外二種）

陳蜕　撰

《憶夢樓石頭記泛論》載於一九一五年刊《陳蜕盦文續集》。作者陳蜕（一八六〇，一作一八五九—一九一三），原名陳彝範，又名範，字叔柔、叔疇、錫疇，號夢坡，晚更名蜕，號蜕盦、蜕安等。祖籍湖南衡山，曾祖遷居江蘇陽湖（今常州）。光緒十五年舉人，納粟爲江西鉛山令。他上峰貪婪不法，恥隸其下，掛冠去。移居上海，接辦《蘇報》，聘章士釗爲主筆，發鄒容《革命軍》、章太炎《駁康有爲〈論革命書〉》等文，宣傳排滿反清。發生『《蘇報》案』後，亡命日本。辛亥起義，參與其事。後任《太平洋報》編輯、《民主報》主筆，病逝於滬。爲南社社員，身後柳亞子等爲其刊《陳蜕盦文集》（一九一四）、《陳蜕盦文續集》（一九一五）。

《陳蜕盦文集》中還存《列石頭記於子部説》、《夢雨樓石頭記總評》二文，均爲殘稿。《泛論》重『情』，第一則即曰：『千古言情，惟此一書。』、『嘗怪世人牽引《石頭記》附於感時事、慨身世之列，必爲作者所唾棄。』然『稿中命意，以甄寶玉、英蓮、嬌杏爲正三角，而餘皆影筆，立論甚奇』（柳亞子跋語）。與此立論不同，《列石頭記於子部説》、《夢雨樓石頭記總評》却十分强調用時髦的『共和』、『愛國』、『男女平等』、『哲學』、『佛理』、『心理』、『生理』，乃至『聲光化電之學』來闡釋小説的内容，因而認爲『《石頭記》一書，雖爲小説，然其涵義，乃具有大政治家、大哲學家、大理想家之學説，而合於大同之旨。謂爲東方《民約論》，猶未知盧梭能無愧色否也』。前後所言，出入頗大，蓋雲轉月移，因時論變矣。

列《石頭記》於子部説

《石頭記》一書，雖爲小説，然其涵義，乃具有大政治家、大哲學家、大理想家之學説，而合於大同之旨。謂爲東方《民約論》，猶未知盧梭能無愧色否也。其意多藉寶玉行爲談論而見，而喻以補天石，謂非此則世不治也；胎中帶來，謂非此則人性不靈也。

見於行爲者，事頑父嚚母而不怨，得祖母偏憐而不驕，更視讒弟而不忮，趨王侯而不諂，友貧賤而能愛，處群鬱之中而不淫，臨悍婢獃童而不怒，脱屣富貴而不戀。綜觀始終，可以爲共和國民，可以爲共和國務員，可以爲共和議員，可以爲共和大總統矣。惟誚貞姬爲尤物，嗔慧婢以蠢才，爲可訾處。但此是作者微旨。純粹至此，不免受居養之移，足見率性爲道，須臾不離之難也。

其於談論，則更舉數千年政治、學説、風俗之弊，悉抉無遺。不及悉數，取足證吾説而止。論文臣死諫、武將死戰一節，駡盡無愛國心之一家奴隸；論甄寶玉一節，駡盡無真道德之同流合污；論禄蠹則恨人心齷齪也；論八股則恨邪説充塞也；論雨村請見則恨交際浮僞也；於秦鍾則曰『恨我生於公侯之家，不得早與爲友』，恨社會不平也；於賈環則曰『一般兄弟，何必要他怕我』，恨家庭不平也；於寶琴則曰：『原該多疼女孩兒些』，恨男女不平也；接回迎春之論，恨夫婦不平也；與襲人論紅衣女子事，恨奴主不平也；聞瀟湘鬼哭，則曰『父母作主，你休恨我』，嘆婚姻不自由；賈政督做時藝，則曰『我又不敢駁回』，恨言論不自由。至其處處推重女子，親近女子，則更本意全揭，見得生今之世，保存大德，庶幾在此。故曰：『怎麽一嫁男人，就變的比男人更可殺。』又曰：『我生不幸，瓊閨繡閣之中，亦染此風。』真有遺世獨立之概。

其旨如此，而托之父母不喜、親賓寡洽者之口中，又自斥以天下無能第一、古今不肖無雙，意若曰：天下古今無能肖此玉者，有之，則亦父母不喜、親賓寡洽耳。

無論其於哲理、心理學之抉幽闡微，此篇未及舉也。即此行爲談論，豈他小説所有，抗手老莊、突駕董楊足矣。至淺見者，謂其文不雅馴，不知今日正宜備此一格也。又謂全書除寶玉外，無非名利聲色之輩，争攘傾軋之事，驕諂邪詐之行，何足傳世？不知蓬生麻中，遺麻何以見蓬？孔、孟書中，尚有就時發言之處，何獨苛責《石頭記》！其體本爲紀載，以其遺形取影，不能列之史部，故就其綱要，挹其樞機而子之，誰曰不宜哉？惟必有爲之評注者，如李善之於《文選》，劉孝標之於《世説》而後可。

（一九一四年《陳蜕庵文集》）

夢雨樓《石頭記》總評

《石頭記》，社會平等書也，然夢雨樓則以男女平等評之。一以其意雖兼涵，言則側注，就所注而涵者自見；一以警幻夢中謂寶玉曰『吾不忍汝獨爲閨閣增光』，雖係揭明兼涵之旨，却出自女子口中，感於其言，不欲令悼紅心血遍灑人間。

謂《石頭記》爲政治家言，非高想也。欲附會之，亦無不可，然皆道政治罪惡而已。其眼光思力，皆透過大政治學家，寶玉所謂最初一步也。况夢雨樓評既不肯奪寶玉於閨閣，尚何肯奪寶玉於社會？

《石頭記》心理學最深。其於寶、黛，無故喜怒，曲盡變幻，事後悔諒，直達隱微，不得作記述看，而黛玉驚夢迷性情事，皆從心理曲達，真未易也。或謂爲經驗家，近似而尚非。蓋經驗家能肖一二人，不能人人而肖，能盡一二物，不能物物而盡；《石頭記》圓通無礙，直是一片光明，即空即照。無論矣。

《石頭記》生理學最深。寶玉謂女子是水，男子是泥，一言道破秉受清濁之殊，足稱大發明家。此外如以十二女伶喻臟腑，而藥官死而蕊官來，以蕊代藥，故冷香丸用四種花蕊，又曰埋之梨花院梨花樹下，皆恐讀者不解耳。蕊字從心，謂人生貪嗔愛欲，種種病根，以藥治不如以心治也。至五十八回遣散時，寶官、玉官、齡官皆未進園，謂所存者形骸而已，性靈既去，雖生猶死。

《石頭記》於聲光化電之學無不知。黛玉病卧，覺園中無聲不有，聲學也。秦可卿爲鏡光，名其弟爲鍾以證之，史湘雲爲水光，恐名之不察於衆，又署其號以枕霞水閣，光學也。英蓮一名，而女伶中藕官爲根，茄官爲莖（《爾雅》『荷芙蕖其莖茄』），葵官爲葉，蕊官爲蕊，芳官爲花，荳官爲實，艾官爲殘，化學也。瀟湘夢怡紅剖心，寶玉即嚷心痛，電學也。此外證多，皆列分評，兹特舉一而已。

《石頭記》善造名詞。太虛幻境、通靈、警幻、國賊、禄蠹、意淫、檻外人等，及其他園名、院宇名、寺廟名、人名，皆精心結撰而出。近世名學家，未或能過。

《石頭記》又精於佛理。最妙是有如三寶通節問答，語語着實，語語凌空。此外隨處停流，四面映射，不勝僂指。

《石頭記》是大文學家，古今殆無可比。夫六經之文樸，周秦之文遒，兩漢之文拙，魏晋之文衍，唐宋以下之文冗，而評者或曰：『直是《左》、《國》，直是《莊》、《列》，直是《史》、《漢》。』意以崇之。起作者嘗曰：『爾何曾比予於是？』夢雨平情之論：《莊》、《列》、《左》馬，偶一片段有其綜密散宕起落穿插之妙，不能具體也。況一百二十回數十萬言作一篇，豈幺幺餘子所能夢到！

（同上）

憶夢樓《石頭記》泛論

（一）嘗怪世人牽引《石頭記》附於感時事、慨身世之列，必爲作者所唾棄。千古言情，推此一書，警幻所謂閨閣中可爲良友，誠不誣也。慨自巫山雲雨，誤屬登徒，靖節閒情，托之亡國，幾不許玉臺有新咏，僅僅得此，又從而奪之。彼警幻且不忍怡紅獨爲閨閣增光，何一人讓而天下不興於仁耶？琉璃硯匣，翡翠筆床，豈爲鬚眉濁物設乎？憶夢樓中，决不容着此種意義；存此想者，决不許讀憶夢樓所評《石頭記》。

（二）重世説而蔑人情，作者早豫料閲者十九如是，飾爲諸影，凡爲此也。故雨村判斷薛馮案，謂爲枉法徇情，意謂照實書之，必爲世法所斥，藉門子口中説：『如今世上是行不去的。』又曰『相時而動』，又曰『虚張聲勢』，又曰『夙孽原因』，含情藴愫，茹而不宣。托爲假語村言，俟有心人之探討，竟無知諒，亦只以逢淵遇孽，歸果於因，付之無可奈何而已。枉法徇情，實則枉人情而徇世法。一把辛酸淚，豈爲盛衰榮瘁揮耶？具此見解者，方許讀憶夢樓所評《石頭記》。

（三）此書純用影筆，書則第三卷以後皆影也，人則三正角以外皆影也。憶夢樓分爲正影、側影，猶據一方言之也，尚有水中影、鏡中影、月中影、燈下影，及放影、縮影、現在影、過去未來影、背面影、交互影、替换影、陪襯影、倒亂影、常影、暫影，種種之分别。水鏡燈月，因地而殊，故曰朝代不可考。書中言南北，言金陵，言姑蘇，言維揚，言海疆，言太和州，言應天府，言原籍之寧、榮二府，言京中之寧、榮二府，遠近乖舛，宦籍牴牾，皆與人以尋認之罅也。放縮常暫，因時而殊，故曰年紀不可考。書中如李嬷之太老，巧姐之驟長，其他年齡不符、時令不合者甚多，皆與人以轉换之機也。

（四）雨村詠月，香菱亦咏月，英蓮看燈，怡紅以鏡入燈謎，史太君令文官等於水上演曲，皆具微旨。然月也，燈也，水也，可暫不可常，故必安設鏡位於大觀園，托常影於怡紅、瀟湘、蘅蕪，而繫玉於項下，寓菱於梨香，坐綺於釣渚，形不離鏡，影乃不誣。猶未盡也，鵑、晴、襲以側之，北静、鳳藻、周妃以放之，周氏子、巧姐、青兒以縮之，大觀園以現在之，姑蘇、金陵以過去、未來之，梅氏子、傅秋芳、張家姑娘以背面之，妙玉、湘雲、可卿、鴛鴦、金釧、司棋、五兒、鶯兒、雪雁、小紅、蕙香、入畫等以交互替换之，璉、鳳、平及珍、二尤以陪襯之，尤三姐、珍、璉及尤二姐、張華以倒亂之，而鏡以常之，水月燈以暫之，則尤定旨也。或曰：菱花影於水中見，杏花影於月中見，寶玉影於鏡中見，一切影中影於燈下見。然菱、黛南來則棄舟登岸（説見第三卷眉評），雨村詠月則玉櫝釵奩，風月鑒出，水逝雲飛，不於鏡中求之，凌波倚樓，更如一晌曇花矣。況節過元宵，煙消火滅，十里街已成瓦礫，仁清巷難覓葫蘆，看燈珠失（謂英蓮之失），倚山冰消（謂士隱依乃岳而逸），雖留得沙彌，表明痣記（謂應天府門子以朱砂痣識香菱），捨大觀園，得臣寓目何所哉？

（五）三影各現時，正側均有之，然有專屬處，亦當表明。守備子、張家女兒影甄蓮，無杏也。柳湘蓮、尤三姐又影守備子、張家女兒，無李衙内也。珠紈影甄杏，無蓮也。史湘雲夫婦又影珠紈，并珠之姓氏不著也。芳、藕、蕊三伶影三正角，而蕊藕并屬圓通，似影蓮杏而無甄，又似影甄杏無蓮，影甄蓮無杏也。芳官獨居水月，似影甄，無蓮杏，又似影蓮杏，而無甄杏、甄蓮也。悲歡聚散，各有時期，則分貼之；誤會傳疑，時聞風鶴，則幻實之；立標本（即正角）以志根據，繪色相（即正側影）以著芬芳，而叢枝曲節，則旁見側出以暢達之。讀《石頭記》，拈出影字者多矣，只以未知藏櫝之玉，先求出奩之釵（未知、先求二句是借用，不是分貼），迷其標本，遂覺諸影紛呈，漫然無紀。憶夢樓或悼紅軒故址乎？生死古今，自許知音矣。

（六）諸影外，又有似影而實爲分幹者，總評中所謂互體是也。交互影替换影亦近似之，而微有專屬偶見之别。顧尚有須特别拈出者，十二伶中之文、齡、玉、寶也（詳見第十則以下）。

（七）十二伶以賈薔主之，而薔、齡獨契，知齡爲正角影矣。梨香院菱先寓而齡繼之，知菱爲正角矣。反復引伸，總不脱笱。或曰：梨者，離也；文官之文，魂也。釵埋冷香丸於梨樹下，猶藥官之先死，而以藕繼之，繼體等於離魂也。蓮之爲菱似之，然而藕斷絲連，蓮菱并瘁，又將奈何！《牡丹亭》曲警芳心，黛玉能無慟倒？

（八）梨香又葉離鄉，喻菱、黛之南人北居也。

（九）十二伶之聚散，於十二釵可以喻見，讀者勿草草畢之（詳見第十二則）。

（十）文官等十二人，是十二釵之襯映，亦十二釵之魂也，故以文領班。然文、芳、藕、蕊、艾、茄、葵、荳以外，只玉、齡、寶，須并已死之藥官乃足數，而藕來於藥死以後，寶非添聘，似係移就。譬香菱於英蓮，湘雲於可卿，故十二釵實十一耳。幻境畫册，釵、黛合一，計十一幅，此中寓有微旨。又十二伶名從花者八，文、寶、玉、齡皆不從花。文者，魂也；齡者，菱也。釵爲杏影，故以婢文杏醒之。黛爲齡影，故以齡貌相似醒之。寶、玉二官，則甄寶玉之分影也。命名有從花、不從花之别，亦以醒此書正角爲甄、杏、蓮三人。然而優孟登場，徵聲别色，韓娥絶響，杏夢迷蹤。梨園散後，此四人者，不復如師摯、師陽訪齊東少海而述其所適，鏡未毁也。院落梨花之月，藕香水榭之風（史太君宴劉老老時，使文官等演唱於藕香榭，以取水上之音），比於夢境耳。故此四人又爲三正角之鏡外影。

（十一）芳藕等七人之名，皆從蓮字化出。藕爲情根，角則小旦，如日未出。菂茄繼起（《爾雅》：『荷芙蕖其莖茄。』茄，莖上微墳處也），角則老旦，待曉遲遲。於是而蕊，角小生，生機胎矣。於是而芳，角則正生，芳華茂矣。於是而葵，葵形似蓬，大花面亦象形也。於是而荳，荳形似實，角則小花面，原所出也。既而露零粉墜，子老枝殘，故曰艾官。艾老也，衰也，角則老生，生意盡矣。雖留蓋以聽雨聲（『留得殘荷聽雨聲』，黛玉述李義山句，以阻怡紅之删棄），出泥猶居净土（黛玉臨終身子乾净一言，意在此），然殘絲死繫，遺玉長埋，徒令吊艷芙蓉，斷腸流血耳。落花可葬，逝水不回，英蓮一身傷心之史，何忍深思，又何忍不表而出之？沁芳閘之水，怡紅欲以落花託之矣。瀟湘情種前生，寧黄土薄命，不忍茜紗無緣。轂也異室，逝也同穴，未足以喻兹沉惘。在天比翼，在樹連理，生生世世以之。

（十三）憶夢樓於《石頭記》有一遺憾。如賈璉之毆平兒，醉誤也，薛蟠之毆秋菱，寓言也，且就人就事而論，璉、蟠惡少，本無責。怡紅既爲情種正影，銜玉猶存，舉動何至不肖其形，乃嗔晴雯以折扇，踢襲人以閉門，若有憑焉，何其暴也！雖以影加影，不無凌亂，亦不應判若圭璧也。於是揣諸影之外，有所謂幻影者。影幻矣，奚更曰幻？不知水月燈鏡之異，放縮常暫之殊，增减參差，自有密率，似幻而非幻。所謂幻者，此物之影，彼物乘之，此影受乘，竟同彼影，猶爲叢毆雀之鸇，憑夫叢也。其故云何？則雨村邪正兩賦之説，足以盡之矣。一時之偶感，如慈父以怒撲其子，情婦因噎咀所歡，若有娼嫉者，藉手逞焉。憶夢樓於怡紅叱雯傷襲外，更得數證焉：（一）怡紅砸玉，愛黛玉也，憤乘之矣。（二）黛玉剪香袋，釵所喜而不能命之也，黛自剪之，其怨也，釵乘之矣。（三）寶釵借扇斥怡紅，黛所喜而不能命之也，其怒也，黛乘之矣。

（補十二）姑蘇聘女伶時，正黛再入賈府，菱亦才與薛合，鏡安形集，開演之初。於是有元妃首點《豪宴》、《乞巧》、《仙緣》、《離魂》之籠罩，而齡官獨邀顧盼，再做二齣，則《相約》、《相罵》（即所謂約釵罵釵也），非賈薔意也，此一伏筆。藕香榭穿林度水，何等幽雅，乃爲一村老老而設，喻十二釵之適非其偶者多，又一伏筆。端陽放假，寶官、玉官在怡紅院與襲、雯等堵水爲戲，喻寶玉與釵、黛歡聚時事，又一伏筆。齡官獨在花下畫薔，喻黛玉深情篆刻，又一伏筆。寶玉在花外偷看遇雨，彼此忘情，及聞聲猶以姐姐呼之，所謂『隔花人遠天涯近』，喻寶、黛始終不露心事，黛玉終於寶玉不能無疑，又一伏筆。寶玉欲聽齡官之曲，失望而歸，有情緣一定之悟，喻寶、黛、釵後來結果，又一伏筆。蕊官焚奠藥官，芳官爲道其故，并述藕官相繼後諸人戲語，喻黛玉死後，釵、玉相愛時期，不忘黛玉，又一伏筆。趙姨娘一掌芳官，諸伶蜂起，不顧死活，喻寶玉、黛玉、寶釵及雯、鵑、鴛、釧等之生死相爲，與寶玉雖爲這些人死了也願意囑黛玉放心之言暗照，又一伏筆。然伶官未散時，注三影於文、齡、玉、寶，迨魂去影存，又注三影於芳、蕊、藕，既而芳入水月庵，藕、蕊入地藏庵（水月庵是茜紗窗下，地藏庵是黄土壠中），則水影、燈影、月影皆已不見，獨鏡中三影略異泡幻，巋然靈光，與形俱存。作者所以添此一重襯映，示人以水影、燈影、月影與鏡影無不相符，則鏡影與三正角可以遞推。境地雖異，情事則同。或評《石頭記》純用複筆，不道所以，幾疑無謂。至藥官可方可卿，藕官可方湘雲，艾官可方李紈，寶官可方元春，葵官可方鳳姐，荳官可方巧姐，蕊官可方惜春，芳官可方探春，茄官可方迎春，玉官可方妙玉，文齡仍方釵黛，則又約略作一比附，無甚精義也。而大觀園之風流雲散，實先於菊部托之矣。尤妙者，邢、琴、二李之來幾與香菱入園同時，遣散女伶又緊接王、邢入都之後，此中微旨，尤當潛思。

岫煙、寶琴、紋、綺不入金釵之列，驟觀之無不訝然者。謂在賈府爲寄居，則妙、黛例同，謂才色不得入選，則非特小妹推咏梅之首，擅映雪之姿，固當伯仲釵、黛，即岫煙超然雲鶴，紋、綺片羽吉光，亦豈亞妙玉、湘雲？思之至再，乃知正册皆影，四人者非影也。同路進京，王、邢首偕，是忘形也。

邢岫煙者，袖掩其形，影亦不得遽見。乃不徵之目而徵之耳，故紋、綺連稱，隱諧薛蟠表字，蓋有同聲之應焉。四十九回冠以香菱咏月之詩，一片砧敲，半輪鷄唱，綠蓑江上，紅袖樓頭，無非聞聲相思之意。而薛蝌之蝌，以蝌蚪提醒閲者，俾知就字尋聲，由聲求義。緊接第五十卷寶玉知更有一寶玉，鏡中見影，夢中呼名，意益明暢。迨五十八回女伶之散，彼齡、玉、寶、藥，死者死，去者去（藥官之死，非蕊官燒紙，芳官追述，書中并未一見。散遣時，留者八人外，猶言去者四五人也），事在一年，書裝十卷，此一時期過，而聲沉音寂之感起矣。

寶玉失玉在九十四卷，而根已伏於二十四卷。馮、薛同席，初見玉函，解扇墜玉玦贈之，玉函報以茜香汗巾，玉帶之約定矣（第一卷有『此石縮成扇墜一般』之語，又警幻册有『玉帶林中挂』）。於是函之以楠檀（蔣玉函潛居南門外紫檀堡），薰之以琪瑶（玉函小名琪官），襲之以雲錦（是日同座有錦香院妓女雲兒），而茜香必曰女國王所貢，又以小名琪官，映射絳珠仙草。此似襯影，又可名借影，以事影，不以人影者也。書中此類甚多。然定情而歸，元妃之賜物已出，芩蓤未接，紅麝羞籠，宜臨去時黛玉有『趕你回來，我已死了』之讖也。噫，痴魂驚夢，剖心相贈，豈待海棠再發，玉始歸倚情根哉（青埂峰爲情根之喻）？特至是發覆耳。讀者不信，試閲九十三卷，怡紅再見玉函於臨安伯府，閲兩日而失玉，怡紅誑史太君、王夫人，乃曰赴宴臨安時失之。又後病時謂襲人曰：『我交給林妹妹的心，他來時必定帶來。』聞耗昏厥，兜心一石，從此迷離遂滅，又豈待和尚送還，久違緣逢？故末卷士隱有『此玉早已離世，一爲避禍，一爲撮合』之説。一一引證，情事寧不躍然。所奇者，此兩日中，間以賈芹匿名帖，發遣十二尼僧，又叙出沁梅、鶴仙之事，而芳官獨以不變稱。又紫鵑聞傅試家老嬷爲怡紅所喜，陡作灰心語，竟將從前情辭試莽、小鏡留奩一片深情委然蠲棄，前纏綿，後惆怨，中著此間，作者必非無指。夢樓假年，尚當求明其故。

《石頭記》既曰寫影矣，忽著聞聲一義，毋乃枝節？曰非也，聲亦影也。目之於色，耳之於聲，鼻之於嗅，口之於言，身之於接，意之於思，魂之於夢，皆影也。見而無餘，目之影也；聞而無餘，耳之影也；嗅而無餘，鼻之影也；言而無餘，口之影也；接而無餘，身之影也；思而無餘，意之影也；夢而無餘，魂之影也。六者備焉，互相證合，乃曰非影矣。夫珠玉在前，無酬酢之歡，舞鸞何異；咳唾遥聆，無晉接之歡，聽鵑何異；薌澤微聞，無攬執之歡，化蝶何異；情悰傾倒，無互剖之歡，問天何異。至縱體入懷，攬頸并枕，宜可賅諸影矣，而燒燭無紅妝之照，如湘東之對徐妃；披帷無口脂之承，如楚王之遇息嬀。抑且吹氣如隔青瑣，杜姞不能有其香；含情如噤寒蟬，蘇秦不能有其舌。爲所歡耶？爲陌路耶？强而辨之，寧非就影。無已，則惟思之於意，魂之於夢，較耳目之分合爲賅，較形骸之異同爲飾，縱有時無一合者，猶得以久遠可恃，自相慰藉。傷心人别有懷抱，奈何天豈有團圞？撰《石頭記》者，萬古具深情，六通歸一闢，吾欲師事之，而未能了悟如之也。

《石頭記》於藥字再三注意。黛之初入榮府也，曰吃人參養榮丸。菱之初見於薛（取雪字之意）也，寶釵詳述冷香丸。怡紅之赴馮宴，先之以天王補心丸，喻其心隨玉贈也，而又輔以薛蟠配藥。怡紅言珠玉須用殉物，似誑而實非誑，牽動史太君慰怡紅謂黛玉以玉殉母之伏筆。而扇墜之玉，名之曰玦，似此中已伏傷心之事矣。十二伶中，藥官始終不見。寶釵先住梨香院，即爲埋冷香丸於梨樹下之伏筆。他如水仙則身爲藥裹，瀟湘則藥不離身，可卿得良藥而已遲，湘雲眠藥裀而已醉，處處關合，字字有因。即至金剛菩薩之指使，君臣佐使之名言，一帖之無稽，虎狼之誤用，都不得謂爲滑稽無意理也，猶當條證而縷晰之。至以藥官爲樂府，比十二伶於師摯以下，以喻正樂之亡，而即以李爲理，以紈綺爲玉帛之亡。藕香榭如凝碧池頭，凸碧館如趙家樓上。禮樂凌遲之痛，原爲風流學士所應有，然憶夢樓以心直接古人，終覺悼紅主人不作此等迂想，亦自不欲以此空前絶後之言情絶著列諸孔、孟、賈、董廡下也。於是有曰一部廿四史者，失其本意，附會雖確而乏味；又有曰古文作法者，枉其所長，贊譽非誣而已。僕以彼胸襟見解，雪亮風生，何難奪班、馬、韓、歐之席！爲不屑焉，别成一家，强以附諸，鬼笑其側矣。

士隱訪雨村於葫蘆廟，在中秋夜雨村玩月誦玉釵一聯時，迨後香菱學詩，以咏月始，命題出於黛玉，介進由於寶釵，一伏筆也。由假求真。因風俗（封肅）而甄婢作賈夫人，遇葫蘆廟内沙彌而甄小姐爲婢（沙彌者須彌一沙也），又一伏筆也。真假朕兆，於此已揭，而尚只須彌一沙耳。以此見全書所述皆有來歷，特無如千古讀者皆在葫蘆中。

由假求真，必先深悉其真。各家評論，多就假而揣爲一真，於是有以寶玉爲明珠者矣，有謂大觀園即大内者矣。處葫蘆中，説葫蘆外事，假中假也。蜕庵以爲舉其例而揭出之，不能指爲何人何事，猶畫師壁上，能决爲肖像非仕女，然未面斯人，豈得確指乎？但亦有可揣知者，如南京之必爲寧古塔，賈氏之必爲旗籍，是也。

青埂峰者，情根也。寶玉之玉，粹然無瑕，倚於情根，與有生俱來，人皆有之，人皆失之，轉令未失者摔且砸，幸其堅耳，幾於毁矣。黛玉有而不自夸，史太君之言，非微旨歟！寶釵金鎖，全出人功，雖鎸字相符，爲世所珍，非人所性。

雨村不舉於鄉，而春闈高掇；以縣令罷職，而復官得應天府。作者故爲此以自實其假語村言之比附（應天府决爲奉天府，而此云金陵，益以見賈薛皆旗籍，南京即陪都也）。

黛玉轎行，先見寧府，知爲由東而西。書中所指南邊，多係東省（一街之向影響及於來所，畫中伏筆類此者多），可定林如海亦宦於奉天也。

各家評説，斤斤稽其年月，則予盾舛錯處多矣。作者如天馬行空，不受羈紲，只能就大概論之。寶、黛相逢，兩小無猜，爲一時期。迨後論琴談禪，愛而不褻，畫出風流公子、窈窕佳人一雙小影，又爲一時期。他如榮府之由盛而衰，帝眷之由厚而薄，迎、探、惜之漸慚解事，史太君之漸漸憒邁，皆當用此法觀之。至編年紀事，史乘體例，此書處處以小説自居，偶然失檢處，皆當諒之。

寶釵於黛玉爲敵，於寶玉爲愛。既爲伉儷矣，終當以一二十年了此姻緣，況已魂游幻境，悟徹大道，則游戲人間，百年比於一瞬。何故亟亟遁去，使邁母傷心，嬌妻薄命？世無無情之神仙，苟能自了貪痴，方將悉天下有望於我者一一度之，況以我故，使未能解悟者悲怨終生耶？但作者一篇結構，捨此未易收束，文則妙，心則忍矣。其死黛玉，猶此也。

寶玉於寶釵，亦有纏綿一時間，是作者之心，此蜕庵未嘗不合。至爲時之短，作者固以時期有無論，不以歲月久暫論也。雖然，由我之故，使十二釵中有第二李紈，怡紅終不得爲情界完人。黛玉之死，死於不知；寶釵之寡，寡於作致。不知，可恕也；作致，貳過也。瀟湘有靈，亦當責之。嗟乎！博施濟衆，何事於仁？蜕庵百身千世，不願爲人間有情物，良以此故。

黛玉纔到賈府，香菱便至薛家，知黛玉之遇賈寶玉，是冤孽相逢也。寶釵爲嬌杏影，亦未經人道破。菱姓甄，杏屬賈，謂釵、黛二人爲一虛一實可，爲一誠一僞亦可，爲一附風俗而得綫索（嬌杏在封肅家買綫爲雨村所見）、一由不能逢迎而墮苦孽（菱以馮公子遲迎而歸薛）亦可，爲一由假而得志、一雖真而不得葫蘆之門（惟曾爲沙彌之門子知之），假語村言何從窺悉亦可。

應天府判斷馮、薛一案，爲此書實事原因所在。曰『如今世上是行不去的』，又曰『相時而動』，又曰『虛張聲勢』，明示作者本人情而末世法，但因風俗所重，不得不將真事隱去，托爲假語村言（士隱必逸於封肅家者以此）。故書中褒貶，常有反用處。所云雨村遂徇情枉法判斷了此案，謂雨村所徇者法，而所枉者情也。

香菱初到，寓梨香院，表而出之曰『榮公晚年習静之處』，以見此書來源所在（緃公名賈源）。後爲十二女伶所住，亦以此劇由香菱始。故争香菱、死馮淵一案，必爲事實之緣起。讀者試思薛蟠爲書中絶無關係之人，何必於其人都之始詳叙此案？又何必將籠罩全書之人一一使有關涉？又何必一名一姓如此斟酌？事由既揭，此後百餘回中，草蛇灰綫，或隱或見，或反或正，旁見側出，無非發揮此事，以究其變而要其終，直待士隱口中說出引度香菱，然後書畢。故正、副、又三册中女子，書以香菱始，以香菱終，而始以英蓮，終以秋菱，則尤於此事實有關者。謂盛於夏而衰於秋，皆泛論耳。

薛蟠，寶玉之影也；又甄寶玉，影中之影也。事實不欲盡顯，則不便悉以正角起，故設爲一影，而以孽根蟠結命名；恐讀者不知，又滕以獃寶玉之外號。釵、黛，嬌杏、香菱之影也。不便以由賤而升及以貴辱滕之遭遇屬之正角，且事實不欲盡没，則正角不能悉藏，故又於菱、杏外，設爲二影，而以差錯替代之義命名。釵者，差也；黛者，代也。以影伴形，以形伴影。讀此書者，由此着眼，思過半矣（此意與總評略異）。

夏金桂又爲嬌杏之影。顛倒春秋，難爲凌籍，故又設爲一影。黛之見抑於釵，雯之受制於襲，皆可參觀矣。至金桂之於秋菱，則尤摧酷至於無可復加。作者痛心疾首，東見一鱗，西見一爪，屈《離騷》之複叠，莊《南華》之寄托，各具爐冶，綜貫絲綸，泛讀不覺其四溢，深思乃得其綱領。使不善寫者學之，吾將撫掌曰：奚取於多影？

雨村以白衣而領春薦，是虚桂以實杏也。然其見驕杏也，實在木稚初放之時，而明年元宵，英蓮遂失，爲避杏耳。顧避杏而值桂，孽之所在，非到香消秋老，不能求活，而一息纔蘇，終以孽胎致殞。蜕庵未深稔事實也，以懸揣而爲之摧惻肺腑者非一次，宜作者不惜殫血盡淚以寫之也。

雨村學識超絶，觀其論正邪兩賦一段，包孕至理，深可敬異。然斥逐沙彌，計陷石獃子，知英蓮之淪落而不爲設法，見士隱之被焚而不救，何其忍也！此蓋作者自托於假語村言，將以寫鍾情之禍,孽果之慘,不能不忍耳。代聖賢立言易,爲譸張攝影難,豈不信哉?然尚只寫得半面耳。若參合形影,寶、黛相逢之先,著嬌杏、英蓮一節;以釵代玉以後,著金桂、秋菱一節。慟黛玉者,更當何如?爲寶玉設身處地者,更當何如?

人之性情終不可改,吾於寶、黛見之。以二人蘊積年之情愫,具夙世之慧因,朝夕相逢,語言無忌,獨至婚嫁大事,不敢一言,致於死亡在前,尚爲隱謎。嗚呼!靈河岸上,液溉孤根,幻境夢中,禪闈秘授,心心之印,世世不忘矣。況神瑛非道學腐人,仙草亦風流自賞,秦、襲後先,道通陸海,張、崔今古,記讀《會真》,自兩小無猜,計十年同處。而猶枕衾角錦,異室以終;涇渭東西,合流未許。甚且偶爲情話,難盡綿綿;纔及衷懷,便都嘿嘿。度其一回意距,必且悔生;無如異日面逢,還如前此。謂無緣則勝天,豈遂乏術;謂有憚則同死,久已自甘。還郎難灑郎前,爲卿生猶存卿後。卒至一僧一死,誰實爲之?回思化灰化煙,語竟讖矣。芙蓉仙瀕去留言,呼寶玉者豈不同悔;瀟湘館再來痛哭,問紫鵑時亦已嫌遲。使早訴兩心,或竟陳二老,豈遂至是,而竟不爲!苟蘖也回面而事他人,倘玉之重婚非由迷幻,後之論者,將曰本非至情,誰復諒焉,能知世有僻性?然則有賈、林之情,奚可無孔、曹之筆?文人發覆,豈徒摹色揣稱;亡者有知,何止淪肌浹髓。故知天之生物,必教世有知音,炊桐可以爲琴,僵柳亦能書字。龍涎腥味,蘇合無以逾其香;鮫淚海中,方諸無以掩其曜。白璧不可爲,寧非讕語;聖人雖復起,不易吾言。

溉情誓於身前,暫睹重逢於兩小。靈河舊事,稚魂曾浹夢言;幻境冊徵,合讖未忘詩句。於是化情作影，刻影分情，影幻情真，情生影滅，曲折難以數計，分觀仍以合參。溯良晤今生之始，譬情根胎結之初，湘蓮見賞於五年之前，馮淵定情於一見之下，相逢如舊，聞名難親。他如失帕以夢，繫巾被驚，雖極之千泡千塵，可賅以一正一變矣。既而深心漸解，密意難通，若即若離，似嗔似喜，則如怡、湘未入園居，齡、薔猶爲畫謎。（下闕）

第二卷冷子興叙述寧、榮，安設鏡臺，以待影見也。雙管齊下，形影互呈。冷述銜玉之異，雨村則述甄寶玉；冷述元春四姊妹及李紈、鳳姐，雨村則述甄家諸姊妹。度其『可惜他家幾個好姊妹都是世上少有的』一言，知嬌杏、英蓮之外尚有正角，且知皆薄命司册中人也，然殆非由甄寶玉交涉所致。故第一卷未先立形，且與葫蘆廟所遇之英蓮、嬌杏叙述疏密迥異，無從一一證之矣。惟紫鵑、芳官、智能之於妙玉，司棋、鴛鴦、尤三姐、張金哥之於秦可卿，彩雲、玉釧之於史湘雲，皆有各成一隊情形，而於甄無考，等於有影無形（形影相附，最易錯亂，蜕庵知尚有誤，閲者如能正所失，幸甚）。然分列册中，决不能隸妙、史、秦於影籍，非出賈氏，亦不能以雨村世上少有之言概之。吾反覆求之，第一卷士隱家中娘子封氏，不能爲十二釵之標本，尚有一丫鬟，不著其名，亦難比似。若破其一卷立形、二卷安鏡、三卷集影之成格，無此讀法。以京華□□例之，其所謂外帶乎？

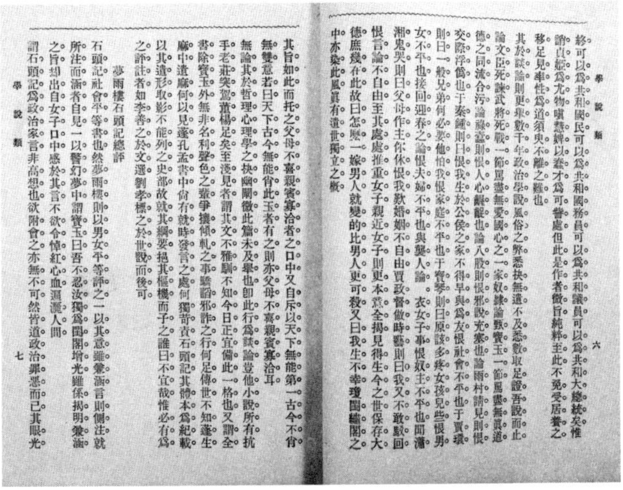

學說類　六

終可以爲共和國民可以爲共和國務員可以爲共和議員可以爲共和大總統矣惟諂貞姬爲尤物嗔慧婢以蠢才爲可譽處但此是作者微旨純粹主此不免受居誉之移足見率性爲道須臾不離之難也

其於談論則更舉數千年政治學說風俗之弊悉抉無遺不及悉數取足證吾說而止論文臣死諫武將死戰一節罵盡無愛國心之一家奴隸論甄寶玉一節罵盡無眞道德之同流合污論祿蠹則恨人心齷齪也論八股則恨邪說充塞也論雨村請見則恨交際浮僞也于秦鍾則曰恨我生於公侯之家不得早與爲友恨社會不平也于賈環則曰一般兄弟何必要他怕我恨家庭不平也于寶琴則曰原該多疼女孩兒些恨男女不平也接回迎春之論恨夫婦不平也與襲人論　衣女子事恨奴主不平也聞瀟湘鬼哭則曰父母作主你休恨我歎婚姻不自由賈政督做時藝則曰我又不敢駁回恨言論不自由至其處處推重女子親近女子則更本意全揭見得生今之世保存大德庶幾在此故曰怎麼一嫁男人就變的比男人更可殺又曰我生不幸瓊閨繡閣之中亦染此風眞有遺世獨立之概

其旨如此而托之父母不喜親賓寡洽者之口中又自斥以天下無能第一古今不肖無雙意若曰天下古今無能肖此玉者有之則亦父母不喜親賓寡洽耳

無論其於哲理心理學之抉幽闡微此篇未及舉也卽此行爲談論豈他小說所有抗手老莊哭駕董楊足矣至淺見者謂其文不雅馴不知今日正宜備此一格也又謂全書除寶玉外無非名利聲色之競爭擠傾軋之事驕諂邪詐之行何足傳世不知蓬生麻中遺麻何以見蓬孔孟書中尙有就時發言之處何獨苛責石頭記其體本爲紀載以其遺形取影不能列之史部故就其綱要提其樞機而子之誰曰不宜哉惟必有爲之評註者如李善之於文選劉孝標之於世說而後可

夢雨樓石頭記總評

石頭記社會平等書也然夢雨樓則以男女平等評之一以其意雖雋涵言則側注就所注而涵者自見一以警幻夢中謂寶玉曰吾不忍汝獨爲閨閣增光雖係揭明雋涵之旨却出自女子口中感於其言不欲令悼紅心血濕灑人間

謂石頭記爲政治家言非高想也欲附會之亦無不可然皆道政治罪惡而已其眼光

學說類　七

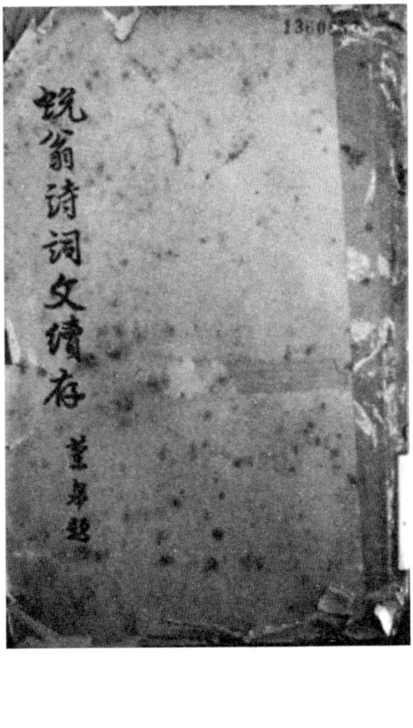

月刊小說評議

新慶 撰

載於《小說新報》一九一五年第五期。作者新慶，不詳。自從《新小說》之後，小說雜志層出不窮。本文作者注意評價小說雜志，實屬首創。其『平議』寓於内容紹介之中，言簡意賅，間或也發表自己的見解，如曰『小說雖小道，然作者終須有一宗旨』云云，說明作者胸中尚有尺度。可惜其平議的範圍只限『停刊』雜志而不涉及『現行』雜志，這是令人十分遺憾的。

新賡君來稿，分停版、現行二種。鄙意現行各報，不宜加以毀譽，故僅採登停版者，免貽阿私之誚也。

編者志

《新小説》

創始於梁任公，爲小説報之最先出現者。中多吴趼人、周桂笙二君之作。内容豐富，雅俗共賞。惜乎壽命不長，僅出二十四期而止，頗多未完之稿。余所最惜者，爲紅溪生所譯之《海底旅行》，實爲科學小説中空前之作，自此報絶版後即未見其結束。而任公自著之《新中國未來記》，亦未成全璧也。餘如《二十年目睹之怪現狀》、《痛史》、《九命奇冤》、《宜春院》、《毒蛇圈》、《電術奇談》等，均有單行本發行。原書爲友人假去，兹僅記其大略耳。

《月月小説》

爲吴趼人、周桂笙二君所組織，以繼《新小説》之後者。八期而後，忽然中止，後得許伏民、沈濟宣二君賡續出版，亦二十四期而止，與《新小説》同其壽命焉。内容雖豐富，而未免失之過濫。短篇中佳作頗多。長篇如歷史之《兩晉演義》、《雲南野乘》，社會之《後官場現形記》等均佳，惜均不全。其餘有刊一、二章者，三、四回者，無評論之價值。惟天僇生所譯之《玉環外史》，譯筆叙事，并皆入妙，惜僅登七章。最特别者爲名《柳非煙》之一種，體例則章回不成章回，筆記不成筆記，詞句則文言不文言，白話不白話，事跡則既非科學，又非理想，非言情，非偵探，支離妄誕，閱之不知其命意何在。譯本之最劣者爲《紫羅蘭》，叙事譯筆兩無可取，閱之令人作三日惡。傳奇以玉泉樵子之《風雲會》爲傑作，風流豪爽，兼而有之。其餘門類雖多，無甚特色，惟吴趼人之諧著《俏皮話》，近人竊取甚多，各報不察，屢有刊登，如《猪之别號頑固黨》、《鼻涕不怕冷》等是也。附志於此，以警當世之鈔襲大家。

報中所登小説，略志於下：

《劫餘灰》

書叙陳公儒之子耕伯，方與朱小翁之女婉貞訂婚，忽以赴考失蹤。而婉貞又以隨父至外祖家，中途被叔仲晦計賣與妓院，轉輾數處，歷盡艱險，終得完璧返家。後誤傳耕伯已死，婉貞乃奔喪守志焉。既二十年矣，會公儒九秩生辰，不意耕伯忽歸。乃知考畢出場，亦爲仲晦誘入猪仔館，而販至南洋者，至是始得完聚云。全書布局甚佳，詮解情字，多未經人道語。描寫小翁之古道，仲晦之奸狡，婉貞之貞烈，李知縣之賢明，黄學農與老尼妙悟之義俠，各極其妙，洵佳著也。

《上海游驂録》

叙一士人被誣爲革命黨，拖家破人亡之痛，而亡命於滬上者。叙事用筆均入情入理，描寫上海之假革命志士，可謂窮形盡致，惟議論時事處間有不符之語耳。

《發財秘訣》

此書所記之人，皆舊時商界中大名鼎鼎者，如陶慶雲之爲唐景星，近今之爲太古等（此僅意測而已，確否不知也）。事之虛實吾姑不論，而筆墨則固雅俗共賞者也。末回知微子喝破發財訣一段尤妙（近見某報有鈔襲此段文字，充一短篇者，惜其名已忘却，俟後查得再行宣布）。

以上三種，均吴趼人著。吴君所著者，有《南方報》之《新石頭記》、《新小説》之《痛史》、《怪現狀》、本報之《兩晉演義》、《雲南野乘》、《競立小説月報》之《剖心記》及單行本之《恨海》等。以一人之筆力，成書至十餘種，無一字取材於舶來之品，而又各極其妙，無一事之雷同，近世小説家中，洵當首屈一指矣。

《後官場現形記》

爲署名白眼者繼南亭《官場現形記》而作也。自云南亭之作，均述官場醜態，兹作一反其意，均述賢吏良政焉。筆墨甚佳，未刊畢。

《新淚珠緣》

天虛我生著。叙事甚佳，筆法亦雅秀。余謂作白話體，宜簡潔而明晝，句法須圓活，一人有一人之聲口，使閱者如見其人，不宜如《未來世界》（此書亦刊於本報者，筆墨庸俗，無評論之價值）之嵌用駢驪語，令人欲嘔。本書之可愛，即在無以上諸病耳。《淚珠緣》六十回，余未見過，不知是一人手筆否？

《新鏡花緣》

書中隱指時事，不脱尋常俗套。十二回之後，作者自云『當另編有味之書以供青目』，其亦自知無味矣乎！

《新封神傳》

此書叙事用筆，一無可取。余謂小説雖小道，然作者終須有一宗旨，或網羅歷史，或描寫社會，或發表理想，如是則筆墨雖不甚佳，亦不致遭人厭惡。然近時作者，大率持以稿易金主義，是故昔有某書者，今必亦有某書，能與原書并存否何嘗想及，故斯類小説，皆無可觀之處。惟吴著之《新石頭記》爲例外耳。

《醋海波》

此書即《小説時報》之《秋風紈扇談》。譯筆互見詳略，似此本較爲簡切，删去首尾數節甚是。《紈扇談》詞句雖稍典雅，而首尾所贅，似爲蛇足。於斯可見譯事之難。然非二本比較觀之，何從判其高下，故譯本之重複者，余不棄也。

《海底沉珠》、《左右敵》

二書均周桂笙譯。布局譯筆均佳，但情跡簡短，一覽之後，即無餘味。

《刺國敵》

是書資料甚佳，爲歐洲故事之一。惜譯筆太俗，不能以激昂慷慨出之，故毫無精彩。

《三玻璃眼》、《盜偵探》

二書均無味，閲之令人欲睡。餘如《柳非煙》、《含冤花》、《紅寶石指環》等，皆惡劣。

綜觀《月月小説》之佳處，在以新著見長，不似今日各報專以譯本充篇幅也。使刊行至今，當成書不少矣。

《小説林》

小説林社出版，東海覺我編輯，内容頗爲美備。《孽海花》第三即續登於此。天笑生之《碧血幕》亦曾如曇花之一現焉。至十一期而覺我逝世，十二期勉强刊出，厥後《小説林》遂與徐君同歸銷滅矣。故首尾完全者只寥寥三四種耳。短篇以李涵秋之《窮丐》爲最佳，余數讀而不厭也。他若吴靈鳩之《曲話》，某君之《小説小話》，一論曲，一論小説，均爲筆記中特色，惜皆不全。附録之《新書紹介》（專記小説）及《小説調查表》均爲便利閲者而作。近日小説報中，未見有此也。所登長篇如下：

《親鑒》

老驥氏撰，共十回，志在改良家庭，破除迷信，書中叙述，尚能不失本旨。

《第一百十三案》

陳鴻璧女士譯，述一法國銀行失竊案。全書分上中下三卷，報中未刊畢，後有單行本發行。結構曲折，情事離奇，偵探中傑作也。

《電冠》

譯者同上，叙一科學家名高德士者，製一電冠，誘其情敵葉樂生囚於密室爲試驗品，以此冠加於其首，則高於試驗室中，即可見其腦中之思想，蓋能變成文字圖畫，而如影戲之現於屏上也。設想甚奇，亦一佳本。

《蘇格蘭獨立記》

譯者同前。此書與《月月小説》之《美國獨立史》相伯仲，筆法太板，無多趣味。

《新舞臺》

日本押川春浪著，覺我譯。此書風行已久，内容之佳，毋煩贅述。惟第一編所布置者，至第三編仍未結束，故原書或有四編，亦不可知。

《黑蛇奇談》

此書與《三玻璃眼》、《盗偵探》相等，而譯筆更俗。

《競立社小說月報》

亞東破佛編輯，内容頗可觀。如我佛山人之《剖心記》爲述嘉慶時即墨李毓昌事者。自叙云：『不敢有一字杜撰，無一字無來歷。』惜僅登二回。譯本以大妙評譯之《竊圖案》最爲新奇可喜。《博浪椎》後改名《棠花怨》，僅此一種，今有單行本發行。劊記之《竹泉生異聞傳》，文筆古茂，别成一格。其餘名目雖多，然僅出二期，即成絶響，故無一書完成者。

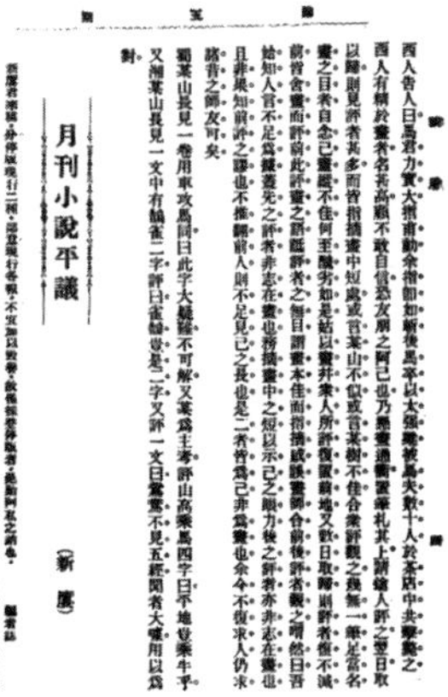
月刊小說平議
（新廣）

德國最有名之女小說家

瘦鵑 撰

載於《中華婦女界》一九一五年六月二十五日第一卷第六期。作者瘦鵑，見一九一九年《小説雜談》提要。本文述評了『德國最有名之女小說家』李楷達罕克（Ricarda Huch 今通譯爲理卡達·胡赫，一八六四—一九四七）的生平與著作。其主要論點多引述貝山博士的論文。

李楷達罕克(Ricarda Huch)者,德意志小說界上之明星也。其所著之《德意志之大戰》(*The Great German War*)一書,實爲近世界不世出之傑作,蜚聲於歐羅巴全土者久矣。輓近歐洲大戰之風雲既告急,女士即投身入紅十字會,爲篤志看護婦。吾知藥雲彈雨中之生活久在女士意匠之中,今兹身歷其境,必不致驚心動魄,有所畏葸。然女士今已五十矣,而心思才力猶如三五少年時,世人固亦渴望其擱筆之先尚有燕許大手筆出現,吐其萬丈光芒於小說界上也。

女士以一千八百六十四年生於白倫司維(Brunswich),迨長,入一瑞士大學肄業,得哲學博士之學位,於女學生中爲第一人,并受Magna cum lande(拉丁語意謂至可讚揚者)之佳稱,嘗爲瑞立克城中圖書館理事,才名卓絕。厥後,歷居屈里司脫茀老倫司茂尼克及白倫司維諸名城,所見既廣,才識亦益進,適西哥尼君,故又稱西哥尼夫人(Mrs Cecconi)。

漢司貝山博士近於《賫格里夫》叢報中爲文以揄揚女士,稱爲德意志自有小說以來之第一作家,其文略曰:

> 小說界上之明星輝映於女士之前者,亦夥矣。高德茀萊堪勒(Gottfried Keller)也,菲迭南梅葉(Ferdinand Meyer)也,及其他寫情派之諸大家也,固無不卓絕一時。然女士亦初弗弱,若其《出自勝利之道》(*Aus der Triumphgasse*)一書,直可登峰而造極,與彼諸大家所立足之青峰同一高不可攀也。

女士最先之著作，爲一意大利文藝再興之劇，名曰《意伏》(*Evoe*)，人僉謂其直類一描繪爾時世故人情之圖畫，特以劇本之體例出之而已。全劇都以詩句及散文構成。劇中人之道白，則語語似與英國大戲劇家莎士比亞(Shakespeare)所作同出一爐。初弗能加以區别，居未久，即有第一部之小説出，厥名曰《小路道爾夫歐司利夫憶語》(*Memories of Ludolf Urslev the Younger*)，一時稱之爲奇書，且群推女士爲并世小説家中第一流人物，是書近已譯成英文，將由德意志著作出版會社發行行世。貝山博士亦嘗評之曰：

是書實以笑痕淚影滲雜而成，讀之令人擊節，路道爾夫歐司利夫者，德意志北方貴族之後裔也。顧以王孫已歌式微，無復先德豪概，涉足紅塵，殊覺無謂。因高舉遠引，隱於瑞士一修道院中杜門息影，不問世事。第以著書銷磨其歲月。書之體例，雅類《史記》，而緯以肉體及靈魂之學説者也。

是書描寫之工，於説部中得，未曾有讀之。此身乃似出泥滓而上青天其事實則爲加麗德及意惹特兩情人之情史。彼二人之情，直足以涵蓋天地，瀰淪大塊，深固而無倫。花開連理固已在意計之中，詎意霍小玉空自多情，李十郎終是薄倖。意惹特竟别與一女郎訂百年之好，情絲萬丈於以中絶，而彼秋扇見捐之加麗德竟鬱鬱以死。

書出後，一般評論家多謂其文情布局，酷肖高德弗萊堪勒，而狀物寫生則視堪勒猶過之。貝山博士又曰：

女士之爲文，好作大段落字句，亦復力求其合於韻律，名家手筆，固自不凡。且其字裏行間，每含玄妙性靈之思，似此著作，能手得之，於女子之中，洵非易易。總之，愛情與運命，二者實此傑構之大旨也。

繼此傑著而起者，多傳記及短篇小說，半屬虛構，半屬寫實，皆曼妙絕倫外，此復有詩集一卷，短歌也，短詩也，雙行詩也，隔句押韻之四行詩也，各體俱備，珠璣滿目。貝山博士之言曰：

女士之詩真詩人之詩也。讀其詩令人心悅，令人神往，其中芬芳側豔，回腸蕩氣之作，則爲簡短之情詩。雖著墨不多，而一字一句，間自逗有才子佳人心坎中無限之情思，顧又高尚純潔，不落卑格，斯可貴耳。

貝山博士雖好女士之詩，而尤亟稱其記事體之散文，謂其意味更勝於詩，設想亦復微妙，蓋於《路道爾夫歐司利夫》出版八年後，第二部之傑著《出自勝利之道》一書中見之也。博士稱是書爲闡發生死精意之妙曲，雒誦一過，似覺冥冥中有人切切來相告。語謂韶華易逝，吾人轉眼便成百年身者，而寓意乃極隱微，麤心浮氣者，萬不能領會其一二也。

是書亦記事體，與《路道爾夫歐司利夫》一書同一工妙，書中事實出之於一男子之口，而此男子於事實上初無大關係者，其地點則在屈里司脱。事極悲慘，主要人物則爲一老婦人法德拉。此老婦人者，貧困潦倒，備嘗人世間苦趣，終其生未嘗有得意事者也。書中有種種之人物，種種之口吻，種種之身分，描摹入微，妙到毫顛。評論家稱之爲文情無窮之書，非有大魄力、大智慧而得情字之三昧者，不能道其隻字云。

越一載，女士又有第三部之小説出現，曰《生命至促》(*Vita Somnium Breve*)。厥後相繼而出者，有《王於王冕者》(*Of King and Crowns*)及《羅馬之征服》(*The Conquest of Rome*)二書，《羅馬之征服》一書，爲一三幕之劇本，道意大利英雄加利波的(Garibaldi)事者也。漢司貝山博士之文，最後之一節曰：

李楷達罕克之胸臆，直可謂智慧之無盡藏。社會上之種種生活狀態，俱所深悉，故描寫至爲親切纖屑靡遺。女士雖在蓽門圭竇之中，乃如處璚宫玉宇，不以爲苦，日以生花之筆從事於著述，揚翰摛藻，健筆凌雲，其文字之工，直能上九天而下九地也。

貝山博士之草斯文，在歐洲大戰以前，今兹戰雲已彌漫全歐，幾蔽天日。以女士靈心慧想，他日，必且掇拾此戰雲中可歌可泣之事實，衍爲説部，警惕世人也。

德國最有名之女小說家

德國最有名之女小説家

瘦鵑

李楷達罕克 Ricarda Huch 者。德意志小説界上之明星也。其所著之『德意志之大戰』"The Great German War" 一書。實爲近世界不世出之傑作。蜚聲於歐羅巴全土者久矣。輓近歐洲大戰之風雲既告急。女士卽投身入紅十字會爲篤志看護婦。吾知槍雲彈雨中之生活。久在女士意匠之中。今兹身歷其境。必不致驚心動魄。有所畏葸。然女士今年已五十矣。而心思才力。猶如三五少年。時世人固亦渴望其擱筆之先。尚有燕許大手筆出現。吐其萬丈光芒於小説界上也。

女士以一千八百六十四年生於白倫司維 Brunswich。迨長入一瑞士大學肄業。得哲學博士之學位。於女學生中爲第一人。并受 Magna cum laude（拉丁語意謂至可讚揚者）之佳稱。嘗爲瑞立克城中圖書館理事。才名卓絕。厥後歷居屈里司脫弟老倫司茂尼克及白倫司維諸名城。所見既廣。才識亦益進。適西哥尼君。故又稱西哥尼夫人 Mrs. Ceconi

漢司貝山博士近於「費格里夫」雜報中爲文以揄揚女士。稱爲德意志自有小説以來

中華婦女界　（一）　第一卷第六期

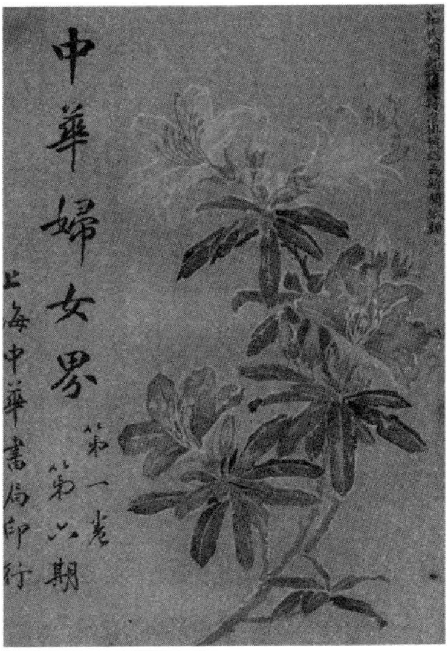

小説家言

吴曰法　撰

載於《小説月報》一九一五年第六卷第六號。作者吴曰法，歙縣人。此篇以《莊子》「三言」（寓言、重言、卮言）爲綱，分析了中國小説的基本特點。關於中國小説的體裁，文章認爲短篇取法於《史記》列傳，長篇取法於《通鑒》編年，傳奇淵源於古代「文言」。這些見解都比較獨特。此外，還論述了小説的語言及利弊。此文得到了當時《小説月報》編輯惲鐵樵的高度評價。惲特地寫了篇《後記》，認爲「凡治小説者當奉爲圭臬」，并進一步提出小説家「必能爲真正之文言，然後可爲白話」和「積理既深，斯持之有故」的觀點，在當時也有一定意義。

《南華經》有言：『以天下爲沉濁，不可與莊語。以卮言爲曼衍，以重言爲真，以寓言爲廣。』卮言、重言、寓言，乃蒙莊行文妙訣，所挾以顛倒古今文人者。而小説之家數，實胚胎於三言。

『寓言十九，藉外論之』，謂託事以論此事。甚至厭作人間語，而秋墳鬼唱，篝火狐鳴，亦引爲同聲之應。而筆之於書，期知我於青林黑塞間，斯亦無可奈何，而自鳴天籟者矣。雖然，此寓言也。《琵琶》王四，乃吠聲吠影之疑，即湯若士地下之《牡丹亭》，施耐庵之三世啞，亦其然豈其然乎！大抵文人之作小説，類皆援《莊子》寓言之體，以自馳騁其才華。至於存心刻薄者流，藉小説以報怨，含沙射影，山膏罵人，其文必不能工，秦火不燒，終必自燒之。含血噀人，適以自污其口，固不得濫竽於小説之林，而以小説目之也。要皆未明寓言之旨，故嘵嘵無已時。即隨園袁老，醉心於花月因緣，謂隨園即大觀園，抑亦鑿矣。

『重言十七，所以已言也』，謂引重一人以止辯者。周秦諸子之徵古史，漢儒之抱師傳，皆由是道。而小説家之緣起，亦或託始於石室藏書、天府秘册，又或幻爲杳邈迷離之境，託始以夢，託始以仙。借重言之體以自實，寸心千古，惟識遠者能燭之。更推其意而引重一事，以作全書之骨。如梁山泊百八列星，而引重《宋史》之宋江三十六人，横行河朔；泣紅亭百花仙子，而引重《唐書》之武后，女主中華。波譎雲奇，異常變幻，事本無足信，亦不億人之不信。以必其信，特借重言之例，徵之正史以信之，以信動人聽聞，以信廣其游説，即以信工其作小説之文。雖然，此已有作小説之意，横亘胸中，而後依附重言以宣説，若夫處升平之世，則以小説醒塵夢之繁華；當多難之秋，則以小説哭蒼生之荼毒。類皆就現象而點綴其辭，援實事而引申其説，是皆蒙莊重言之例所必收也。至於因其重言，而遂以考據之學讀之，錦衣衛爲有明職官，乃謂《西遊記》非元人作，確則確矣，於作者之心，或猶有未契歟？

『卮言日出，和以天倪。』卮言者，隨器摹寫，如水在卮。和以天倪，謂隨天理普博所有，因物寫形，不以己喻也。古今紀事之文，群推遷《史》。而《史記》百三十篇中，以《項羽本紀》爲最。《項羽本紀》中，又以鉅鹿之戰、鴻門之宴、垓下之會爲最。此數節皆以摹寫入神，獨有千古。小説家之神品，大都得力於讀《史記》者爲多。如摹寫兒女之情，則問暖量寒，舉動都牽情思；摹寫英雄之概，則頭顱杯酒，行間字挾風雷。至於悲歡之態，離合之境，皆以傳神之筆出之，如禹鼎象物，如秦鏡留影。昔施耐庵之作《水滸》，先繪百八人之像於壁，朝夕對之，久之而百八人之面目如生，久之而百八人之性情乃見，因摹寫以成書。卮言之體，造其極者，非耐庵誰與歸？其他雖未能奪席，然亦窮年曼衍，自依附於卮言。

小説之流派，衍自三言，而小説之體裁，則尤有别。短篇之小説，取法於《史記》之列傳。長篇之小説，取法於《通鑑》之編年。短篇之體，斷章取義，則所謂筆記是也。長篇之體，探原竟委，則所謂演義是也。至於傳奇一種，亦小説之家數，而異曲同工。昔阮芸臺《揅經室文集》有《文言説》一篇，其言曰：『古人以簡策治事者少，以口舌傳事者多；以目治事者少，以口舌治事者多。故同爲一言，轉相告語，必致訛誤。是必寡其辭，協其音，以文其言，易於記誦，無能增改。』此詩詞之淵源。而傳奇之託始，藉古人面目，移天下性情，於風俗人情，較之讜論正言，尤覺易於興起。蓋天籟發之人心，凡在含齒戴髮之倫，有自然感觸於不覺者。降而至彈詞等派，乃曲高和寡，致教雅樂淪胥，而於文言之體，尚未甚遠。

小説之宗派體例既明，而文之正變格，要不可以不辨。自吾論之，以俗言道俗情者，正格也。以文言道俗情者，變格也。蓋文人之筆，牛鬼蛇神，浮雲蒼狗，其變幻不可測，其奥妙亦不易明。而小説者，則夫婦之愚，可以與知者也。況古人文字，與語言合，今人文字，與言語離。玩説字之義，而即名核實，則語言文字，斷斷乎可合而不可離，方爲名副其實。宋儒語録，滿紙『怎地』、『這個』，匪特掃去浮辭，獨標真諦，抑亦有微意存乎其間，欲其易於推行，家喻而户曉也。審如是，則小説之正格變格，奚待煩言？小説之正變格既定，則抉小説之籓籬，峙小説之山斗者，其以《水滸》、《紅樓》爲中天之日月乎？《水滸》、《紅樓》，全書皆是語言，全書皆爲文字，如布帛菽粟之利天下，匹夫匹婦莫不知之。問聖經賢傳，有如是之發明乎？曰：無有也。問豐功偉業，有如是之記念乎？曰：無有也。何以故？則以小説之平易近人故。或者曰：『《水滸》誨盜，《紅樓》誨淫。二書者，實世道之蟊，而小説中之莠也。』雖然，誨盜誨淫，吾不能爲《水滸》、《紅樓》諱，且不能爲小説中之流弊諱，而以之歸罪於作者，作者豈任受哉？是蓋有其原因在。

文字至兩漢以後，學者專務文采而棄實學，誰復弄此淺近之筆墨？即有作者，亦且群非之，姍笑之，唾罵之，而指之爲降志辱身。疑是中人以上，有可讀之書，中人以下，遂無可讀之書。夫若而人者，雖無可讀之書，志未嘗忘書也。一旦得小說之書而讀之，但喜書之爲我讀，遑計理之曲直，事之是非？且人生天性，人欲即雜天理之中，雄飛則志在競争，雌伏則滯情聲色，亦人之常，無足怪者。盜與淫，乃人生之大欲存焉。自道學之名出，箝其口使不敢言，於是壓力積而動力生，一二有才之士藉小說而游戲恣肆以出之，動力乃回環薄擊，不能自已。此誨盜誨淫之小說，所以風行海内，乘吾道之廢缺而來。噫！不能取小說之長，去小說之短，立爲抵制之法，而徒斤斤然禁人之讀小說，吾恐唇焦舌敝，筆秃手僵，多見其不知分量耳！

且小說一家，見於《藝文志》、《四庫全書》，收之於子集。其《四庫全書提要》子部總叙曰：『稗官所述，其事末矣。用廣見聞，愈於博奕。』可見小說家言，古今來莫之或廢，端賴世之有志者，明其流派，正其體裁，用其利而去其害，則新會梁氏所謂『上之可以闡發聖教，下之可以雜述史事，近之可以激發國耻，遠之可以旁及外情，於世道陵夷之際，或未必無小補』云。

此文先得我心，意吾當奉爲圭臬，凡治小說者當奉爲圭臬。小說之正格爲白話，此言固顛撲不破，然必如《水滸》、《紅樓》之白話，乃可爲白話。換言之，必能爲真正之文言，然後可爲白話；必能讀得《莊子》、《史記》，然後可爲白話。若僅僅讀《水滸》、《紅樓》，不能爲白話也。閱者疑吾言乎？夫有取乎白話者，爲其感人之普，無古書爲之基礎，則文法不具。文法不具，不知所謂提挈頓挫、烹煉墊洩，不明語氣之揚抑抗墜、輕重疾徐，則其能感人者幾何矣。至於取小說之長，去小說之短，必使收陶情淑性之功，絶誨盜誨淫之弊，則其事甚難。文學，小說家所有事也。常識，小說家所當知也。經傳之信條，先賢之學說，西來之新知識，又小說家所當知也。甚至愚夫愚婦之心理，世態人情之變幻，又無不當知之也。積理既深，斯持之有故，言之成理。不必言强盜美人，自能引人入勝，即言强盜美人，亦必不軌於正，安在其爲淫盜之媒哉！然而，如上所云應讀書閱歷者，幾何？以我之愚，雖至齒危髮秃，猶懼百不逮一。世固不乏其人，其人肯爲小說否乎？吾國社會劣分子之多，教育不普及，通俗教育蓋若是其需要，當有三數通人執筆爲小說否乎？以社會趨勢揆之，小說而占真正之勢力，終必循此軌道，使此事釀成風氣，鴻博君子皆樂爲之，則其效力當遠過於宋明儒者之講學，非細故也。（鐵樵）

雜俎二

小說家言

歙縣吳日法

南華經有言。以天下爲沈濁。不可與莊語。以卮言爲曼衍。以重言爲眞。以寓言爲廣。卮言重言寓言。乃蒙莊行文妙訣。所挾以顛倒古今文人者。而小說之家數。實胚胎於三言。

寓言十九。藉外論之。謂託事以論此事。欲洩磅礴不平之氣。則嗤嗤吐英雄氣者有之。欲寫纏綿不已之情。則喁喁作兒女語者有之。甚至厭作人間語。而秋墳鬼唱。籌火狐鳴。亦引爲同聲之應。而筆之於書。期知我於青林黑塞間。斯亦無可奈何。而自鳴天籟者矣。雖然。此寓言也。豈啓王四乃吠聲吠影之疑。卽湯若士地下之牡丹亭。施耐庵之三世啞。亦其然。豈其然乎。大抵文人之作小說。類皆從莊子寓言之體。以自騁其才華。至於存心刻薄者流。借小說以報怨。含沙射影。山膏罵人。其文必不能工。秦火不燒。終必自燒之。含血噀人。適以自汚其口。固不得濫竽於小說之林。而以小說目之也。要皆未明寓言之旨。故嘵嘵無已時。卽隨園莫老。醉心於花月因緣。謂隨園卽大觀園。抑亦鑿矣。

重言十七。所以已言也。謂引重一人。以止辯者。周秦諸子之徵古。史漢儒之抱師傳。皆由是道。而小說家之緣起。亦或託始於石室藏書。天府祕册。又或幻爲香嶽迷

小說月報　第六卷　第六號　小說家言　　一

小說月報

The Short Story Magazine

(Issued Monthly)

郵務局特准掛號認爲新聞紙類

第六卷　第六號

上海商務印書館印行

聊齋發微

問恨生　撰

中華圖書館一九一五年九月出版。作者問恨生，不詳何人。此爲《聊齋》研究史上第一部專著。文中提及『今因《紅樓索隱》已有成書』，指的是一九一四年《中華小説界》第一年第六至七期發表的王夢阮的《紅樓夢索隱提要》。王氏《索隱》後於一九一六年也由中國圖書館印行單本。此《聊齋發微》，亦爲一索隱之作。作者認爲，《聊齋》一書，『殆皆傷時之作』，『固一篇傷心亡種史也』。具體而言，『其例有五』：『悲種』、『憤勢』、『嫉富』、『賤士』、『尚俠』，而『悲種一例，諸例之首，亦全書之綱也』。其『悲種云者，蓋當滿清入關之初，風教未同，權勢炙手，捕奴圈地，搜色括財，佐協領之貪横，守尉兵之淫悍，王府家人之肆虐，屯住旗丁之假威，怪怪奇奇，人情難忍。……世界至此，人人喪其樂生之心，可謂不平之甚者矣。先生於此，痛種族之淩夷，恨强横之難禦，無可爲計，乃於空中著想，作物極必反之觀，演天道好還之例』。其所謂『悲種』，又以三種手法出之：『假託』、『推類』與『會意』。其中『假託』一例，用之最多。『假託云者，其第一大旨，在託狐以言胡也。』後則例舉各篇，證之此説。最後歸結爲：『故謂是書有功於辛亥年之恢復，亦無不可。』當時如這般以索隱的手法、政治的眼光來研究小説，也爲一時之風尚，然現在看來，只剩下牽强附會了。

《聊齋志異》一書，海内風行，文學家奉爲圭臬。大抵閲者心理，皆以是書爲搜奇志怪之作，茶餘酒後，僅助談資。否則，以先生遇嗇才豐，一衿終志，消愁寄慨，八九寓言。揆之是書，義亦良允。惟是人生泡幻，通嗇靡常，達如先生，何介介於蜉蝣蟻子之功名，至著書數萬言以抒其憤？况《淄川志》言先生受知於施愚山，而見重於王阮亭，是當時名在公卿間，豈必專以一第爲貴？《志》又言先生貢太學後，决然捨之。是又先生不待科第，非科第不待先生，安有巢許，其躬而怨尤其志者？此必無之事也。世又謂先生重色多情，而妻獨不美，故書中施嫱滿紙，無非借酒澆愁，因文補憾。竊謂賢者貴德，但有嘉耦配，而必無怨耦仇。婦道嘉柔，端在善心窈，而不在善容窕。鄉黨自好，且不肯以貌憎妻，况先生聿著賢聲，《志》稱文章與道義并重，其不出此，有可斷言。至於女貌妍媸，天然爲貴，矯揉造作，已失本來，況捨貌求形，拘拘下體，評真察僞，較短量長，必以膚圓六寸爲非，以弓樣雙彎爲是，此自鄉里輕薄兒之皮論，安足以議及高人。世或謂先生婦出農家，雙翹未束，引爲憾事，故書中每設詞及之。此尤聾言，誣先生實甚。先生所指，義固有在（後詳），絶不在一人一體之間，特閲者不察其用心，致此誤會，是不能不爲先生急辯者也。嘗考先生行誼，孤介近獨行一流。其生平事蹟，雖不能詳，然身歷順、康、雍三朝，生當有清開國之際，則有可考見。嘗食餼庠序，屢躓鄉闈，睹天下滔滔，世風大替，乃絶意仕進，一肆力於詩古文詞，有孤憤之深情，著南華之妙筆，人皆魍魎，世盡狐狸，先生惄然憂之，乃設言以寄其情而平其憾，憑空結撰，聞者無尤，此《聊齋》一書所由作也。

神怪之作，《山經》、《齊諧》而後，記者孔多，先生果意在好奇，則洞悉幽明，必有研精極微，先紀河間《閲微草堂》，而出其探源之論者。否則自惜聲悦，摛藻爲工，因事敷詞，借存珠唾，則甄唐孕漢，亦必有繼《搜神》、《述異》、《武帝外傳》諸作，步趨大雅，出其古色古香，以爲藝林增一妙墨者。顧撰之書中，意均不屬，一若牢騷發憤，有不得已之深情，乃奮筆呈詞，義兼興比，以寄其意者。河伯土偶，取譬等於《蒙莊》、《山鬼》、《國殤》，發端得諸屈子，挹鬱之極，適發而爲快心暢意之文，以不佞測之，殆皆傷時之作也。其例有五，可得而言。

五例惟何？一曰悲種。悲種云者，蓋當滿清入關之初，風教未同，權勢炙手，捕奴圈地，搜色括財，佐協領之貪横，守尉兵之淫悍，王府家人之肆虐，屯住旗丁之假威，怪怪奇奇，人情難忍，而且江南既下，金粉北來，離人之妻，奪人之女，所在多有，不可殫論。其最著者，如如臯冒辟疆妾董小宛，入宫之後，竟封貴妃。吴梅村《清凉山贊佛詩》所謂『王母偕雙成，翠蓋雲中來』者是也。其次則爲昆山黄亮功妻劉三秀，爲豫王所寵，錫封福晉。毛氏《墨餘録》中所記『孀姝奇遇』者是也。他如中山徐氏之女，已爲宏光選后，未及婚而北行。此外野井埋香、驛亭題壁者，更歷歷有人，不堪盡數。及康熙時，用兵滇南，吴藩既平，其宫人亦悉輦而北。此猶可曰戎馬之世，子女玉帛，本不足言。然當兵禍既終，猶然搜剔靡已。如順治年間，前清宫成，女官定秩，江南揚州一帶，採辦秀女者，使者相望於道，强取豪奪，里胥敲詐，闔境騷然，人民日以養女爲憂，常有夤夜輦入人家委之輒去者（後詳）。世界至此，人人喪其樂生之心，可謂不平之甚者矣。先生於此，痛種族之凌夷，恨强横之難禦，無可爲計，乃於空中着想，作物極必反之觀，演天道好還之例。其時又曾明奉詔旨，準漢滿人通婚（順治六年曾有上諭，載在《東華録》，意在多得漢女，至康熙時乃革）。先生乃創爲快論，意謂滿人妻女，或奔或聘，必盡嫁漢人；而漢女不爲滿有，方爲稱意。且滿人之所以專悦漢女者，大半以纖足故，故先生之意，亦必盡縛其人婦女之足而小之，令出漢族上，以供人床笫之歡，斯足以抵償所憾。於是因心構境，妙想入微，不敢直書，復於例中隱設三例：一曰假託，二曰推類，三曰會意（後詳）。三例既定，而後任情揮灑，可得而暢所欲言焉。書中綺語爲多，義由此出。此其例一也。

一曰憤勢。勢之欺人，甚於水火，古今所同憾也。當清初時，睿王負扆七年，專恣弄柄，强聘朝鮮之女，生奪肅邸之妻，其它平民更難僂數。其時上好下甚，風氣靡然。若兄英王，弟豫王，亦皆徵色選聲，任情不顧。或以民婦爲本旗女，或乘大喪劫萬丹妻，種種逆施，聞者切齒。而且親貴之外，三藩最横，諸逆之中，平西尤甚。捨杯羹而作紅顔之怒，引外寇以成黄冑之憂，猶不自慚而驕淫自肆，其時西選半天下，蜀女充後宫，郿塢築而萬夫勞，滇府開而六軍暴，聚斂好色，府怨至洪。而一時疆吏樞臣，亦大抵如狼如羊，頑鈍無耻，不克勝紀。其人者雖二臣而不怍，已林下而猶威。於是下吏承風，斂脂供虎，吏胥牙爪，豚蓄斯民，遍國之中，幾是處皆滅門縣令矣。先生感傷太息，亦一一筆之於書。或隱寫以見其事，或直書而諱其名，此或身入囹圄，彼或報在妻女，天道不爽，真文筆可補造化之窮。此其例二也。

一曰嫉富。緼袍狐貉，境各不同，君子當之，坦然有何忮忌？惟是無驕雖易，而不仁實多。凶歲閉藏，交親拒貸，此尚富人爲過之小者。甚而壟斷膏腴，豪奪婦女，以通神之手，官吏相因爲奸，一時風氣使然，小民之爲所魚肉者，不知凡幾。而且清初有帶地投旗之例，有皇糧莊頭之選，傅虎之翼，胡虐不爲，故富室之恣横，以清初近畿數省爲最。先生有慨於此，乃不禁辭而辟之。或具有性根，則喪家必復；或尚知任恤，則報稱有人。惟其泯頑不一，結善緣者，不有夜奔當壚之女，以辱王孫；即有不辨菽麥之兒，以傾郭穴。書中似此者多有，一以爲法，一以爲戒，非措大之狹腸熱眼，正君子之苦口婆心也。此其例三也。

一曰賤士。士首四民，承風氣者惟士而已。士而無耻，於民何責？當明之亡其國，秀才哭廟者有人，乞丐投水者有人，惟一時木天臺閣中，望重清流，平日高自期許者，一旦臨變，或則跪門請罪（洪文襄事見崇德朝《東華録》），或則伏道呼嵩（龔芝麓事見《虞初新志》），改節事人，擅作威福，一時如洪文襄、金文通、龔芝麓、錢牧齋、党正雅、馮銓、陳之遴、陳名夏輩，皆表表於時，明天、崇間號稱爲名翰林進士者也（陳康祺《琅環隨筆》中記有諸二臣之科第年分一則），或且爲狀元鼎甲，平昔皆人所仰望而不能幾者，其卒也不值一錢，轉不如秀才乞丐之能知大義。先生對於此輩，深惡痛絶，不嫌醜詆。既知其品，遂可以推知其文之不通；并因其人，惡及拔取薦中之房主考。蓋此一般無目，茅以彙徵，非有無文無行之主司，安能取此無節無耻之舉子？故書中反復致意，於科名道中人，褒揚絶少，而轉爲懷才不遇者，啓不平鳴。先生之用心，殆謂無此諸主司，即無此諸亡國臣；無此諸亡國臣，亦即無此滅種之慘禍。設念及此，遂不禁振筆直書，有不暇設爲變例含蓄以出者矣。此其例四也。

一曰尚俠。自古天下文網密，則民之鋌而走險者，有不期然而然者多矣。自秦以還，官吏弄法，下民手足無措，死不知時，其强梗之倫，乃以任俠劑其不平，殺人報仇，官吏轉因之而斂迹。太史公之傳游俠，非尚之也，傷秦季漢初文法之密也。其言曰：『吏以文破法，俠以武犯禁。』旨哉是言，蓋相因而生者也。吏不破法以周内其文，則民氣太和，俠亦何所用其武？唯文益密，斯犯禁者日滋，雖不能遽廢其文，而吏終有憚而不敢肆，故此任俠之輩，固盛世所必誅，而當水深火熱之秋，亦正救時之良士。子長發憤扼腕，義在此也。當清之初，防閒猜忌，一以重典加民。當時民不敢言，官吏得以快恩仇，恣貪墨，暗無天日，事不勝書，於時游俠之徒，亦因時而出。外間勿論，即京師輦轂之下，而有黄膺、李三諸人（事在順治初年），聲勢交通，結納亡命，白晝大都殺人剽金，而官吏竟莫敢誰何，甚至上問内院大臣，明知之而不敢以實對，懼其報復遭禍，後雖伏法，而朝列爲之株連罣誤者多人。李三何人，不過一市井無賴，販馬放債者已耳，而聲勢所至，乃足以威官吏而劫大臣，當其排難解紛，抑强扶弱，民之欲爲之死者不知幾何人。以視累若之儔、覥顔自固者，相去豈可以道里計。故李三亦人傑矣哉！先生生於其時，知官吏無人情公道之可言，又見任俠時出，乃援子長之例，宏獎而鼓勵之。例中之例有三：一描寫，二極擬，三隱諱。三者定則先生尚俠之意傳，而傷時之痛見矣。此其例五也。

舉此五例十變，執以讀先生之書，於其大旨思過半矣。兹姑勿究其分，先論其總。書中紀事，恒與漁洋《池北偶談》等書相出入。然漁洋諸書爲紀事的，此書則爲寓言的，故以同時同地相知有夙之人，同記一事而大不同。論者或疑必有一疏，而不知漁洋輩爲人臣子，無上議君父之理，故於奇聞欣賞，因事直書，殊無所增損造作於其際。先生則託身肥遁，舌障狂瀾，每紀一聞，大都以事就我，不以我就事，視胸中所欲吐，乃故申縮其事以當之，故書中雖具始末姓名，或并及傳者姓氏，然其爲有爲無，爲真爲僞，全不可考。且或有意彼而言此，僵李以代桃者，聊之一言，即姑妄之意。『志異』云者，志人世之異，非必異物而後謂之異，此《聊齋志異》之所以名書也。先生是書本有舊名《鬼狐傳》一説，傳者謂先生入場，爲鬼狐所嬲，乃改今名。此説流傳有年，而蒙竊有以知其誤：蓋先生名書之義，正以一『聊』字，示其爲寓言；若直揭鬼狐，不但挂漏殊多，且未免刻舟膠柱矣。神明用意，存乎其人。

《志》言先生『夙著風節，重名義，尚然諾』，又言『悲憤感慨，捨去功名』，是其蜕遺濁世之心，當時已人人傾倒。若全書專爲一身言通塞，其書之不傳久矣。況一篇《自叙》中，言近旨遠，雖語語酸楚，若不免牛衣自吊，而實按其言，又似所重不在身世之感。首以《騷》經興起，而下一感字，則知其憂時憤世，正與屈大夫有同。若義主搜奇，又何感之可觸？況書中專記怪異，而中權數語云：『人非化外，事或奇於斷髮之鄉；睫在目前，怪有甚於飛頭之國。』此數語者，全書之大旨見矣。按滿洲爲古肅慎國地，在漢爲玄菟、樂浪二郡，其地亦名三韓。三韓中之辰韓，即秦韓。秦政苛虐，邊塞之民，相率逃去，至東海而止謂之秦韓。則是其人本中國人也，惟居久化殊。自昔髡爲城旦輸充邊役者多聚於此，遂成風俗，薙髮之制，良由於此。入關後因下令薙髮，死者多人。先生悲今考古，念滿人之專横淫暴，若遠人情，而溯其初亦同化之民，何以久居異鄉，遂至一奇至此。以斷髮喻薙髮，以南越比北胡，運用自然，妙合無間，其一篇傷時悲種之意，全隱括於二語之中。又以其殺人如麻，人民旦夕莫保，人不能自卜目前之禍福，故又以目前爲言，飛頭爲喻，言吾民之身首異處，直轉晌間事，其怪直如舉國之人，頭皆振翼矣。兩言之痛，全指時事而言，何嘗涉及幽冥？如書中所言之事，全書但言神怪而不及四裔，脱非本義在此。此言擬非其倫，胡爲而出耶？況後又云『集腋成裘，妄續幽明之録；浮白載筆，僅成孤憤之書』，『妄』非謙詞，蓋借題抒寫之意。至於比蹤『孤憤』，則其書爲慨世而非志怪可知。末復有云：『寄託如此，亦足悲矣。』直揭寄託之深情，以見所言之茹痛，當時種族之感，爲何如乎！其結句云：『知我者其在青林黑塞間乎！』讀者於此，皆視作不得志於人世乃與鬼爲徒解，大非大非！ 蓋先生意中之言，正謂欲知此書内情，當求之關塞楓林之地； 藉青蓮詩意，通其詞於人鬼戎狄之間。 筆巧而意精，信乎先生之書固一篇傷心亡種史也。 謂予不信，求之書中紀事其可證者甚多，請申其例：

悲種一例，諸例之首，亦全書之綱也。 當清之初，入關未久，禮俗互異，動足貽人指責。 當時文人墨士，弄筆者不一其人，而少露譏刺之痕，每起文字之禍，其時如戴名世、錢牧齋諸集，《明史稿》一獄，摧殘禁錮，株繫多人，其最狡猾而流傳至今者，惟梅村《讀史》諸詩、漁洋《秋柳》之作，雖譏切當世，而不粘不脱，使人無隙可尋，是以膾炙後人，不遭廷尉雜燒之慘。 外此則惟《石頭記》一小説，與先生《志異》一書，類能裒集遺聞，而加之煊染，一經針神熨貼，便成無縫天衣。 果使其爲無實之言，則藻采雖工，何至盛傳若此？ 蓋嘗聞之京師故志，乃知兩書大旨，同出一途，均係遥指清初宫府内外而言，而不拘拘以求似。 間嘗反覆考索，得其大凡。 民國以來，逸聞間出，乃更肆力於此，乃知兩書無一閒語，無一贅筆，每與友朋談讌，用佐飛觴。 今因《紅樓索隱》已有成書，故不敢復自秘惜，撮書要旨，以貽後人。 惟行篋無書，又愧腹儉，僅援以經注經之例，比而出之，陋無可辭，亦步取先生之一『聊』字，并師紀河間古語名書之意，以自解曰：『如是我聞』，『姑妄聽之』而已。

悲種一例中，隱含四例。 求之四例，又以假託一例爲最多。 敢請先畢其説：

假託云者，其第一大旨，在託狐以言胡也。 昔時指北狄爲胡人，故有胡麻、胡桃、麻胡、胡敬德等稱。 滿洲居東北邊，爲金人遺族，故在未入關及初入關時，亦蒙是號。 惟當甲申定鼎之後，諱言胡虜等字，少有不慎，則刑辟隨之。船山先生《黄書》，久藏而不敢問世，職是之故。先生以巧思粲舌，比其人爲狐；又言狐多姓胡氏。是一輾轉間，仍得執胡而痛詈之，而人自不察耳。書中每舉北狐南鬼之説，此即滿漢兩族之代表名詞。鬼喻漢族，其説後一例詳之。狐喻滿族，故其盛在北，有時竄擾至南，喻滿人之愛重吴娃越女而已。滿人欺漢族實甚，故先生欲反其事以行之，非徒爲快心之文，亦天人必至之理，故書中但有狐女嫁人之事，必無人嫁狐夫之事。且或一人據其二，通其三，右有左宜，靡不如願，女既執箕而薦枕，男或食肉而寢皮，怨毒之於人，亦云甚矣。且書中狐婦，大抵皆克賢克孝，宜室宜家，能富貴其夫，能昌盛其子。觀狐婦之所以爲報，無不逾乎其人之本望，一若天故生是，以福斯人也者。而且貌必絶妍，足必纖小，快人快事，信乎其爲倍蓰而償也。若雄狐一近生人，則雷霆禁勒，殪不旋踵，有來無往，直有一成不破之例，不可或違，此先生憤言，必欲發情止禮，以求其反，而事由兩悦，始亂終成，絶不類彼族之行强，情禮并失，夫亦可謂以德報怨，猶然忠厚之旨矣。書中可證者甚夥，姑擇其最顯而大者，條舉以明之。

《狐嫁女》

書中未言新郎爲人爲狐，大抵從以其類。全篇盡力描寫者，惟在於狐之畏人，甚於人之畏狐遠甚。是先爲人與狐設一貴賤之例而已。

《嬌娜》

孔生之得松娘，由皇甫作伐，須臾而成，可稱快事，然眷念嬌娜，天又故殛其夫以快之。二女同歸，闈中相對，其長日色授魂與，當有不止一肌一舌之親者矣。狐之報人，何其暢順乃爾！若天故留粲者，以爲此聖裔歡者，書中得狐婦者多人，卷次以孔生稱首，孔生但言聖裔，而不及郡邑名。或以曲阜之孔，人無不知，故不及耶。不知非也，中國人民，何一非黄帝堯舜之子孫，此板橋道人所恒言者，故稱聖裔，以示其類，不專指一人事言也。先生於此，意殆謂嗟彼胡女，其適安歸？唯此孔孟之徒，神明之胄，足以兼而有之，消此艷福。彼蠢爾吴郎，何不早避賢路，致遭此轟轟之一擊耶？噫，亦謔矣！

《**董生**》

殺人多而卒獲慘報，彼族可以鑒矣。

《**青鳳**》

青鳳胡姓，耿生去病，以禮求之不得，乃得之於奔獵之餘，是亦天之玉女以成。彼胡叟徒悻悻耳。女入狂生之室，已足爲叟羞，而又有莫三郎其人，牽其股而過其門，俾終藉生之力，乃獲不死，宜其赧然而謝也。莫三郎者，莫須有之人物，與子虚烏有，同其梗概焉。先生之所以辱胡，亦云至矣。

《**賈兒**》

賈者假也。人而妻狐，則天閹而偉男子矣，詳見《巧娘》。狐而妻人，雖其雄綏綏，而無得免小丈夫之稱，一孺子足以斃之。先生實嫉視其類，故爲是言，豈得云事之偶合者耶！命曰假兒，則其爲假託，於斯益信。

《**嬰寧**》

嬰寧秦姓，指秦韓也。其外家氏吴，與前嬌娜之吴郎，大抵皆出意託。吴蓋亡是公之亡，與《石頭記》中言人，不氏胡則氏周者，同一自明爲假託。書中此例，蓋比比也。吴生造言以慰病者，而女之居宅道里，姻婭行輩，竟一一如其所言，雖狐靈慧通神，而其與事安能若是之巧？先生掉弄筆墨，造此人間絶大之如意珠，一謔語中，又爲彼族贏得一佳婿矣。美人善笑，動足招尤，不知先生作此文時，意中添得幾許快活？吾知其笑顔當出嬰寧上也。

《**胡四姐**》

尚生一人，而得胡姊妹者二，而又有婦來就，是三英粲矣。色恐不足以悦人，又濟之以財帛，胡氏亦於人何缺而必若是之償耶？而其究也，道士二瓶，遽滅其族，微生之爲穿一孔，胡氏幾無人矣。度爲鬼仙，又奚足報。

《**蓮香**》

一鬼一狐，與共居處。以序論，狐先而鬼後；以德論，狐廣而鬼狹；以貌論，狐潤而鬼癯；以年論，狐長而鬼幼；以施報論，鬼死之而狐生之。由此而言，宜乎狐之正位以居，偕白首矣。乃未幾轉輪入世，仍事一夫，而尊卑之間，鬼竟嫡而狐乃庶，屈體以事，禮無二上，謂非事之不平者耶？先生之故爲抑揚，左滿右漢，於此蓋可見矣。

《巧娘》

巧娘、三娘，亦一狐一鬼。傅氏子縮於鬼而伸於狐，其發硎新試，亦惟狐足以當之。先生搦管時，當亦自笑其謔也。狐性多詐，而其事徒然，母女不告巧娘而行，又安能靳生之不再至？他日緉兒返駕，華姑見之何顔？況彼呱呱者，固猶是同類産也。先生之或左或右，徵之此則，不益信耶！

《伏狐》

天下如人意事，安有若是之痛快而淋灕者耶！異族之肆擾於人，先生之意，謂刀鋸斧鉞，舉有所不必施，但執之衾枕之間，加之衽席之上，以偉丈夫從其事，威克厥愛，自足拔其本而塞其源，雖彼族未遽凌夷，而有以深搗乎所從出之途，則滋衍當由兹而絶，而在我固不折一矢也。人生對於異種相淩，其嫉恨類皆至是，惜不盡以先生之法治之耳。東坡若在，當爲浮一大白曰：惜乎，擊之不重！

《胡氏》

滿人初入關，弧矢之利，足以威天下，而自先生視之，直不啻皆粱葉芻靈及蒿梗耳。禮義之不足，而動興厥師，國中倘有真將軍，安在不摧枯拉朽哉！胡秀才被儒者服，儼然師道，當其擁臯比，踞高位，人何嘗不禮而敬之！而意在得華族之女爲妻，竟自忘其爲異類，求之不得，至於興戎，顧以兒戲玩具威人，其爲人之所畏也，抑何能久？卒之求於人者不得，反以其妹爲償。報如所施，此理之終所必至也。此則但言直隸巨家，不言姓氏，而秀才則具其姓曰『胡』。是明指胡，最爲顯確。清初滿漢通昏，以近畿一帶爲多。兩願者十一二三，勢迫者十八九。黔驢之技，而人固畏之，儻盡如此巨家，則但有彼來而無我往矣，寧非一極快人之事耶？

《**恒娘**》

此則得人之情，探愛之理，非哲學家、心理學家不能道隻字，而恒娘乃娓娓以出之，其法變易愛憎，如操左券，不但天下男子之於女色，億無不中，執是道以往，凡至吾前者，尚安有不爲傾倒者耶？先生研理燭情，出精入奥，故能言之若是。理至深賾，非先生之筆，亦不足以達之，可謂兩間之妙文矣。惟其事必託之於狐者，則以其類善媚，雖貌下而有術以勝之，極其操縱之能，亦不過供吾族丈夫之歡笑，終於一去不返，則男子與小妻同穴矣。得之而不守，與不得何異？恒娘若在，當自悔從前多事矣。

《**小髻**》

羽毛未滿，輒欲高飛，宜其杖而四散也。冢中深匿，乃數百人作耳語，是淵默而雷聲矣。其不密爲何如者？俗稱滿人爲『騷韃子』。『騷』之一字，惟狐可以共之。先生通融并用，自然妙合，犁庭掃穴之計，狐與胡均有以自召，豈先生之好爲快論哉！

《**狐諧**》

滿人不學而利於口，善諧謔者，多有其人。先生以狐喻之，意頗近似。惟其人罔知禮義，周旋未幾，便復捨去，孫入其家，但有翁媪而無兄弟，乃忽於濟南得數少年，遂從之逝。非所謂『非我族類，其心必異』者耶？雖具雋才，要不能自拔於異物，代馬依風，狐死首邱，此物此志，信有徵矣。

《**辛十四娘**》

狐必爲鬼役，此書中恒例。是重鬼而賤狐，譏異類也。十四娘事，其有無不可知，然事出正德間，武宗固嘗游大同，梨園中《戲鳳》一劇，即出於此，或者其不無所因耶？此一則中，五例咸具。生之不見禮於叟，而卒得狐妻，悲種例也。楚公子之移禍人，憤勢嫉富例也。狐婢冒妓以雪生冤，尚俠例也。公子之名列榜首，全不由文，賤士例也。五者俱備，而異史氏重在『室有仙人』一言，則仍以狐妻爲快也，故從類附此。

《**黄九郎**》

此則無它異，但并其兄若妹而并有之，人生快意之至者也。兩世之身，形神不隔，狐之愛好名士何其至哉！九郎以解紛貢身於撫軍，飲食供具，遂類王者，是駕撫軍而上之矣。夫以王者之尊優，而所以與人交者，顧在於此。此其言外之意，不亦謔乎！全書納狐女者最多，而狐男則唯此與『俠女』二則，則是彼族男女，均得股掌玩之，意亦云刻。以彼豪貴供我餘桃，非異族頑者之尤與？平日擾人，蓄毒已厚，先生亦安忍爲是言。噫！反是以觀，則其人之作俑造因，不堪問矣。

《**狐妾**》

以彼族窈窕之尤，而嫁我鬖鬖之老，仍齒於妾媵，不足以爲匹嫡，且又以庫金結納，見好家人，彼族之償人，可云厚矣。

《**毛狐**》

福薄之兒，命當得妻大足駝背者，而彼蒙戎之女，猶樂就之，則是以彼中駟，當我下駟矣。先生之意，舉在言外。

《**青梅**》

狐既爲人生女，則生男可也，而程生乃畏戚友之姍笑，别娶於王，則彼族僅堪媵而不堪妻，亦可概見。故其所生之女，雖先嫁張生，而終退居小星之列。先生予奪，唯在此貴賤之間，所以嫉異族而并及其所傳之種者，不深且厲耶！

《**狐聯**》

以才美若是，而人固鄙而不之接，其賤可知矣。

《**鴉頭**》

異史氏言狐而搗，則獸而禽矣。滅理傷倫，其何足怪！又云百折千磨，之死靡它，此人類所難，而乃於狐也得之乎？是先生之賤視此類，直禽獸畜之，雖以禮義自持者，亦未嘗不蒙奬許，而生子至殺其母與姊，則固甚願其自相滅亡也。種界之不能融於心，於此益見，然亦曰滅倫傷理故。

《**封三娘**》

爲人撮合而自破戒行，則是第一天中，固彼族所不易至也，雖賢如三娘，終於利人而自誤，其旨深矣哉！

《**狐夢**》

狐非夢而託之夢，因是以思，可知人非狐而託之狐耳。爲聊齋筆墨争光，正以我豐肥多髭之狂生，乃能得彼中尤物，傳杯遞飲，因一得三，任我縱横，自合先生一稱快矣。

《**阿綉**》

狐能變化萬端，而與人比，究不能似，則知人之貴於彼族者多多矣。

《**小翠**》

以美女而嫁痴郎，及其不痴，而女去矣。此之謂報恩，此之謂償債。

《**長亭**》

此則與《青鳳》同意，而更多叟之一加害，一許聘，故元帝觀中，其所以報叟，亦視胡義君爲虐。世俗以婦翁爲詈人之稱，先生此則，專以岳視彼叟爲快。一書生之鬼，能污彼族一家而完璧僅存，亦仍不能不供吾儕之床第，雖叟不願，奈鬼與道士何哉！妻其女而不通往還於其翁，是雖半子之禮，有不折於彼族者矣。先生之作非非想，亦憤極而然耶？不然，何但有所得而無所失？若是之稱人意也。

《**雲翠仙**》

翠仙自云：『我自顧無傾城姿，不堪奉貴人；似若輩，我自謂猶相匹。』又云：『我豈不能起樓宇，置良沃，念汝儇薄兒，乞丐相，終不是白頭侶！』觀此則，是以仙人之貌，并挾有致富之術，而自知身賤，不足匹貴人，乃下與鄉井儇薄無賴子伍，助興家室，而身乃不免幾爲娼。是又賤視彼族，加一倍寫法矣。翠仙，蓋狐女也。

《**鳳仙**》

此一則是仙人中之胡四娘也。彼族之重功名，乃更勝於人世。異史氏謂：『吾願恒河沙數仙人，并遣嬌女，婚嫁人間，則貧窮海中少苦衆生矣。』書中所言一人一事，而先生之意則推而廣之，至欲以彼嬌女，盡嫁孤寒，是恒河沙數衆生，無一不婦翁胡叟矣。快人意處，寧獨功名？

《**小梅**》

女曰：『安有正直之神下婚人世者？』是真名言。彼狐族，而以神自居。毋乃罪過？滿清入關後，八旗皆以華族自驕，視平民若賤，不足匹，而九城之内，以宗室女而隨人以奔者，往往而有，不知爲之夫者，皆似王生之褻中帶肅否耳？

《**張鴻漸**》

舜華遇鴻漸不薄而卒，感其恩義，嫌其異種。惟汲汲以故劍是求，此可見異族之無幸矣。

《**胡大姑**》

不樂爲人姑而樂爲人婦，此其所以爲賤種也。壁間十餘瓶，夜來以次放出，則必有十數男子快心於彼族，此快之，而術者禁勒之，驅使之，利市之，各有所得。惟狐則徒供玩樂而已。静言思之，得勿呼屈。

《醜狐》

人而醜，則無術以自媒；狐而醜，乃能以金帛濟其事。甚矣哉，其族賤而勢貴也！先生唯惡其勢，故深詆之。狐之化人，未有不美麗者。此獨言醜，喻滿婦之顢頇而已。

以上各則，皆假託於狐以詆胡者。雖不止此，而大致均不外是。其言外之意，大抵以人妻狐爲至順，以狐妻人爲至逆。順則佳人，既得富貴，亦因而儻來；逆則好夢未終，雷霆已作於户牖。當清初滿人入關未久，禮俗誠未盡善，故先生不嫌偏激，作爲是言，甚且欲得其恒河沙數之人。否則，欲償以嫪毐丈夫之具，非其所施者過慘，先生豈好持褊論者哉？凡物不平則鳴，此之謂矣。此一例外。又有推類一例，推類云者，蓋因以狐擬胡，遂因狐之類。上而推之，爲神爲仙，下而推之，爲怪爲鬼。神仙兩類，大抵專指貴族而言，故往往以公主標題，具有深意。《華桃穠李》一書，生遂能得之，此亦先生消長盈虚故爲報施之地者也。至於爲鬼爲怪，鬼則多指漢女之被掠於彼族者，故書中之鬼，大抵皆羈魂異域爲人驅役者多；怪則與狐相通，而事亦與相類。兹定爲甲乙丙丁四類條。舉書中之言神言仙言鬼言怪者以證之，可以知推類一例，亦隱有所指，非真續《齊諧》之志也。

（甲）此類皆言神

《**織成**》

洞庭君，當指吴三桂。湖南爲平西轄境，故三桂即位於長沙。平西宫中，美人多於猬刺，金帛珍物，益不勝記。偶以一美畀書生，亦奸雄籠絡人心時所應有事。愛妃不知何指，非三桂後妻張，即陳圓圓。饋遺之隆，顔色之美，幾非人世所有，故託爲神。書中言三桂，不言滇南，便言湖南，示人以西藩之壤耳。

《**西湖主**》

此亦言三桂事。以洞庭爲西湖者，特揭一西字耳。三桂女嫁李國柱，極見寵用。程生豈其人耶？抑其僚婿耶？一則曰從征未歸，再則曰西渡有急，皆指三桂征桂王，及敗走入川之事而言，豈有龍女神人，下偶塵世哉！寓言隱事，從可知矣。

《**雲蘿公主**》

此似書孔四貞嫁孫延齡事。四貞爲有德女，本許部將孫氏子，後入宫爲孝莊文皇后養女，欲爲擇貴婿，四貞不可，以已受孫氏聘奏，后乃爲下召求得延齡，以郡主禮嫁之。延齡因四貞驟顯，居處服食類王者，後開藩廣西，與三都統互訐，幾得罪，卒爲三桂誘殺而死。此則言生姓安名大業，乃假託之姓名，猶言安享大業耳。十五六時，母夢尚主。一夢安足爲異？則是本與孔藩有約可知。後貧無依，四貞亦不知何往，故有無驗自悔之説。及主來歸，爲起大第，四貞自恃才美，又爲孝莊所鍾愛，好入出宫禁，則其意態常驕可知。書中言雲蘿雖坐必足蹈伏婢，其倨貴甚矣。又嘗歸寧，且安生屢遭訟事，皆與四貞事暗合。惟四貞無子，此則有二，而名其仲曰棄，其長則又樊英代生。樊英者，藩府英俊也。意或指長非孫氏子，次則被擄於三桂，或竟棄之，亦意中事。要之，迷離恍惚，當時貴族，反側靡常，人不敢實紀以書，恐遭牽累，故變例隱寫者，頗不乏人，此其一也。

《甄后》

甄后本劉〔袁〕尚妻，而見奪於丕，陳思爲之賦《洛神》者也。若二喬則本屬周郎，老瞞竟攘人所好，其不守分香之戒，宜也。清初睿王，幽肅邸而得其妻，與甄喬何異？世祖更以貴妃封冒氏妾，所爲亦不讓乃叔，是與阿瞞父子同也（説見前）。攝政未久即薨，世祖亦因妃死出家不返。前日之所好，安知後日不復爲人有？宜甄、喬之并事公幹後身也。先生妙想奇文，純乎爲戒後人之意，不可謂其無所見而云然也。

《神女》

此則當是書耿藩事。順治初年，精忠封寧南王，初居京邸，故米生於都中見之。因其爲閩藩，生閩人，例可得謁，書中言不知爲誰者，妄也。南服平定以後，三藩先後之國，故精忠遂建邸福州，跋扈恣横，道路側目。耿有二子：繼茂、繼勳。書中言有兩公子，紀其實也。神女一事，不知其有無。或者耿藩多爲不道，有需於撫院之保全，故以女適書生，俾可得撫軍之印。珠花之贈，亦或貴女之偶涉采蘭。耿本行伍起家，有何家範？先生乃以矜莊之筆，寫此曖昧之文，託言爲神，雖有獻於嫂亦曰賞，亦可見倨貴之甚矣。

《**天宫**》

天宫一則，書中故疑其説，歸之分宜，託詞耳。分宜雖尊，似尚不敢以天宫自擬。既有宫名，宫制，則地在紫薇垣内，概可知矣。考世祖出家時，年僅二十有四，其時乾清宫女官，以數百計，相傳宫中有複壁，有地道。複壁一説，近人所記《清季宫闈秘史》可證。地道一説，嘉慶年間，抄獲廣姑子一案，傳在人口，知者尤多。書中所言，似指宫闈之地。都人謂人被誘入宫禁者，謂之『藥渣』，言精華已枯，死而後已，永無復出之望也。都人又嘗言，御河閘口，每見浮屍，皆男子入匿宫中，諸女遞嬲，死而納諸溝中，順流而出者。以此爲證，則是書中所言，皆禁中事，益堪確信。君王重色，廣田自荒，先生著而出之，意在陳戒，故託爲東樓家事，則避禍之道，不必刻舟求劍也。

《**羅刹海市**》

龍媒之名，噪於四海，當其攬揆命名之日，豈逆知有尚主之望耶？何其字之奇也？先生意中，殊有所隱指之事，故特指而明之。以國君爲之媒，故曰龍媒，豈隱指明長平公主入清後嫁周駙馬事耶？至於假面向人，妍媸靡定，此又先生設詞譏世，嘆鬚眉之不見賞於時。比賦兼行，是一是二，續《莊》、《騷》而作，不復可以色相拘矣。

（乙）此類皆言仙

《**白于玉**》

太史公之女，美未必逮貴族之姬，判以仙凡，斯爲確喻。昔人詩云：『仙人未必皆仙去，還在人間人不知。』書中之所謂仙，大抵在人間者居多，蓋隱指一時華胄而已。長安游覽，昔人比之登仙。京師雕製之術最精，故釵釧之屬，閨閣中恒以京式爲可寶。觀於《墨餘》、《墨記》，劉三秀一事，雖不食求死之際，而不能忘情於京樣手鐲，特伴函以寄其女，其珍重可知。此則中特言釧制絶精，亦微示日下貴家之所御，至其人何指，已不可知。豪華座中，紫雲率請，亦恒有事，特釧能護宅，則故儕荒唐耳。

《**翩翩**》

翩翩花城，妖耶仙耶？捻翹搔掌，仙人亦僅薄罰而笑置之，儻亦前因有不必峻拒者耶？不然，此寒酸輕薄兒，人且揮之門外矣，何以仙人乃或身事？或女字其子，嗔怒不及，而眷厚有加。静言思之，理所雖解，當是仙家牝多於牡，專有好於此下界人。京師旗女奔漢夫者孔多，其翩翩花城之類耶？《易》曰：『以貴下賤，大得民也。』久享高位，有以夫！

《**青娥**》

道士，其仙人中之塞鴻衫客耶？以評事之女，而霍郎乃能穿穴而近之，以仙府之拒，而霍生乃能鑿壁而罵之。至無可如何，乃始則許嫁，繼則偕返。是評事雖仙人，無如此一鑱，何也？嘗就其事思之。始武夫人之不許婚，應是以閥閱爲進退。其後，修髯丈夫之見逐，則又以仙府不容有兒女情。自始至終，所以斷斷者，皆以不欲人之辱其女故。夫尋常婦翁之稱之，所以不利於人耳者，非惡其稱惡其實，蓋惡以此稱加人者，必辱其女者也。人與人且畏出此，況貴與賤？又況仙與凡？評事與夫人之力爲保持，未始爲過，而卒也藉一劃之力，竟使凡而賤者妻其女，而丈人其翁矣。相遇求歡坦然，視爲情之所應出。彼丈人者，亦無以難之。惟有紿之，去而留其女，以免再辱。是則評事之畏辱其女，又有甚於畏鑱者矣。而卒也再藉鑱之力，女閉未久，而丈人之駡且無停聲，是『賠了夫人又折兵』矣。道士之快人意，若預有以計之。彼雖貴也，而房闥既入，不能禁人之不與女同榻。彼雖仙也，而去洞一步，不禁婿之不與女爲歡，畏愈甚而辱愈不能無，道士之不媒而媒。雖事出一人，而不啻爲無量數之凡而賤者吐其氣矣。故吾將爲仙人正告之曰：『善庇爾女，慎處爾貴。己所不欲，勿施於人。』所畏不在狂生之鑱刃，而在文士之筆端。

《仙人島》

王生以笑駡削其福，而得享佳麗，福又豈在王侯卿相下哉？況所遭遇，一則曰『類帝王居』，再則曰『奉享過於世家』。是雖夫以妻貴，而其貴鈞耳。況有帝王世家之女爲之妻，又何患不汾陽、季倫耶？是生人之樂，一身兼之矣。異史氏謂『地仙許攜佳麗，恐帝闕下虛無人』。不知佳麗果諧，則置身帝闕，亦愈可致。裙帶之耻，亦奚足計。島中男女赤足，惟芳雲宫妝，吾知先生意中，甚樂以遼東半島中大足婦分償衆人，而以狂生才士享其尤者，雙翹加縛，貴壽偕來。當之者此時所懼，惟瞭子眸焉而矣。與《伏狐》一則反證，可以痛發一胡盧。

《嫦娥》

狐亦仙之流，而邪正究不同軌，非嫦娥根器固，其不爲顛當所顛倒者，幾希矣。然神仙既與人作緣生子者屢，又何必多此一合眸、一趺坐、一斂神？蓋仙人之不忘其仙，與貴人之不忘其貴，亦習使然也。宗生一人而得仙狐兩麗人爲之妻若妾，艷福若此，幾生修到？先生日弄筆墨，不作名業想，不作道學想，惟思得貴女狐婦而猥倚纏綿之。知之者，謂之『樂不淫』。吾獨謂之『哀不傷』。蓋有激而出，非真好也。

《錦瑟》

王生不見禮於富室女，而獨能享仙人妻，何其福之厚耶？惟其安於素而不敢作非分想，故天轉紓其分以成之。不然，仙人寧畏賊者？第劫運所至，王姬亦有時，而伍齊民是固貴者之不幸，賤者之至幸也。事有必至，理有固然。先生所憤極致想者，天魔之劫而已。

（丙）此類皆言鬼，鬼指漢人，而與狐怪共居，或葬異地者，則指被掠於滿族之漢女。惟《魯公女》一則，獨非此例，於『會意』一例中詳之。

《聶小倩》

此書中正例也。以孤魂被脅於妖物，出而惑人。寧生，正人，卒免其惑，而攜之遁。妖猶不捨。

逐迫將與甘心。微燕生劍囊，其危甚矣。及妖既死，小倩已漸飲啜如生人。一索得男，母以子貴。書中言狐，大抵皆末年遁去。惟鬼則儼然偕老矣。同類之與異類顯分，軒輊於斯可見。

《**水莽草**》

寇三娘非能禍人者，被倪婆之扇其虐耳。三娘雖非爲所脅，而受役於人，亦與小倩相彷彿。書中此例，以況亂離之子女。然主之者，大抵多雌而少雄，似又與强擄者不類。不知清初婦女之在難，弁兵據以爲室者，固亦不乏。要以主將廣掠聽贖，藉以謀富者爲多，如李闖[成]棟之在金陵，高傑之在揚州，姸媸類處，分定價格，如貨鷄豕，而以二三婦人監之，此類最夥。否則，偏裨卒伍，縱欲畢，輒去之。或置之於家，身復入兵間去，亦有未久遭殪擄，婦隨其大婦，或姑嫜，宛若以居者，免脱珠還，多於此際，見於諸家筆記者，不克勝紀。故其人類在一二老婦肘腋下，如書中聶、寇之遭際。然先生以假喻真，以一喻百，發爲暢意之論，以減牢騷。因文勢而牝牡其人，多寡其事，固不必斤斤求合，拘拘指實，未可以尋常筆記之例例之也。

《**蓮香**》

此則中之李氏，是專爲與狐挈長短，與巧娘略似。故又爲例外例，與聶、寇不同，前已言之，茲不復及。

《**林四娘**》

此亦變例。或義主紀實然，所紀又與諸家不同。考之《石頭記》，則四娘爲衡王妃，身非處子，戰死殉夫、殉國，生爲烈婦，死安得爲淫鬼？淄川去青州不二百里，何先生所聞，乃竟不詳？然以王、林諸書證之，均未載殺賊捐軀一事。則又似《石頭記》未確，皆順康時人，記事胡以參差若是？然聞禮曹曾有請旌案，則是《石頭》又未爲無據矣。講《紅》、《聊》學者，盍一參校而溝通之？

《晚霞》

以溺死隸龍宫樂籍，其軀殼耶？其魂魄耶？妊而蹈水，乃得復生。生者，其屍則不能無影，以魂履世，又何以疑？阿端非人，反復思之，不得其解。蓋皆設詞，其實人，而非鬼也。清初之世，大兵南下，以吴娃貌美，無良賤，皆籍而没之。晚霞之在龍窩，不知是何藩邸。吴江王儻即指平西耶？解衣而逃，踏水而去，卒成好合，而又名達淮王。諸王之擾擾無休。不知阿端、晚霞之外，歌者，舞者，野合者，身娠者，逋亡而歸者，輕生而死者，凡有幾百千萬。端與霞其幸焉者也。先生舉一以觀其通，安得不爲江南紅粉一彈老淚？人世而有諸王則可，若果龍君，吾恐天罰之嚴，未必任其酣恒若是也。故爲恍惚，意良可推。

《連瑣》

旅鬼與小倩、三娘似，微不同，而死不首邱，亦可爲離亂被掠者作喻。况又横來惡隸，强劫以兵，赤帽青衣，可想見朱纓罩頂，的是清時捕皂一流也。此輩狐假虎威，良家子女被其脅迫者，不知凡幾。微彼赳赳者之再發，而殪連瑣，安得爲楊生有耶？劫過歸楊，起死肉骨。方之文姬歸漢，有同幸焉。故知《聊齋》書中，言鬼一門，大抵皆爲虎口餘生之弱質，描一小影，脱真爲鬼，孰又曾見二十年外泉下之生人哉？屍之不存，魂將焉附？可以悟矣。

《湘裙》

《聊齋》之筆，補天之石也。死者可生，絶者可續。兩大之間，尚何有不快人意事？是由屈原《天問》之意，而又深之者也。湘裙可兒，有妾如此，雖鬼何憾？先生憫大千世界中無量數薄命子女，横遭慘劫，故特創爲奇想，一泄其不平，謂之『補天』，應無愧色。

《小謝》

秋容、小謝，或被脅於黑判，或跛踦於道路，皆慘然鬼境也。乃卒，得遇有情道士，先後借軀復生，并效英皇，人生無上之快樂，莫是過矣。其先之夜出嬲人，當亦在鬼言鬼。離亂之世，安得盡奪其人於判官胥吏之手，而置之書生齋舍，鼓笙簧，弄楮墨耶？文人之思，爲造化拾遺補闕者至矣。

《公孫九娘》

此書中正例也。清初入關以後，人民懷恢復之心者，累朝而未絶。李文成、齊林、洪秀全輩，其最著者也。其他未及燎原，一撲即滅者，不可勝數。然其事遂與有清一代相終始，殺人不知幾千百萬，而卒不悔，終有辛亥八月之成功。不可謂非漢族百折不回，毅然苦志也。順治十八年，棲霞于七一案，株連衆多。先生慘然傷之，不敢直吊其人，故怒然思及無辜之子女，諧雙飛於地下，成好事於人間。無限憫悼之情，見於言表。書中假託之事，大半鬼而復生者甚多。惟此實指有人，轉不便侈爲快論，但思新村老幼，直成死後桃源。夢裏姻緣，全是無告兒女。爲境之慘，殺戮之多，可見一般，不勝憑吊矣。

《**梅女**》

此一則與『憤勢』一例參看，非但雪冤鬼之憤，實褫貪吏之魄也。而再生歡好，則與小謝輩同，故附於此。

《**章阿瑞**》

誤適蕩子而死，其生前横加摧折，亦可與掠人馬上之武夫比虐矣。終得戚生，補憾地下，亦一快事。

《**伍秋月**》

秋月見侮於二役，其况與秋容正同。王生殺三役，而奪兄妻以還，其事殊快人意。然冥王於無罪者尚能勾致，豈殺役三人者，轉遷地能避耶？先生姑爲是言，以發其憤，原不可以理論。觀其欲上言定律『殺公役者，罪減平民三等』，則可知其嫉世之見，滿然於中，有不期然而發者。若使先生執法，吾知殺胥剽吏，匪唯論減，且將旌其門矣。此則亦當與『憤勢』一例參看。

《**愛奴**》

主人自異域歸，有金數萬，雖婢妾亦以寶飾厚葬，則可見異域之能富貴人矣。愛奴既與鬼夫人久居，雖屍不腐，而但能憑珠寶之氣以自固。一食人間煙火，泯然澌滅矣。此暗指投旗之漢奴而言，一沐彼族餘光，則僅僅可厚藏而死，欲再生如小謝、秋月諸人，有不可得者矣。先生故於例中示變，一則雖迫於勢而可還合浦之珠，一則既感其恩終成不靈之鬼。書中明言『有百年復生者』，而愛奴獨不在此數之内，但重寫其釧飾如新，黄金盈裹，雖能不朽，亦復何用？況一經食人之食，則并魂而化之耶。彼異域金銀不獨不利人，抑且不利鬼。先生之加意描寫，俾人合全書之例以觀，則知所從違。雖死不死矣。愛惜同種之意，不其深乎？

《吕無病》

此則通篇皆爲寫王天官女。全書大旨，多就貴賤兩等人，究其來歷、結果，因其人行事之善惡，而優劣進退之。富貴人，其前生根器必深。若能經患難、知改悔，其終證果，仍有異香滿室之時。以視文學士女，雖鬼而爲人妾媵，終於一痛遽滅者，其所秉厚薄，遭遇舒慘，迥不侔矣。惟其人大率自驕，徒自鑿喪。王女，非大歸知悔，矢志不嫁，安能若是？亦非遇夫如孫生，不畏强御，其結果恐無此良好。若無病者，生既麻醜，死尤慘切。得文學士而願充婢妾，其安於義命可知。事夫撫兒，備歷艱苦，而千里相見，溘然遽殞，揆其委蜕之時，當從此得生佳壤。然賢虐雖異，欲如大婦之歿而爲神，仍不可至。是生而富貴之人，爲人生所最難得。苟善自處，雖死必有異於常人。先生託言及之，俾人人自警，未嘗不欲彼豪門貴女以福自珍，而尤願世皆孫生，毋懾於世家之勢，遂使其女自絶於天道也。苦口勸善，其旨深哉。

《薛慰娘》

慰娘，良家子。爲仕宦任滿入都者所見，遂有舟人，謀斃其母，而納女於宦家。北行經沂州郵亭，自縊而死，又爲群鬼所欺。此中委曲之情，不言可見。舟人必與仕宦合謀，否則，承仕宦之旨而爲之，均意中事。其爲清初滿人所爲，殆無疑義。不然，任滿者何入都耶？先生特曲筆書之，以免貴者之忌。其後遇豐生得返，仇人既見，天道應無逃理。乃僅舍六百金之宅，而得亡去，可以知當日舟人僅得金，其殺人必有主之者矣。書中隱其人不書，但具慰娘遭遇之本末。再生之説，本不足憑；遇救援出，斯爲近理。禮爲尊者諱，先生殆有不得不然者，故全書皆託之再生也。

《房文淑》

書中鬼妻，大率終老。惟文淑來去舉不分明，豈當時貴門亡婦耶？舉寺不投，獨奔旅客，約略可想，宜鄧生之日慮捕亡也。已爲生男，仍委之去，殆習嘗小星之况味，而不甘作貴人乳媪者，况鰥生耶？獨怪其十餘金何由而至，奔馳魯豫，終將安歸？當順康時，豪門强蓄緑珠，十常八九逃亡，席卷或竟歸母所，或久而復還。聞之故老村婆，每舉其事往往類此。特先生因其鬼而鬼之，斯爲異耳。

（丁）此類皆言怪怪之屬最繁，而書中所舉，其類有二：

一禍人者死，與雄狐同一例也，一不禍人而爲人妾婦者，其美慧宜家，往往出人上，與牝狐之事人者，大率相等。全書以狐指胡，因胡拘於一族，故又推而演之，爲仙爲怪。怪有産於水者，有生於山者，有憑於物者，有花木之精，有禽魚之怪，種種不一，大抵以况滿族之外，更有所謂蒙族、回族、苗族、藏族也。諸族之女，清時均有張艷名者，如蒙古博爾涕錦氏，女皆美；愛辛氏，后妃多屬焉；此蒙族之可言者也。回部有香妃，高宗用兵，深致愛慕，卒得之而不貶節，爲太后所扼殺，此回族之可言者也。阿文成征諸苗，某土司女弟龍么妹，美而善戰，有功，記室舒鐵雲娶之而歸，傳爲佳話，此苗族之可言者也。雖藏族一時記憶未得，而諸家西行記録歌咏，或舉其妓名（何書何名一時苦不能憶，但記四字近中國官名，其人絶美），或詳其閨俗，衆中秀出者，亦自有人，此藏族之可言者也。先生援《山經》之例，廣無不包，然均納之宇中，託之物主，設言寄興，有衽席四海之深情焉。展如之人，呼之欲出，綢繆燕好，此之謂胡越一家矣。此例過繁，連綴類從，不復分舉，以省浪墨，識者諒焉。

《**畫皮**》、《**妖術**》、《**五通**》、《**噴水**》、《**驅怪**》、《**莜中怪**》、《**大蝎**》、《**大鼠**》、《**斫蟒**》、《**泥書生**》

此類甚多，皆害人而適以自賊者。天地之間，善福淫禍，無人物一理，先生廣輯此類，託物警人，用意良厚。内惟《五通》一則，語含譏謔，不免有南北人之見存。而清初被淫禍者，惟江南爲最深，故先生亦兼寓此。半通之未去，其爲害固二百餘年也。湯文正能制怪而不能制人，故卒成辛亥屯防之禍，設想至此，爲之悖然。

《**竹青**》、《**阿織**》、《**青蛙神**》、《**白秋練**》、《**花姑子**》、《**緑衣女**》、《**阿英**》、《**素秋**》

此動物界之美人，與人配偶者，其爲類一也。

《**香玉**》、《**葛巾**》、《**黄英**》、《**荷花三娘子**》

此植物界之美人，與人配偶者，其爲類二也。

《書痴》、《粉蝶》

此不可指名之美人，與人配偶者，又爲一類。《粉蝶》後世爲人，前世非仙非鬼，無可歸類，故亦只可謂之怪。若夜叉國，其人非美，其地實無，借譬爲文，諷人閨闥，此雖怪而又不可以怪名者矣。

凡此以上諸類，變通四達，出鬼入神。先生愛同嫉異，揚賤抑貴之心，婉轉畢吐。彼族離人之婦，而亦離其婦。奪人之女，而亦奪其女。報施相等廓然，足以快國人之心。然彼族以强，我獨以禮。彼族妻我婦女，我婦女不願，我族妻彼婦女，雖彼族不樂遽從，而其婦女則大願。是故得之彼者，足以興家長子孫；失之彼者，久且自返，仍歸於我。天地間之報復豪舉，其痛快復何以此加。後人不知清初之確情，或疑所言未必如是，而試爲先生設身處地，其滿腔憤激，固不能不噴薄而出也。悲種一例，爲全書之腦，故此類占書泰半而有餘。恐後人不察其用心，故又間爲會意一例。此例雖少，而得一，則觸類可通矣。略舉數條，以見其概。

《王成》

王者以三百金購一鶉，以其例俸計之，歲不過數十鶉而止。其所恃者，果在俸耶？刮剥於民，以供宴燕，其平時府怨可知矣。先生特舉其小者，使人微會。故不言其爲何郡、何名，若在朱明，則淮潞諸王早經揭出矣。此可見爲清初事。

《魯公女》

邑令魯公，三韓人，此人爲旗籍可知。蓋三韓在瀋陽以南，并朝鮮均爲三韓地。《滿洲源流考》

以三韓爲滿洲舊壤，考證綦詳。若非滿人，先生必以『遼東』二字概之矣。且魯女好獵，固滿人習尚。錦貂之飾，亦不類漢裝。雖偕歸，時以足弱爲憂，而男女競走，女自不逮，不必纖纖者而後謂之弱也。及後，將投生河北，以路多荆棘，深慮其衣不利行，更可見爲漢裝。確甚。試味『妾衣裳難度』一語，似其衣制與常人不同，故以爲苦。若非長袍被足，又何難行者？脱爲漢族婦人，則解裙以度可也。先生此則意中，殆以旗女私奔爲快。縣令既其所惡，彼族又時所嫉，寢處其女，姑快人意。故爲是恍惚之筆，以書其習尚妝束，隱以其意示人。若非有所幸於其奔，轉可直書爲滿人女矣。全書專以得人女爲淫掠之報復，又意在滿人。既況之爲狐，又廣之於鬼，同一命意。故微示其例於此則焉。非細審難窺，是以其傳不禁也。

《王者》

種族之禍，由三桂召之。故當桂在時，人人恨之切齒，而無如何也。其在滇南，被刺者屢，迄未得損其毫末，豈明社應亡其手（桂王死明乃真絶）而有同天子之命耶？由順治以迄康熙初年，西藩兵威最盛。謀雲强雨，至尊側目。一時西南數省賦課所入，皆輸滇南，充西藩軍實。此則所紀，相傳即三桂事。湖南是其轄境，故致之餉。謂之京餉，妄也。此王者，不知何如人。大抵清入關後，雖天下粗定，而人心未死。山澤嘯聚者，頗不乏人。或自領一軍，或得朱明支裔，如漢劉盆子之屬，奉之爲王，自爲衣冠伏臘，號召黨徒，徐圖興復。其人自清開國，以至於洪楊事平，迄未嘗絶。特未彰明起事，故無姓名可傳。諸家載記中，往往隱約存之，有可考見。如長江一帶之《老龍頭》，閩粤一帶之

《山諸葛》，固比比是也。此王者，居近何所，書中未詳。似非不知，若故爲隱諱也者，度其地當在長沙以南，而不在北。故山深箐密，有世外之桃源焉。此事或出三桂開藩之時，或在叛清以後，舉不可考。意者必已建號，故作者諱之。且事果出爲清臣時，其首恐早已被刃，固不僅取姬髮已矣。傳者謂鑲官失銀後，徑赴吴所請罪。吴需餉急，欲斬之，見王者書，内有侍姬陳圓圓髮，乃懼而止。圓圓自失其髮，即改妝爲尼，知三桂必敗，嘗請獨居修道。故三桂敗後，不知所終，得免刑戮。有謂隨惡少年去者，有謂爲張勇所得者（《石頭記》『妙尼遭劫』一事，即指圓圓），亦舉難信。而髮爲刺客截去，則事當不誣。當柳仙先生之時，滇南初下未久（先生成書在康熙之十年間，吴於十七年平），人無肯道其人書其事者。故先生以湖南巡撫代之，其實即三桂事也。京師故老，頗有爲是説者。考之諸家記載，雖不著録，而圓圓薙髮爲尼，則陳其年《婦人集》及《梅村詩注》等均每言之，以證此説，知非無因。先生書此事時，所謂『此王者也』者，當尚在世，故先生故遺其地，以免捕治。明明草茅竊盜，而遂以王者之名歸之，可知其人必先生略知梗概者。復明之計，亦先生所與聞，故神奇其人，迷離其境，森嚴其制，以書之。按其事，雖若出憤勢之心，而究其實，實出悲種之例。蓋其人既能剚刃於床頭，何難遂誅其雙首。惟知其背滿，不免有同力復明之心。故雖深惡其驕，仍留以有待。清初，督撫歲俸亦頗有限，雖貪污羅掘六十萬金，亦非易集者。三桂慨然免追則可，若中丞公傾囊賠補，恐未必遽能如數也。此則中含義深遠，可思而得之。

《天宫》

此則亦近『會意』之例。前已列及，不復贅言。

《胡四相公》

睿王爲清文宗子，行次季，又秉大政。而死時，年不過三十餘。當入關時，雖逆施孔多，而雅重文士，此則殆微指之。滿族故曰胡，序季故曰四（睿王亦稱九王），秉政故曰相公。入關時，年才二十八九，故曰少年。本爲盛京產，比之長安，故曰陝中。攝位七年而死，故未久即別。至其居處之崇，陳設之美，筵宴之麗，均非常人所有，故知指貴人而言。白鏹贈人，寒士所感，惜其面不可得而恒見也，此則似近歸美，然合全書以觀，彼族可譽者，惟此一人一事。先生於善惡兩無所掩，一長固不能蔽全眚，其意亦可微會也。

《顧生》

此則專紀攝政七年間事，託之顧生之夢耳。始見嬰兒，指世祖，時方幼小。九王世子（睿王即九王爺），即睿王也。爲殿九楹，非天子之居不可。王邸無之，此均令人會意處。世子瘧愈款客，指睿王喪偶後嬰疾而言。轉瞬之間，少者已老，言世祖不久親政耳。顧生一反復間，梨園已過七折戲。七折，準《攝政之七年》言：『傀儡登場，須臾已過，猶之戲耳。』劇中專言彭祖娶婦一齣，是隱指文皇后下嫁睿王一事。睿王於順治六年冬間喪偶。相傳七年正月上元，與后大婚。是年冬間即死。死時年三十六，不爲甚老。以彭祖喻之者，言其末年不知檢束，乃敢擅取此婦耳。此一則意最明顯。

明乎此，則全書之託意可知矣。

《庫將軍》

此特爲人臣之事二君者戒。祖述舜，一草茅寇盜，而先生予以君臣之分，則所以惡清者深矣。

《採薇翁》

採薇翁，不食周粟者也。雖腹有甲兵，奈一時無能用之者。先生蓋傷發難者之非其人，故託言以寄慨耳。命曰『採薇』，其意可見。

《跳神》

此專言滿洲之惡俗，而先不遽言首，但言婦女，繼歸之京師。將一切可鄙可笑之態，描摩盡致。乃以一筆拍入滿洲本事。直書毫無美刺，而美刺之意，自在其中。觀其遞引而深，點睛飛去，則不與同中國之意已見，特不欲顯言獲戾耳。

《花神》

全書以花神作結。檄中辭語，半指異族而言，末云說『千秋粉黛之冤，若大風流之恨』，尤著書本旨，故不假名於人。

《胡四娘》

三藩均賜旗籍，先生直胡之矣。此胡始在京，後入滇，當指三桂。四娘指其義女孔四貞也。當三桂盛時，子應熊尚主，其驕倨可想，目中安有四貞？後四貞婿延齡爲三桂所誘誅，遂載四貞入滇，寄人檐下，其况可想。滇南既下，四貞以孔有德女，獲養宫中。吴氏支裔盡誅，其存者雖欲求媚四貞而不可得矣。圓圓在吴所，稱邢太太有養女。圓圓具人倫，鑒見四貞才美，獨優遇之，事敗，獨邢得亡。以書意考之，其後當受四貞之養，不遭刑戮。相傳四貞爲聖祖所納，迎養圓圓，亦意中事。此則穿插諸人諸事爲一，以諸郎諸女况應熊等，以四娘况四貞，以銀臺况三桂（三桂在時當厚遇四貞），以李夫人况邢太太。始京後滇，始貴終賤，且遭大獄。四娘轉以夫貴，其事并同。孔氏亦隸漢軍，故胡之一姓，孔、吴均可冒也。事頗妙合。揆先生用心，不在寫四貞之當時，在示李夫人之結果。蓋圓圓下落，無人知之。先生知之，而不敢明言，故藉四貞傳之。四貞又不可明寫，故藉四娘傳之。圓圓死在都門，此説固有傳者證，此爲益信矣。

《**白蓮教**》、《**小二**》

白蓮教，始於明天啓間徐鴻儒，其初亦僅僅爲斂財地耳。至清人入關以後，其教乃益滋蔓。遍北數省，入者日衆，駸駸有廓清種族之宏願。滑縣李文成之成事，其志可覆按也。邪説惑世，正人每不樂道之。先生是書，雖主搜奇，而崇正黜邪之旨，則湛然不紊。此類邪教，屏之唯恐不遠，覆之唯恐不速，安有矜異之者？而書中兩紀其事，均作有餘不盡之觀。山中巨人呑之轍去，是救而生之，存其一脈矣。小二偕婿并逃，厚施鄰里。一本巨子，又多得人，是又不但存其一脈，且張大之矣。不然，村人盡知，安有不以覺逆首告者？則以恩給，以術叙，有可知者。先生殷然書之，雖知其人之無能爲，而激於同仇。嘉尚其志，故亦若或幸其得生，冀其發難也。種族之感，豈獨滑縣諸徒有之？

去開國愈近者，其感愈深。特至嘉慶時，而其傳彌盛耳。順治初年，已屢興白蓮教之獄。先生所書，當此時事。託之鴻儒，亦免禍免捕之意而已。微會此旨，先生悲種心益見。

《**九山王**》

書中所記，雖狐以族禍報人，然此實『藉賓定主』法耳。着意在『順治時群盜并起』一言。又極寫郡邑間，聯合響應之多，且易其時，人心可見矣。

《**菱角**》

内有『大寇據湖南』一語。考其語即三桂也。書中每言亂，以『大寇』二字概之，亦可見不欲以『叛逆』等字加三桂，爲其爲同種謀興復也。事皆實指其人，此獨括以大寇，而不及姓名，其不欲以『叛逆』等字加之抗清之人，亦可見矣。

《**劉夫人**》《**賨姓**》

此兩則中，一紀朝廷選良家女實邊庭之事，一紀朝廷選民女充嬪御之事。於民間惶懼之狀，描摩至悉。而故以『訛言』二字繫之，且兩書一例，可知其欲存梗概，以告後人。不得不故爲開脱也，苦哉！

此一例三變，明全書大旨已見。其餘四例，附庸而已。然附屬之中，可以證明此旨者，亦復不少。非爪牙安畏猛獸，非波瀾安畏洪水，其助成種族之憾者，固比比是也。嘗考有清一代，入關以後，歷世凡九，得君凡十。君雖無大聖至睿，然甚失德於民者亦未嘗有。惟於女色一事，貽人口實者，不乏所聞。而以實求之，若高宗之在揚州，穆宗之游妓院。平情而論，其有無失德，究無明證可言。所最可指者，惟順治一朝，視土地人民皆戰勝品，偶有所得江南子女，强載北行，斯爲大失民心之第一根據。然其事，在雜亂之世，本所難免。況以異族初入中國，驚奇駭艷，更難深責。且考其年月，不仁之政，皆出睿王攝政時代。英豫諸王，復從而助虐，若以責之，世祖已覺稍枉。況以下各君，更豈能代遠祖受過？其孝慈百世莫改者，不能不歸罪於孝莊、睿王兩人也。滿人初來，語言文字本不相通。且關外倫紀疏廓，偶有所爲，國人已深駭其異。即不擾及蔀屋，民心已一時莫屬。況又强迫薙髮，採辦秀女，虎一狐百實山，聲洪輾轉流傳。身受者有不共戴天之仇，聞風者成切齒鏤肝之恨。是皆睿王一人所致。故滿清一代，開國者此人，亡國亦即此人。民怨至今，不因胡果。故論其人，在滿族爲有功，在中國爲有罪，在太祖爲孝子，在世祖爲亂臣。惡有專歸，不得概咎十帝。今日世殊時異，人人意爲之平，觀之固易了了。若在開國伊始，所爲離奇乖異，人但知朝廷之立法行事如此，誰復究及作俑之人。惟先生書中，早已洞若觀火，故於一時朝貴官吏，上自王公，下至典史，舉有所譏切，而天子則無，是其悲種之心，全由攝政七年積累而出，固未嘗怨其所不怨也。唯其有所不必怨，而按脈視病，求其所以致病之源。則對於當時貴人官吏，髮益指矣。是以悲種例外，惟『憤勢』一例，最所齗齗。此例書法兩層，一隱寫，一直書，前已略陳其概矣。兹仍用甲乙分定之法，摘書證之，以盡其旨，撮要録下：

（甲）此類皆不指實

《續黃粱》

生前貪污橫暴，適爲死後受報之地。雖帝王卿相，胡爲哉？是恃富貴者，非徒無用，徒滋累耳。一枕須臾，何苦貽地下無窮之悔！先生由憤成悟，可以警舉世之熱中人。而一時權貴之倒行逆施，亦藉以見。

《八大王》

舊令尹，醺然一鱉而已。而勢焰如此，然善用之，亦足爲人謀富貴、妻子，人亦何惡於鱉哉？獨怪彼翩翩貴主，乃以鱉媒，是有不可言喻者矣。□肅府清時亦有，不知何指。

《席方平》

陰曹之黑暗，一與陽世等。特多一殿下九王，及灌口二郎耳。先生忿外吏之貪橫，而未忍明指，乃以冥王比疆吏，以都司、城皇比守令。欺人卒以自及，天道固不爽哉（《續黃粱》指朝臣。此指疆吏）！

《公孫夏》

市官適以市鬼，煊赫未已，而項紲已加則甚矣。彼營營者，徒自毒苦，而以妄償冥冥不可知之人，夫亦可以知悔矣。

《夢狼》

人而狼，天下被其噬者已多矣，况官而狼乎？ 貪而繼之以狼； 憫兹下民，其何能活？

（乙）此類指實事。 或假託姓名，或諱言之，與「尚俠」類互通

《成仙》

黄吏部，在籍放肆，至於如此，其在官可知。 一時林下多若而人，安得不使先生多弄筆墨？ 「成仙」數言，可以概括臨民者之通病。 周生不納，宜其終凶矣。

《梅女》

官吏貪横，雖典史而能作威福若是。 受臧錢不滿三百，遂爾誣人節、殺人命。 十八年屍居餘氣，方自以爲駕輕就熟，視案下人皆我囊中物，又安知身報不遠？ 先以妻子爲償，彼勢利亦何用哉！

《促織》

以一玩物而使人民蕩家室，斃生命，徭役重於正賦，其結怨於民深矣。 先生表而出之，所以規在位者之好尚。 較之相如諫獵僅爲人君一身危者，其利溥矣。 此戲，順治間宫中亦頗愛重。 梅村《咏史詩》嘗及之，但不賦民，斯尚可諒（此言宫廷）。

《鞏仙》

惠哥與尚生善，矢志嫁娶。 而魯王一召，遂閉終身。 從此蕭郎，侯門似海。 古今傷人心者，莫是

過矣。此王雖未言橫暴，而其勢足離人之情，斷人之愛，傷太和而滋民怨，不因此而知其餘耶（此言王邸）？

《**胡四娘**》

富貴驕人，雖手足姻婭不免。況其疏者、遠者哉？世情類然，於胡氏子何責？

《**青娥**》

以林下之評事，且已仙去，其家人猶矜矜門第若此，可知其他。

《**冤獄**》

此縣令不貪而昏，而其弊乃於貪等。惜周將軍不能千百化身，盡縣令而股栗之耳。先生對於有司折獄，最所疾忿，故每及之。

《**青梅**》

王進士之賤視寒士，一何至此！宜其死而無葬也，微女賢，其何堪想？

《**禄數**》

已聞死期，而猶不知戒，天必有以促之矣。不言其人，但云顯者，必當時赫赫者也。

《**王者**》

此可以概一時督撫之貪狀。

吏部。

《**紅玉**》

御史坐行賕免，居林下，猶能擅威福至是。其在位者，當何如哉？可以思矣。此又是一黄

《**張鴻漸**》

以闔學諸生，訟一貪暴縣令，其結果至於逃亡、瘐死、遠徙者多人，而卒不能損縣官豪末。書中描畫畏罪潛歸之狀，其慘有如目睹。微子登甲第，此人終不敢入里門一步矣。噫，何威虐之至是哉！

《**吕無病**》

以天官女，遂敢於侮夫虐子，是純以勢不以理矣，舉一可觀其通。

《**姊妹易嫁**》

世族家女，但知富貴，而不知富貴所由來。宜以金龜讓其妹，而身以尼老也。恃貴蔑視寒士者，盍鑒諸？

以上種種，是上自天子王公，下至典史胥役，内而天官臺諫，外而督撫守令，其貪虐病民，皆足以結人氣而指人髮。此類與『悲種』、『尚俠』兩例交互甚多。故純例轉少，所可指數者，大概亦即盡是。此外『嫉富』一例，與『憤勢』同意。而一以勢勝，一以財勝，一病在横，一病在吝，是又同而異者也。憤勢既明，請言嫉富，仍用甲乙分繫法兩明之。一可法者，一可戒者。後世富人可以鑒矣。

（甲）此可法者：

《**珠兒**》

李氏富而好善，雖死子，而有子，此可以爲富者法。

《**阿寶**》

富賈不以女妻貧士，人情應爾。而此翁媼雖恐爲顯者笑，卒從女意，遂得佳婿，亦人之難能者也，故表而出之。

《**道士**》

韓生富而好客，宜有仙人入其座中。儻不聽徐生之言，見色而趨，吾知仙人所酬將不僅是。

《**金和尚**》

和尚而雖致富，則王侯不讓矣。晚明初清，宫中人皆重佛。故僧道皆絶貴重，俗所以有在京和尚之謡也。金和尚在水坡里，不知屬何地。以意度之，必春明左右也。金和尚，一碌碌守財虜，然廣交游，喜延納，卒得有孝廉子以繼其宗。宜知其金粉養人。沾丐者固不止一人、一姓也，死而煊赫亦固其宜。

《**宫夢弼**》

此例之正示人以處富之道也。芳英財雄一鄉，而急人之急，座客常滿。後雖不給，而施與不衰。

此在吝者視之，直敗家之不肖子耳。而卒也天遣夢弼，陰爲埋砌。金銀田宅，但有浮而無減。人又何苦不以此磚石貽子孫哉？黄氏夫婦兩痴，其善居積，必千百倍於柳氏，而後竟何如？財豈能以人力守者？徒受揶揄，自慚無地，不如芳英之含笑入泉矣。造物之欲福其人，雖無夢弼，吾亦知柳氏之富，必不與黄氏同落。當其初之不善守，即所以爲守也，偶散復聚，又何憚焉。

（乙）此可戒者

《**宫夢弼**》

柳氏足法，則黄氏足戒，可知矣。此一則實兼二義。

《**二商**》

大商富而不念其弟，宜其貧不旋踵。天下富人之過，豈必盡出諸己。婦人之吝薄爲尤甚。受命於床頭，其及也宜矣。

《**雲蘿公主**》

屠氏亦爲富不仁者。陷人不死，而一家十餘口，悉膏袁氏之刃，僮婢擄貲，人財并罄。此非財爲之累哉！

《**陳錫九**》

周氏之恃富欺貧，其虐有甚於吏部黄氏，僅械獄不足以蔽其辜。然錫九賢者，固不忍不爲之援手也。官命以百石報德，已從寬典。而不仁者，猶雜糠粃以進。是以前過爲未足，又從而益之。宜其終遇盜劫，既致之貧，又速之死也。富者用財，惟賄賂不惜。而不知愈能通神者，其敗亦愈速。盍鑒於周氏，早不爲大盜守之爲愈哉！

《**鳳仙**》

貧富之見，雖狐不免，則甚矣。錢之果能通乎神也。劉生丈夫，居然能爲床頭人吐氣。翁媪之旗採酒醴而至，不知視蘇秦之嫂匐匍道旁時神色何如？吾知其恭當有似也。先生特著是篇，正欲見當時之重功名、重財帛，彼族尤甚。則常人可知矣。

《**霍女**》

吝者破其財，此亦俠之類也。富人薄於親，故而往往以漁色破家。以霍女成事觀之，知世界中不少朱大興其人。吾知家家床頭有一霍女在。

《**席方平**》

羊氏之倚富爲惡，至死不悛。不獨賄人，兼能賄鬼。至冥王左袒，尚復何畏！富之力可謂無間死生矣。而無如灌口有神，非財可動，剁肢撈骨，卒受慘刑。坐視數世豐饒，轉爲仇有。當其輦金自壯，人如我何？時儻思及之，固不如早剖良田，以奉孝子，尚可貽子孫半產，而留一體全囊也。捨命留財，財亦同去，哀哉。

此例皆散見篇中，可舉者尚夥。然取足以見義可矣，此例之外，賤士一例，佳文至多，皆先生傾懷而出者。黄粱已悟，豈尚屑與一般頑聱争短長？特世道之衰，端由士風之降始。尋源探本，不得不致慨於主司，以淋灕揮灑之文，寫抱鬱牢騷之意。莊言不已，加之以怒駡；徵實不已，益之以離奇。要使聞者快心，當者流汗。先生之意，亦爲之平矣。使非實見當世功名中人，身價掃地，名節既喪，猶然持衡鑒以量天下才（康熙時，特選主試鴻博者四人，如馮溥、葉方靄、杜立德等）。亦均明時科甲爲多（順治時常科益無論矣）。致足爲羞，何肯痛詆之至於此。若一身通啬，自關運數，倘以區區不第，歸怨朱衣，毋亦非君子自重之道乎？先生義藴固在此而不在彼，特故以小言出之耳。全書皆此一法，可測而知之。此類散見者甚多，不勝枚舉。僅就其爲例較純者，摘舉數條，以見大概。分録如下：

《司文郎》

此則所重，尤在殉甲申之變，一語可見。先生所重，在氣節，不在文章。書旨揭明，以道德爲貴。則知先生論文處，不過借題嬉戲。其所以軒輊，正自有其大者在也。

《三朝元老》

此則顯詈馮銓，并附洪文襄一事，足以見先生惡諸二臣之深。

《考城隍》

應試者二人，取者一而代者一，是一榜盡賜及第矣。陰司取人以實，無名額之多寡，無年分之拘限，缺則招試，滿則罷之。善則任事，否則去之。至公至明，何其簡而當也。先生記此，則着意在有心無心兩言。蓋失才者，若出無心，雖盲於目，而心可恕。惟通關賄，袒親黨，此則故限天下真才之進身，其爲害非僅舉子之一身。雖陽譴不及，而陰罰必不可逭矣，以此爲世運升降之根。故舉以爲綱，列諸卷首，後此種種，禍由此伏。書中凡論場屋之事，大抵皆屬有心。爲惡之主司爲多，故先以此示例。義由創造，非有事實，誅心焉而已。

《**葉生**》

寒士攻苦一生，窮老戰北，文章亦與人等。僅僅未達此一間，而貴賤霄壤，其得失非徒係乎名？夜則牛衣，晝則糠粃，有對妻子而羞顔者矣。天生是人，其況直無加於丐。而優游狂樂，殆弗如焉。國家以文爲招，而文不足恃。又諉其權於數，是其人者，天未嘗惠其生，而國家實蹙之死也。死而不能破其惑，宜哉！葉生賫志以終，自忘其死，見獵心喜，竟獲禽焉。先生取而記之，俾司柄者知含忿地下者，大有人在，固不止葉生一人已也。

《**續黄粱**》

高捷南宫人，胸中但知有蟒玉，宜星者之正言相許也。二十年太平宰相，無非爲跋扈恣睢，聚財徵色地。雖暫時一夢，然非志慮中蓄有種種意相，其夢亦何必是哉！先生記是篇，純由《邯鄲》演出。然《邯鄲》之奇，奇於其遇之亨。此篇之奇，奇於其報之慘。蓋前人胸中，不過志富貴而止。當先生時，功名中人，無不汲汲於快恩怨、斂財色。故其人愈不足重。清初陳名夏縱子，强納民妻，屬藩司，庫金買花園於江寧城内。洪文襄予告還里後，好以勢利加人。金文通因有揭帖攻之，率請總督將軍入奏，急求加以重辟。馮銓曾仕李闖，倚闖勢勒人金錢孔多。種種施爲，均不值先生一笑。故以《續黃粱》一則，統納而渾寫之。非專有所指，亦非漫無所指也。會心不遠，宜即當時名進士中求之。先生之賤視科名，良由此輩爲之玷耳。

《**雲蘿公主**》

安生秋捷，方沾沾自喜，以告雲蘿。雲蘿不以爲可喜，乃愀然謂之『俗障』。則是濁世功名，不足以重君子，其爲仙人所鄙唾久矣。先生有見於此，而猶然爲葉生、王子安諸人記言者。意固有在，可以知其非身世之感矣。

《**辛十四娘**》

楚銀臺公子，名居榜首，而不以文章，則關節可知矣。先生所最深惡都在此。故不甚罪舉子而罪主司。

《**素秋**》

俞恂，九蠹魚之精也。世間絶學，安有勝於蠹魚者？而仍不利於場屋，則所好尚可知矣。是亦先生寓言，用加倍寫法，言功名不由學問耳。

《**顔氏**》

先生每遇一事，必歷舉神仙男女遞演之，以盡其變。丈夫在場屋中，往往失意。雌伏者轉投，靡不利焉。非耀女學士之多才，見一時新貴，直無殊巾幗中人，皆不足當須眉選耳。反觀痛謔，妙想入微。

《于去惡》

陰司考試，試官亦復爾爾，則陽世更可知矣。此亦加一倍寫法，以桓侯作結，亦姑快心。謂此輩只宜莽將軍殛之耳。

《賈奉雉》

高人逃名。賈生之逃，殆逃文耳。唯文醜不能不自汗，乃適以得名。賈生之所逃，衆人之所趨也。先生爲之齒冷，故特以賈例之。然恐能自愧者幾無人耳。此又别開一徑，罵煞虎榜中人。

《三生》

主司與落第舉子，結數世莫解之冤。雖爲犬而不能畢其憾，必償之以女，稱翁婿焉，乃言歸於好。甚矣，主司之可危！安得再世多生少女，以待爲乃翁解怨哉！

《三仙》

中式之文，出諸水族蝦蟆之手，宜蠹魚之不中而死也。用意刻虐，匪夷所思。

《司文郎》

人雖至愚，其鼻必能辨薰蕕。簾中人有鼻盲，則雖飲食以溲勃，恐亦莫得而知其臭，况文章之氣味耶？集無數海上之夫，以論人才，則人才衰。以營國是，則國是敗。酒肉銅氣，薰騰臺閣，行路過而欲嘔，寧獨此一老僧！惟老僧衡文以鼻，不以目，故雖盲而能辨氣味、知美惡。此特加人一等。

五官之用，僧似較常人缺一。而視簾中人，則猶多具一官焉。得天下衡文者，皆僅於目盲，則人才與國是并幸矣。鼻盲不可，心盲尤不可。吾願得司文郎盡人説法焉。

《王子安》

賞報十千，人生無上之快心事，惜乎其爲須臾醉夢耳。臺閣諸公，題名一旦，榮顯畢生，快心兩三須臾，其事誠非醉非夢。然不醉夢者其暫，醉夢者無窮期矣。頭腦冬烘，簿書雲霧，造化弄人之酷，甚於狐魅。子安得須臾之快，亦僅受須臾之弄。以視黄粱中人，老死不醒，不猶徼倖乎哉！此本先生之意而廣之，求其本旨，殆寫失意人之慘狀，亦寒士所可悲者也。

此例義主滑稽，平寫者少，旁托遠襯者多。以《考城隍》一則爲之綱，以《續黄粱》一則爲之總。餘或注重於得意一方面，或注重於失意一方面，反復推類，以盡其菲薄賤視之心。雖未嘗明指當時諸貴人，而以《續黄粱》中所雜陳各事揆之，一時衮衮諸公，亦均在是。而又有《考城隍》，以著陰司考試之善。《司文郎》，以著人世考試之惡。《三仙》、《三生》，復從而加演之。主者試者舉莫可逃。當明清之間，捐納尚未太行，人才盡由科舉而出。置科舉則人才胥在其内矣。傷時之意，由亡國亡種而來，而一泄其憤於此。大抵全書，於『悲種』、『憤勢』兩例，多用嬉笑派，以歡喜解冤。於『嫉富』、『賤士』兩例，多用怒駡派，以直言討罪。一則恐觸法網，故立意不嫌實，而立言不嫌空。一則故作牢騷，其見若甚狹，其實乃甚遠。明乎此四例，則先生對於當世之故意所喜怒好惡、輕重遠近，以及所以撥而反之之道，必如何而後能平兩間之氣，足以償憾而快心，均已絲跡顯陳，了了然見於紙上。人人可讀而通其意矣。惟是事關天下大局，非如一事一物，可以提攜而反覆之。欲求償憾快心，必有其所假手從入之途，乃可以申其志，而行其意。若但爲是空言自壯，先生非售小説筆記以活者，亦何取於有文無實之書。且全書中兒女之事多，英雄之概少，徒傷口孽。甚且誨淫，不但道義者不應爲，即才士有志功名似亦應自愛惜。先生何遽出，此蓋嘗反復考索，而知先生之用心。其所假手從入之途，固自有在。當時滿人方盛，駐防旗兵滿天下，凡有要害，舉已設守。文武將相，志在利禄者，并已歸心。若於此時欲求天道之還，人心之饜，雖白蓮遍十八省，于七得二十萬衆。然以一戰爲决，恐徒多殺傷性命。寡人妻而孤人子，而勝敗仍未可定。先生乃於繁中求簡，重裏得輕，知秉柄不過數人，漢奸不過數輩，果能有任俠者出，一一飛刃其首囊而去之，是不傷一人，不折一矢，而撥而正之。償憾快心之道，具在是矣。於是提倡任俠，全力描寫，用以爲全書中之腦，畫龍之睛焉。俾讀者就而思之，弱者散財，强者學劍，昧者求爲快恩仇之具，明者借以堅復公敵之心。事在清初，本人人意中所固有，一經先生稱道，其力乃千百倍焉。設非後世泰西之槍炮興，吾知劍術一門必且精進無已，恐有先辛亥武昌而發難者矣。先生以一老明經，而遭遇不平，遂激而成俠烈之見（先生當時所見與後世不同。其時滿人誠不得謂無過）。故於此例皆用重筆書之，與前四例蹈空揚藻者，迥别谿徑。其着意處即其假手處也。託意於此，爲著書之本義，爲諸例之結穴。充義至盡，力爲闡揚，故例中有『滿寫』、『極擬』、『隱諱』三例。滿寫者，重按其事而實書也。極擬者，假物爲言以相比也。隱諱者，明著其人而諱名也。反復類推，若甚幸天下之有其事，而又唯患無其人。寄托之深，於兹乃圖窮匕見矣。

書中此例，雖不多舉，而筆墨含蓄中，每遇一不平不了事，無非恃此爲後援。則凡所謂狐鬼神仙，統作俠觀，無不可也。恐人不悟，故又以純例寫之。兹先就滿寫一例推之，其類甚廣，仍用甲乙丙丁戊分記法，著而出之，依次録後：

（甲）此類皆仙而俠者：

《種梨》

事雖小，而所以快人心，懲薄俗者，固俠之類也。

《成仙》

黄吏部之欺人，罪浮於宰。雖周之寃已達九閽，宰威已無可肆；而黄猶能賄託牢卒，絶其飲食，周之不死，幸耳。躬蹈大難，而世情未已。家有少婦，復通於僕。設非有仙招而去之，使見而悟，則周雖不死於獄，又將不免於家。必有成仙其人，而後叩閽不辭。易形有術，抉奸婦之首，傾惡官之金。周遂得免入鬼途，終登仙籍。世人結交需黄金，若義安有至是者。宜先生之深致懷慕也。

《宫夢弼》

點金之術，世安得有？況不點而金耶？善人獲報，瓦礫自變黄金。宫仙爲人世扶善良，其俠足貴，其術不足言也。快心之論，何託而不可。

《辛十四娘》

爲人排難解紛者，皆俠也。十四娘之狐婢，冒女以雪父冤，亦仙而俠矣。

《黄九郎》

捨身事人，出知己於危難中，柔情而俠骨矣。書中叛王不知何指，度必吴、耿之流。先生此則中，貶中丞而右太史，是其無惡於叛王之黨可知。有異種同仇之思，提倡任俠，至雖狐兔而褒之，可謂至矣。

《封三娘》

成於義者，謂之俠。成於情者，亦不得謂非俠。三娘爲人蹇修，非自媒者比。是純以俠報知己也，故入此類。

《小梅》

因一夕之緣，而救其子孫於難。人情所難，况異類乎？故俠之。

（乙）此類皆鬼而俠者：

《聶小倩》

秋音小謝，與生無瓜葛親，而臨難能爲之盡力，亦人所難能者矣，况彼三郎者？求拯其師，幾遭箠笞，謂非任俠，將謂之何？

《宦娘》

身無所利，專爲人謀者，皆謂之俠，況勤勤以報知己者耶。鬼中之有宦娘，猶狐中之有封三娘也。一忠於女友，一感於郎情，均足以愧世之專爲身謀者。

（丙）此類皆人而俠者：

《紅玉》

强凌弱，貴壓賤，富欺貧，當其快意恣睢。人雖有不共戴天之仇，固無從得當而一報。世有虬髯丈夫其人，天下乃無不平事矣。微馮生知感，雖舉世馨香以報，亦豈過情？

《崔猛》

豪傑之氣，與生俱來，天之所獨厚也。故能俠者，無不能孝，其性固皆過人者。彼李申何人，奪妻而不能報。呼號鞭笞之下，乃適以壯猛之氣。不相謀而代報之，是申固無用之尤者也。然天下惟義之感人，最深而速。變化氣質，宜有時而神。申以不能自申之人，而與猛處久，乃能申猛之所不能申。由是道以推得猛百，天下皆奇男子矣。語曰『方以類聚』，又曰『薰德善良』。先生之拳拳服膺，非唯壯其人，不兼服其化耶？世道之責，將於是人寄之，故加意描摩。全書之中，以是篇之文爲最健。

《**田七郎**》

芝草無根，醴泉無源，烈然丈夫，豈必盡在城市哉？ 天下唯不輕受人者能報人，亦唯不輕諾人者能踐所諾。七郎一獵人子，不必讀書知義，而殺身以報知己，雖古君子無以過。觀其母之擇交而拒饋，知孝子之有得於母教者。當其有所受於人，固即以身相許時也。世有此人，吾族可高枕而卧，横逆又何自來哉！ 是與《崔猛》兩篇，皆由子長《游俠傳》胎息而出。文章樸茂，事非實有。先生忽有託於是，其意可知。

（丁）此類皆盗而俠者：

盗亦有道，其爲盗爲俠，所分在利人自利而已。成生慨然丈夫，殺不義之人，越不義之貨，題名而去，不以其迹累人，雖盗也，而以俠奉之，誰曰不可？

《**王者**》

一舉而得不義之金六十萬，其快何等！ 雖名曰劫，實我取也。史家書征、書討、書入寇，亦有何恒例哉！

《**志饕**》

案上之金累累，大抵皆奪自貪囊者。邢德無目，而思自攫，非唯不量力，抑不度德之甚矣。幾遭不測，宜哉！ 若方面紀綱，囊物入都，此則多取而不爲虐矣。微邢先思攘人所有，彼老饕亦豈遽肯攘邢所有耶？一童子足以勝之。勇與禮并至，所以示之者，遠矣。

（戊）此類皆女而俠者：

《仇大娘》

已嫁之女，歸助母家，扶弱抑强，盡反所失，遣子歸以示無染。是雖孝友，而不得以孝友名，宜任俠矣。盜賊强梁之世，能得無數壯虎，一一撲噬而馴之。此亦與天生豪傑，以平寇亂者無以異，仇大娘若在，吾當屍而祝之矣。

《喬女》

世無丈夫，女子亦能任人家國事。知己之感，不以身許，而以心許。撫孤訟仇，興業授室，而卒之一無所取。完身歸葬，進退兩無所負。其仁智勇。兼之者耶。義與俠，猶其跡焉而已。世有其人，不獨衾裯而陌路者對之顔頳，即友朋平昔刎頸而臨事望望然去之者，不亦生當愧死耶？諸無賴未始不自雄，究奈何此雌者！

《商三官》

爲父報仇，誼所應盡，不得爲俠。然三官女也，木蘭無兄，則女亦應報其父。獨不見彼不笄而冠者，固伯仲并在也耶？三官視兩兄碌碌，對父仇而莫敢誰何，乃茹痛隱羞，臨嫁乞緩。一身不言自去，屈體與優伶伍，卒得近仇人之側。得其首而甘心焉，且飾雌爲雄，卒全芳烈，從容臨難，以弱制强。是孝弟貞烈，義勇才智，一身靡不有之。而揆其用心，又純乎俠者也。先生記此，爲見一弱女子而有其志，雖千萬人吾往焉。吾丈夫而諉爲不能，是直不爲而已矣。苟人人具三官之志，尚何慮夫異族之相凌。

以上五類，皆濃染厚著而出。先生之寶愛貴尚，不啻溢其意於字意行間也。然是義也，可思而不可求；是人也，可遇而不可必。先生當憤懣之極，貴之之心彌盛，則得之之念彌殷。目前不逢，乃不禁罣然高望，曠然遐想，擬之於古，託之於物。期之於渺冥不可知之地，託之於微賤不足數之倫。以此自警警人，至是而尚俠之心，乃無微不至矣。是以有極擬一類，爲此例中獨有之特例。充義至盡，此之謂矣。

《**聶政**》

今無其人，乃求之古人。無其人，乃求之鬼。使其人行不經政墓，不幾强者幸生，弱者屈死耶？義屬託言，愧世之見義無勇，及不知義者。政爲春秋時豪傑，力鋤暴君。先生因事書之，殆有聞鼓鼙思將帥之意矣。

《**冤獄**》

桓侯慷爽雄健，知有義勇，而不知有其他。世俗所傳，凡事涉翼德公者，皆足以大發人胸中之積不平，使頓然稱快，而無復蘊。先生見人世黑暗，折獄者如墮五里霧中，上官多人，曾無一睹，乃託於桓侯以快之。事不必果無，而先生之走筆爲記言之，歷歷如繪，則胸中實有所謂積不平者，適相值而一發，不必定有所聞也，不然巡闌折獄，何靡一而非桓侯。

《**禽俠**》

天下生物皆各愛其類，雖微如禽亦然。可以人而不如鳥乎？ 特利害之見動於中，捍禦之才短於外。一臨患難，有不免逡巡却避者矣。讓俠於禽，故先生特記禽俠，以激天下之愛類不如禽者。

《**義鼠**》

禽而能俠，鼠而能義，趙城虎而能孝，人之負此七尺軀，將自命何等耶？ 故先生特從至微賤者記之，可以續《碩鼠》之詩曰『人而無義，不如遄死』。

明乎此二類，則先生尚俠之旨，已了然若揭，無乎而不見矣。然先生之意，豈但誅一二貪暴，平一二强梁？ 遂慊然於中，是以平平日世途之憾。其志所在自有其遠者，大者不能明舉以示人，而又不容自秘也。乃用『隱諱』一例，略記當時遺事。或故僞其姓名，或故乖其地域，大抵生并其世者，均有所聞。事不在宮廷，即在王公之邸。約舉成事，隱約書之。俾人知全書數萬言，所重者數人數事，是以快心而償憾者，惟此而已。此類事，或見諸載記，或秘有流傳，請爲著而出之，以畢是書之旨趣。世代已隔，言之無謂，然不必因其無謂而不言。亦正唯其無謂，而後可以明言矣。『隱諱』一例，條舉如下：

《**聶小倩**》

清初之時，寇亂迭起，蜂屯蟻緊，所在多有。此嘗見於載記各書。而是書《九山王》一則中，亦曾特記者也。顧天命所在，非人力所能爲。雖舉事者多，而成事者少。旋興旋扑，徒傷生命，卒無所濟。其時上下相疑，國人益岌岌不可終日。於是有志之士，竄伏山林，研精極微，專從事於劍術一道。故當時劍仙之出最夥。如康熙時，太子允礽門下有人，大阿哥允禔、六阿哥允禩等門下亦有人。吴三桂開藩滇南，門下亦有人。雍正時，年羹堯門下有人，岳鍾琪門下有人。世宗駕前，亦大有人。至乾隆時，捕誅殆盡，乃稍稍衰矣。然山深林密之中，仍未嘗盡絶，特不如前者之盛耳。相傳出而應募者，均非其上乘。其精者，皆伏處潛藏，相時而動。大抵反對異族者，居十八九，入道授受之始，必誓而後學，故其人均不爲世用，姓名亦多不傳。都市往來，人自不識。有謂世祖猝崩，亦遇刺者，殆不足信。其術兼通星命，不可爲之世，與不可爲之人，亦必不爲。故雖學而爲用，終不多見。此則中之，燕生即其人也。先生深重其人，故用帶筆夾寫（書中要義多用帶筆），俾無迹兆之可尋。其人姓名全由假託，可意會而知。『燕』姓者，言燕人也。北京，稱燕京。其人蓋伏居都下，故特以『赴試』二字點醒之。恐人不悟，又特指其地爲『金華』，金華者，京華之代字耳。仍恐人不悟，故又言爲陝人。陝即長安，長安者，今人指京都之統語也。燕生静默無言，日處都下，晝出夜返，既自明非赴試，所爲果何事耶？身爲劍仙，必有用於劍。以寧生爲富貴中人，靳不教授，則其人非志富貴可知。長日懸囊户牖，則其人此來，所爲必即將試其劍又可知。僻處敗寺，支木爲榻，雖已久居，而實居趾靡定。其防人蹤跡又可知。且日常外出，又必有所蹤跡之人，亦可知。惜寧生早歸，未得究竟，不然將有以觀其概。此先生故諱而靳其詞者也，大抵此人之來，與都下貴人必有關涉。先生非不知始末，特不肯言，或本因知是事而始撰是篇。煊染其文，使人見賓而忘主，藉存梗概，其意不綦微乎哉！書中言劍仙者凡三。此爲之首，示人以地，則注意在禁城中人可知矣。

《終客》

天下凡以一事專專衡人者，必其人身之所固有。此理之所可信者也。如察人以忠者，其人必忠察人。以孝者，其人必孝心之所重。故因是以棄去於人，雖欲交通，有所不可。況劍仙羽客，其人皆獨行之流，當入門初，必有足以見信於其師者，然後坦然相授而不吝。如此篇所記之佟客，其人必篤於孝，雖不言可知。蓋其衣鉢之傳，争此一誼也。此先生微示意處，不可不會。天下以君殺臣，人無仇理，而必視爲何如事。況以甥誅舅，以彼族誅此族，此又不能以尋常君臣論。子孫之有無報復，莫可得而定矣。佟氏爲遼東大家，本爲漢族，因與愛辛氏世有婚姻，遂入軍籍，而世仍以佟著其姓。佟國維者，世祖之舊臣，聖祖之母舅也。康熙上諭中，嘗有舅舅之稱，即指此老。國維祖宗父子兄弟，并仕清有功，列爵五等。聖祖晚年（四十七八年間），因諸子并争，岌岌自危。初疑太子允礽有異志，廢而幽之，後知爲允禔所魘魔，意在助允禩爲太子。乃釋允礽，而繫允禔。日日號泣，深慮躬蹈不測。詔諭中曾有『不知今日飲鴆，明日遇害』之語，則疑忌允禔一黨者深矣。又慮允禩善得人心，乃故以立太子詢衆意。國維夙黨於禩，爲禩之外祖行。僞以上意所在示群臣，群臣乃請立允禩，大中上忌。見奏憂懼欲死，知議發自國維，恨國維甚。當時不敢遽發，後竟以事誅之。以甥誅舅，千古罕有。而又全出於意氣偏見，非國事之公，此見於載記者也。相傳國維死後，子孫有不仕者，竄伏遠方，意圖報復。先生此則所記，即其人也。試觀書中，全用側筆，欲傳董生劍術，而先設幻境，以董父臨難試之，必其人有捨身絶妻子、毅然爲父報仇之心，而後可授。此不過藉賓定主，其事有無全不必考。但知佟以孝責人，其人必能孝者，以孝爲授，則其先之所由受，亦必以孝可知。雖董生非其人，而由董測佟，佟固一捨身絶妻子毅然爲父報仇之丈夫，不言自見。其人有爲父報仇之隱志，故始學劍，即素有是心，雖其後志之果償與否，亦不可知。而世有其人，則先生所深幸也。故爲靈妙其用筆，隱約以記之。書佟客而不名，特著其爲遼東籍，當時人人知聖祖殺舅一事，一言有遼東佟姓爲父報仇者，則舉朝必變其色。故不言其人之志，而言其所以責人以爲授者。在此捨身絶妻子爲父報仇之間，是其人之志以傳，而非深思難得，當道固無從執以根究也。先生寶貴愛惜之意，不俱見耶？是先生弄筆之狡猾，亦其用筆之神也，史遷後一人其長在此。

《俠女》

一女子爲父報仇，必父死而又無兄弟者可知。與《商三官》又不一例。前舉兩事，皆言人而不言事，但知爲劍客。而究何所用於劍，固未嘗言。殆又置兩滄海君，惜乎擊均不中耳。若俠女則革囊在手，有仇人之頭一焉。所謂貴人，不知何指。世廟暴崩，人人知爲吕留良女吕四娘所弑。四娘即《虞初新志》中所記（不記爲何人所記）八俠之一，以劍術名者也。諸書著此事，有謂四娘以色進者，有謂爲某王妃婢因得入宫者。以是書考之，則猱升隼集，固翩然去來之紅綫也。其山林有侣，故别生自去，不知所終。以養子報生，而不樂爲婦，其來當非處子，所樂偶者，或别有一輩人，如八俠之一，此不可以臆測者。惟晚村以曾静案戮屍，并誅其子。其人固懷種族之見者，女以無兄，乃激而入道，終快其志，此亦種族史中一不可没之巨聞也。先生貴而尚之，故寫其人之冷静才美，與隱然剛烈之氣，使人追慕而不能已。間以閒情，不著痕迹，而提倡崇尚之意自見。此《聊齋》一書之所以傳，而俠女亦因之益在人口耳。

《**武伎**》

當時技術之精，不獨丈夫唯然，女子亦頗善是，可以見人心之趨向，激於威淫者久矣。然其人雖在塵世，必外家裝束，非獨示其所學專，而不食周粟之心，亦隱然若揭。

先生所重蓋在此也。此尼似亦八俠之一，今忘之。

此三類明，而『尚俠』之例以備。『尚俠』例備，而全書之旨以明。先生此書，闡見洽聞，華實并茂，若泛然觀覽，不過筆記中之淵雅者。而空中設境，有意揚華，似在筆記中，稍嫌爲例未精，不免落下乘窠臼矣。殊不知中含隱例，推其設意所及，不但予予奪奪，具造化禍淫福善之權；短短長長，爲生人涉世治行之矩。而且横覽宇宙，抉剔人心，欲一洗大地之腥膻，隱喚起同胞之惡感。而又出之以風雅，掩之以離奇。近之於綺羅閨闥之中，喻之以夫婦婚姻之道。翼飛脛走，膾炙有年，若不極爲表章，求其用心之所在，則後人此摹彼效，徒以貌襲爲工，不幾貽累先生久，且以虚車見擯耶？故爲求其隱旨，逐例徵明，則謂先生之書，爲種族革命之先聲，世界暗殺之專史，無不可也。表先烈者，盍廟祀而馨香之。

五例之外，更有引申兩例，一畏同不畏異，二予賤不予貴。亦皆由『悲種』一例，推闡而出者也。畏同不畏異云何？試觀全書狐婦、神女、仙姬、妖妾，耦與人者，觸處皆是。其人必才必美，必能顛倒萬物，禦拒外侮，又必能使子孫田宅，應念而至。得婦如此，宜人之神事，尊奉、膝行、崩角無已時矣。而自書中觀之，懼内者頗不乏人。如《江城》、如《馬介甫》，以及《邵女》等等。聞聲戰栗，若爲丈夫公例焉。而獨對於神仙中人，轉但有閨中畫眉之樂，無河東吼獅之苦。全書到底，無或偶異。夫人之畏其妻者，畏其才美耳。不然，則畏其富貴耳。以才美富貴若此，而實無畏。其不逮者，轉若狸鼠之畏由性生焉。二者相衡，寧非大惑。不知先生義正有託，唯此同異類之間，不能無貴賤輕重之別，故隱示以差等，藉懼内之説一喻之。觀於《江城》、《馬介甫》諸作，以與胡氏姊妹及蓮香、青鳳諸人較，一則雖才美富貴比比者若是，然是適以報我，我固償失之不暇，何有於畏。畏者，非無其人，特皆我族類耳。《江城》一則中，高生有言：『我畏其美，乃有美不如内人，而亦畏者。』此亦點睛之筆，亦見畏者不皆美。而江氏家又寒陋，是彼族所有，我固無一有，彼族所能，我固無一能。但族類同則爲體均，縱或下之，亦人情之所不禁。先生濃揮飽蘸，其軒輊之意深矣。不然，雲翠仙之虐其夫，何不施之於未賣之始，寧不免此一賣一虐耶？非狐性良，特先生之筆有意靳之。故彼族僅供歡愛，終於雌伏，而不能引吭一作司晨鳴，亦所以快人之意，俾無毫髮之可憾斯已耳。此畏同一例之所由來也。予賤不予貴云何？當清初，内而各部，外而各省，大抵皆滿人爲之長，而漢副之。各部雖設尚侍，而權操於王公。欲可者可，欲否者否，無理無例，惟意是斷。偏重太過，事多不治，乃於各部設啓心郎。此任入關後，大半皆漢人任之。無理事之權，而有啓沃之責。但日坐王公身後，察其可否者，而可否之遠出於理與例者，可得而救正。滿人設此，初不過以語言文字不通，倚以爲漢奸之用。拾遺補闕，莫關政柄。而相承既久，王公日有其事，且率多少年豪莽，日以聲色狗馬是樂，何暇更及部事。啓心郎以六品微職，遂暗操各部之權，後以多犯事廢之。王公管部亦漸以少，而事權乃集於滿尚書一人。漢尚書僅治文書，備咨問而已。名雖同秩，其實下之。在外各省，一時亦皆滿人爲督撫。否則此王部將，即彼王門生。終順治一朝，皆沿關外舊例，事事秉於近支王公。廷臣見之，有跪拜之禮。時大學士僅五品，雖同典樞密，而秩分遠若天淵。外省疆臣，更厮養奴隸視之，曾不能與貴人抗體并坐。觀順治七八年，時直隸巡撫，以迎候貝勒駕遲，供張稍缺，致遭鞭撻，後自縊於京都某寺（《東華録》載忘其姓名）。其時滿漢之不平等，概可見矣。滿人多不識字，雖兼長内外，而事皆取辦於幕友，仍漢人主之。先生書中，多言人家妻妾之賢否。大抵妻過貴，而妾過賤，凌虐欺侮無所不至。如邵氏，如呂無病，如馬介甫，如妾擊賊。此例亦頗不乏。雖貴賤異勢，而其人必嫡否而庶賢，卒之天道報施。賤者貴，而貴者賤，妻或自斃，或知悔者，得全末路，否則曾不轉眴。而庶者爲嫡，嫡反爲庶，不此不彼，適仍歸諸一門之内。而勢位相反，慈虐異情至此。妾雖不報，而其難堪有勝於報者矣。先生此例，亦姑快心。隱然以妻比滿，以妾比漢，妻妾之比，不必專喻正副、貴賤、上下、賢愚倒置。舉可爲喻，彼轉得勢，而縱情肆虐者，雖一時人莫敢抗，而物極必反，終有轉移上下之時。彗彼小星，乃真作夫人，便作得過者也。先生非好金釵十二者，況生平雅重名義，即或蓄妾，亦何致寵妾蔑妻，作此反禮暢心之論。蓋激於天下大勢，賢愚、上下適得其反，欲一舉而正之，而苦無其道，乃揆天道之所必至，姑以妻妾相比例，而用以寄言寄意焉。故於《恒娘》一則中，特示微旨朱狐而妾人，故妾美而朱醜，朱雖得寵，終於避位而去。若其他諸狐，凡爲人妾者，則終身媵之。無或有妻下堂讓爵者，一成不變。其義在異族同族，謂彼雖暫貴，而終賤。有可操券者，意亦大可見矣。此予賤一例之所由來也。二例既明，悲種之義更推闡靡遺，故全書首尾并同，絶無自亂其例之處。意有所忿，語有所指，故以一偏以示，予奪褒貶，豈偶有觸於家庭憾事，遂發此滔滔數萬言之暢論耶？觀者合眸，就吾言繹之，久當拍案而起，曰發微之言是。

此諸例外，又有書地、書名兩例。書地，如前所言，以長安指京都，以金華喻京華是也。書名，如其人爲都人，則命之姓燕，《聶小倩》一則，可復按也。其人不貪，則命之姓廉。《劉夫人》一則，意在貪者必貧，故富者必廉，廉生之姓廉，以此也。此外，則美男子便字璧人，世家子便名大業，如此之類，多不勝舉。姓名籍貫，隨所用而以意命之，非真有其人、其事，類由杜撰，正藉此示意於人，俾知有蓄義耳。全書段落岐分，實則融爲一片。求其姓名之例，直一洋洋大篇之《子虚賦》。讀者必欲以事實求之，吾知畫裏真真，必千萬唤而不能出。捨意求言，格已降矣，捨言求象，益落下乘。此輩參禪，使先生而爲佛祖，必擯之蒲團百丈之外，令終身不能望見吾門。

統是以觀先生之書，其爲體則相如《子虚》也，其爲義則韓非《説難》也。其語大則班彪《王命》之論也，其語小則揚雄《解嘲》之文也。異種亦稱王，進中國而不知君子。幽居在空谷，望北方而思及佳人。冠沐仍猴，乘軒皆鶴。傷心異域，非仲尼居夷浮海之思。著意彝倫，實《春秋》内夏外夷之志。徒手不可以致敵，則子長游俠之意傳。飲血未足以雪仇，則佛家歡喜之緣結焉。支婦女列我姬姜，匈奴大人忽焉。冰玉快人快論，蔑以加矣。而先生之意，仍未已也。於是玄之又玄，快而益快。拜婦翁於縲下，不敢以我爲仇。擲貪吏於釜中，從此请君入瓮。捉來胡婦，貼地盡是金蓮。焚却佳文，漫天皆成濁霧。銅山難恃，富者可貧。珠詰猶懸，貴者終賤。有天開之妙想，女媧石隨筆而來。作滄海之奇觀，精衛鳥應心可至。孰主張是，孰綱維是。先生毛錐三寸，其一小小之碧落張翁耶。事非好奇，文非逞博，義不傷刻，德不傷淫。自來胡華之界甚嚴，禮俗之別過遠，其人入主中國未久，粗暴實有以傷人人之心。故元人立國已八十年，而色目鰯人，卒成中秋之變。金人去今已近千載，而魯人詈賤，猶有完顔之稱。則其積忿於民，實舉族同仇，非一人一家之事可比。笑談渴飲，壯士饑餐，當之者低首下心，而其氣固激而彌厲也。得先生一暢其説，雖已往不諫，而可以遺憾告子孫。况來者可追，又得以解冤。悟當道刃在床而不斷，猶冀夫晚蓋之有時。女未字而强歸，更深望君心之念此。如必不恤，則荆、聶作於衽席，雖巾幗而有人。胡越起於同舟，雖鬼神而助順。旨在言外，人貴奚從。婉言以平民氣之争，危詞以動貴人之聽。愛種之外，又有十箴朦誦之意焉。先生用心，可云厚矣。則謂其書，爲《國風》、《小雅》之遺，縱横捭闔之續，將無不可，搜神志怪，又何尚焉！至於詞藻之工，更餘事矣。

是故無傷時之意者，不能讀《聊齋》；無種族之見者，不能讀《聊齋》；無懷俠尚義之志者，不能讀《聊齋》；無英雄女兒之情者，不能讀《聊齋》；不熟聞清開國初種種成事者，不能讀《聊齋》；不多閲清初人筆記，爲一時殺父奪妻之細民設身處地者，亦不能讀《聊齋》。然則《聊齋》一書，豈賅萬能而括百有耶？非也。以體言，則爲幽冥録；以用言，則爲因果論；以義言，則爲紀事史；以情言，則爲男女合歡譜；以事言，則爲家庭興衰志；以態言，則爲官場現形記；以時言，則爲世界亡國史；以目的言，則爲革命鼓吹録；以歸結言，則爲種族同化議。後之君子，幸留意焉。設非處先生之時，而爲先生之書者妄也（平情而論，清人除開國數十年中所爲大傷民心外，其後數君，政皆平允，其留貽革命種子者，即先生所處之時事也。書中往往以不經意之筆，記其虐政，俾後人可見一斑。故謂是書，有功於辛亥年之恢復亦無不可）。當先生之時，而不爲先生之書，其人又是何心肝，將何以自釋耶？故自古大文，皆遭世者不得已之作（《離騷》、《史記》、《孟子》皆然）。即謂先生之書，爲不得已而作也可。

（一九一五年中華圖書館排印本）

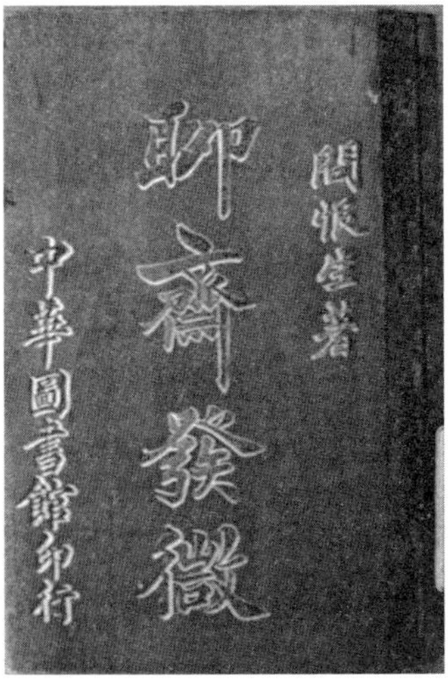

稗乘譚雋

鵷雛 撰

載於《春聲》一九一六年第一集。作者鵷雛，原名姚錫鈞（一八九二——一九五四），字雄伯，號鵷雛，别署宛若、宛公、紅豆詞人，江蘇松江（今屬上海市）人。曾入南社，又參加文學研究社、國學商兑會等，編輯過《太平洋報》、《民國日報》、《申報》副刊、《江東》、《七襄》、《春聲》等報刊雜志，撰有《春奩豔影》、《燕蹴箏弦録》等。晚年從政，解放後曾任松江縣副縣長。本篇不避『誨淫』之責，於發軔期小説中獨取《飛燕外傳》、《雜事秘辛》，於説部中對《金瓶梅》評價甚高，當可注意。在論中國小説發展時，認爲林畏廬於『迻譯新體，遂更舊俗』而勝過吴（趼人）、李（伯元），獨創新基。在整個中國古典小説中，對《儒林外史》評價最高，推爲『神品』，《水滸》、《紅樓》則爲『能品』。此外，論『小説有十弊』、『三忌』，雖較籠統，却也頗具辯證的觀點。

南人謂酥酪如鹽豉，北人説荔枝如楊梅，鷄雛之談小説是已。國故淪墮，風雅凌夷，獨小説爲舉世所同嗜，樂其簡易，浸淫醞釀，遂成風會。特不考其實，飲人酖酒，亦有足虞者。友人爲余言：嘗編一提要，審擇其良，示以適從。斯語固當，惟患鷄雛所見，未必遂爲舉世所可，强途人而同之，弗論小説，舉無是理也，無已，雜舉所憶，加以評騭，如詩詞話例，庶幾諸流泛濫，并列異同，譬之蟲言，聊露鱗爪爾。案次無書可供翻閲，謭陋無當，所宜矜亮。

外傳別識，小説所發軔也。我於其間，獨取《飛燕外傳》、《雜事秘辛》二書，謂其精能縝密，一時無兩。《外傳》如開張天馬，絶迹飛行；《秘辛》如五銖仙衣，千針萬縷而綴合無縫。漢魏野書，此爲極至。畏廬師譯《吟邊燕語》，謂實仿漢《外戚列傳》緑賓方胝一段。大抵東京文字，最能寫細膩風光，晋以後便無是也。

《世説新語》寫兩晋清譚之士，言動顰笑，舉足資譚。嘗謂兩晋人物，最足入小説，詼諧姿肆，要皆有獨至處，如與可墨竹，間軼象外而自然名雋。

《控鶴監秘記》初無完本，僅見於《隨園詩話》者兩則而已。文字摹倣《秘辛》，亦頗細緻，其事則誕穢無足觀矣。里中沈南橋丈藏一抄本，僅十許頁，除所見兩則外，餘亦凡下，殆爲贋鼎。要之小說文字間入風情，蘄不傷雅。若是類者，大嚼江瑶，以爲殊甘，尤不特傷雅而已。特和盤托出，尚不足爲巨患，《石頭記》等意淫之書出，而世道晦矣。

唐宋人隨筆小品，多紀典制風土，筆意簡雅。《東坡志林》，尤天懷灑落，具徜徉自適之趣。曾滌生教子弟讀詩取香山、劍南、東坡三家，取其恬澹，足平矜釋躁。讀《志林》亦然。小說極盛於元，爾時文風日靡，人情日趨樂易，家弦户誦者，乃非經子而平話。於是摭拾遺聞，點綴近事，往往意在諷世而至誣衊古人，所謂『孤村人語趁斜陽，負鼓盲翁正作場。身後是非誰管得，沿街聽唱蔡中郎』是也。

《金瓶梅》一書，袁中郎珍爲上品，有『舟中看《金瓶梅》，雲霧滿几案』之語。作者或謂爲明中葉人，或遂謂爲王弇州手筆者。弇州文骨高騫，自謂唐宋以下書不觀，身後乃有人以此誣之，亦可噱也。有謂是書實出明兵部主事吴人某之子。某爲主時，事荆川唐順之方總督薊遼，以公謁之。例總督皆挂兵書銜，分爲堂屬。某抗不爲禮，荆川遂摭他事劾殺之。其子仇唐甚。是時荆川已罷官家居，方搜求異書爲娱老計。其子乃窮旬日力草是書，漬砒於紙以進。荆川大喜，盡日夜讀之，以指蘸唾沫，且揭且閲，夜未半，發病卒。此一說也。又一說與此同，特爲嚴東樓事。

《金瓶梅》如急湍峻嶺，殊少回旋；《石頭記》如萬壑争鳴，千巖競秀。《金瓶梅》如布帛粟食，僅資飽暖；《石頭記》如瓊裾玉佩，儀態萬方。此皆以文論也。

《石頭記》不知出誰氏手。最前説謂出納蘭太傅門客之手，曹雪芹特手删五過而已。近説謂寶道清章帝宫闈中事，以梅村《清凉山贊佛詩》爲證，小宛入宫，即書中寶黛二人也。《影梅庵憶語》，支離惝恍，亦足爲證。如皋冒廣生力辯其非，然其説不立。又謂王鳳姐實影昆山徐乾學，迹其平生矜才納賄，殊大近似。

小説自元迄今，凡三變。王、關輩出，鬥藻矜華，披之管弦，流爲韻語，是爲傳奇院本時代。元人百種，濫觴於前，繼之者玉茗《四夢》、雲亭《桃花》、佃夫《燕子》、藏園『七種』，亦擅勝場。大致繢繪兒女，雍雍洽洽，聲律情文，所宜兼到。此其一也。平話既風行，曼倩詼諧，敬亭是已，於是平話體書輒大盛。以至清初，詞涉側艷，意近導淫，如《石頭記》，誨盜如《水滸傳》，雖嬰厲禁，弗能絶也。大致格局既大，容納亦夥，爲複雜的小説，張茂先千門萬户，杜征南十萬武庫，差足擬也。特是發掞既盡，難乎爲繼，至於今目而遂有不得不變之勢。歐學東漸，鉛槧日新，迻譯新體，遂更舊俗，則林畏廬爲之長。我聞人有推吴研人、李伯元、林畏廬爲小説界之傑者，然吴、李皆紹述舊聞，獨林創新基耳。論唐人詩，李供奉力能復古，杜拾遺兼能開今，此之謂也。

《儒林外史》於小説中爲特立獨行者。沈文肅、曾文正皆喜閲之，謂精覈吏事，得力於是書者頗夥。是書狀叔季士俗，雕敝潦倒，燃犀鑄鼎，無以加兹。文筆之犀利瀏亮，亦不多覯。書中莊徵君實即程綿莊，徵辟一段又暗用吴康齋故事。小説紀事，寓言十九，本往往而有，無足深考也。

《儒林外史》如倪迂水墨，蕭疏跌宕，結構却極謹嚴，渲染皴擦，無法不用，却無一毫痕迹，神品也。《石頭記》、《水滸傳》淺絳青緑，各極其致，擬之畫品，當在仲圭、叔明之間，决爲能品。近來林譯迭更司諸書，筆舌并用，別饒逸致，又似東坡朱竹，寫自異方，當爲逸品。此外，零縑斷墨，專摹一家，縱有所長，都非極則矣。

畫鬼易，畫美人難。雪膚花貌，人人意想中所有也。唯其在人人意想中，摹寫能出人人意想之外，斯尤大難。若夫兩峰鬼趣，縱極荒極，人知其似而已矣，又孰能諦審其爲非似者，則較易一層矣。《秘辛》能畫美人者也，《石頭記》畫美人猶未能出人人意想之外，若林譯迭更司厥文諸書，則幾庶能畫鬼怪者歟？

楊掌生《京塵雜録》，筆墨富有，而稍嫌雜沓，遠不如余澹心《板橋雜記》之簡净，然已爲難能而可貴矣。《聊齋》一書，噲炙人口已久，重洋迻譯，流布殊方，後之仿之者尤不可僂指數。王紫銓稍近似，已如漢儒解經，墨守師説，此外更何足論！《南史》之論張融曰『不可無一，不可有二』，其《聊齋》之謂歟！

《花月痕》出山西王子眉手，《品花寶鑒》出常州陳少逸手，皆有可觀。以文字言，《花月痕》似較雋上，特文氣太重，每當酒酣拔劍，拍案誦詩，累累不休，不特無此事，亦且無此理也。

詞家北宋得美成，南宋得夢窗，而白石峙其中，爲蜂腰焉。以我所見，説部中《水滸》、《金瓶梅》、《石頭記》殆亦相似。《水滸傳》大刀闊斧氣象萬千，爲之初祖。《金瓶》一變而爲細筆，狀閭閻市井難狀之形，故爲雋上。《石頭記》則直爲工筆矣。然細迹之，蓋無一不自《金瓶》一書脱胎换骨而來。《金瓶》第一回『武大郎冷遇武二郎，西門慶熱結十兄弟』，冷熱二字於篇首揭出，即爲全書之幹。熱處有冷，熱即爲冷之端；冷處應熱，冷即爲熱之果，映帶生發，不出二者，令讀者時有臘月三十夜聞樓子和尚高唱之感。《石頭記》首題真假，已更勘進一層。然冷熱爲真假之現象，真假即冷熱所由來。花落子盈，初無二致，闡發天人之際，激揚清濁之中，無餘藴矣。《石頭記》一部大書，綫索却在甄士隱發端：佛火蒲團，霜鐘清磬中，吐露出浮華草露之感。與《金瓶》發端一詞所謂『玉堂金馬，竹籬茅舍，一例都無據。翻雲覆雨，横顛竪倒，世事都如許』者，蓋有同感焉。

《石頭》多詞曲，《金瓶》多小曲；《石頭記》繪閥閲大家，《金瓶梅》寫井市編户，各有所當也。然《石頭記》詞曲，恰未臻上乘。

絳珠魂返後之大觀園，與春梅遺嫁後之紫石街，宏深闃闃，蔓草荒煙，同寫出盛衰不常之感。蓋石既空頑，而梅魂不返矣。

天下至愚愎者，無有與孟賁比力、師曠競聰，非不敢也，是不能也。俞仲華《蕩寇志》乃悍然爲之，不少顧恤，胡其悖哉！且懲邪導善，前傳已具存之。一百八人，以段錦住終場，百川歸海，收束已盡，更無可續之餘地，徒見其甘蔗滓兒嚼了又嚼而已！續書雖亦精神飽滿，其能免於鈴痴符之誚乎！

近二三十年來，所最震驚著稱於社會者，《孽海花》一書是已。同光二朝朝章國故、遺韻軼聞，蓋略備於是，而以賽二爺爲全書之綫索。以我所聞，彩雲晚年，流連顛困，誠有令人生商婦琵琶之感者，書中所未及，特補志於此。彩雲歸洪文卿學士數年，偕歸國。洪病瘵垂危，彩雲昵一僕，偕遁去，旋僕亦以瘵死。彩雲無憀甚，復張艷幟於都門，手定北京南妓班規則，爲南孅之初祖焉。繼以虐養女罪，讞成被逐南下，自是遂時時往來津滬間，年華遲暮，盛譽遂衰。歲癸丑，余寓之滬上，時賃屋富春里，仍出應客，澤髮雪膚，略施膏沐，猶似三十許人也。與語外交掌故，肆應如流。於當時名輩，如郭筠仙、薛庸庵、曾紀澤，皆抨擊無完膚，獨許合肥李少荃爲第一流。殆爲庚子一役，不免阿私耳。然而紅拂老去，曾侍越公，天寶當年，能譚故相，亦可謂極身世凄凉之慨者矣。嘗至其院中，指五齡一雛，謂膝下一點，僅存此豸，藩溷相依，正不知飄落何所。語時輒復泫然也。旋挈兒北去，謂將賣笑津沽。天壤茫茫，不復知紫雲消息矣。

《孽海花》叙一時清流，如莊壽香爲南皮，莊綸樵爲張佩倫，陸莘如爲陸鳳石，聞鼎儒爲文學士芸閣，瑞午樵爲溗陽，祝寶廷爲寶竹坡，金雯青爲吴縣學士，潘八瀛爲文勤，龔和甫爲虞山相國，莊小燕爲南海張樵野，皆確鑿無疑。獨叙大刀王五以簫聲劍氣出之，磊磊落落漁陽鼓，尤足起人頑懦也。

《鏡花緣》、《野叟曝言》之譚藝講學，皆可謂傾筐倒篋而出之者矣。然其病也，文繡異錦，羅列滿目，而無一稱體之衣；山珍海錯，日費萬錢，而無一可下箸之味。何也？其病在不知爲小説，而徒以能講學論文爲能事也。夫徒以能講學論文爲能事，則四庫之書夥矣，何藉小説爲哉！

小説不獨不可無文氣也，尤不當有傖氣。傖氣太重，不失之迂，即失之粗。嘗謂《鏡花緣》、《野叟曝言》二書有頭巾氣，《花月痕》、《北部煙花録》（即《品花寶鑒》）有名士氣。一則幅巾布袍，高譚虞舜；一則科頭箕踞，白眼看人。然皆爲文氣過重，失之迂而已。若一失之粗，便無足觀矣。近來坊本流行諸書若施、彭《公案》等，皆是類也。

古人説部，難傳而易工；近人所爲，易傳而難工。野史小言，屏之小道，縉紳不道，風雅所譏，每一書成，如施耐庵所謂僅供目前賞玩，朋輩發笑已耳。胡屺瞻致書毛西河，引『既生亮，何生瑜』語，爲西河所誹，譏爲不學無術。剛毅謂董福祥爲臣之黄天霸，一時騰笑廟堂。如此類者，不一而足。小説之不見重於儒林如是。然惟其不見重也，故無沽名，無噉利。爲之者皆抑塞無聊之士，用以發洩其拔劍砍地、搔首問天之感，皆有精至可傳者，宜其易工也。近三十年説部盛行，又漫淫西風，小説之書即爲文學，泰西文士無一不以説部名者，於是獺祭類書，堆砌故實，日試萬言，月出一册，陳陳者非導淫即誨盜，思想則飲食男女，文字則打油滑稽，聚蚊成雷，群焉趨之，而不知媿。少年子弟，樂其易入，輒復耽之。流傳則流傳矣，其爲利害於社會，匪所計也。坐是遂以小説家自居，人亦群名家之，相習於是，恬不爲怪，哀哉！

小説有十弊：典章氣太重其弊拙，兒女氣太重其病纖，名士氣太重其病迂，市井氣太重其病俗，堆垛之過其病滯，綺麗之過其病褻，淺易之過其病率，粧點之過其病蕪，胸中有書則病雜亂，胸中無書則病鄙陋。能手寫朝章國故能不拙，寫採蘭贈芍能不纖，寫酒龍詩虎則不迂，寫闤闠瑣事能不俗，樓臺七寶金碧横空而能不滯，盛道裙裾昌言閨閣而能不褻，輕皴淺綴水到渠成而能不率，博士賣驢書券三紙而能不蕪，白戰則寸鐵不持，使典則六轡在手。并擅勝場者，吾未之見也。得其一臠，屍爲至味矣。

作小説又有三忌：忌胸中先具本事，而强以文就之，其不稱弗論也；忌筆下先有此文，而强事以實之，其滅裂弗論也；即文實并具，而無別趣、無閒情，亦不臻雋上。蓋小説者，所以悦性怡神，必其風趣足傳，乃足使人忘倦也。

歐西小説名家，大小仲馬、哈葛得、迭更司、葛威廉爲最著已。仲氏之文綿麗，哈葛得之文空靈，却而司迭更司幾於心細如髮，筆下有神矣。托而司泰本其忠愛，發爲文章，細膩風光，不如二仲，結構謹嚴不如哈迭二氏，而傳神遺貌，獨立特行，亦有足觀者，矧其寄托遥深，每出一語，目光四射，能使元惡睹之汗下耶！

姚鵷雛

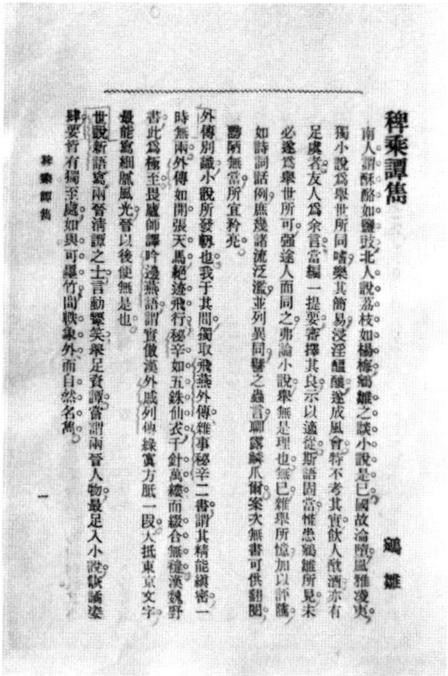

稗乘譚雋

鵷雛

南人謂酥酪如鹽豉北人說荔枝如楊梅鵷雛之談小說是已國故淪隳風雅淩夷獨小說爲舉世所同嗜樂其簡易浸淫醖釀遂成風會特不考其實飲人醇酒亦有足虞者友人爲余言當編一提要審擇其良示以遵從斯語固當惟愚鵷雛所見未必遂爲舉世所可强途人而同之弗論小說舉無是理也無已雜舉所憶加以評騭如詩詞話例庶幾諸流泛濫並列異同譬之蟲言聊露鱗爪倘案次無書可供翻閱舊陋無當所宜矜亮

外傳別識小說所發軔也我于其間獨取飛燕外傳雜事秘辛二書謂其精能縝密一時無兩外傳如開張天馬絕迹飛行秘辛如五銖仙衣千針萬縷而綴合無縫漢魏野書此爲極至畏廬師譯吟邊燕語謂實倣漢外戚列傳綠賓方胝一段大抵東京文字最能寫細膩風光晉以後便無是也

世說新語寫兩晉清譚之士言動響笑舉足資譚嘗謂兩晉人物最足入小說缺謠婆肆要皆有獨至處如與可畫竹間鉄象外而自然名雋

稗乘譚雋 一

小說叢話

納川 撰

載於一九一六年《中華小說界》第三卷第六期。作者納川，不詳。自謂其小說作品，散見各報，故頗知小說創作之甘苦。本篇雖也零星評及中外小說，但重在較量創作的得失短長。他從題目的推敲、語言的運用、題材的選擇、人物的生動、情節的波折、結局的含蓄、作者的學識等多方面地論述了自己的見解，其中如論『小說之妙，只一味描寫』，『摹擬書中人物，必令惟妙惟肖』，『少用冠首字樣』，結局『必有「曲終人不見，江上數峰青」之妙』等，也頗得當。然評價作品之處，往往崇拜名人，過甚其辭，受到了後人的批評。

中國舊所謂小説，皆筆記小説也。今所謂小説，皆評話小説也。筆記小説始於兩晋六朝，若《武皇外傳》、《十洲記》、《神異經》等，雖標名漢人，實六朝人僞托。評話小説則始於宋仁宗時。

泰西小説篇幅多短，故格奇氣促。中國小説卷帙繁重，故包括一切，不專名一體。

宇宙間林林總總，無不可編爲小説。雖一草一木，摹擬其物理情狀，莫不栩栩如生，是在小説家留心體會，則萬物皆爲我用矣。

凡以文章作寓言者，皆可謂之小説，如《山海經》、《穆天子傳》無論矣，即戰國諸子，皆未脱小説窠臼，而莊子自謂寓言十九，尤昭然若揭，故《莊子》可稱寓言小説之祖。

小説筆墨，宜尖刻新穎，過事鍛煉，非所尚也。

古人小説，何常不老煉。但老處只覺其新，煉處只覺其巧，不似笨伯爲之，有如驢夫脚跟，惡僧藜杖也。

小説難處，在摹擬書中人口吻。必令惟妙惟肖，始稱合作。不可千人一面，妍媸不分。

批小説較著小説尤難。著者任筆爲之，無往不宜，後人一一尋其微言大義而發表之，斯勞矣。况古今程度，迥不相及，批者之所喜，未必即著者之精髓也。孔子作《春秋》，左氏、公、穀各爲之傳，而各有出入，此即批者難於著者之明證也。

批小説宜批其文法意旨，不可攙雜書中插科打諢。嘗見書中有詰問處，便批云『我也要問』，此等處該打。

小説中標目最難，如《查伊璜》一則，《觚賸》題曰《雪遘》，此二字已至毗盧頂。《聊齋》易爲《大力將軍》便覺減色。今或題曰《記吴六奇將軍事》，直點金成鐵矣。又傳奇之《雪中人》，童話之《風雪英雄》，皆脱化《雪遘》，究弗如也。

《聊齋》之金和尚，即石揆也（金字暗射石字），其孝廉，即沈端恪公近思也。案石揆與諦暉爲清初兩大和尚：一以沈端恪爲弟子，一以惲南田爲弟子。各書多記載其事，但未悟及金和尚即石揆耳。

《花月痕》之韋癡珠，即湯海秋鵬。書中所謂韋之文集，即《浮邱子》；《平倭十策》，即湯所上《夷務三十事》也。

李南亭之《官場現形記》，其筆法純仿《儒林外史》。《不可説》小説，仿李南亭而有出藍之譽者，惜其書僅叙至汪精衛行刺而止，蓋以後忌諱愈多，遣詞愈難耳。

中國之《西遊記》，阿拉伯之《天方夜譚》，其體例皆可一不可再，因小説中不可不備此一格，效顰則無謂矣。

舊小説有新思想者，惟《鏡花緣》第一。書中詳叙海上貿易，提倡女權，注重科學，皆能言人所未言，而筆墨尤雅潔可喜。書係北平李松石（汝貞〔珍〕）所撰。李，清乾隆時人，精詩文，善弈（著有《受子譜》二卷行世），與其兄李佛雲，一時有雙丁二陸之目。

著小説者其文章學識，必高出此小説數倍，始能揮灑自如。如梁任公之《新中國未來記》，樊樊山之《琴樓夢》，雖一時游戲之作，然氣度終竟不凡。《桃花扇》有駢文《後序》一篇，將全書事迹略述無遺。後人仿其意，有《蟫史》、《燕山外史》之作，通體以四六爲小説，可供儉腹撏摘。

《孽海花》筆墨，與李南亭相伯仲。其中所指，皆清季人物，《小説時報》一一爲之拈出，可資參考，兹不復贅。

通行《虞初志》有四，即屠赤水、湯若士評本《虞初志》，及《新志》、《續志》、《近志》也。四書以張山來《虞初新志》收羅最富，而屠湯評本批點最精。

《唐代叢書》不專以小説標名，故不妨兼收并蓄。後人選小説者乃亦一仍其舊，不知《茶經》、《水志》，固與小説無涉也。

泰西小説，至十七世紀始盛。

小説進化之跡，必先由神話小説，漸趨於事實小説，徵諸古今中外，莫不皆然。

欲讀舊小説，當於清人所刻諸叢書中覓之（如黄丕烈、鮑廷博、伍崇曜、錢熙祚、潘世誠所刻之叢書），多善本精校。明人所刻者，喜點竄删改，最爲庸妄。

筆記小説，能選自各書，必注明出處，始合體例。《太平廣記》首倡此體，不害爲高。今人多展轉相抄，攘爲己有，識者笑之。

每一種著名小説，必有爲之續貂者，大是惡習。所謂本欲愛之，適足害之。觀《續紅樓》三種，豈不令寶黛短氣耶！

評話小説，皆當時通行言語，非有意爲之也。如《三國》、《水滸》爲元人手筆口吻，《西遊》、《金瓶梅》爲明人手筆口吻。後俞仲華作《蕩寇志》以清人而摹仿元人口吻，費力不淺，但《蕩寇志》係繼《水滸》而作，不得不爾爾。若今人作評話小説，以各用其當時言語爲正，吴人而仿秦腔，燕人而唱粵調，徒討苦喫耳！

小説之逐句批評，即宜寫於是句之下（刻古籍其注語必小字雙行，不可用括弧），不可眉批旁注。回目最工者，爲《金瓶梅》。筆記標目最工者，爲《諧鐸》，其前後二則標目必相對。後鄒瘦鶴著《埋憂集》，其標目法亦仿《諧鐸》。

俠義小説，求之舊籍中，惟《三俠五義》最好。後起紛紛，無一佳者。是書又經俞蔭甫重訂，改名《七俠五義》。

《水滸》施耐庵自序，係聖歎僞撰。

人皆知金聖歎倡批小説一派，不知明人多喜爲之，初不始於聖歎也。其最有名者，如李卓吾（贄）、鍾伯敬（惺）、袁石公（宏道）、屠赤水（隆）、楊升庵（慎）、湯若士（顯祖）、王百穀（稚登）可按也。

小説好處，以能少用冠首字樣爲佳（如張甲曰、李乙曰之類）。即以《西遊》一節而論，行者將八戒揪住問道：『什麼山？』八戒道：『石頭山。』、『什麼洞？』、『石頭洞。』、『什麼門？』、『釘釘鐵葉門。』此節後四句不必加以冠首字樣，而讀者便知爲行者問、八戒答也。若俗手爲之，便加許多『行者問道』、『八戒答道』字樣，豈非累贅？此惟《水滸》、《西遊》、《金瓶梅》、《紅樓夢》有之，其餘殊不多覯。案此種翦裁法，不獨言語時用之，即一舉一動，亦須去其冠首字樣。試取《左傳》、《國策》、《史記》等讀之可悟。後人於此等處不知删汰，致令一部小説，所刻人名佔全書三分之一，大是弊病。

舊小説之大病，在令書之主人翁爲萬寶囊，如《野叟曝言》之文素臣，詩則李杜，文則班馬，勇則賁育，智則良平，以至雕蟲小技，神仙劍術，無不精通，以千萬人難能者，而一人兼之，其然豈其然乎？

魏泰之《東軒筆記》、梅聖俞之《碧雲騢》、王嗣徽之《東林點將録》，皆小説中極有關係之作，惜流傳絶少，世不多見。舒位之《乾嘉點將録》有刻本，見李南亭《塵海妙品》中。

偵探小説，多係倒叙法。如某甲爲某癸所殺，本一言可了，而著者姑不道破，遥懸一某癸爲暗標，先從某甲疑及某乙，由某乙推及某丙，自此遞演至某癸，而案始明，故其用心愈細，斧鑿愈顯。

明人馮夢龍著《智囊》二十八卷、《智囊補》二十八卷，是書即呼爲中國舊有之偵探小説，亦無不宜。蓋偵探只是一個智耳。

讀泰西小説，必先明其歷史地理、風俗習慣，然後始能貫串，否則不知其妙。

泰西小説有不可不讀者，如《魯濱孫漂流記》、《黑奴籲天録》、《茶花女遺事》之類，餘如幽晦冗長之偵探，千人一面之言情，雖終身不看，亦無懵焉。

著小説於無事時竭力鋪張，吃緊處便拖泥帶水，其病在弱。

楊升庵僞撰《秘辛》，袁子才僞撰《控鶴監記》，必託諸古人，此其知體處。泰西小説尤重此意，如《埃及金塔剖屍記》，託諸塔内之貝葉書，其明證也。

笑林以不雜方言者爲妙，如北京、上海、廣東之方言笑林，他處人讀之，索然無味。

小説中詩詞最難，且易露出馬脚，與其抄襲拼湊，不如删去，反覺大雅。

作小説能於人難言之者，我易言之；人正言之者，我反言之，便覺壁壘一新。

作小説能於人喫力處，我不喫力，其小説便高。

《天雨花》、《再生緣》、《筆生花》、《十粒金丹》等書，筆墨明顯，命意正大，舊日女界賴受其賜者不少。且其書數百萬言，皆有韻之文，較之荷馬、彌兒敦、索士比亞諸人，所著長詩，未遑多讓。（泰西詩不過壓韻之文，故多長篇。若以其例推之，則中國傳奇彈詞，皆可謂之長詩，是中國長詩固甚多也。）

李笠翁十種曲，實傳奇中之錚錚者，後人多輕視之何耶？詆笠翁者以隨園爲最。然隨園之爲人，與笠翁亦不過五十步百步之分耳。笠翁著有評話小説，名《十二樓》，仿《今古奇觀》體例，而書甚佳，可與十種曲參觀。又俗傳《耶蒲緣》亦笠翁手筆，余讀之良然。

徐文長之《四聲猿》，其詞曲之妙，在『臨川四夢』以上，鄭板橋最服膺此書，有刻章曰『徐青藤門下走狗』，其傾倒如此。

《老殘游記》爲洪都百煉生所著，輓近最有名之評話小説也。書之主人翁名鐵英，字老殘，即著者自況也。

袁子才之《子不語》，最不精，其中有直録五種、筆記《夜談隨録》者。其書恐係門弟子隨手拼凑，子才略爲點定而已。

小説之妙，只一味描寫，其褒貶自見。後人每逢不能明顯處，便加以聲明『原來此人如之何』云云，此即筆力弱也。

選刻小説叢書，宜將原書全帙刻入，以存其真，不可摘録數條，便充一種。蓋叢書不在名目繁多，在乎足本精校耳。

人有十分筆力，只用八分，則絶佳矣，用到十分反劣，蒲留仙、紀曉嵐最知此意。後王紫詮著《淞隱漫録》，專仿《聊齋》，俞曲園著《右臺仙館筆記》，專仿《閱微草堂》，竭盡伎倆，終不見佳，其病在筆力已窮，故覺毫無餘味。

《聊齋》之《胭脂》，與祝枝山《野記·丁四官》一則，事跡相似。

繼《聊齋》而起者，《諧鐸》得其工緻，《西青散記》得其清靈，《夜談隨録》得其神似，其餘等諸自鄶以下矣。

筆記小説，以專載狐鬼神怪、遺聞軼事者爲正。若或言詩詞，或談經史，或考訂字句之異同，如阮葵生《茶餘客話》、梁紹壬《兩般秋雨盦隨筆》等書，皆雜考，非小說也。

聖歎謂《西遊記》每到弄不來時，便是南海觀音救了。余謂偵探小說亦然，每到弄不來時，便須化裝。

泰西小說，多奇峰突起，令人捉摸不定。漸入漸平，終局則嚼蠟矣。

中國小說則重結局，必有『曲終人不見，江上數峰青』之妙，始稱合作。

古人筆記小說，多不標題，頂格直書，最爲大雅。

評話小說每回之總評，宜置於篇末，以清眉目，因讀完正文，始能領略評語也。《三國》、《列國》等書，其總評多置於每回之前，雖係古法，不便讀者。近日所刻舊小說，爲省篇幅起見，將每回總評，置於眉端，顛倒錯落，更可勿論。

泰西笑林，譯成中文，有極無謂者。如丹麥皇后問冰洲富翁有幾子，答以數千。詰其故，羊也。蓋丹語羊字之音與子既相近，不覺誤聽耳。若我國人讀之，則不能發笑。其餘如此類者頗多。《花月痕》、《平山冷燕》等書，每逢飲酒，必行酒令，遇好景必要作詩，屢屢爲之，令人生厭。

德林女士所著《清季宮闈秘史》，可資談助。又美國卡爾女士所著《慈禧寫照記》，爲秘史之聯屬品，文尤典雅可誦。

《紅樓夢》，世家現形記也。《品花寶鑒》，紈袴現形記也。《儒林外史》，名士現形記也，不可說偉人現形記也。

或曰：觀子所論，足見深嗜，然子之小說事業何在耶？余曰：余之拙作，散見各報，皆不佳。惟其不佳，故學然後知不足。東坡詩云：『我雖不善書，曉書莫如我。』世容有以余言爲然者乎？余竊用以自多矣。

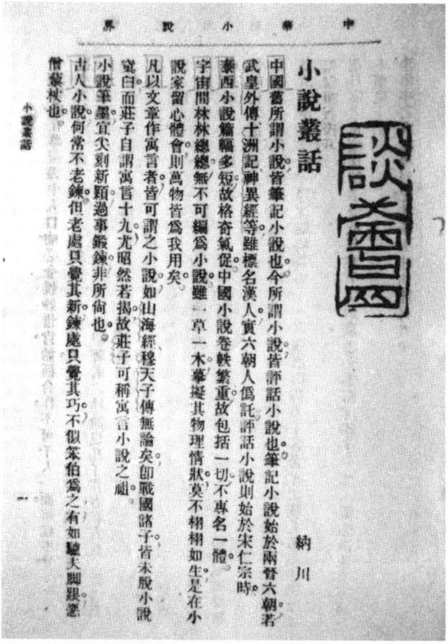
中華小說界

說叢

小說叢話　納川

中國舊所謂小說皆筆記小說也。今所謂小說皆評話小說也。筆記小說始於兩晉六朝。若武皇外傳十洲記神異經等雖標名漢人。實六朝人僞託。評話小說則始於宋仁宗時。

泰西小說篇幅多短。故格奇氣促。中國小說卷帙繁重。故包括一切。不專名一體。

宇宙間林林總總。無不可編爲小說。雖一草一木。摹擬其物理情狀。莫不栩栩如生。是在小說家留心體會。則萬物皆爲我用矣。

凡以文章作寓言者。皆可謂之小說。如山海經穆天子傳無論矣。卽戰國諸子。皆未脫小說窠臼。而莊子自謂寓言十九。尤昭然若揭。故莊子可稱寓言小說之祖。

小說筆墨宜尖刻新穎。過事鍛鍊。非所尙也。

古人小說何常不老鍊。但老處只覺其新。鍊處只覺其巧。不似笨伯爲之。有如驢大腳跟[illegible]僧蘇秋也。

小說叢話

小説雜考

林紓 撰

載於《晚清文學叢鈔·小説戲曲研究卷》。此文係阿英自林紓《鐵笛亭瑣記》中輯出。《鐵笛亭瑣記》初連載北京《平報》，一九一六年七月臧蔭松編集後由都門印書局出版，一九二二年商務印書館改名爲《畏廬瑣記》再版。林紓（一八五二—一九二四），原名群玉，字琴南，號畏廬、冷紅生，福建閩縣（今福州）人。光緒舉人，任教於京師大學堂等。能詩畫，長古文，尤以小説翻譯聞名於世，開創了一代風氣。此篇雜考，有得有失，然從中可見作者對中國小説戲曲素有根底，其小説翻譯之所以成績斐然，非僅賴古文之力也。

《三國演義》爲元人王實甫撰。《七修類稿》又以爲明羅本貫中所編。金聖歎評爲第一才子書。其書組織陳志、裴注及唐、宋小説而成。前清入關時，曾翻譯爲滿文，用作兵書。袁崇焕之死，即用蔣幹偷書之謬説；而督師竟死於奄奴之手。然諸葛忠武之忠，非是書不彰；而曹阿瞞之奸，亦非是書不著。

《封神傳》爲小説中之最奇詭者。《歸田瑣記》曰：『林樾亭言：昔有士人罄家所有嫁其長女者，次女有怨色。士人慰之曰：「無憂貧也。」乃因《尚書·武成》篇「惟爾有神，尚克相予」語，演爲《封神傳》，以稿授女。後其婿梓之，乃大獲利。』考《周書·克殷》篇『武王遂征四方，凡憝國九十有九，馘魔億有十萬七千七百七十有九，俘人三億萬有二百三十』，魔與人分别言之，雖不知所謂魔者何謂，然亦足證小説之依托。廣成子見《莊子》，赤精子見《漢書·李尋傳》，托塔天王見《元史·輿服志》，哪吒見《夷堅志》，灌口二郎即楊戩。其説皆不爲無據。

《西遊記》，咸傳出元邱真人處機之手。然《冷廬雜志》曰：『《西遊記》推五行之旨，視他演義爲勝，相傳出元邱真人處機之手。山陽丁儉卿舍人晏，據淮安府康熙初舊志《藝文書目》，謂是其鄉明嘉靖中歲貢官長興縣丞吴承恩所作。』

余兒時從諸兄觀劇，見李元霸運雙椎，神勇無匹，而李存孝用鐵撾，忠義之概凜然。童子無識，以爲元霸果勇，而存孝且勇而忠，居恒怏怏，惜其慘死。迨長能讀《唐書》，至《高祖諸子》傳，高祖凡二十二子，竇皇后生建成、太宗、元吉、元霸。元霸字大德，幼辨慧，隋大業十年薨，年十六，初無武功，心爲爽然。又讀《五代史》，存孝爲代州飛狐人，本姓安，名敬思，克用養子，賜姓名，猨臂善射，舞鐵撾，捷疾如飛，劇中演其勇概，信矣。後乃附梁，克用圍之。食盡，泥首請罪，車裂以殉。然則所云忠義者誣矣。故家庭教育，當舉人人所知之事，語以真際，一染小說及梨園之謬說，適足以病童子之腦筋，是不可不知。

一日天暑，余家居苦熱，偶出乘凉，見村店上有人燃燈作宣講狀，其下圍聽數十人。余知爲講演義也，亦就聽之。方言姜太公射死趙公明，用七箭書，行法曰十九日，而公明死。竊謂其設想甚奇。後觀《小浮梅閒話》，中載《封神傳》所稱太公射死趙公明事。考《太公金匱》云：『武王伐紂，丁侯不朝，尚父乃畫丁侯於策，三旬射之。丁侯病，大劇，問卜，占曰：「祟在周。」丁侯恐懼，乃遣使者詣武王，請舉國爲臣虜。尚父乃以甲乙日拔其頭箭，丙丁日拔其目箭，戊己日拔其腹箭，庚辛日拔其股箭，壬癸日拔其足箭。丁侯病愈。』趙公明事或即脱胎於此。今乃知文字一道，萬不能倉卒將人抹煞，演義且然，何况人之專集？

說部中有不可解者，如稱人之美必曰潘安，將『仁』字斥去；稱潘美必曰潘仁美，却增一『仁』字，余前已論過矣。至於岳雲，《宋史》列傳爲飛養子，從張憲戰，多得其力，軍中呼曰嬴官人。每戰，以手握兩鐵椎，重八十斤。而說部偏以爲忠武所生子。關興者，壯繆子也，而演義復以爲養子。何所見而然，殊不可解。

《飛龍傳》爲述宋太祖龍興時事，叙世宗登極及陳橋兵變，似是而非。至云太祖有鸞帶一條，伸之即爲巨棒，此與孫悟空耳中金箍棒事相埒。余家居時，門臨池上，毗舍即爲社公之廟，戲臺高出池上，陰涼四合。有陳華者，日講演義，雅有聲色，余亦時就聽之。鄉有老人年八十二矣，忽謂余曰：『趙匡胤能使棒耶？』余前數月適觀《鐵圍山叢談》，即應之曰：『宋徽宗講漢武帝期門故事，出時，宦者必攜從二物，一爲玉拳，一則鐵棒。鐵棒者，乃藝祖仄微時，以至受命後所持鐵桿棒也。』據此以觀，則使棒事或有之。小説家用孫悟空事，稱爲鸞帶所化，謬矣。

《宋史》載劉豫降金，殺其驍將關勝，勝不從逆故也。按《水滸》有關勝。《癸辛雜志》，龔聖與作《關勝贊》云：『大刀關勝，豈雲長孫？雲長義勇，汝其後昆？』以其時考之，宋江作亂，正在宋末，然則劉豫所殺之關勝，即《水滸》之關勝耶？世之圖關勝者，赤面大刀，其狀似壯繆，於是凡關姓者，匪不赤面，匪不大刀，而《施公案》之關太出矣。太號小西，蓋自命爲山西人，似即壯繆之後。小説家無識盜襲，可笑。

清高宗數下江南，頗傷煩費，松筠力諫，幾死，遂無敢言者。厲太鴻方無聊，譜《迎鑾新曲》以貢媚，既不敢將乘輿代以優伶，入劇場演唱，無可着筆，則請出許邁、葛洪諸仙，約會迎鑾，是强使神仙勢利矣。又不已，則引及西王母；又不已，則引及水仙王；至於烏龜介蟲亦來迎駕，無數仙真水族群集於行宫門外，喧天之鬧，而乘輿不見不聞，真可謂善説鬼話。詩人無聊，何所不至，樊榭且然，况其他乎！

當日京師三慶班中，有丑脚趕三者，能譎諫，孝欽在時，頗悦其人。癸未年，余初入都，見趕三演《變羊計》。趕三爲女巫，牽羊至一人家。其妻妒悍，以繩縛夫之足，繫於門次。巫入，易之以羊，縱夫令去。妻出，失夫而得羊，則大哭。巫僞過門外，妻延巫入問。巫爲其祖先附體，大肆譙詈。同社王小沂以爲構思甚奇，林希村曰：『此見宋文玘《開顔録》。』余知《開顔録》在《説郛》中，乃髣髴不能記。後此檢得原書，果如希村言。末載士人既歸，婦問曰：『多日作羊，不乃辛苦耶？』夫曰：『猶憶噉草不美，肚中痛耳。』婦愈悲，自此不復妬忌矣。因嘆希村之健記。

（一九一六年都門印書局《鐵笛亭瑣記》）

林　紓

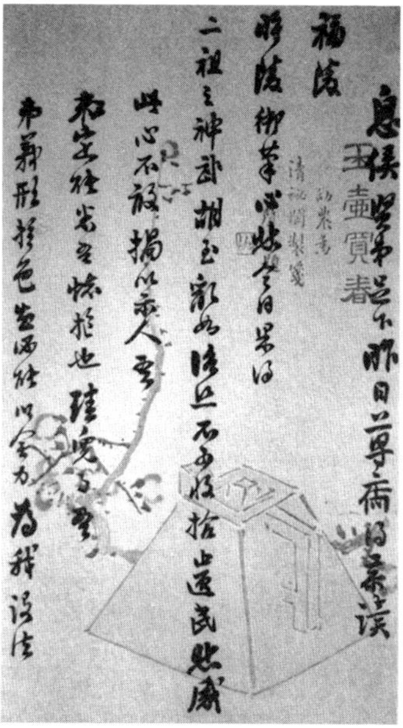

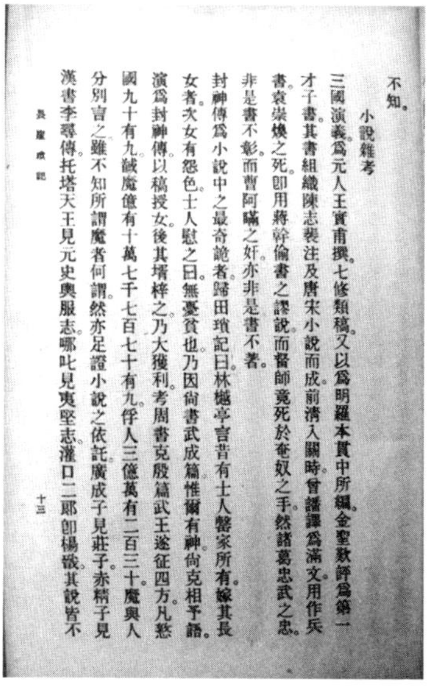

不知。

小說雜考

三國演義爲元人王實甫撰。七修類稿又以爲明羅本貫中所編。金聖歎評爲第一才子書。其書組織陳志裴注及唐宋小說而成。前清入關時曾譯爲滿文用作兵書。袁崇煥之死。卽用蔣幹偸書之謬說。而督師竟死於奄奴之手。然諸葛忠武之忠。非是書不彰。而曹阿瞞之奸。亦非是書不著。

封神傳爲小說中之最奇詭者。歸田瑣記曰。林樾亭言昔有士人罄家所有。嫁其長女者。次女有怨色。士人慰之曰。無憂貧也。乃因尙書武成篇惟爾有神尙克相予語。演爲封神傳。以稿授女。後其壻梓之。乃大獲利。考周書克殷篇武王遂征四方。凡憝國九十有九。馘魔億有十萬七千七百七十有九。俘人三億萬有二百三十。魔與人分別言之。雖不知所謂魔者何謂。然亦足證小說之依託。廣成子見莊子。赤精子見漢書李尋傳。托塔天王見元史輿服志。哪吒見夷堅志。灌口二郎卽楊戩。其說皆不

長慶晬記　十三

小説話

煙橋　撰

連載於天津《益世報》一九一六年九月十八、十九、二十、二十二、二十三、二十四日。《益世報》於一九一五年十月十日在天津創刊，由羅馬天主教會天津教區雷鳴遠（Vincent lebbe）與中國教徒劉守榮主持。一九一六年在北京創辦分社。抗戰時期曾先後遷至昆明、重慶。後曾增出西安版、上海版等。一九四九年停刊。范煙橋（一八九四——一九六七），名鏞，號煙橋，江蘇吴縣人，早年參加南社，後從事地方教育，任縣教育會會長，主講東吴大學。解放後任江蘇省政協委員、蘇州市文化局長、博物館館長。有《范煙橋説集》、《中國小説史》、《民國舊派小説史略》等。在民國文人中，范煙橋是一位頗具小説史頭腦的學者。這篇《小説話》作於鹽谷温、張静廬、魯迅等的中國小説史著作之前，從中可見已頗關注中國小説的發展源流與各體小説的特點，對一些重要作品也都有較爲中肯的點評。在廣泛地閲讀與研究中國小説的基礎上，他認定小説的基本特徵是『不盡實亦不盡虚，大抵得一而附會粉飾之爲十百』，在虚實問題上有比較清醒的認識。他對當時中國一些小説家的創作態度的批評，也有針砭意義。這都是他以後撰寫小説史著作的基礎。

小説話（一）

『小説家者流，蓋出於稗官，街談巷説，道聽塗説者之所造也。』此《漢書》語。可知小説不盡實，亦不盡虚，大抵得一而附會粉飾之爲十百耳。

小説最古當推《虞初周説》九百四十三篇。見《漢書·藝文志》。今已不可見矣。而《左傳》一書，頗有幾段似小説家言也。即《史記·滑稽列傳》語亦雋妙，爲後世滑稽小説之元祖。

章回演義體，姑於宋仁宗時。蓋當時天下太平，頗事娱樂，内侍外出收羅説部以獻，於是小説家競爲此體。蓋章回演義，大都白話，易於明白也。其開頭一句輒云『話説大宋某某皇帝時候』，仿佛詩賦文詞之應制體耳。

小說中最少虚語，確有搢本者，惟《三國志》而已。大處數端，無不本之正史，而意袒蜀漢。蓋張本於陳壽爲多也。今日紅氍毹上上扮阿瞞者，粉面加花，十分奸相者，亦此書描畫之力也。《龍圖公案》、《九俠五義》等書所記判案，頗多具至理者，惟有夾雜神恩夢囈，是則作者當時之時勢使然，而其頭腦冷静，殊有偵探家之心思。

章回演義可以照書演義，宋時盛行評話，即今之説大書派之祖。往徒一書既出，而街頭巷口已有娓娓而□者矣。内閣侍承戲天子，亦往往擷取此中之一二節博龍顔大悦也。

金聖歎批小説甚詳，其魔力之大，手筆之巨，非雕蟲小技可比。此語可以破從來鄙夷小説之謬説。蓋小説之爲功，有非《聖諭廣訓》、《史記》、《通鑒》所能及者，於轉移社會頗具魔力，故《水滸》作而强盗之取綽號者多矣。《紅樓夢》作而自命爲才子佳人者多矣。一切彈詞如《雙珠鳳》、《雙珠球》、《珍珠塔》等書作，而士人之欲爲狀元，女子之愛才而私訂終身者多矣。故秦皇而生今日，爲正當之淘汰，當將此害群者付之一炬，於世道人心去其洪水猛獸也。

彈詞有白有曲，陸源於金章宗時董解元之《西厢》搊彈詞。現今茶坊書場所彈唱者，皆此體裁也。當日馬如飛以彈詞擅名，開篇皆爲其自選，今之《珍珠塔》等皆其手筆。

（一一）

筆記體始於宋祁後之文人。於見聞所及，可資談助者，往往筆之於書。皆以筆記名。其書字少而意賅，近乎史。蓋頗有補正史之所未備者，故又稱野史也。

自新學潮流東至，小説界又起革命，其體裁語調悉有所不同。譯之外籍尤夥。於是入市而不可解説之題名，觸人眼簾矣。至今日而愈出愈奇，有曰《余之妻》者，余未曾一寓目。意者同於《影梅庵憶語》、《浮生六記》等製乎？抑别有體裁乎？而小説雜志尤多於牛溲馬勃矣。

在前清末，造短篇小説别有格式，或作問答之辭，或作形容之辭，其源流純出乎東西報章。行之年餘，即成絶響。在光復時，又變成一體，起頭用兩句或一首古今人詩以爲楔子，每節皆然，後復以爲俗，於今已不數見矣。是亦小説體裁之沿革也。

《孽海花》爲後來章回小説之勁起，包羅數十年歷史，而於士林之迂腐不通寫之甚細，第二《儒林外史》也。惜乎半途而止。天笑生選《碧血幕》以欲續之，亦僅四回可見。著一部驚天動地之小説，能首尾完善已是大難，洵乎《紅樓夢》、《水滸》、《三國志》等書可以與《史記》、《漢書》共垂不朽也。

《海上花列傳》中皆滬蘇土白，亦可謂别開生面者。其描畫枇杷門巷楊柳樓臺維妙維肖，非過來人不能道也。就中王孫公子都有影射，大率爲同治時代之人物。

《野叟曝言》攻佛之書也。余頗嫌其太腐，惟文素臣之學問即作者之學問，能如此之博，却亦不可多得。《南巡秘記》詳記作者歷史，謂有隱秘，則今日所流行者，已爲後人删改之刼餘矣，而排佛鄙佛已以射康熙乾隆南巡之故事下針砭矣。至書中人名之最顯者，如匡無外之爲王姓，余雙人之爲徐姓，其指何人，可得而考也。惜吾人看書徒資消遣矣，又健忘，欲如考據家之紛紜辯論者，不亦欲逸反勞乎！

（三）

《紅樓夢》一書原本只有八十回，大抵爲《孽海夢》之類耳。後人貂尾加續成一百二十回，其結局雖奇，然尤不免太落蹊徑，一剥一復，雖見苦心，似亦無關大怡，而續得如此已難能矣。此書從來文人墨士名媛閨秀無不閲之，甚至爲情誓非寶玉不嫁，非黛玉不娶。甚矣，小説之力大哉！

余聞父老言，里中有少女通文墨，酷愛《紅樓夢》，幾乎百讀不厭，父母欲以字人，云：『非有如寶哥哥之才之貌之情，則寧死不嫁。』後經以瘵，其禍烈矣。

某先生性好滑稽，嘗語我輩曰：『少年時血氣未定，不宜看《紅樓夢》；壯年時血氣方剛，不宜看《水滸》；老年時血氣已衰，不宜看《三國志》。而此三書，却又如孟子之於魚與熊掌、蘇東坡之於肉與竹也。』其言甚有至理。

余嘗謂著小説當分兩派：一派爲當令出色催醒一時之夢者，短篇小説爲宜。一派爲記述一朝掌故傳誦世之作者，長篇小説當之。短篇小説，文言爲正宗，蓋放大之筆記也。長篇小説，白話爲大方，蓋不取厭於人也。

《聊齋》爲短篇小説之海，較之古今人筆記，爲有趣味而筆又極輕清靈之妙，人恒以多狐鬼之事，荒誕不經，其實人事有窮盡，而狐鬼之事無涯涘，較可發揮。況當時文網正密，非寓言陰藏不可。蓋《聊齋》一書，爲遺老憤世之作也。然江浙多迷信，士夫亦侈言之者。蓋其狐鬼思想之浸人腦也深矣。

《燕山外史》首尾皆駢四驪六，無語非典，無對不工，作者自是能手。今人能熟讀此書，文言體之言情小説摇筆即來矣。夫以萬餘言之長篇，四六文章能通體無誤，起伏綫索，呼應靈動，要亦大手筆。余可斷言，今之人無有能爲之者矣。

《鏡花緣》一奇書也。其思想之奇特，可謂絶無僅有。《西遊記》之純乎亂説，《封神榜》之一味無稽，《鏡花緣》能一一用之而一一變之，故西方亦有譯作讀本者。余曾見其譯《君子國》一篇，甚述行爲之方正，其描寫似較原本爲工。蓋西方小説重寫生也。《聊齋》亦曾有西人譯爲英文者，至英譯《水滸》爲不世英雄，拿破侖行軍之教科書云。噫！吾人少不更事，輙喜買負販之書而讀，棄家藏陳酒而不飲，不亦可惜乎！

（四）

西人之著小説，各專一藝，各言一事，故小説可以門類分别也。我國之著小説則不然。上也者好爲萬寶全書而缺角，下也者各取其吐咳以爲芳，蓋其不同有如此。

昔人之作理想小説，往往憑空揑造，不根於理。今人之作理想小説者，頗能從科學上推想，不可謂非學術思想進步之一証也。如《小説詩報》之《電世界》及單行本之《新紀元》，皆能根據科學發爲奇想者也。

中國偵探事業幼稚之極。前人傳誦以爲判案之明察者，大多察言觀色，純乎用其聰明而已，其餘人証物証之搜集，瞠乎遠矣。故中國小説絶無言偵探者。彼《彭公案》、《施公案》者，徒記功績武術，爲《七俠五義》之類耳。譯之西籍，汗牛充棟矣，而要以福爾摩斯爲最，最有此許多之脚本，尚不能演出一一動人聽聞之偵探案，可見偵探之道大矣。

近來人民因國耻上之刺激，咸樂於講外交矣。故《小説月報》、《紅篋記》侈言外交之秘密，其愛國盡忠之道德，令人可歌可泣，國中有是人乎！

輓近小説多作哀情，自命爲傷心人，别有懷抱，借他人酒杯，澆自己塊壘，不意其潛勢力乃漸漸及乎新學界之少年。彼行文作書，此等綺語含毫可得，不綦成兒女國乎！故余於言情小説惡之如蔓草，去之惟恐不速，非彼有力使余移易其心志也。蓋此等獺祭而來，腐語如『嗟乎，傷心人也』、『我生不辰』諸句，看之即頭□矣□□昔人讀書多積學富而又。不爲時用，乃退而著書。其偏激著作小説，費三五年之光陰，十餘次之修改，數十家之評□□□□、成功，壽之後世。今人視爲營業，僅費數小時之功夫，洋洋千餘言，即欲求善價而沽，顧苟得主購，其爲好爲歹，不復顧及而又在經營其第二次之生涯矣。如是則安得而佳？故往往購新出之小説，需七角八角，争減一折而不可，迨逾半年六月，於破書攤上銅元十餘枚爲其代價矣。

（五）

著小説須具乾净之胸襟，闊大之眼光，真實之學問，爽利之筆墨，擷作濃厚之事實，乃爲之點綴敷衍，曲折既多，理路又清，遣詞造意，宜雅宜俗，如此著作，必有可觀。蓋不能計時日，較錙銖也。

小説已爲文字之寓言體矣，而寓言小説又爲寓言之寓言，所謂玄之又玄也。然爲小説，欲讀者之易於瞭解，過顯則有背本旨，過隱則無所取義也。故正書省作爲花木鳥獸之言，在我國則羌無其例，而在西國則恒有之。《伊索寓言》其著者也。今之小説有物語體，即取法焉。學校教科書在初小等小學，亦時有之，所謂增其興味。蓋人心好奇，爲其大賦，東坡之拉人説鬼，良有以也。此則非議《聊齋》之多爲狐鬼不經之事者，可□語矣。

軍事小説中之最難者筆者，非軍事學識及曾經戰鬥者不□道，故西方之□軍事小説者，恒爲行伍中人，非讀書人可以向壁虚造也。我國人紙上談兵，□所擅場，惟《三國志》確有戰術，其餘戰鬥法設障，一則爲文字之補救，一則徒取熱鬧而已。其次《水滸》頗有列陣打仗入情入理，而裏應外合之恒徑牢不可破。蓋亦視爲行文中不可少之生發也。

（六）

近人著述，筆頭已深浸於花露水中，惟求其無句無字不芬芳則爲絶作，至於横掃千人之筆翰，衆林中已無覓處，林紓其庶幾乎！鐵樵則短篇儘有作崛强之筆者，天笑好爲靈動之筆，其餘則自儈以下矣。

辭山爲小説之别裁，當唐時譜之教坊中者，即其開山之一鱗一爪而尚無洋洋大觀之巨製。迨元而極盛。蓋其時排偶之學愈盛而粉墨登場，亦有做有聽，爲雅客騷人所喜，故《西厢記》、《牡丹亭》作釁軍蒼頭之特起。孔稼部《桃花扇》，當時頗有演之者，嗣以有司承迎上旨，恐有觸忌，遂無敢扮演矣，故《綴白裘》中收羅洪富，獨無一齣出之《桃花扇》也。其實文辭華贍，用事核實，足當明末歷史讀，非《西厢記》、《牡丹亭》僅以寫情可比也。此而棄之，不亦冤乎！既□□之《十□曲》亦無演之者，則鄙其人而棄之尚可説也。至如《白兔記》、《滿床笏》了無可取，而無班不演者，何耶？

昔之作傳奇者極講音律，故朝書出而夕可被之弦歌矣。今則徒爲文字之游戲而已，而文班戲又不能取悦於社會，於是傳奇與演劇亦相離爲二，此亦美術上之退步也。小説之道大矣，其體裁既博且雜，余亦不能一一縷言之，就余心之所及，抽雜記，聊當與諸君閒話而已。

（《天津益世報》一九一六年九月十八、十九、二十、二十二、二十三、二十四日）

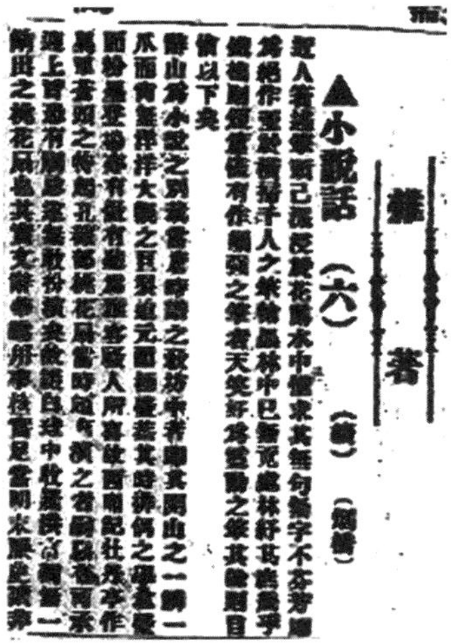
雜著
▲小說話（六）（續）（烟橋）

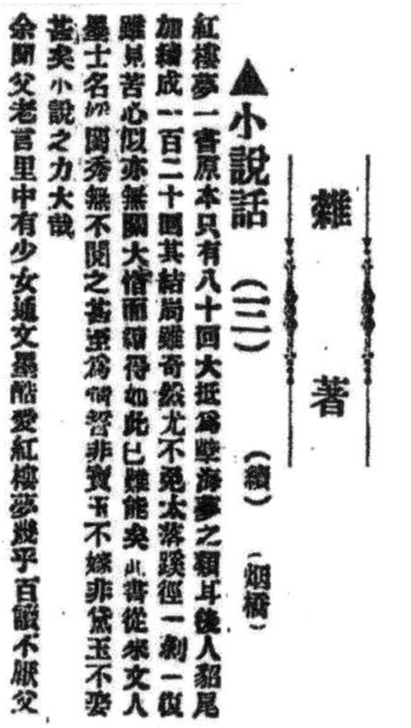
雜著
▲小說話（三）（續）（烟橋）
紅樓夢一書原本只有八十回大抵爲壁海夢之類耳後人貂尾加續成一百二十回其結局雖奇然尤不免太落蹊徑一劇一似雖具苦心似亦無關大恉而竟得如此已難能矣此書從來文人墨士名流閨秀無不閱之甚至爲嗜習非寶玉不嫁非黛玉不娶甚矣小說之力大哉
余聞父老言里中有少女通文墨酷愛紅樓夢幾乎百讀不厭交

雜著

▲小說話（一）

（姻橋）

小說家者流蓋出於稗官街談巷說道聽塗說者之所造也此謹書歸可知小說不盡實亦不盡虛大抵得一而附會粉飾之者十百耳

小說最古當推虞初周說九百四十三篇見漢書藝文志今已不可見矣前左傳一書節有幾疑似小說家言也即史記滑稽列傳語亦俗妙爲後世滑稽小說之濫觴

章回演義體始於宋仁宗時蓋當時天下太平處事娛樂內侍外出收羅說部以獻於是小說家遂爲此體蓋章回演義大都白話易於明白也其開頭一句輒云話說大宋某某皇帝時候勞排詩賦文詞之應制體耳

小說中最少瑣語備有拼本者惟三國志演義已大盛數語無不本之正史而意在蜀漢蓋張本於陳壽爲多也今日紅氍毹上上扮阿瞞者粉面加花十分奸雄者亦此書描畫之力也

龍圖公案九俠五義等書所記包拯頗多具至理者惟有夾雜神怪鬼談是則作者當時之時勢使然而其頭腦冷靜殊有偵探家之心思

章回演義可以曁書說部宋時盛行評話即今之說大書派之纏往往一書說出兩街頭巷口已有聽衆聽者矣內閣侍承誠天子寢往往擷取此中之一二節博龍顏大悅也

金聖嘆批小說甚詳其魔力之大乎筆之巨非雕蟲小技可比此評可以破從來說部冥小說之謬說蓋小說之爲功有非經論所訓史記通鑑所能及者於轉移社會頗具魔力故水滸作而强盜之取綽號者多矣紅樓夢作而自命爲才子佳人者多矣一切彈詞如雙珠鳳雙珠球珍珠塔等書作而士人之欲爲狀元女子之愛才而私訂終身者多矣故秦皇而生今日爲正當之淘汰書將此書家者付之一炬於世道人心去其洪水猛獸也

彈詞有白有曲蹺源於金章宗時董解元之西廂搊彈詞視今茶坊書場所彈唱者皆此體裁也舊日馬如飛以彈詞擅名開篇皆爲其自選今之珍珠塔等皆其手筆

論小說

李定夷　撰

載於《中華編譯社社刊》一九一七年第二期。《中華編譯社社刊》，半月刊，一九一七年二月十六日創刊於上海，主要發表該編譯社成員的詩、文、筆記、小說、雜文等，在内部發行，鼓吹振興國故，弘揚國粹，主編蔣箸超。本文作者李定夷（一八九〇——一九六三），字健卿，一作健青，室名墨隱廬，江蘇武進人。民初著名小説家，以發表白話長篇小説《霣玉怨》與翻譯小説《紅粉劫》而成名。曾編輯或主編《民權報》、《小説叢報》、《小説新報》、《銷閒鐘》等，任上海圖書局總編輯、上海《大公報》記者，後入南京中央銀行工作。一九五七年聘爲上海文史館館員。其作品曾輯爲《李著十種》、《定夷小説叢書》、《定夷叢刊》、《定夷説集》等。本文指出了近一二年間小説的消長情況，值得注意。他總結當今小説『日冷』的『病源』有二：『一曰，意思陳腐』，包括『今日之新小説，末流競趨，亦復如是』；『二曰，格局呆板』。故主張在小説内容與形式上都要創新：『意思固須新穎』，『做法上』也『能新便佳』。

一二年前，小説店、出版界之地位，如萬壑争流，傾向奔赴之勢，幾於一瀉千里。過坊間，而染紅點緑絢爛炫目者，小説之種類也；讀報紙，而立異標奇光怪奪目者，小説之告白也。當此之時，不爲不盛；今則末流所趨，此道日冷。小説之銷路既微，小説之生涯遂落强弩之末，雖有賢者，亦無如何，此何以故？

盛衰循環之理，喜新厭故之性，固足以阻礙小説之發達，顧猶皮相之言也。而主要之病源，仍當歸咎於作小説者，約言之，厥有兩端：一曰，意思陳腐。坊間出版之小本舊小説，不下千百種，何以不能得社會之歡迎與？夫上等之代價，非以千篇一律，故乎由賤而貴、由離而合，不待展覽即可懸揣其内容。今日之新小説，末流競趨，亦復如是。雖欲不敗，奚可得耶？二曰，格局呆板。意思固須新穎，然平鋪直叙，不從做法上用功夫，亦足使人厭讀，故作者於立意推陳出新而外，造局亦宜注意，或用倒提法，或用側擊法，或用影射法，或用横插法，法本不一，能新便佳。否則，江河日下之勢，恐非如今日之狀態而止也。

李定夷

中華民國六年三月一日 中華編譯社社刊 (第一版)

中華編譯社社刊

第二號
月出二次
非賣品
社址

苦海餘生啓事

本社辦事處啓事

家庭 言情 小說

佳兒佳婦

苦海餘生著

林紓題

林紓先生序

上海中華編譯社啓

本社通告一

本社通告二

本社通告三

讀紅樓劄記

境遍佛聲　撰

載於《説叢》一九一七年三月第一期、四月第二期。作者在《説叢》上還發表若干文章，生平具體情況不詳。本文所論，頗爲拉雜，甚至抄襲他文，綴入其中，如戚蓼生序云『敷華掞藻』至『庶得此書弦外音乎』整段文字，被分爲兩則，照搬不誤。因襲他人，致使前後觀點時見矛盾，如前云『太平閒人以《大學》、《中庸》而講《紅樓》，吾實未敢信』，而後則曰『《紅樓夢》推演性理，闡發《學》、《庸》……盡脱小説窠臼，而别闢蹊徑』。然文中兩處談到所見所聞《紅樓》舊本，頗爲奇特。一則曰：『余前在友人處嘗見過抄本《紅樓夢》，原本只八十回，叙至金玉聯姻、黛玉謝世而止。蓋聯姻之議，非出自賈母王夫人之意，乃奉元妃之命，無可如何就之。黛玉因此抑鬱而亡，亦未有以叙冒黛之説。』另一則曰：『相傳舊本《紅樓》，末卷作襲人嫁琪官，後家道隆隆日起。襲人既享温飽，不復更憶故主。一日大雪，扶小婢出庭中賞雪，忽聞門外有誦經化齋之聲，聲音甚熟習，而一時不能記憶爲誰。遂偕小婢啓户審視，化齋者恰至門前，則門内爲襲人，門外爲寶玉，彼此相視，皆不能出一語，默對許時，二人因僕地而殁。以上所云，説甚奇特，與今本大異。』不知兩説是否是實。

弁　言

延陵歸來，桐封株守；牙籤滿架，芸帙充堂。杜門伏案，絶似故紙之蠹魚；開券焚香，恍同禪門之老衲。左太冲户牖壁墻，悉著筆硯；蘇子瞻嬉笑怒罵，皆成文章。凡風花雪月之辰，皆筆酣墨舞之會，無如檐雨淋鈴，殘燈照影，一事無成，百憂咸集，茶餘酒罷，火冷香消，不有消遣，何伸雅懷？因讀《紅樓》，信筆劄記，藉祛長夜之惡魔，用銷千秋之熱血，偶借窮愁日月，小作冷淡生涯。一編在手，萬念俱寂。雖今日偶一展閲，信筆云云，頗起遐思；恐異日深陷情坑，飽受情彈，爲情所誤。是編之作，蓋欲持以爲情場戰勝之券，且欲留以作情關報曉之鐘。嚴寒凛冽，悲風怒號，挑燈獨坐，濡筆書此。輯刊三編，以供同好。丙辰梅月偃日，華嚴閣主境遍甫佛聲自識於晋陽寄廬。

上編　總論

《紅樓》之書，得《國風》、《小雅》、《離騷》遺意，參以《莊》、《列》寓言，奇想天開，戛戛獨造，其事誠古今來妙事，其文亦天地間妙文。統觀全書，由近及遠，即小賅大，直將真事隱去，託爲假語村言，以曲盡乎妙喻，蓋默操《春秋》之筆，寓諷刺於皮裏者也。

《紅樓》之作，乃雪芹巢幕侯門，目睹富貴浮雲，邯鄲一夢。始則繁華極盛，景艷三春，花鳥皆能解語；繼則冷落園亭，魂歸月夜，鬼魅亦且弄人。不特雲散風流，盛衰興感，而且世態炎凉，車馬門稀，故作書以『夢』命名，而開卷即以夢幻標旨也。

韓蘄王《南鄉子》詞曰：『人有幾多般，富貴榮華總是閒。自古英雄都是夢，爲官。寶玉妻兒宿業纏。』作者自名寶玉，其亦取義於此乎？

《紅樓》一書，爲雲爲雨，半宋玉之微詞；非霧非花，亦香山之讕語。然而鋪排綺麗，摹寫温柔。金迷紙醉之場，鴛鴦作對；翠悶紅慵之地，蛺蝶成行。一人一物，難貌難容；一葉一花，可歌可詠。洵古今第一情書，兩間第一妙文。

《紅樓》之書，作者雖有兩意，讀者當具一心。譬之繪事，石有三面，佳處不過一峰；路看兩蹊，幽處不逾一樹。必持是意以讀是書，乃能得作者之微旨。如捉水月，只挹清輝；如雨天花，但聞香氣，庶得此書絃外音乎？

讀《紅樓》之書，須具兩副眼光：一眼看其所隱真事如何穿插，一眼看其所叙閒文有何關係，兩不相妨，方能有得。若拘拘於年齒行輩，時代名目，則失之遠矣。

讀《紅樓》不可只讀本文，須并其批評讀之。明齋主人之評，真面已露，雖不無穿鑿之痕，然用力勤矣；大某山民之評，最有識見，雖著語無多，已見一斑；護花主人之評尤劣，用力雖勤，何其庸也。乃至屢贊襲人，此聖歎所謂『咬人矢橛』者也；至太平閒人之評，心勞口拙，可笑亦復可憐。其餘評本雖夥，可觀者鮮矣。

太平閒人以《大學》、《中庸》而講《紅樓》，吾實未敢深信。然作者其美刺乃學乎《詩》，其書法乃學乎《春秋》，其參互錯綜乃學乎《周易》，其淋漓痛快乃學乎《孟子》，而兼用《水滸傳》、《西遊記》、《金瓶梅》三書之法，遂淹有衆長，横絶古今。

余前在友人處嘗見過抄本《紅樓夢》，原本只八十回，叙至金玉聯姻、黛玉謝世而止。蓋聯姻之議，非出自賈母、王夫人之意，乃奉元妃之命，無可如何而就之。黛玉因此抑鬱而亡，亦未有以釵冒黛之説。今世所傳一百二十回之文，不知誰何傖父，何故强爲此如鬼如蜮之事，此真别有肺腸，令人讀之欲嘔。

相傳舊本《紅樓》，末卷作襲人嫁琪官，後家道隆隆日起。襲人既享温飽，不復更憶故主。一日大雪，扶小婢出庭中賞雪，忽聞門外有誦經化齋之聲，聲音甚熟習，而一時不能記憶爲誰。遂偕小婢啓户審視，化齋者恰至門前，則門内爲襲人，門外爲寶玉，彼此相視，皆不能出一語。默對許時，二人因僕地而歿。以上所云，説甚奇特，與今本大異。

《紅樓》一書，上自廊廟宫闈，下至田園野寺，語小則爲閨房兒女之私，語大則爲朝廷家國之事。約而言之，則爲園亭姊妹詩歌風雅之場；推而盡之，即爲阿房后宫開鏡棄脂之地；隱而言之，則爲省親示孝家庭聚首之歡；顯以示之，即爲貴戚私家甲第連雲之盛；泛而論之，則爲燕妬鶯猜婦子嘻嗃之象；實而指之，即爲班去趙升小人消長之機；分而觀之，則爲弄權希寵事兼兩府之徵；合而推之，即爲信讒嬖佞政同私門之漸；曲爲喻之，則爲厭厭夜飲士女戲謔之風；直爲書之，即爲啄啄群雌流連荒亡之樂；細爲數之，則爲朝夕饔飧務竭口腹之充；統爲計之，即爲金玉糞土用如泥沙之侈。其思深，其慮遠；其詞費而隱，其意類而推。真開天闢地，絶無僅有之奇文也。

福善禍淫，神人之用；勸善懲惡，聖人之教。《紅樓》雖爲小説，而善惡報施，勸懲垂誡，通其説者，且與神聖同功。若徒觀其木石同居，喁喁私語；園林改造，煌煌大觀。君恩來鳳藻之歸，婢義切鵑啼之痛。花驕柳補，誄文私祭乎芙蓉；玉愛金遺，食譜新添乎蓮葉。極鳥語花香之艷，鸚鵡吟詩；披仙庖家慶之圖，鴛鴦行酒。怡紅院之燕壽，不啻瑶池；櫳翠庵之品茶，居然陸羽。玫瑰刺手，狂奴遭一掌之批；湘竹傷情，幻境作兩番之夢。此不過軟紅塵裏，景麗三春；海市蜃樓，黄粱一夢，可以得《紅樓夢》三字命名之義而已，又豈一百二十卷中深文曲筆，寓言選意之所在乎？至若以此書本爲石頭出處而記，專爲木石前緣而作，心痛絳珠之死，力鋤寶釵之奸。恕神瑛之爲僧，善能補過；詆襲人之改嫁，大快失身；誦柳絮之詞，潸然淚下；讀桃花之句，默爾神傷。以金針鴛繡爲蘅蕪苟合之時，以香芋鼠偷爲怡紅撩眼之戲。微特受癡人說夢之誚，貽紫陽如豆之譏，且左袒私偏，平情失實，亦陳壽《三國志》之覆轍也，豈有當歟！豈有當歟！

《易》言吉凶消長之道，《書》言福善禍淫之理，《詩》以辨邪正，《禮》以別等威，《春秋》寓褒貶，經天緯地，亘絶古今。而不意《紅樓》一書，竟能包舉而無遺也。若細繹其文，皆可通乎經義。賈氏之盛衰，互爲消長；衆人之壽夭，悉本貞淫。其中或敘淫荒，或談節烈，明邪正也；或言宮禁，或及細民，判等威也。至全書敘事或明或暗，或曲或直，無非寓褒貶之意。《紅樓》之妙，妙盡於此矣。其所以膾炙人口，不脛而飛，不翼而走者，實因其能鐫刻人心，移易性情耳。至有以太虛幻境事屬子虛，仙姑雲雨之情即神女巫山之夢。萬艷同杯，酒開色界；千紅一窟，洞入桃源。聲呼救我，原眠秦氏之床；跡尾偷尼，重算小郎之帳。珮既解乎九龍，聘或留夫雙劍。芙蓉江上，啜茗傳神；風月鑒中，空花招手。知胭脂之屢喫，口哺櫻桃；忘麝串之微籠，臂交雪藕。以此書爲秘戲之全圖，其敘事乃春光之暗洩，不幾誤煞少年？而《紅樓》一書，毋乃千古之罪人耶？此更盲人瞎馬，迷路出花難者也，又烏可以與之語《紅樓》哉！然余意雖如是，究未識當時成此書者何心也，安得起悼紅軒中之雪芹而問之？

《紅樓夢》推演性理，闡發《學》、《庸》，以《周易》演消長，以《國風》正貞淫，以《莊》、《騷》寓本旨，以《春秋》示予奪，結構細密，變幻錯綜，包羅萬象，囊括無遺，盡脱小說窠臼，而別闢蹊徑，以李將軍金碧山水樓臺樹石人物之筆，描寫閨中小兒女喁喁私語，繪影繪聲，如見其人，如聞其語。《竹枝詞》所云：『閒談不説《紅樓夢》，縱讀詩書也枉然。』可見一時風氣所尚，非真有所不足於此書也。其中微意所在，豈别部小説所能望其項背？

《紅樓》全書，敷華掞藻，立意遣詞，竟無一落前人窠臼。此固有目共賞，姑不具論。第觀其藴於心而抒於手，注乎彼而寫乎此，目送手揮，旁通曲喻，似譎而正，似則而淫，如《春秋》之有微詞，史家之多曲筆，試一一讀而繹之：寫閨房則極其雍肅也，而艷冶已滿紙矣；狀閥閲則極其豐整也，而式微已盈睫矣；寫寶玉之淫而癡也，而多情善悟，不減歷下琅琊；寫黛玉之妬而尖也，而篤愛深憐，不啻桑娥石女；他如摹繪玉釵金屋，刻畫薌澤羅襦，靡靡焉幾令讀者心蕩神怡矣。而欲求其一字一句之孋鄙猥褻，不可得也。嗚呼，異矣！其殆稗官野史中之盲左腐遷乎？

書中開口便言：『當日所有之女子，其行止識見，皆出我之上。』又言：『閨閣中歷歷有人。』又言：『亦可使閨閣昭傳。』又言：『不過幾個異樣的女子。』又言：『半世親見親聞這幾個女子。』可見作者之用心，全爲當日異樣諸女子作列傳耳。

《紅樓》筆法完密，有起有伏，有提有補，無一簡筆，無一漏筆，前後皆有呼應，全篇均具綫索，讀之於作文之道，獲益匪淺。然其描摹家庭社會事情，窮形盡致，絲絲入扣，讀之於世故人情，當知不少。故《紅樓》一書，言情小説而實兼家庭社會之小説也。

舊群多稱《紅樓》爲誨淫之書，余平生最反對此種謬説。其主張此議者，蓋不知情與淫之别也。

小説之下乘，姑不具論。即高如《西厢記》等，亦不免於苟合，此則近於誨淫者也。《紅樓》中凡值寶黛相逢，每有一片纏綿悱惻之情，與不忍辜負之苦心，而終不及於亂。《詩》之所謂好色不淫，發乎情而止乎禮，寶黛二人有焉。故情淫二字，判若霄壤也。

《紅樓》所載，雖皆閨房瑣屑，兒女私情，然其才之屈伸，可通於國家用人之理。若黛玉之孤僻，蓋汲黯戇直之流也。骨鯁之臣，既見棄於聖明，彼圓通世故者，不群以爲相度乎？英明之主，且以此爲腹心，何况昏庸者。長沙吊屈，吾讀《紅樓》，爲古今人才痛哭而不能已。

《紅樓》以言情爲宗，自以寶黛作主，餘皆陪襯物耳。而論紀事，則鳳姐又若龍之珠、獅之球。何也？蓋古今奸邪柄政，如盧杞、嚴嵩，皆受參劾於生前，獨鳳姐擅權，雖其夫亦受節制。至已敗國亡家，而太夫人猶不悔，豈非秦之趙高乎？能道其奸者，惟一趙姨娘。作者著鳳姐卒受冥誅者，所以爲警世起見也。此等處，作者頗具史識，又豈可以泛泛言情小説目之。

《紅樓》之真諦，作者不敢直標，猶恐當局知所褒譏，身受其禍，故幻之以太虚之境，玄之以大荒之山，隱之以無稽之崖，能使後人直斥爲荒誕不經，無所稽考，則作者之意在是矣。然觀其開宗明義第一章，即以賈雨村、甄士隱二人并列，而於大觀園内，即厠入一塵世獨立之妙玉，至於榮寧兩府，即首叙一齒秩兼尊之史太君，由此推之，即可知其於甄士隱，實爲真事隱去，於賈雨村，誠爲假語村言，於妙玉則爲妙喻，於史太君則爲史筆，而後推之於葫蘆廟開首，作者殆欲以葫蘆題不求甚解解之耳，能以此繹之，雖不中，不遠矣。

世禄之家，鮮克由禮。《紅樓》所記，惟一侈靡之罪，然已受抄撿之辱，軍臺之苦，其警戒後人爲何如耶？今之縉紳閥閲之家，豈僅奢侈之一端而已哉？不僅此一端，而其幸逃法網，曷若《紅樓》之堪爲殷鑒耶？

書中快文甚多，焦大醉駡而外，如李嬷嬷之駡襲人，呆霸王之駡寶釵，較陳孔璋討曹操檄，駱賓王討武氏檄，尤爲雋快，讀畢當浮一大白。

《紅樓》一書，寫寶黛如山之藴玉，水之含珠，其輝媚爲已至矣。而後之續者，必欲討個究竟，則雖使賈寶玉封侯拜相，林黛玉福壽雙全，亦寶玉所謂魚眼睛也，又何所取耶？

有人讀《紅樓》至『錦衣軍查抄寧國府』，而傷心着急者，至『復世職政老沐天恩』，而手舞足蹈者，可謂有情矣，而不得謂之有識。如榮、寧兩府之所爲抄没黜革，固其分也，何必代爲之大駡趙全耶？然又有一種人，讀至抄家而大喜，至復職而大怒者，此亦不盡人情之人，可與考古而不可與之訂交者也。明齋主人評《紅樓》至夏金桂撒潑，拍案稱快，其識見迥非尋常，又不得以太忍爲病。

讀花人以寶玉似武陵源百姓，寶釵似漢高祖，探春似太原公子，紫鵑似李令伯，妙玉似阮始平，鳳姐似曹瞞，皆不甚確合。余謂寶玉當易爲李後主，寶釵當易爲公孫弘，探春當易爲温太真，紫鵑當易爲子家羈，鳳姐當易爲諸葛恪。至妙玉似阮始平，始平乃阮咸，阮咸不似妙玉，當是阮嗣宗耳。今再廣讀花人之意，則賈母似梁武帝，黛玉似屈原，迎春似劉璋，惜春似陳仲子，李紈似蘧伯玉。

《紅樓》一書，叙人婚姻之事，不祥者居其多數。蓋藉明專制結婚必無良好結果也。全書所列，只薛寶琴、邢岫煙二人爲得佳耦，蓋專制時代之結婚，雖無得佳耦之理，未必無得佳耦之事，亦猶專制政體中，未必無一二善政可道也。

書中最重命名之義，姓名皆具精心，其全書總名豈能漫然著筆者。世俗徒以寶玉傷情而出家，故名《情僧録》；以有通靈與金鎖，而稱《金玉緣》；以石上歷歷遍述之字跡，亦曰《石頭記》；以叙江南十二美色女子，因呼《金陵十二釵》；以太虚演曲中有『紅樓夢』三字，遂稱《紅樓夢》；以書中多談風月閒情而喪家亡身，乃名《風月寶鑒》。此世俗所解命名之義者，然究非作者闕合事實，得絃外音之本義也。

全部《紅樓》乃演『酒色財氣』四字，開卷第一回，即歷叙留嚴老飯，邀賈化飲；英蓮粉玉，嬌杏儀容；饋贈衣銀，折變田産；霍啓懼遁，封肅誤投。此即言『酒色財氣』之始也。自仁清巷達寧榮街，以及平安州知機縣，胥是物也。元旦獻屠蘇，其酒醲也；元春封鳳藻，其色正也；春祭之恩賞，其財隆也；秋捷而迷失，其氣大也。焦大爺酩酊，酒亂鬧矣；多姑娘兒腌臢，色亂鬧矣；卜世仁家裏，使銀姐借錢，財亂鬧矣；賈天祥塾中，將金榮偏袒，氣亂鬧矣。果肴送蝌爺齋中，寶蟾炫夜色以勸酒意；瓜菜倒鳳姐地下，平兒帶春色而餘酒香。紫英兩萬金之寶貨難售，賈政絀財而留酒飯；李紈十二兩之分資無著，鳳姐昧財而擾酒筵。邢大傻輸錢把盞，因悶氣而發酒言；李老貨阻玉貪杯，或賭氣而助酒興。開箱而覓緞取釵，酒後貪青衣之色悦；卧石而枕帕墜扇，酒多襲紅妝之色香。草斤忽來一帖，財苟得而蕩子色荒；竹扇何值千金，財未費而美人色笑。引用《西厢》詞句，淘氣則色以言挑；鈔襲《南華經文》，負氣則色可語詆。賈芸喜借十五兩三錢，鄰人醉酒而疏財異；賈化笑納五十金一裹，知已話酒而通財真。恩候妄價八百兩，未免重色而財輕；榮兒友助八十金，豈因出色而財入。孫紹祖五千兩可還，迎春氣惱守財奴；王熙鳳五百金何據，尤氏氣怯賺財人。彩霞不理有緣由，何因酒而惹同氣之怨；茜雪雖攢無過失，是使酒而尋出氣之方。蘅蕪君曲承魚水歡，情色相感而喜氣洽；芙蓉女屈受讒野謗，才色何尤而寃氣沉。得一千而畏鳳嫂，愛財兒小氣全消；打雙陸而課蘭孫，積財人正氣大發。一書繁矣，四言蔽之，此舉其大略，皆當作如是觀。

浮生若夢，此《紅樓》一書之所以名也。齋惟『夢坡』，院有『怡紅』，而造樓名手，總屬『大觀』，其大端則是。雖在在以夢點醒，而又非沾滯如癡人説。其間是夢非夢，無非是夢，即是太虛幻境也；即無非閱世人真境也，即無非本性人心境也，則又以不夢爲夢矣。至於紅本炎上之色，樓有空中之象，若小紅、嫣紅、猩猩紅，以及酒香紅藥、詩艷紅梅，點染於人物時景者，不可枚舉。或色即是空，空即是色，不妨簇簇出色與，樓則空空而無居人，顧惟於藏襲家用紗羅，堆積古玩金錫等材器，與夫取几收屏之際，而偶一遥指焉，又顯寓萬物所歸之義。要知其盈萬物者，乃其空萬物者也。故取樓以名其書，夫豈盡人不好居哉？但必實以人而詳記之，失清空矣；必名以人而重稱之，乏靈空矣。位置非宜，反窒大觀。獨不見於彙芳園一登斯樓也乎？又不見於清虛觀一登斯樓也乎？然觀象古人，霓歌鳳覽，曰《還魂》、曰《南柯》，一似逢樓作戲者，而又無戲之非夢矣，樓則仍空矣。故曰名手造樓，總屬大觀。此《紅樓夢》一書之所以取名也歟？

嘗謂《紅樓》之人不一，要皆夢中人也。而無人不是夢者，又無人可有夢。有夢不一境也，佳夢甚罕，惡夢恒多。書中歷叙各夢，如寶玉夢游太虛幻境，夢與甄寶玉相遇，夢見晴雯死後來別，夢至地府尋訪黛玉被石子打回，并甄士隱夢見僧道，甄寶玉因夢改行，黛玉因夢改行，黛玉因夢添病，湘蓮夢醒出家，香菱夢裏吟詩，小紅私情癡夢，妙玉走魔惡夢，鳳姐夢可卿勸立家業，又夢被人强奪錦疋，尤二姐夢見三姐勸斬妬婦，襲人夢見寶玉和尚册子，茗煙説萬兒因母夢得錦疋而生，以及寶玉神游幻境似夢而非夢，并因黛玉故後想夢而無夢。所言諸夢，皆是真夢。獨寶玉在可卿房中夢訓雲雨之事，絳芸軒中夢斥金玉之説，并屬假夢，非真夢也。是故元春之盡也，大夢同歸；熙鳳之衰也，舊夢反續。乃愈嘆人事在夢幻之中，浮生忽忽，擾攘間總屬渺茫；夢境出人情之外，魔劫層層，混沌裏別有崄巇。則又不止《紅樓夢》中人所獨患也已。覆鹿何有，化蝶依然，矧惡夢乎哉？

人生一大夢耳，夢無不醒之時，則黛玉死矣，寶玉出家矣。由黛玉而推之，晴雯、鴛鴦、鳳姐、尤二姐、尤三姐、可卿、迎春、司棋、金釧罔不然；由寶玉而推之，惜春、紫鵑、芳官、藕官、蕊官、荳官、葵官、柳湘蓮以及寶釵、湘雲罔不然。其不醒者，獨襲人耳。然則何以處探春？曰此其福分最大，好夢正長者也；然則何以處岫煙等？曰此其心思各別，同床異夢者也；然則何以處巧姐？曰此其昏昏情思，方纔入夢者也。文至此，不已東方之既白歟？何續貂者又欲强人入夢也。豈非天下之怪夢哉！無惑乎牛鬼蛇神，紛紛囈語也。顧安得大棒棒醒之！

一部《紅樓》全是憂傷時事之言，其叙賈氏，非不整飭家法，而家事之腐敗如故；非不約束子弟，而子弟之放縱如故。言財政則侈靡既竭，而刮削且及於錐刀；言用人則奸蠹盤踞，而斥逐乃在於柔懦。此與近日之景象何其暗合如是也！至於起衰救敝之策，彼亦言之矣。必如探春之明决，或可有濟。不得已而求一綫之延，亦非如李紈之貞固不可。雖然，亦在喪敗之後矣。若厭世之説，則大爲記者所呵，於探春之責惜春見之。

舉世滔滔，相壓以力，相詐以術，中外如是，古今亦如是，《紅樓夢》已言之矣，曰：『不是東風壓倒西風，便是西風壓倒東風。』

書中所演各劇，皆有關合。如元妃所點之《離魂》，打醮所拈之《南柯夢》，爲元妃不永年之兆；寶釵所點之《山門》，爲怡紅出家之兆；顰卿生辰所演之好《升仙》，即絳珠歸位之兆；怡紅所點《醉魁獨佔》，爲襲人改嫁玉函之兆，餘可類推。總之，此書所叙各事，斷無一句閒章也。

大觀園詩社，探春發起，寶玉作興，元妃提倡。元宵歸省，鳳藻成章，鴈行鳴盛，嘉會著而雅懷伸，此前此所未有者也。故海棠社倚門拈韻，以十三元始，凹晶館數闌聯句，以十三元終。其意即蓋言元妃題唱也。迨其後代簡入琴，薛、林唱和，是秋爽齋同調；賞花飲酒，環、蘭續琴，是海棠社餘音。至探春擱筆而瀟湘焚稿，則大觀園之雅集自此已矣。

大觀園之優也，而以女爲之見，徵歌選色，艷奪梨園，女戲之同乎女樂，大觀何取乎此？大觀園之女優也，而以官名之見按部就班，彩彰薰閣，戲場之通乎官場，大觀竟至如斯。可慨也，可誡也！豈得曰觀之時義大矣哉。於戲！才人贊善，空博雅選之名。乃費黄金，鼓歌舞。旋罷歌舞，而藕、芳、葵、蕊莫贖蛾眉，一似燕誤堂前，悲故里無依歸之所，而夢斷春臺。豪宴仙緣，備表榮華之狀。乃光白玉，昭聲明。復斂聲明，而檀板、竹枝徒班霓羽，一似鴻鷩路遠，嘆誰家是飛止之鄉，而憂深夏屋。盡態極妍，或櫻口，或柳腰，既比媚狐而惑主，始也何樂乎美觀？妝醜弄鬼，爲蓬頭，爲花面，更如鳴鳥之驚人，卒之有傷乎大雅。夫豈如魯樂府之亡伶，夫豈如衛舞庭之思美？此世之顧名思義者，所以莫不深爲大觀痛惜也夫。

寧國府之石獅子，其净其乾，原爲門第狀觀，乃無端反言以嘉，竟至閨房減色。士之耽兮，柳道爺洗清石兒，不洗清府中之珍哥也；大觀園之金麒麟，或得或失，不遠家庭瑣事，乃無端傳聞無異，竟致市井謡言。盜之招也，張道士賣弄金物，遂賣弄檻外之玉人也。

《紅樓夢》一書，前寫盛後寫衰，前寫聚後寫散，前寫入夢後寫出夢，此其大旨也。而其筆下之作用，則以『意淫』二字爲題，以寶玉爲經，以寶釵、黛玉與衆美人爲緯。一經一緯，彼此皆要組織，妙在各因其人之身分地步，用畫家寫意之法，全不着迹，令閱者於言外想像得之。故正寫處或臨崖勒馬，或閃身挫步，不至漏泄春光，却又恐人不解，特於旁面映帶聯絡指點，無非再三點睛，其神妙真欲到秋毫巔矣。其組織黛玉處，雖是寫意，尚屬實寫明寫，人均看出，故有後續等書。若寶釵一面，則用虛寫暗寫，比黛玉一面，更覺無迹可尋。其實美人中，以寶、黛二人爲主，其組織處，皆用雙筆對待之筆。故寶釵一面，人以爲與寶玉無情，而與黛玉扼腕，此非知《紅樓》者也。苟深讀是書者，當不以予言爲河漢云。

《紅樓》一書，評者甚多。有以爲兒女之綺語者矣，有以爲感慨之豪詞者矣，有以爲仙佛之寓言者矣，更有配以六十四卦，且錯綜參伍無義不搜者矣，又有斷章擇句引詩而擬者矣，聚訟紛紛，各執一是。然余嘗細按之，此書雖可藉以發明經傳之精藴，而實兼可因以尚論古今之人物也。

一部《紅樓》，趣事甚多，舉其犖犖大者，已足令人快意。如鳳姐臉上誤抹之蟹黄，令人撫掌；黛玉口裏戲謔之鹿脯，令人解頤；劉老老嘴邊鬧掉之鴿蛋，令人噴飯；湘雲手中比畫之鴨頭，令人醒酒；寶玉心裏想吃之鵝掌，令人很疼；寶琴意中嘗得之鹿肉，令人很愛；賈母面前贊好之雉羹，令人很喜；寶釵背後私送之燕窩，令人很感。

書有之：人爲萬物之靈。然往往物動於人而靈於人。其間意趣，雖有正變、厚薄、雅俗、清濁之不同，而無一不昭昭然各具相形於人物盈虚消長之天。若夫送臘有莊頭之活野鷄，尋秋有塘面之飛仙鶴。寶二爺柳堤上偶聽蜩蟬，本無聊於夏景；傻大姐草石間閒掏蟋蟀，亦何恨乎秋聲？橋邊扇逐蝶飛，夢與鷗波并趣；臺上籠開雀戲，情偕魚水同歡。至若賈母放生買鳥，有時亦嗜鬥鶉；平兒飼畜聘貓，無日不忌投鼠。文龍烹暹國之豬魚，雲情自狀；熙鳳殺仙園之鷄狗，風景特威。鷄髓鵝油，頗笑味甘夫古饕；蝦須烏靨，翻驚采爛乎天魔。夫豈若檐牙高啄，小話鸚哥；堂額榮禧，輕飛燕子。徑拓三弓兮麀鹿伏，繭殼半掀；塘開一鑒兮鷺鷥飛，蜂腰小隔。蛙部鷄窗而外，時變禽鳴；蜂房蚓壤之間，頃叢蟲語。好要子魚萍鳧藻，更饒夾岸之鶯花；破工夫蠶箔螢囊，豈擬分程於蟻磨。要之物性順自然，可無人心之刻矣；況乃天機原不已，曷仰聖歎於時哉？亦惟鸚鵡知詩，自非矜繡虎雕龍之雅；駱駝明訓，有不商珍禽異獸之風。固不必慈心風流之雛鳳，而竟藉口月令之螻蟈也。

甚矣，嫁女之難也。儀來空鳳，元春不敢稱嫁；暴遇山狼，迎春不幸誤嫁；父視結褵，探春不忍言嫁；嫂許披緇，惜春不能勸嫁。黛玉未嫁而殀，湘雲甫嫁而寡。寶琴岫煙，紋綺姊妹，雖皆受聘名門，許字望族，然或待嫁而翁溘逝，或迨嫁而婿清貧。又且同賦摽梅，僅詳小李，而宜室宜家，已非簪纓世胄之隆，富貴繁華之舊。寶釵之嫁也，不但花燭草草，甚至冒林下風，復叨光梅香遮護，纔賡鳴雁，旋悵離鴻，幾與宮裁之鴇歌互答矣。巧姐辰逢七夕，而乃織女星野，婿鄉耕讀。甚矣哉！嫁女之難也。

題軒名以蜂逗，不言花而花香馥馥矣；顏館額以鳳儀，不言竹而竹翠森森矣。沁芳橋畔釣魚，不言樹而綠樹濃陰矣；滴翠亭邊撲蝶，不言草而碧草活色矣。白露夜寒塘鶴影，不言月而皓月溶溶矣；綠天時暑院鶴眠，不言日而烈日炎炎矣。暖香塢猩色一簾，不言雪而雪豔皚皚矣；寒翠館雁痕幾紙，不言風而風光蕩蕩矣。至中秋夜静，一聞遥弄之笛聲，不言折柳清幽，而如聽冷露下濕桂聲矣；元夕春融，一叙亂撾之鼓響，不言傳花迅疾，而如驚明月中爆竹響矣。金釧之孽報既彰，過端午遂冷清特甚，固不得煩言夫節景，姑以薛蟠酬節添色澤，而争粽子一戲言，早有佳趣點綴於前矣；玉琴之良緣難就，同生辰亦熱鬧非常，顧不必盡言於壽期，姑以平兒酬壽作餘波，而叩芳辰一祝帖并留雅貺鋪張於後矣。如此筆法，曷勝枚舉？其紀事則俗情也，其著語則性靈也，其爲文章則中有造化也，徒教管中窺豹，略見一斑，豈識畫裏飛龍憑睛兩點耶？

寶玉房裏之花籌，未免是鬧酒；薛蟠廳中之雪藕，不過是娱色。俱徵壽緣之浮而且濁。鳳姐壟斷之月錢，有術積私財；黛玉剪斷之風箏，無端而放晦氣。并見福量之狹而不宏。嘗想賈府之家風，好於豐年之大雪； 有庵名水月，熟於比歲之散花。 以言乎酒，則春演衢樽，百瓶飭賜； 秋横野豹，一套勒嘗。 以言乎色，則金陵舊册，十有二釵； 珠闕新詞，一無雙玉。 以言乎財，則往來義洽，甄帛或收； 入出悖符，邢資孰帶。 以言乎氣，則神傷樛木，册歲遺徽； 面變芙蓉，百齡永感。 吁嗟乎！ 酬賀客而酒失歡場，觴親朋而酒成禍水，有不如伏臘慰勞風味者矣； 生爲出色人而竟入死地，形是絶色人而徒幻情天，有不如春秋適意花光者矣。 購母珠而無財難爲智，償孫玉而無財難昭信，又有如雪見晛而次第消流者矣； 花冢泣而氣傲在孤標，松埂笑而氣矜歸異派，又有如月吐雲而參差皎皓者矣。 夫惟政老世奉青箱，而督學觀風，則文氣取乎深厚； 賈母堂開白玉，以承家愛雪，而詩酒藉以流連。 元春命補種園花，阜財後信溢薰風。 中秋紀共賞臺月山色間，聲驚桂露，是則壽天恩蔭，福地榮華。 萱堂則絲鬢雪霏，梓舍則錦心花發； 財星與酒星并朗，風月同日月常新。 氣宇光昌，天然仙府，豈特富貴之景色而已哉！

性情嗜好之不同，如其面焉。 堯舜不能强巢許爲功名，猶巢許不能强堯舜爲隱逸也。 但能各寶其寶，各玉其玉，斯不負耳。 然世俗之見，往往以經濟文章爲真寶玉，而以風花雪月爲假寶玉，豈知經濟文章，不本於性情，由此便生出許多不可問、不可耐之事。 轉不若風花雪月，任其本色，猶得保其不雕不鑿之天然。 此風花雪月之情，可與知者道，難與俗人言。 故不得不仍世俗之見，而以經濟文章屬之真，以風花雪月屬之假。 意其初必有一人如甄寶玉者與賈寶玉締交，其性情嗜好，大抵相同，而其後爲文章經濟所染，將本來面目一朝改盡，作出許多不可問、不可耐之事，而世且艷之羡之，其爲風花雪月者，乃時時爲人指摘，用爲口實，賈寶玉傷之，故將真事隱去，借假語村言，演出此書，爲自己解嘲，而亦兼哭其友也。故寫賈寶玉種種越人，而於制斷處從無褒辭，蓋自深嫌也；寫甄寶玉初用貶詞，嫌其與己同，後用褒語，明其與己異也。然則作書之意，斷可識已，而世人乃謂譏寶玉而作。夫寶玉固在所譏矣，而乃費如許獅子搏象神力，爲斯人撰一開天闢地絕無僅有之文，使斯人亦爲開天闢地絕無僅有之人，是譏之實以壽之也，其孰不求譏於子哉？吾是以知《紅樓》之作，蓋寶玉自況也。且寶玉之院曰『怡紅』，雪芹之軒曰『悼紅』，由怡悼二字，詳之可以明矣。紛紛聚訟何爲者？

《紅樓》一書，作者既將真事隱去，而爲假語村言，既以甄士隱、賈雨村名其人，則書中之各人姓名，及各地各物之名，皆有寓意，從可知矣。兹拈出一二以質讀者，其詳則可以觸類而推矣：

甄英蓮者，真應憐也。　神瑛者，神，通靈也；瑛，寶玉也。　絳珠者，謫降仙姝也。

晴雯者，情文也。　馮淵者，逢冤也。　秦氏者，情事也。

秦鍾者，情所鍾也。　秦業者，情孽也。　秦顯者，情顯也。

嬌杏者，僥倖也。　賈政者，假正也。　賈璉者，假廉也。

賈琮者，假忠也。　賈蓉者，假榮也。　賈薔者，假祥也。

賈芹者，假勤也。　賈敬者，假敬也。　賈赦者，假赦也。

賈珍者，假真也。
妙玉者，妙喻也。
單聘仁者，善騙人也。
賈化者，假話也。
李紈者，守禮完人也。
蔣玉函者，將玉函也。
王善保者，忘善寶也。
烏進孝者，不進孝也。
茫茫大士者，茫茫大事也。
賈者，假也。
史者，始也。
劉者，留也。
青埂者，情根也。
山名大荒者，即太虛

賈瑞者，假瑞也。
畢知庵者，必知俺也。
卜世仁者，不是人也。
湖州者，胡謅也。
尤氏者，尤物也。
錢華者，潛化也。
寶琴者，保情也。
真真國女者，真真國士也。
渺渺真人者，渺渺真神也。
封者，風也。
趙者，造也。
秦者，情也。
葫蘆廟者，葫蘆妙也。
崖名無稽者，即幻境

湘蓮者，相憐也。
詹光者，沾光也。
吴良者，無良也。
卜固羞者，不顧羞也。
王熙鳳者，希王鳳也。
吴新登者，無新登也。
甄費者，真廢也。
空空道人者，空空而道也。
甄者，真也。
周者，謅也。
大觀園者，大官員也。

之謂也。

鳧靨裘者，無厭求也。

之謂也。

雀金泥者，却泥金也。

扇者，散也。

作《紅樓》者，才識宏博，非別部小説所能望見項背。其文則有詩、詞、歌、賦、駢體、詞曲、制藝、尺牘、燈謎、聯額、酒令、爰書；其技則有醫卜、星相、參禪、測字、構造、栽種、畜養、調鼓、鍼黹、烹飪、書畫、琴棋；其地則上而廊廟宮闈，下而田野荒寺；其人則有王公、侯伯、貴妃、宮監、文臣、武將、命婦、公子、閨秀、村嫗、儒師、醫生、清客、莊農、工匠、商賈、婢僕、胥役、僧道、女冠、道婆、倡優、醉漢、無賴、盜賊、拐子；其事則有忠孝、節烈、奸盜、邪淫及諸般横死之事，真可謂無所不通，無所不備，無不形容盡致，真能囊括無遺。蓋其才大如海，包羅萬象，决非尋常稗官所能道其隻字者。

近今説部，汗牛充棟，迻譯者固多，杜撰者亦不少。吾平心論之，多有不及《紅樓》者。《紅樓》有逃禪之譏，無綺語之纖，閲者宜參悟其文心，閒玩其墨妙，而不可沾滯其事實也。全書筆力心思，可謂一時無兩，人多謂其繁處不可及，而不知其簡處尤不可及也，正可與《聊齋》之文異曲而同工耳。

《紅樓》之書，余夙嗜讀。課暇研索，於今十稔，回環披誦，頗得新趣。蓋其詞雖顯，其旨甚微。文義雖明，文心極曲；陳言盡棄，新格獨標；渾灝汪洋；瑰偉奇麗。粗讀之如釋氏浮圖，玲瓏透澈；細讀之如天女散花，繽紛陸離。統而讀之，更如風虎雲龍，包羅萬象，空之又空，玄之又玄，誠天地間振奇絶妙之文字。宜乎家弦户誦，不脛而走也。稱之曰天壤間不可無一不可有二之作，其誰曰不然？

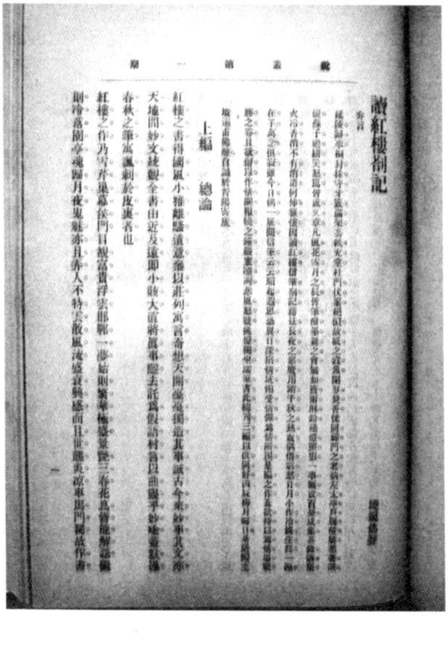
說叢 第一期

讀紅樓劄記

上編 總論

紅樓之書得國風小雅離騷遺意參以莊列寓言奇想天開蹊徑獨造其筆該古今來妙事其文亦天地間妙文統觀全書由近及遠即小喩大直將萬事變去託爲假語村言以曲曲顯乎妙唯意旨播春秋之筆寓諷刺於皮裏者也

紅樓之作乃寄弁巢幕侯門目覩富貴浮雲邯鄲一夢始則繁華極盛景毀三春花鳥皆能解語鐘則冷落園亭魂歸月夜鬼魅亦且弄人不特雲散風流盛衰興感而且世態炎涼車馬門稀故作書

佩筠閒話

陳小蝶　撰

載於《新世界》一九一七年十二月十九日。《新世界》又名《新世界義記日報》、《新世界日報》，一九一九年六月十七日至一九二〇年二月二十日間曾改名爲《藥風日刊》。由孫雪泥主持，鄭正秋、姚鵷雛、徐枕亞、聞野鶴、周瘦鵑等編輯。本文作者陳小蝶爲本刊編輯之一。陳小蝶，爲當時名小説家陳蝶仙之長子，浙江杭州人，與父親合作創作了《柳暗花明》等十一部長篇小説，自己也獨自撰寫了《塔語斜陽》、《香草美人》等小説。也擅畫，曾與吴湖帆、錢瘦鐵等名噪上海畫壇。一九八九年病故於臺灣。本文分析了舊時『院本小説』中有六種有關『冤家』的不同用法，然後，又指出它們與現在用於『打情駡俏』的『冤家』的不同。

舊時院本小説多用『冤家』者，按其説有六：情深意濃，彼此縈繫，寧死相守，不懷異心，此一説也；兩情相囑，阻隔萬端，心想魂飛，寢食俱廢，此二説也；長亭短亭，臨岐分袂，黯然魂銷，中心彌苦，此三説也；山遥水遠，魚雁無憑，夢寐相思，柔腸寸斷，此四説也；憐新棄舊，辜恩負義，切恨惆悵，怨深切骨，此五説也；一生一死，處景生悲，抱恨成疾，迨與俱逝，此六説也。今人口頭語亦有『冤家』者，則打情駡俏，嗔愛無因，家鷄野鴛，隨處逑好，此所謂歡喜冤家也，然非『冤家』，亦不聚頭思之，寧毋失笑。

陳小蝶

珮鈞閒話 （小蝶）

舊時院本小說。多有用寃家者。按其說有。六。情深。意。濃。彼此。縈。繫。事死。相。守。不懷。異。心。此一。說。也。兩情。相。屬。阻隔。萬。端。心想。魂。飛。寢食。俱。廢。此二。說。也。長亭。短。亭。臨歧。分。袂。黯然。魂。銷。中心。彌。苦。此三。說。也。山遙。水。遠。魚雁。無。憑。夢寐。相。思。柔腸。寸。斷。此四。說。也。憐新。棄。舊。辜恩。負。義。恨切。惆。悵。怨深。切。骨。此五。說。也。一生。一。死。觸景。生。悲。抱恨。成。疾。迨與。俱。逝。此六。說。也。今人。口。頭。語。亦有。所。謂。寃。家。者。則打。情。罵。俏。嗔愛。無。因。家雞。野。鶩。隨處。逑。好。此所。謂。歡。喜。寃。家。也。然非。寃。家。亦。不聚。頭。思之。寧。毋。失。笑。

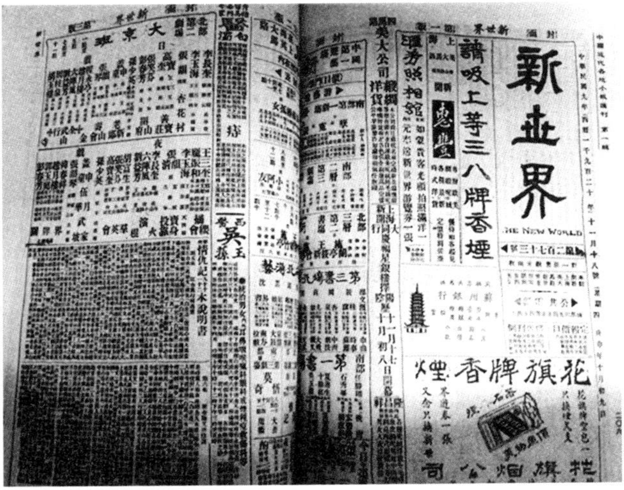

小説出於稗官班氏藝文志謂爲街談巷語道聽塗説者之所造而歐美文學家絶重之試言其故

陳萱　撰

載於《滬江大學月刊》一九一八年第七卷第一號。作者陳萱，不詳。本文認爲中國古代本多叙事之文，《詩》、《書》、《左》、《史》等都有作品可視爲小説之濫觴，『小説亦甚重於世』，『獨班氏《藝文志》謂爲「街談巷語，道聽塗説者之所爲」』，遂將小説『擯於九流之外』。自歐風東漸之後，或譯或作，小説充斥於國中，使世風日下。而蔡子民、陳獨秀等主議中國文學革命，『欲以歐美治文學之法移而用之中國』，將使『國粹掃地』。因此，他將『中國文學之興』寄希望於林琴南身上。

小説，叙事之文也，而異於文。今之論文者，謂賈誼《過秦論》，實爲後世論辯類之創體，則漢以前奏議之外，固多叙事之文也。然《書》之《枯楊生稊》，《詩》之《維鵲有巢》，已具小説意味。若《左氏傳》，於宫闈瑣事、神鬼陸離，又復詳載靡遺。而史公之《滑稽傳》，俊談雄辯，曼衍側出，又何獨非小説之濫觴？獨班氏《藝文志》謂爲『街談巷語，道聽塗説者之所爲』，擯於九流之外，抑又何也？

夫小説關於群治者大一國之民，學士大夫恒居其少數，厮養隸卒恒居其多數，若非以趣味濃益之文字引導之，何能啓發其向學之心？故彼歐美文學家以小説爲學校課本，既足以寓警以諧，復足以佐兒童求學之趣味。如讀冒險小説，足以知世界地理之大勢，世俗人心之轉移；讀歷史小説，足以補歷史記載之所不及；他若記美人英雄生氣勃勃，又足以起人敬仰之心，一舉而數美具，此歐美教育之所以遠勝於我也。

我國自班氏以前，小説亦甚重於世，史公至以爲治與六藝一也。蓋古人之文不肯苟阿世好，雖摭拾舊聞以點綴成文，亦足以補史乘之遺載。迨後世衰道微，一二好名之士，剽竊史乘，演爲小説，往往無中生有，以駭人聽聞，於是史乃信而無徵，甚或創爲別體，或以白話，或以章回，逞一己之才，亂後世之實，此街談巷語道聽塗説之言之所由來，而小説與文學逐歧途矣。

自歐風東漸，一般自命愛國者，知非小説不足以收群治之效也。或譯或撰，日不暇給，然譯取他國之事，不過供茶餘酒後之談助，何裨於史載？即有愛國政治歷史等名著，或譯者文不足以達之，而閱者惑於其説，生見異思遷之心，無父空桑之教，遂充軔於中國矣！其自撰者，非寫才子佳人，即描勢婦徵夫，一言以蔽之，言情、哀情而已矣！ 而社會以其言娓娓可聽也，乃趨之若鶩；驕奢駘蕩之風，遂日甚一日，推原禍始，何莫非小說有以階之厲也。

近世蔡孑民、陳獨秀諸文豪主議中國文學革命，欲以歐美治文學之法移而用之中國，故其提倡小說，又不遺餘力。嗚呼，際茲墜緒茫茫，國粹掃地，若取法歐美，微論今日小說不足與文學并重，即有之江河日下，人心其尚可問乎？ 閩縣林琴南先生以古文之筆譯撰小說甚夥，且又多警頑立懦之作，中國文學之興，吾將於斯人望之。 蔡、陳二人之說，非敢贊同也。

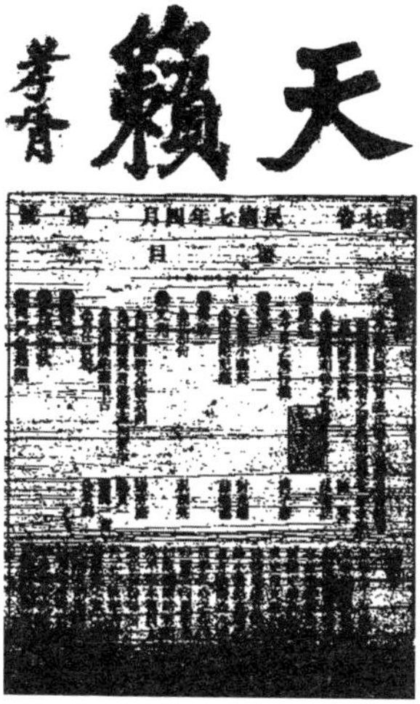

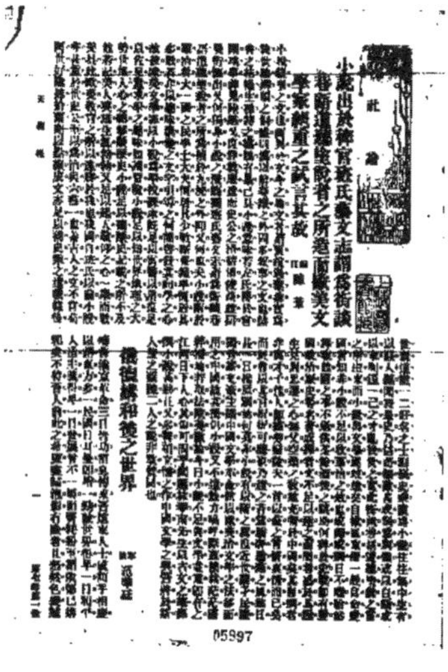

禁閲小説

好學 撰

載於一九一八年七月二十五日《時事新報》。作者不詳。本文强調『禁閲小説』，認爲『少年富於幻想，而小説爲幻想之産物』。若『以幻想啓其幻想』，則必然引導學生想入非非，有害於培養『切實之實行家矣』。

學校禁閲小説，法至善也。

近來小説之出愈多，而學生必亦其銷路之一，是禁之之法尚未完備也。

吾以爲不但有礙風化之小說，爲學生所不宜閱。即一般立意正大之小說，亦不宜使其閱看。何也？少年富於幻想，而小說爲幻想之産物。以幻想啓其幻想，則必導入非非想矣。與實際人生愈去愈遠，終必爲潦倒之人，不復能爲切實之實行家矣。故閱小說與意志教育大有關焉。

第三張　中華民國七年七月念五日
學燈
教育小言
禁閱小說
學校禁閱小說。法至善也。近來小說之出愈多。而學生必亦其銷路之一。是禁之之法尚未完備也。吾以爲不但有礙風化之小說爲學生所不宜閱。即一班立意正大之小說亦不宜使其閱看。何也。少年富于幻想。而小說爲幻想之産物。以幻想啓其幻想。則必導入非非想矣。與實際人生愈去愈遠。終必爲潦倒之人。不復能爲切實之實行家矣。故閱小說與意志教育大有關焉。
青年俱樂部
教育叢述

讀《紅樓夢》者理想中之嬌妻

唐荒 撰

本文載於《上海潑克》第一卷第一期。《上海潑克》是由沈泊塵（一八八九—一九二〇）創刊於一九一八年九月的漫畫雜志，僅出四期而因沈氏逝世而停刊。『潑克』兩字，即英文『punch』的音譯，爲『詼諧善謔』之意，所以又名《泊塵滑稽畫報》。其内容的主要傾向是反對軍閥混戰，揭露社會黑暗，關注國計民生。本文作者唐荒，不詳。文章以戲謔的筆調歷數《紅樓夢》中的林黛玉、薛寶釵、晴雯、鴛鴦、探春、惜春、妙玉、秦可卿、香菱、王熙鳳、尤二姐、襲人等十一位美人的性格特點與才情短長後，認爲『《紅樓》種夢中一切出色人物，已無一可以爲記者之配耦矣』，而據當前『無不利其妻之爲木偶』的時尚，只能『垂青於傻大姐，亦聊以趨從時俗耳』。除傻大姐之外，『尚有一人可以不費躊躇而致之』，即『晴雯之嫂子是已』。這雖是一篇詼諧文字，然將十一位《紅樓》美人放在現實生活中逐一點評，也恰如其分，要言不煩，實可作爲一篇人物論讀。

林黛玉人品才情爲《紅樓夢》第一，作者本認定爲理想中之嬌妻。惟其善哭工愁，好使小性，頗覺難堪，且其醋性又甚濃厚，入門之後，必使作者不復能涉足花叢，故不如其已也。

薛寶釵才量寬宏，態度安閒，若得下嫁作者，則終身必無勃谿之慮。顧其人好行小惠，善施詭計，作者血氣方剛，對於此種舉動，勢必難於忍受坐視，故此一段好姻緣，甯使交臂失之也。

晴雯紅顏絶世，口角鋒利，作者如爲法政畢業生可以懸牌爲大律師者，則當撲火投湯，求爲配耦，以資内助。惜乎作者今爲游民，每日僅以至游戲場劃到爲事，絶對無娶此快嘴丫頭之必要，故又不如其已也。

鴛鴦出身雖微，而才品可愛。惟賦性暴烈，動輒自戕，作者縱有求婚之意，殊不敢貿然啓齒。非懼爲赦老之續也，特恐引起其致死之心，而竟致打人命官司，反爲不妙。故又不如其已也。

史湘雲豪邁不拘，大有銅琵琶鐵尺板高唱大江東去之概，最宜嫁與武人爲妻。如以作者之目光視之，反覺其處處過於爽直，難與共謀鬼蜮之事，□使白首偕老之念，頓然冰銷瓦解。

賈探春温柔而嚴肅，可愛而不可近，殆所謂棉裏藏針者歟。如以配一極頂冒失鬼如作者，則長跪受責，必無處夕，甚且頰上指痕，赭然卒歲，不復能厠身交際場中，故求婚之念亦殊淡漠也。

賈惜春清奇古怪，飄然有出塵之想，作者如至債臺高築，不得已而遁入空門之時，則當以鳳求凰，力圖此人爲配耦。然作者今日之預算，每月尚可取得某某姨太太等之周濟費若干元，而大餐館衣服店又素無銀錢往來，欲求債臺高築，尚覺難若登天，故决無遁入空門之資格，雖欲參此歡喜禪，亦祇得留待他日耳。

妙玉賦性怪僻，而又好潔，作者自維必非此人之配耦。其理由至爲簡短，蓋作者每年一浴，尤自以爲勤，若與此人同衾席，則香氣不敵脚臭，反害其終夜打坐，不能成寐，雖有貓兒打架，恐亦難動其春心於萬一。故此一段絶好姻緣，祇得聽其打消而已。

秦可卿柔媚妍麗，亦爲作者意想中嬌妻之一。惟此人福薄壽短，設以作者之八字合之，必犯六冲無疑，一旦成婚之後，彼若溘然長逝，作者非特無術足以使之還魂，亦斷無第二批資本以爲續弦之費，故使可卿即能屈就，作者亦不願聞命也。

香菱賦性憨直，胸無城府，宜其可與共晨夕矣。乃又終日吟哦，形同學究，若將來欲以詩書質疑於作者，則深愧胸無點墨，難以爲應，故白首之念早已棄之九霄雲外矣。

王熙鳳措置家事，井然不紊，如有人代爲執柯，則作者對於開門七件事，將來或可置之不問。惟在結褵之先，作者尚有緊要條件須向對手方提出者：一、作者如能暴富，感須購妾納寵，鳳姐不能干涉。二、金屋藏嬌時，鳳姐不准以暗箭傷人，以致釀成命案。至如抄小貸放印子錢等事，則儘可列爲交换條件，聽其自由爲之也。但想王熙鳳决非□柔愚懦之人，其對於上述條件，非待必難承認，且恐其以對待賈瑞之法，移以待作者。故中心慄慄危懼，即使有冰人殷懃相勸，亦僅能長揖拒之耳。

尤二姐容貌性情，兩無所惡，設能與作者締姻，亦覺其毫無愧色。惟牆花路柳，任人攀折，作者雖係無賴，尚非忘八作料，故以緑頭巾遮避風日，亦有所不屑也。

襲人雖奸刁萬分，然亦懦而無用，易於制服也。若其肯與作者結爲秦晉之好，則作者一旦暴病而死，必先以遺囑許其再醮，蓋世人既死之後，一切事業，均歸烏有，雖有守節之婦，亦不足以稱榮鬼國也。但襲人以貌取人，恐非賈寶玉蔣玉函一流人物，不肯輕易締姻，作者此想，亦徒成畫餅耳。

各種姻緣，既已打消，則《紅樓》種夢中一切出色人物，已無一可以爲記者之配耦矣。作者因不得已而求其次，以爲以傻大姐之蠢然如彘，亦不妨與之白頭偕老也。試觀今日社會習尚，一般昏小子，無不利其妻之爲木隅〔偶〕者，故作者之獨垂青於傻大姐，亦聊以趨從時俗耳。至於傻大姐之外，尚有一人可以不費躊躇而致之。其人爲誰？則晴雯之嫂子是已。

Where have your eyes gone?

Shanghai Puck

讀《紅樓夢》質疑

冷佛　撰

本文陸續連載於《民國日報》一九一九年一月至五月間。題目時作《續紅樓夢質疑》，作者署名時作「佛冷」，顯係筆誤或誤排。冷佛，即王綺，又名王詠湘，常用「王郎」之名發表文章，滿族人，在「五四」前後話躍於東北文壇，寫有大量的詩歌、戲劇、小說，雜文，尤以長篇小說《春阿氏》、《珍珠樓》流行一時，曾任《大北新報》、《公益報》、《愛國白話報》等編輯。一九二一年《小說新報》上發表姚民哀的《紅樓夢質疑録》與此文多有雷同。本文從小説表現的不同角度指摘了《紅樓夢》描寫中的疏漏、矛盾之處，頗具眼力。

甄士隱、賈雨村，人固知其爲真事隱、假語村矣。按第一回表明，賈雨村之姓氏時，姓賈名化，字時飛。賈化似宜解作假話，賈時飛似宜解作假是非。第八回寶玉到梨香院中，薛姨媽讓他裏間屋裏暖和，寶玉掀簾，一步進去，就看見寶釵坐在炕上，作針綫云云。寶玉一面看，一面問姐姐可大愈了。寶釵抬頭，只見寶玉進來，連忙起身含笑答道：『已經大好了，多謝記挂着。』説着讓他在炕沿上坐了。是寶釵之起身讓寶玉起身於炕上也。起身於炕上，是站起於炕上，并未下炕也。按寶釵之爲人，爲《紅樓》一部書中第一個處事細心者焉。能見寶玉進屋，連炕都不下來，只讓之坐下來，又寶釵笑道：『又混鬧了一個丸藥，也是混嘗的。』一語未了，忽然外面人説林姑娘來了，話猶未了，林黛玉已摇摇擺擺的進屋來了。一見寶玉，便道：『噯喲，我來的不巧了。』寶玉等忙起身讓坐云云。是寶玉起身於炕沿上也。按寶釵之讓玉不下炕，猶可也。顰兒之挑尖抓快，寶釵素知之。焉能説到了他的屋子，連炕都不下來。爲省這麽一不下炕，反去得罪那嘴刻薄、心眼細的林姑娘，吾知明白大體的寶姑娘決作不出來也。原書於此點，稍欠細。

（一九一九年一月十七日《民國日報》）

三十七回的題目是《秋爽齋偶結海棠社，蘅蕪院夜擬菊花題》。按：此題目看去，正是秋季光景，乃探春柬寶玉之書，末一句云『若蒙踏雪而來，敢請掃花以俟』，又緊接賈芸稟寶玉之書，有句云

『近因天氣暑熱，恐園中姑娘們不便』云云。一日之間（參觀原書即知），兩封書竟自相矛盾如是，并與題目中含蓄之『秋』字，亦大相反背。

四十回賈母正在黛玉房中，與王夫人等説話，有人回説，姨太太來了。賈母等剛站起來，只見薛姨媽早進來了。一面歸坐笑道『今兒老太太高興，這早晚就進來了』云云。按：賈母等之站起，爲迎接薛姨媽也。乃薛姨媽進屋之後，就大説特説起來，賈母等之站起，竟置之不理。終久到賈母等離了瀟湘館，也没提賈母等坐下與否。不論老奸巨猾之薛姨媽，不能如是之莽撞，即賈母等也不能直腰并腿，老老實實的站着説話到底也。

（一九一九年一月十八日《民國日報》）

五十一回原文云『一時果有周瑞家的，帶了信回鳳姐，説襲人之母，業已停床，不能回來，鳳姐回明了王夫人，一面着人往大觀園去，取他的鋪蓋粧奩。寶玉看着晴雯、麝月二人打點妥當，送去之後』云云。又緊接『寶玉此時納悶，襲人之母，不知是死是活』云云。觀後意，是寶二爺尚不知襲人之母之死活也。觀前意，則寶二爺親看着晴、麝收拾襲人之粧奩、鋪蓋送去也。予讀《紅樓夢》至此，有疑義焉。夫寶玉之爲人，一無事忙也。無事忙則無時不忙，無時不忙，則見鳳姐之遣人取襲人之粧奩等以去，定無不忙問襲人之母已死與否。寶玉一問，來人勢必據實答之，據實答之，則寶玉已實知之矣。又何必坐着納悶哉？我欲起雪芹而問之，爲時不及矣，事勢不能矣。若海内明達，有以教余，余亦無限歡迎也。

（一九一九年一月二十一日《民國日報》）

同回末尾句云：一面説是寶玉説，一面早命人煨上，又囑咐麝月，打點東西，叫個老媽去看襲人。勸他少哭，按此意看來，寶二爺之命人勸襲人少哭，是已知襲人之母死了，惟反覆觀此回首尾，則决未叙明有人告訴二爺襲人之母已死云云。請問寶二爺具何神通，竟如是之靈透邪？

五十四回原文云『忽聽鴛鴦嘆了一聲，説天下事可知難定，論你單身在這裏，父母在在外頭，每年他們東去西來，没個定準，想來你是再不能送終的了。偏生今年就死在這裏。顛倒出去送了終』云云。按：第十九回有句云『况如今爹雖没了』（是襲人對其母與兄所説，看原文可知），是襲人之爹早已死了，夫襲人之爹，早已死了，文中雖未叙，襲人已明告鴛鴦，揆情度理，鴛鴦當亦知之。况襲人與鴛鴦交稱莫逆（參觀四十六回），此等事又不没臉，又不□牙。説閒話時有云，襲人未告鴛鴦者，誰豈信之。乃鴛鴦偏説老父母在外頭，鴛鴦之故意邪？抑雪芹之誤兄母爲父母邪？幸海内高明有以教我。

（一九一九年一月二十三日《民國日報》）

諺有云：『娘親舅大，爺親叔大。』是舅也者，與母同耳。事母如何？事舅亦當如何？未聞母乞食則子視母氏乞人之不若，舅執役，則甥視娘舅奴僕之弗如也。《紅樓夢》五十五回，探春哭着問趙姨娘道『誰是我舅舅，我舅舅年下纔升了九省檢點（是王子騰），那裏又跑出一個舅舅來？我到素昔按禮尊敬，越發敬出這些親戚來了。既這麽説，每日環兒出去，爲什麽趙國基又站起來，又跟他上學，爲什麽不拿出舅舅的款來』云云。余讀及此，不禁廢書而三嘆焉。夫趙姨娘，探春之親生母也；趙國基，春之親娘舅也。觀探春之言，竟以王夫人爲生母，王子騰爲親舅，反以爲若説是趙姨娘之親女，趙國基爲其親舅，則羞莫大焉者。（同回，探春有『何苦來，誰不知我是姨娘養的，必要過兩三個月，尋出由頭來，徹底翻騰一陣，怕人不知到，故意表白表白』之句。）噫！探春誠何居心耶？夫王道不外人情，况家庭其小焉者乎？因生母爲親舅，多求二三十兩之燒埋費（參看原書即知），即即時予之。賈母、王夫人等，也不至説出什麽難聽的來也。即使説出難聽的來，甚或得一頓大不是。爲周濟死去的娘舅也無甚大丢人現眼耳，乃始終并未應允，就發出這麽一套牢騷，探姑娘亦何苦來哉？探姑娘之離家遠嫁，正彼蒼所以報探姑娘之陰妬狠、不孝順也噫。

（一九一九年一月二十六日《民國日報》）

木石姻緣之無成，厥故固甚夥。然人恒知由九十六回上半回（瞞消息鳳姐設奇謀）設成此種抽樑換柱的計劃。殊不知鳳姐此種計劃，早已含蓄多日。觀九十六回有句云（是與平兒説者，參看原回）『鳳姐兒笑道，我也慮到這裏，倒也彀了，寶玉和林姑娘，他兩個一娶一嫁，可以使不着官中錢。

老太太自己有體己拿出來』云云。請問蘽兒若許寶玉，則娶嫁出自一家，又何須老太太拿出體己，作林姑娘之嫁妝費？寶玉之娶親費爲哉。此鳳姐之欲蘽兒外嫁，寶玉之不娶蘽兒，已溢於言表，抽樑換柱，余故謂其早已含蓄多日也。

（一九一九年一月二十七日《民國日報》）

友人海岫珊，讀《紅樓》至五十六回，問余曰，甄家的四個女人，對賈母等正説甄寶玉的脾氣，其末二句云（第一，天生來這種刁鑽古怪的脾氣，如何使得？）話未説完，可巧正碰見王夫人進來，遂把話頭打斷，亦不過常在女孩兒群裏胡賴而已。海君曰：『然則何不明明白白的叙出來，却又故意頓住？』余曰：『此鋪筆法，雪芹慣會用之。假若甄家的順口就説出來，在讀者固然是説甄寶玉，在聽者未免疑説賈寶玉。他人尚可當面鑼，作面鼓，溺愛不明之賈母，將何以爲情？雪芹之欲省却筆墨處，正示人以作文之絶好法則也。此種筆法，《紅樓》儘多，慧心人能平心静氣讀之，自當了然。』

（一九一九年二月二十四日《民國日報》）

六十三回《壽怡紅群芳開夜宴》，行令的時候，共是十六個人，即寶玉、襲人、晴雯、麝月、秋紋、芳官、碧痕、春燕、四兒，寶釵、湘雲、黛玉、探春、李紈、寶琴、香菱是也。其始寶釵擲了十六點是探春，則探春是一定緊靠着坐在寶釵的上首無疑。其次，探春擲了十九點是李紈，則李紈一定隔着寶釵坐在探春的下首，再次是李紈的下家擲骰，下家正是黛玉，黛玉擲十八點，便該湘雲掣簽，湘雲之坐次，一定是緊坐在黛玉的下首，湘雲擲九點，數去是麝月，則麝月之坐位，除本人及原擲骰者（即湘雲）當中一定尚有七個人的坐位，至麝月擲骰時原文云『麝月一擲個十點，該香菱』云云。按此十點算去，則正是寶玉，決非香菱。又香菱擲骰是六點，該黛玉，按此決非黛玉當是八環（見上）中之一人。又原文黛玉擲二十點，是襲人掣簽，此則正對，讀者按此繪一圓圈，再按人名點數，慢慢算去，當知此回之坐次，與所擲之點數，有兩條不對岔口處。

（一九一九年二月二十六日《民國日報》）

芳官是黛玉影子，亦晴雯影子。芳官與寶玉事情，看作黛玉與寶玉事情無不可。即看作晴雯與寶玉事情，亦無不可。六十三回，寶玉睡醒了，對芳官笑道：『我竟不知道了，若知道，給你臉上抹些黑墨。』按臉上抹黑墨，正是俗語所說的，不甚光彩。黑墨未抹上，此黛玉之潔身歸去。晴雯之終擔虛名也。六十八回《酸鳳姐大鬧寧國府》，罵賈蓉的話，皆微詞，『没良心的種子』及『今日我纔知道你了』等語，尤顯而易見。

七十七回碧月上怡紅院去取手絹，正碰見寶玉等，咭咭呱呱，滿炕亂滾鬧着玩，提起閒話來，碧月說兩個姨娘（是李紋、李綺，參看原回可知。）到明年冬天，就也都家去了，不知家去是上那去，又碧月説此話時，正是頭年春季光景，明年冬季纔回家，恐怕不能這麽早，就定了盤子。蓋中間尚有十數個月工夫，况李紈是忠厚人，决説不出讓他們走的話來，即或李嬸娘等要走，文裏又未明叙與李紈商議過，然則碧月是從何處得來風聲，友人玉琴，謂李嬸娘等閒話時，或有一半句關乎將來返南的口吻，碧月從旁聽去，便坐以爲實，説明年冬天就都家去。予終覺其解得牽强。

（一九一九年三月十三日《民國日報》）

七十一回，賈回家來了。賈寶玉知道了，忙上賈母的屋子裏去請安，原文（政在賈母房中，連衣服未换，看見寶玉進來請安，心中自是歡喜，却又有些傷感之意）云云。按此光景賈政父子方才見這一面，似乎是賈政歸來的第一次晤面。乃緊接下文有（原來賈政回京覆命，因是學差故不敢先到家中。珍璉、寶玉，頭一天便迎出一站去接見了。賈政先請了賈母的安，便命先回家伺候。次日面聖諸事完畢，纔回家來）云云。按此則賈政與寶玉晤面，早已在前一天見過了，今天歡喜，似乎應歡喜於昨天；今天哀感，也應於昨天傷感。蓋昨天正是珍璉、寶玉出迎一站，父子爺們之第一次相見時候也。

七十四回司棋的事情，本待要發落了，乃鳳姐偏又要害病，原文云『老嬷嬷們拿了方子（參觀本回），回過了王夫人，不免又添一番愁悶，遂將司棋之事，暫且擱起』云云。嗣一直等到過了八月節，纔把他打發出去，敢問暫且擱起的這些日子，是把他仍然交給老婆子監守着呢，還是仍在二木頭的屋裏聽使喚呢？書内未叙明，未免使人費一番思索。

（一九一九年三月十四日《民國日報》）

八十二回，寶玉下學回來，剛一進瀟湘館門口，便大嚷道，我依舊會來了。把黛玉唬了大跳。按雪芹下此『依舊』二字，大有意味，黛玉猛可唬一跳，不是叫寶玉拍手打掌的害怕，當是聽見『依舊』二字的原故。賈代儒叫寶玉講書，講的那兩段，本是要規戒寶玉，不想反到借些大無成四字，叫寶玉小小的把代儒糟踏了。可笑。

薛家的婆子，奉寶釵的命，給黛玉送密餞荔支，説的那套瘋話，簡直與二十五回鳳姐打趣黛玉，説的那些話，是一個意思（參看原回可知）。然一係有心，一則無意，讀者須分别清楚。

（一九一九年五月十一日《民國日報》）

中華民國八年一月十七日　民國日報　戊午年

民國小說

呂調元

讀紅樓夢質疑（汝偉）

甄士隱。賈雨村。人固知其爲眞事隱。假語村矣。按第一回表明賈雨村之姓氏時。述賈名化。字時飛。賈化似宜解作假話。賈時飛似宜解作假是非。第八回寶玉到梨香院中。薛姨媽讓他裏間屋裏暖和。寶玉掀簾一步進去。就看見寶釵坐在炕上作針綫。云云寶玉一面看。一面問姐姐可大愈了。寶釵抬頭。只見寶玉進來。連忙起身含笑答道。已經大好了。多謝記掛着。說着讓他在炕沿上坐了。是寶釵之起身。讓寶玉起身於炕上也。起身於炕。上是站起於炕

傳奇小說

乞食圖傳奇

民國日報

新學制初級中學教科書

商務印書館出版

小說閒評

秋星　撰

本文初見《民國日報》一九一九年一月五日，署名「秋星」，後於四月六、七日連載，署名「惲秋星」。惲秋星，即惲震（一九〇一——一九四四），字蔭棠，號松岩、秋星，江蘇武進（今常州）人。時在上海交通大學讀書，後留學美國威斯康辛大學研究院電機系，一九二三年獲碩士學位回國，後長期在機電部門工作。本文值得注意的是，明確提出「小説」是「研究人的科學」。他不但以中國小説《儒林外史》、《水滸》、《紅樓夢》等證之，且認爲「歐美小說，尤多此類」，特別是迭更司的《大衛考伯菲爾》，「描摹世路之艱險，真使人增閲歷，增學問」。另外，他將白話與文言的比較也别具隻眼，稱「白話如攝影，文言如作畫」，兩者相比，「畫之工者，通乎神明，惟終不如白話之不假雕琢，妙造自然耳」。文章中提及的小説家錢基博、葉小鳳、談善吾及程瞻盧等人的作品，也可注意。

小説二字，就廣義言之，爲輔助社會教育之物，就精義言之，是研究人的科學。中國小説，如《儒林外史》、《水滸》、《紅樓夢》等皆是。歐美小説，尤多此類。莎士比亞之劇本，固無上上品。近古小説家，余尤喜迭更司，迭氏生平傑作爲《大衛考伯菲爾》，林琴南譯成《塊肉餘生述》。林氏自言，此譯本爲其生平最快心之作，余以爲原本尤佳。愈瑣碎，愈乾净；愈轉折，愈靈動。描摹世路之艱險，真使人增閱歷，增學問。林氏雖有不到處，亦復精細可玩。迭氏此作，信可與中國《儒林外史》媲美矣。

《洪荒鳥獸記》爲李薇香所譯，奇人奇事，奇境奇物，讀之興趣横生，譯筆亦殊生動，可稱探險小説之佳構。

做新小説的，我還佩服一個程瞻盧。我説他是真能懂得小説之真義，真能熟悉小説的門徑，思想又很高尚，又很靈巧，胸中頗淹博，又會運用，死的事情，到他手裏，又活了轉來，但是，長篇章回，恐不能勝任。

（一九一九年一月五日《民國日報》）

彈詞小説，最流行於舊時女界，此中以《來生福地》爲最典雅，次之《天雨花》亦稱鉅制。余家藏抄本《鳳雙飛》一部，據云此係毗陵某孀婦所著，婦有老姑，雙目盡盲，婦每日作千餘言，夜闌曼聲歌之，以悦其姑，如是者十年而書成。其情節曲折入細，頗合舊社會心理，筆墨亦乾净流利，絶少渣滓。近日之彈詞小説，余所見者，以東埜之《孤鴻影彈詞》，丹翁之《女拆白黨彈詞》爲最佳。其次當數程瞻廬，瞻廬筆清墨妙，口齒明净，最宜作小品小説，故其彈詞中之綴詞造句，老嫗都解，雅俗咸宜，極盡宛轉抑揚之致，惜其章法尚欠講究，此乃不善長篇之故耳。

白話如攝影，文言如作畫。畫之工者，通乎神明，惟終不如白話之不假雕琢，妙造自然耳。

（一九一九年四月六日《民國日報》）

錢基博善爲筆記小説，其文瞻雅樸厚，氣韻深長，望而知爲胎息龍門者。嘗自負曰：『世有錢基博，當不令林畏廬獨逞其鋒。』林故有《技擊餘聞》之作，錢乃作《技擊餘聞補》，投諸《小説月報》，刻意求工，精光四射，有後來居上之勢。林見之大怒，迫令商務書館勿收錢稿，時鐵樵爲小説主撰，賞錢之文，而又厄於林勢，乃去基博之名而曰子泉，并去《技擊餘聞補》之標題，以避林之忌，即此一端，可見畏廬氣量狹小，奚怪其詈人爲狗爲龜耶？

小鳳效爲唐人小説，彌有風韻，《塔溪歌》一則，客歲誦之，此時猶口齒留芬，艷情小説，此其範作乎？

老談之爲小説，確屬老手，短篇尤工，余於《甲寅》雜志中，讀其《孝感記》、《女蜮記》二則，輒廢書嘆賞。《孝感記》發乎情，律乎禮，止乎天性，讀之使人淚下，近世小説中，最少此類。《女蜮記》描寫妖婦入情入理，而事迹有奇盡奇絶，此其白描之工，又豈尋常人所可幾及乎？

（一九一九年四月七日《民國日報》）

國日報　舊歷己未年三月初六日

小說閒評　（悔秋星）

彈詞小說。最流行於舊時女界。此中以來生福爲最典雅。次之天雨花亦稱鉅製。余家藏抄本鳳雙飛一部。據云此係毗陵某孀婦所著。婦有老姑。雙目盡盲。婦每日作千餘言。夜闌曼聲歌之。以悅其姑。如是者十年而書成。其情節曲折入細。頗合閨閣心理。筆墨亦乾淨流利。絕少流濘。近日之彈詞小說。余所見者。以與禁之孤鴻影彈詞。丹翁之女拆白黨彈詞爲最佳。其次當數琵琶盧。瞻廬氣清疏妙。口齒明淨。最宜作小品小說。故其彈詞中之綴詞造句。老嫗都解。雅俗咸宜。極盡宛轉抑揚之致。惜[illegible]法尚欠講究。此乃不善長篇之故耳。

白話如攝影。文言如作畫。畫之工者。通乎神明。惟終不如白話之不假雕琢。妙造自然耳。

倫理小說

息廬小説談

民哀 撰

本文於《民國日報》一九一九年一、二月間連載。作者民哀，即姚民哀（一八九三——一九三八），江蘇常熟人。原名姚聯，字天亶，號民哀，另有别署花萼、小妖、芷卿、靈鳳、君復、鄉下人等。自幼從父習評彈，藝名朱蘭庵（或作萊庵），游走大江南北，尤以説《西厢記》有名於時。辛亥革命時曾被延爲光復軍記室，加盟於中華少年社，後爲南社社友，抗日時期附汪僞軍而被游擊隊處决。所著小説及散論時見於《小説叢報》、《小説海》、《小説新報》、《紅雜志》、《紅玫瑰》等，擅寫『江湖秘聞』、『黨會秘記』，有《山東響馬傳》、《荆棘江湖》、《四海群龍記》及《民哀小説集》等。本文在《民國日報》上連載時，每日三言兩語，談及當時小說的譯作與對古代小說的評價，議題十分廣泛。較可注意者，他認爲中國小說的起源於經：『《左傳》可作軍事歷史小説讀，《尚書》可作紀事小說讀，《戴禮》可作風俗家庭小說小說讀，《毛詩》可作言情小說讀。小說之根源，究發乎經籍，奚用旁求子史？』而金人瑞是『小說家之叛徒』，較早地用『八股文字』來作批評而否定金批。他强調『小說以白話爲正宗』，但反對用『土白』。對於小說的接受問題，主張學問與經驗并重：『看小說之眼光高下，半係學問，半由經驗。苟徒特學問而無經驗，其看小說之眼光必狹；僅仗經驗而無學問，則其眼光寡陋，無足稱也。』此外，他較早地看了古代社會小說如《金瓶梅》的現實意義，說『清河十弟兄情狀，觸處皆是，且有更甚於此者』。以後，馮叔鸞、鄭振鐸等發展了他的這一思想。

一年之事實，縮成一篇二三千言之小說，爲之雖不易，幸而告成。决計略有意味，一日之事實，放之爲四五萬言之小說，任憑妙手，難免嚼蠟之譏，此余所以看新小說一黄昏可以讀八九册焉。

長篇小說，能免『敷衍』二字者，從古以來所未有。賢如曹雪芹，前既寫薛蟠、邢大舅之聚飲，後復有鋪張賈環鬨飲之胡鬧，似乎敷衍，惟討厭尚算不討厭，苟拾到籃裏就是菜，甚者將當年新聞採入，膽量誠大，其如敷衍何？

如此事實之小説，完全托空構造，如施耐庵之武松打虎。相傳施閒立門首，天適大雨，見狺狺趨避松下，乃成景陽崗一段文字，則較有事實之小説，更爲難作，環顧今世之所爲小説家者，無一人能步武得到，苟其皮毛，已足貴矣。

夏二銘之《野叟曝言》，長篇小説中不能不算他一部巨著，然而全書分三段落，邯鄲呂公祠得夢一結，迎鑾回京後一結，以後則不可問矣。於此可見長篇之能首尾呼應、精神貫徹之不易。夏二銘之成此書，據澄江人云，費三五年之時日始成，而結局尚如此荒唐，何況今人之著長篇，大都飯籮空空，專候此稿潤以買米之小説耶？

余七歲讀毛詩，課餘，先君子即以小説授閲，云開其悟性焉。彼時所閲之書，若《桃花女鬥法》、《王道士捉妖》等神怪小説。十歲以後，匪特閲此等書無味，即《彭公案》、《施公案》等，亦不願一顧。由今思之，與其閲新出版之誨淫小説，不若復閲從前神怪小説之有味。

金人瑞實小説家之叛徒。平白地將《史記》、《杜詩》、《離騷》、《蘇東坡文集》、《水滸》、《西厢》等，横七竪八寫上幾句，再添了個才子書等級，界防極嚴之小説界，從此擣亂。金誠小説之罪人。盲從之子，猶極崇拜。余謂真能作小説者，决不以金爲法。

友人某君，近有革命紀實小説之著，余極不贊成，如筆頭不平，禍大則及性命，禍小則四招嫉視。筆頭平，則夫行文波折之面目，試問此書尚有何價值？ 余屢勸其擱筆，而某君不以爲然，余添爲其前途慮也。

小説以白話爲正宗，文藻爲偏師，不知者莫不重文藻而輕白話，殊不知一則如設色丹青，容易奪目，一則若龍眠粉本，全是白描，爲之不易也。

家藏《醒世姻緣》一書，傳者謂《金瓶梅》之藍本，未信然否？ 是篇亦通篇白話者，惜山西土白居多，未免小疵。 蓋作白話小説之難，第一步即難逃土白門徑。

陳少逸之《品花寶鑒》，與魏子安之《花月痕》相較，布局大同小異，草率一樣草率，無謂一樣無謂。 還是《品花寶鑒》安守本分，將杜琴言脱離樂籍□□，不久便收場。 假如落在子安之手，一定要鬧出梅子玉登壇拜將，將杜琴言□□仙術等等，則益發不堪矣。

粵中文才輩出，屈指難盡，而小説一門，余妄謂其無磐磐大才，甚者并羅貫中之漢宋奇書未見，偶一披閲，詡爲廣覽，於此可見其小説程度矣。

小鳳心折之李小白，而遺著小説罕覯，惟有正出版之小説中，有此公之傑構，暇當贈小鳳讀之。

小説的鼻祖，人皆以《莊子·盜跖篇》、《離騷·卜居篇》謂開小説之先河。余謂《左傳》可作軍事歷史小説讀，《尚書》可作紀事小説讀，《戴禮》可作風俗家庭小説小説讀，《毛詩》可作言情小説讀。小説之根源，究發乎經籍，奚用旁求子史？故國□淺弱之徒，滑稽社會，或可勉强，否則只可憑藉於蟹行文字而已矣。無怪以《南華》荒誕抑鬱、《離騷》之奉爲圭臬也。

做小説的布局立言，過於爛熟，確是一件毛病，然而過於生僻，也不爲奇。有人把説文、科學、陌生字、特別文理，嵌在小説當中，我却不敢恭唯他是名小説家。小説用典，過分穿鑿，亦非佳構，俞仲華之《蕩寇志》，未可厚非，惜乎穿鑿過分，令人掃興。

做應時小説，最爲無味。試問於一時半刻之間，任憑如何學問，總寫不出妙文警句，或引『文章本天然，妙手偶得之』爲證。然而，急就章之小疵，畢竟夥於修潤之文也。

流光荏苒，又是一年。小鳳未完之稿，只好與諸君子明年相見矣。

仁者見仁，智者見智。自金聖歎膠持一見，任一己之好惡，强人不欲，美其名曰『批評』，實則如八股文字之割裂題，令人意興索然，小説瓜分，兆於斯人。

余讀《三國演義》，不直劉備之爲人。與其學劉之梟，莫若步曹之奸。然奸雄非大有爲之人不能爲，梟雄則爲之較易。世之讀《三國演義》，莫不稱玄德之爲人，我於是乎得窺社會真相也。

陳壽《三國》論闗壯繆，以「剛」字立言，《演義》之載壯繆，以「儒將」兩字括之。昆劇中演刀會一折，平添無數口舌，將壯繆拒子敬之言，妝點成一不講情理之屠夫，無怪金聖歎「讀至秉燭達旦段落，欲下何人見之」之批語，蓋演義誤之也。

《三國演義》，有絶大疵病，而人所不覺。當赤壁鏖兵之後，荆襄區城，全歸玄德掌握，後文并無襄陽重落曹兵之補文。何以東川定後，壯繆又發兵攻曹仁於襄陽耶？是作者之疏忽。

《三國演義》之地理，煞費人解處頗夥。如赤壁鏖兵之後，曹操何以走華容道？赤壁在黄州，華容縣在岳州附近，操兵敗返許都，當退走信陽州、鄭州等處，始可歸中州，何以反由華容遁？豈操懼孫、劉合併，走避滇黔耶？或謂鏖兵之赤壁匪黄州之赤壁，華容亦匪今之華容縣，然則偌大古戰場，究在何所？而岳州反又有周瑜帥府基耶？

《三國演義》於七擒孟獲之際，出一壯繆次子闗索，殆至瀘江祭渡之後，闗索即不復見，是亦著者之漏筆。《三國演義》之敘黄、魏争功，寫黄忠不服老，先主出師猇亭，因贊美興、苞，漢升又憤踹吴營，已覺有重床之嫌，而諸葛忠武初出祁山，趙雲又步黄不服老之舊轍，行文似嫌呆滯也。

余幼讀《紅樓夢》至史太君病篤散財，而爲熙鳳留下二個箱子時，曾一度揮淚。甚矣，權臣之難爲也。務使在上知其奸而仍不忍絶之。匪有識過於常人者，曷克臻此地步，而一部《紅樓夢》之真相，真哀慘，悉於此見。余所以愬然出涕，若林黛玉之哭，假哭耳。烏足以動至誠者之心耶？

王實甫譜《西廂記》，僉謂其至『碧雲天，黄花地』句，即嚼舌而亡。曹雪芹著《紅樓夢》，相傳其孫入白蓮教而被戮，雖語涉誕妄，然其前人警誡不著淫放文字之一法。方今之世，此説消亡，於是穢亂之著，多所刊布，余不憤今人之無耻，而爲王、曹呼冤不止，是豈小説界之幸哉？

譯筆如畏盧老人之《塊肉餘生述》，余展讀不及一小時，即昏昏欲睡，因余讀歐美譯本，胸中先存一牢不可破之執見。就我國幅員論，江蘇人與粵東人談話，已扞格不入，即使以文字相見，而風俗稱謂，仍有異同，如蘇人之唱諾，魯人謂剪拂等等。以此例之，本國尚未能一致，遑論他邦，而歐美俗尚，亦未能巨細相同，以故此譯如此，彼譯則又稍變面目，因是余讀譯著，輒於枕上，以之代安神藥水，百不一爽。

羅貫中之《平四寇》，雖不逮施氏筆力，然書中人名繁若羅星，能一一收拾，已非易易。苟令今人著此，必如新婦作羹湯，手足無措矣。

幼時聞父哲廣陵倪王，如道《清風閘》故事，云如何如何佳妙。及讀其書，令人作三日嘔。倪云是書能妙肖下流社會之口吻，然余謂未必盡然。坊間流行本之贋鼎乎？抑倪過甚其辭乎？至今不解。

金聖歎痛詆《續西厢》之續貂，然而《續西厢》尚無十分不通處。自曹氏著行《紅樓夢》以來，曰《紅樓圓夢》，曰《紅樓綺夢》，皆余所睹。友人謂尚有《紅樓復夢》，余則未見。更有《鬼紅樓夢》，演寶黛陰圓，愈其荒誕不稽。就《後》、《圓》、《綺》三夢言，以《圓夢》黛玉不死爲第一，《後夢》還魂已覺崛强，《綺夢》言轉胎成小鈺舜華之説，不堪一囑，即文筆亦最穢劣，君子不取也。

昔人著小説，嫌資料太少；今人作小説，覺資料太多。因其資料多而其文字不堪細嚼矣。

昔人文字喜藏，今人文字喜賣，小説亦然。試問壽之後世之作，自然與待價而沽之作，當然有霄壤之别也。

幼讀俞仲華《蕩寇志》，至陳希真作法布霧，對面不見段落，頗滋疑竇。天下决無此事，前夕歸去，大霧迷漫，恍有此狀，余於是悠然以思俞氏之文焉。

荆石山民之《紅樓夢傳奇》，楊掌才已譏其膽大妄爲。平心而論，山民之著雖不佳，苟使近人爲之，斷斷不行。

彈詞小説，以《來生福》爲最佳，然結束已微嫌累贅，而第一回長恨生之鬼勸其妻，真堪絶倒。惟措詞太陳腐，似不合於今世社會人士之心理也。

看小説之眼光高下，半係學問，半由經驗。苟徒特學問而無經驗，其看小説之眼光必狹；僅仗經驗而無學問，則其眼光寡陋，無足稱也。

余嘗冥思作言情小説者，能捨去一男一女之交際。專就友誼、親誼立言，而免香艷蹊徑，豈非天壤間第一妙文？　然而我未之見也。

作社會小説，古時易，今世難。緣昔之社會幻狀，尚無今社會之詭譎，故人云《金瓶梅》一書，已曲盡小人口吻，然而清河十弟兄情狀，觸處皆是，且有更甚於此者。嗚呼，社會之進化，乃於此見耶？

葉小鳳與俞劍華搶酒，大類潯陽江上浪裏白條、黑旋風打架情狀。恐施耐庵著此文時，亦有葉俞其人者在側，否則何前後人相類若是耶？

文人見紙筆，學生見書籍，與賭徒之見骨牌，鴉片鬼之見燈槍，適成反比例。此所以國事日不堪問焉。

昔人謂遇美色於暗室，見白鏹於窮途，臨大敵於猝然，皆爲絶妙一塊試金石。環顧斯世，凡庸碌碌，大抵好淫貪利畏葸之徒，能免乎此者，其亦如孔子所謂我聞未見也。

盛於斯嘗願得一少年如張緒、衛玠、王子晉，能飲一斗不醉，得一老緇老黄，能痛飲記《天寶遺事》；得一遲暮佳人，能歌《離騷》，舞三尺劍，醉讀《南華・秋水篇》，余謂是亦痴人説夢耳。世安有此大佳事。

一九一九年一月十五——二十五日、二十七日，二月八——十一日、十三——二十二日《民國日報》連載

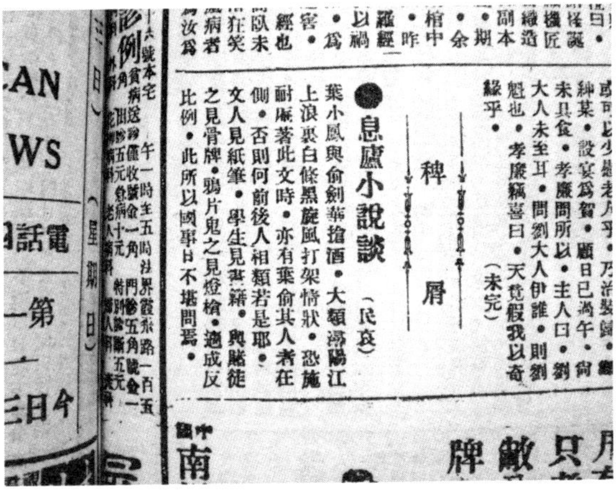
息廬小說談（民哀）

稗屑

葉小鳳與俞劍華搶酒。大類潯陽江上浪裏白條黑旋風打架情狀。恐施耐庵著此文時。亦有葉俞其人者在側。否則何前後人相類若是耶。文人見紙筆。學生見書籍。與賭徒之見骨牌。鴉片鬼之見燈槍。適成反比例。此所以國事日不堪問焉。

小說叢談

黄文燦　撰

載於《税務學校季報》一九一九年第一卷第一期。後見作者於《天津益世報》一九二二年十二月十九號又發同題小説話一篇，亦附於此。《税務學校季報》於一九一九年十二月創刊，『以研究學術，發揮思想，交换知識，聯絡感情爲宗旨』，分論衡、學術、譯述、讀書録、報告、函件、記載、文苑、小説、雜俎等門類。作者黄文燦，具體情況不詳。第一篇主要勾稽了《三國志演義》的一些文獻資料，間或有所議論，如論小説『極力推崇關羽，譽之爲忠義仁勇，尊之爲公，然寫來祇覺其驕矜跋扈，未常見其仁義也』。關於《三國志演義》的『正統』觀，也提出了批評，指出對於三國以蜀爲正統的觀念出於朱熹的《紫陽綱目》，當時南渡倉皇，主臣失所，爲了維繫紀綱，故改變了陳壽《三國志》『以魏爲正統』的觀念，而小説因循朱説，『大可不必』。作者對『於魏武加以醜詆』也表不滿，認爲曹操『生平無大過』，有『未可没者』。後一篇主要談《水滸》，認爲元代的《水滸》、《西廂》等之所以爲『佳本小説』，都因在『文網既深且密』的元代，作者借以『舒抑鬱』。儘管他對《水滸》評價甚高，認爲是『《紅樓夢》而外，論小説者，當以《水滸》首屈一指』，但一些藝術觀點主要來自金聖歎。至於認爲《蕩寇志》是『曾國藩某幕友所作，蓋美湘鄉之滅太平天國』，當純屬附會。

《三國志演義》一書，市井中人頗愛誦之，即文人學士亦多披覽，王漁洋作《萬首絶句選序》用『一時瑜亮』四字，此四字除《三國演義》外，他書無能見者，漁洋據而用之，即可見此書之魔力矣。又前清某公有《落鳳坡吊龐統》一詩，落鳳坡事，亦捨《演義》無從見者，某公以之入詩，其亦不思之甚者也。此書語多疵謬，記載失實，雖小説不必事事與正事相符，然亦不可過事支離，貽人笑柄，致令人思想悖謬。相傳此書爲羅貫中所作，一以習鑿之《魏晉陽秋》爲本。習之書久已失傳，即有者亦不過附注於《三國志》中。羅爲明時人，於《魏晉陽秋》當不能看見，然則其所爲演義，屬之臆説者十之八九矣。《三國演義》極力推崇關羽，譽之爲忠義仁勇，尊之爲公，然寫來祇覺其驕矜跋扈，未當見其仁義也。陳壽《三國志》稱關羽一生剛愎好勇，實梗國事，惟辭曹一事，饒有骨氣耳。致當時士夫，崇尚氣節，受推解之愚者，莫不以死報之。劉備既以深恩待羽，則羽必當有以報備，辭曹一事，設當時武夫與羽易地而處，莫不皆然，不能以此而多之也。又《三國志》紀張飛對於士卒，非常薄待，惟於賢人君子則敬禮之，而羽則適得其反，與士卒則得相結納，於賢人君子則屹傲待之。吾友錫余論云：『飛之所爲不失莽夫之行，惟羽之所爲則心懷叵測。』又云：『羽聞孟起歸於備，亟欲與鬥，武侯復書云，今公受任荆州，不爲不重，倘一入川，若荆州有失，罪莫大焉。蓋深惡之也。』（章太炎先生云：『羽守荆州，跋扈難制，在武侯之政策多有所梗，故東吴伐羽，武侯坐視不救，蓋欲假手於吴以殺之也。然此實羽有以致之，不足爲武侯病云。』附録於此，以告世之讀史者。）桃園結義事，莫可考。北人某君嘗語予云：『保定府域有桃園一所，蓋當日劉關張結義之所云。』在津門時，聞羅君耐太守云：『正定府南有石碑書有數字云：「燕人張益德大戰於此。」筆力頗遒勁云。』按《三國志》紀劉備待關張情同骨肉，則結義事或當有之。又云：『關張俱有萬人敵，則正定府碑或非僞物。』

張飛字益德，宋時因避諱，始改爲翼德。《三國演義》作於明朝，仍襲用宋名，大謬大謬。

《小浮梅閒話》云：『按古今器物表所載，益德用槊，信而有徵，惟關羽用刀，實無可考。其刀字見於本傳者，惟臨江會時一見矣。然或當是佩刀，未必是大刀也。今《演義》竟以羽所持者爲大刀，又名之爲青龍偃月刀，不知何所本？』

陳壽《三國志》以魏爲正統，而《演義》則以蜀爲正統。正統之説，實出於朱晦庵《紫陽綱目》。蓋當時南渡倉皇，主臣失所，故晦庵因假帝蜀一説，以維繫當時之紀綱，《演義》因之，大可不必。且於魏武加以醜詆，猶如村嫗駡街。曹操嘗云：『天下無孤，不知幾人稱帝，幾人稱王？』斯言實爲信史，然則其功有未可没者。余友錫予云：『魏武生平無大過，惟逼伏后一事，真白圭之玷耳。』

《三國演義》稱關羽面如重棗，正史無所載。據《解梁遺事》云：『羽少年任俠，當抱不平，其鄰有女子，爲其舅所虐，將以鬻諸土豪。女苦無所訴，因哭諸野。羽悉其故，因教豪及舅亡命在外，至潼關，上懸其像，將以擒之。羽急匿，以河水濯面，色轉赤。因至關，關吏詰之，羽指關爲姓，遂得出，後遂不改。至涿州有張飛者，設肆於市，其肉過午不賣，以餘肉繫繩，置井内，以巨石覆其上，有能移石者，即以肉與之。羽適至，移石取肉去。飛急追之，與之鬥，結不可解，玄德適賣草履至，睹狀止之，三人遂約爲兄弟，共破黄巾焉。』其説荒誕，然諒必《演義》據以爲本者也。

杜牧之《赤壁懷古》云：『折戟沉沙鐵未銷，自將磨洗認前朝。東風不與周郎便，銅雀春深鎖二喬。』(《李義山集》亦有此詩，不知果李作，抑杜作也。)東風事《三國演義》言之最詳，然正史無所紀，惟《武侯外傳》曾道及之。《武侯外傳》亦小説之一，是知以小説入詩者，自晚唐已開其端，而《演義》亦以小説引小説矣。

近人稱《三國演義》爲『第一才子』，辭爲金聖歎所定，於是奉之爲金科玉律，以爲小説界無上之絶作，不知《演義》穩則有之，巧則未也。聖歎所定之『六才子』爲《莊子》、《離騷》、《史記》、《杜詩》、《水滸》、《西厢》，其説具見《三國演義序》中。《三國演義》爲第一才子之説，何從而出？即使爲聖歎所定，亦未見其有當也。

聖歎於諸書無不篡改，《水滸傳》則强作序以畀之耐庵，《西厢記》則使之不合折拍。吴瞿安云：『《西厢》本雜劇，金聖歎强改之，以爲傳寄，至有數則不合音律，雖詞藻豔麗，究失真義。』又董解元之《西厢》爲北劇，與王實甫之《西厢》截然不同，因論聖歎，附識於此。

吴山遠遺予《新野叟曝言》乙套，即《蟫史》也，不讀此者已七八年矣，今獲此，真有開卷如對故人之態。予嘗論及此書，惟疏於考證，兹録黄摩西之説，如下云：『《新野曝言》一書，小説中之協律郎詩，《魁記公》文也。書中主人甘鼎，蓋指傅鼐，傳之材力，在明韓襄毅、王威寧右，而未竟其用，舉世悼情，故好事者撰爲是書，以同時一切戰績歸傅一身，致崇拜之意，但懼於忌諱，故出之以廋詞隱語，飾之以牛鬼蛇神，以炫閲者之耳目。但細考之，書中人物事跡，仍歷歷顯露。（如石玉之爲琅玕，佘舜佐之爲李傳堯，斛斯貴之爲福安康，賀園觀之爲海蘭察，龍木蘭之爲龍麼妹，木宏剛之爲柴大紀，梅颯采、嚴多稼之爲林爽文、莊大田，其餘若群綱鵞鵉二城，則諸羅、鳳凰山也。書黄黑赤白五苗，則九股十三姓諸種也。五斗米賊，則川陝各號之白蓮教匪也。當時朝議甚惜齊王氏之才，有欲撫之使平苗自贖者，故尊之爲瑣骨菩薩，别樹一幟，不混於五斗米賊中。陳文述曾令常熟，爲諸名士所推服，所謂都毛子者，殆即其人也。餘不備述。）雖章回小説，而有如《莊》、《列》者，有如《竹書》、《路史》者，有如《易林》、《太玄》者。（中略）小説界中之當於特别思想者，除《西遊》能補外，無能逮者，但不能通俗耳。』又云：『按此書筆意，與《六合内外瑣言》相似，不過一爲散篇，一爲長篇耳。乾嘉文字能爲此狡獪伎倆者，惟舒位、王曇，究不知誰作也。或云即舒位所作，蓋舒參戎幕時，會與龍麼妹有情愫，其贈詩所謂「上馬一雙金齒屐，乘鸞十八五腰奴」者是也。書中盛述木蘭神通，若有味乎其言之，當非無故。所謂桑蜎生者，即作者自謂。』摩西此解釋，可云洞中徵結，然以予所聞該書爲江南屠莫所作。□好漁色，竟至言且云。

（《税務學校季報》一九一九年第一卷第一期）

小説肇自虞初，而大盛於元。蓋當時華夏陸沈，蒙古入主，文網既深且密，字裏行間，苟有一二嫌疑之處，足以滅身赤族而有餘，士大夫箝口結舌，不敢議論天下之事。名山詩卷，藏諸千秋之業，亦皆裹足，不敢進而問鼎，然其胸中之氣，又不能汩而不舒，於是相率退而爲小説，既可舒抑鬱，而免刑戮之禍，故時佳本小説，層見疊出，《水滸》、《西厢》、《西遊記》、《封神傳》等尤膾炙人口。《水滸》深得《史記·游俠列傳》之精髓，寫梁山諸人神氣，歷歷如繪，狀人口吻，如聞其聲。其難能可貴，則同是粗莽人也，而寫來各有身分。武松固粗豪矣，而粗豪之中獨具精細。魯智深固鹵莽矣，而鹵莽之中稍帶率直。李逵之暴可畏，而别饒嬌娜極嫵媚之能。凡此種種，不能殫述。寫宋江之詐，得皮裏陽秋之法，尤爲此書之大觀。《紅樓夢》而外，論小説者，當以《水滸》首屈一指也。或曰，《水滸》本非元人作，金聖歎强選序以畀之施耐庵耳。斯言未敢盡信，容異日徵之。（案《漁磯漫鈔》謂錢塘羅貫中，本宋時人，編撰小説數十種，而《水滸傳》叙宋江等事，奸盗脱騙，機械甚詳，然壞其心術，其子孫三代皆啞，天道之報如此云云。此説與黄君所述足以互相印證。因附誌於此。）《水滸》之後，有《續水滸》，爲羅貫中續作，然卑鄙不可入目。貫中作《三國演義》，頗得法，然此書何以蕪雜如此，誠怪事也。又有《蕩寇志》，不知出誰手筆，爲剿梁山諸寇而作，事跡尤荒謬。非非告余云：『此書爲曾國藩某幕友所作，蓋美湘鄉之滅太平天國也。以梁山諸寇，喻洪楊諸王，以張叔夜喻曾國藩，以雲龍自喻，而祝永清、祝萬年諸名，實含有頌聖之意。』非生博覽群籍，是說必有所本，惜未詳詢之耳。

（《天津益世報》一九二二年十二月十九號）

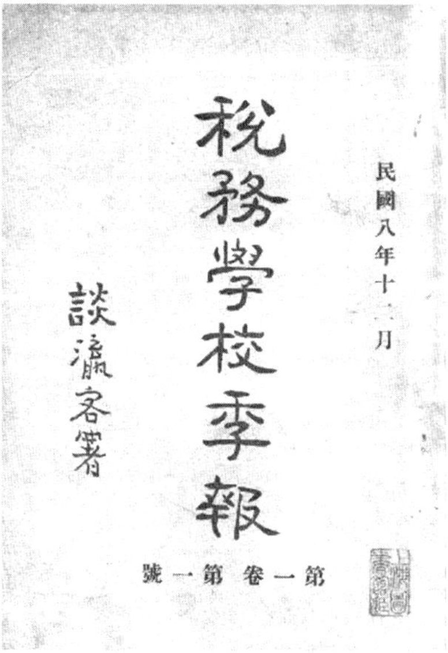

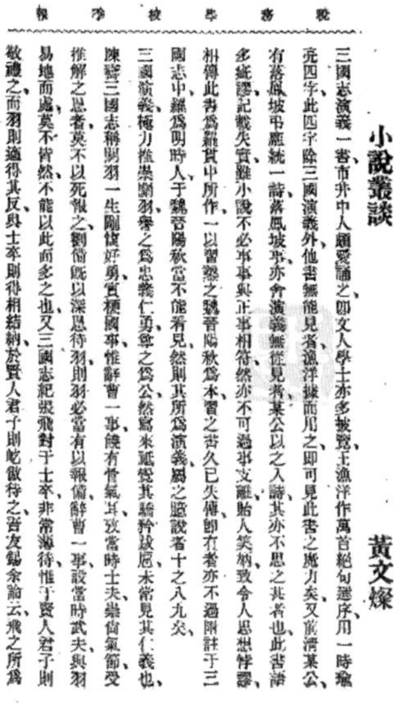
稅務學校季報

小說叢談　黃文燦

三國志演義一書、市井中人類愛誦之、即文人學士亦多披覽、王漁洋作萬首絕句選序、用一時瑜亮四字、此四字除三國演義外、他書無能見者、漁洋摭而用之、即可見此書之魔力矣、又前清某公、有落鳳坡弔龐統一詩、落鳳坡事亦僅演義有之、無從見者、某公以之入詩、其亦不思之甚者也、此書諸多紕繆、記載失實、雖小說不必事事與正事相符、然亦不可過事支離、貽人笑柄、致令人思想悖謬、相傳此書爲羅貫中所作、一以習鑿之魏晉陽秋爲本、習之書久已失傳、即有者亦不過附註于三國志中、羅爲明時人、于魏晉陽秋當不能看見、然則其所爲演義、屬之臆說者十之八九矣、

三國演義極力推崇關羽、譽之爲忠義仁勇、尊之爲公、然窮采詆毀其驕矜跋扈、未常見其仁義也、陳壽三國志稱關羽一生剛愎好勇、實梗國事、惟辭曹一事、饒有骨氣耳、致當時士夫崇尚氣節、受推解之恩者、莫不以死報之、劉備既以深恩待羽、則羽必當有以報備、辭曹一事、設當時武夫與羽易地而處、莫不皆然、不能以此而多之也、又三國志紀張飛對于士卒、非常凌待、惟于賢人君子則敬禮之、而羽則適得其反、與士卒則得相結納、於賢人君子則眈傲待之、吾友錫余論云、飛之所爲

九

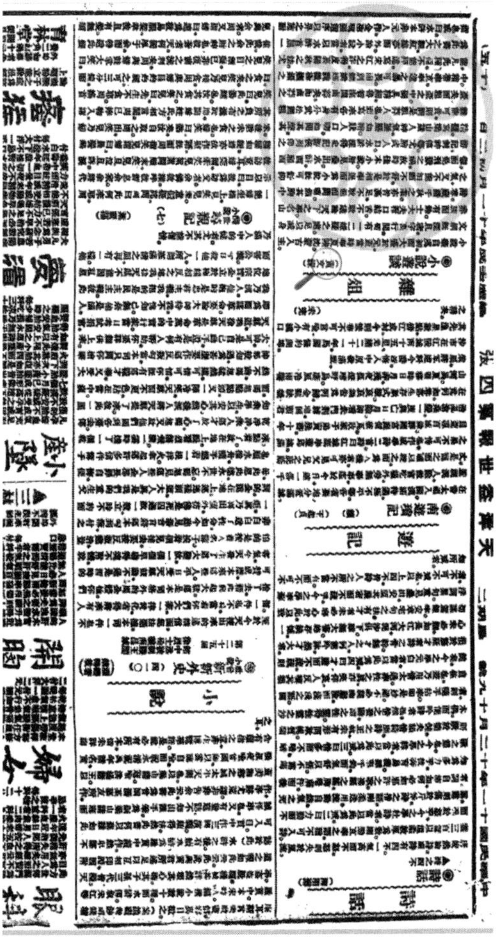
天津益世報第四張

小説雜評

十年説夢人　撰

載於《小説月報》一九一九年第十卷第一號，作者署名十年説夢人，即該雜志編輯王藴章（一八八四—一九四二）。藴章字蓴農，號西神，别署洗塵、紅鵝生等，江蘇無錫人。光緒二十八年中舉，爲南社社員，曾任商務印書館編輯，首編《小説月報》。後任滬江大學、暨南大學等教授、《新聞報》主筆等。本篇與邱煒萲的《新小説品》相仿佛，皆承宋敖陶孫《臞翁詩評》之法論風格，不同者邱論作品王論人，且此容量遠不如邱作。

林琴南如魯殿靈光，漢宮雅奏。

葉楚傖如裼裘公子，長爪飛仙。

包天笑如新柳早鶯，乳桐么鳳。

惲鐵樵如怒獅搏兔，渴驥奔泉。

李涵秋如新樣元和，舍毫垂露。

程瞻廬如僧虔累棋，十子不墜。

姚鵷雛如唐臨晋帖，格妙簪花。

陳蝶仙如張緒當年，王恭初日。

劉延陵如亂山獨步，時聞鳥聲。

王蜷廬如鏡水不波，清流瑩徹。

或問僕：自己何如？曰：僕如退院枯僧，泥絮禪心，别存藴抱，只可玉麈談玄，不堪錦袍奏技。

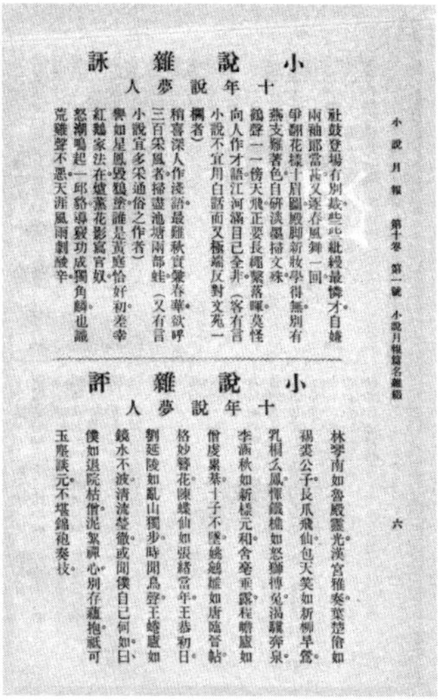

小說月報　第十卷　第一號　小說月報篇名雜紹　六

小說雜詠

十年說夢人

社鼓登場有別裁。些些紕繆最憐才。自嫌兩袖郎當甚。又逐春風舞一回。

爭翻花樣十眉圖。殿腳新妝學得無。別有燕支難著色。自研淡墨掃文殊。

鶴聲一一傍天飛。正要長繩繫落暉。莫怪向人作才語。江河滿目已全非。（客有言小說不宜用白話而又極端反對文苑一欄者）

稍喜深人作淺語。最難秋實兼春華。欲呼三百采風者。掃盡池塘兩部蛙。（又有言小說宜多采通俗之作者）

譬如星鳳毀雞塗。誰是黃庭恰好初。差幸紅鵝家法在。爐薰花影寫宮奴。

怒潮鳴起一邱貉。導竅功成獨角麟。也識荒雞聲不惡。天涯風雨劇酸辛。

小說雜評

十年說夢人

林琴南如魯殿靈光。漢宮雅奏。楚傖如禍裘公子。長爪飛仙。包天笑如新柳早鶯。乳桐么鳳。惲鐵樵如怒獅搏兔。渴驥奔泉。李涵秋如新樣元和。含毫垂露。程瞻廬如儋虔累棊。十子不墜。綺麗雄如唐臨晉帖。格妙簪花。陳蝶仙如張緒當年。王恭初日。劉延陵如亂山獨步。時聞鳥聲。王蘊廬如鏡水不波。清流瑩徹。或問僕自己何如。曰。僕如退院枯僧。泥絮禪心。別存蘊抱。祇可玉瓶謙元。不堪錦袍奏技。

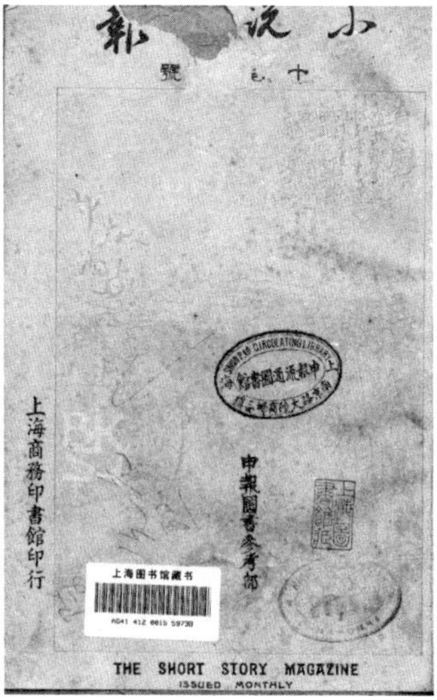

王蘊章

小説之概念

君實 撰

載於一九一九年一月《東方雜志》第十六卷第一號。作者署名君實，疑爲周默（一八九六——一九九八），原名周延年，又名周然，字君實，浙江吴興（今湖州）人。南社社員，曾執教於聖約翰大學中文系等。本文批判歷來將小説視爲『閒書』的觀點，也不屑於『寓儆世之微意，具勸俗之苦心』。認爲『小説本爲一種藝術』，『以表示國性，闡揚文化，讀者亦由是以窺見其精神思想，尊重其價值』。其見解與一九一四年啓明（周作人）所寫的《小説與社會》大致相同，在梁啓超『小説界革命』與所謂舊派小説家宣導『興味』説之後，想另闢一條路徑。

吾國人對於小説之概念，可以一般人所稱之『閒書』二字盡之。所謂『閒書』之意義有二：其一，作者爲閒人，以消閒之目的而作。其一，讀者爲閒人，以消閒之目的而讀之也。《漢書・藝文志》溯小説之起源，謂其出於稗官，街談巷議道聽塗説者之所造。清代《四庫書目》析小説之目爲三，曰雜事，叙述舊聞者屬之；曰異聞，記録神怪者屬之；曰瑣語，綴輯瑣屑者屬之。要而言之，皆所謂『游戲筆端資助談柄』而已。

故自古以來，小説之著作汗牛充棟，大都用以消閒，無關宏旨。通人碩儒，所不屑道。其中或有寓儆世之微意，具勸俗之苦心者，無論懲一勸百，收效綦難。即作者精神之所專注，亦不盡在是。惟元代以曲取士，文人學士多專心從事於此，其所著作，較含有文學的意味。然曲爲詞之變，本非小説之正宗，况其大多數，俱惟雕琢字句、斟酌宫商是務，固未足儕於文學之高深者乎。

近年自西洋小説輸入，國人對於小説之眼光，始稍稍變易。其最稱高尚而普遍者，莫如視小説爲通俗教育之利器。但質言之，仍不過儆世勸俗之意味而已。以言小説，固非僅此一義所能概括也。

蓋小説本爲一種藝術。歐美文學家，往往殫精竭慮，傾畢生之心力於其中，於以表示國性，闡揚文化。讀者亦由是以窺見其精神思想，尊重其價值。不特不能視爲游戲之作，而亦不敢僅以儆世勸俗目之。其文學之日趨高尚，時闢新境，良非無故。

吾國輸入新小説後，垂二十年。曠觀最近小説界，其能文字整潔，稍知致意於通俗教育者，已頗自矜貴，不可多得。而卑污猥瑣、蕪穢陳腐、敗俗傷風之作，幾於觸目皆是。蓋其根本原因，實在一般人之視小説，仍不脱所謂『閒書』之眼光。而著作者出版者，復視爲利藪。因緣爲奸，遂致每況愈下，不知所届。欲圖改良，不可不自根本上改革一般人對於小説之概念。使讀者作者，皆確知文學之本質，藝術之意義，小説在文學上藝術上所處之位置，不復敢目之爲『閒書』。而後小説之廓清可期，文學之革新有望矣。若徒沾沾於文字之末，拘拘於懲勸之見，無當也。

君實

窳優劣。不待親讀其書而後知。但以批評者之言爲標準。各就己所欲讀之書。選擇購取。自可收事半功倍之益。至於著書之人。縱學識十分豐富。亦難免有注意不周之處。苟不聞他人之褒貶。則缺點常留。終不自知。今以批評之公言。爲攻錯之資助。折中於多數之是非。而加增删修改之功。則其書亦可臻於完善。故批評之效果有四。一、可以絕劣等出版物之發生。二、可以助優等出版物之普及。三、可以爲讀者之導師。而鼓舞其讀書之興。四、可以爲作者之諍友。而促出版界之改進。顧批評之事。亦復匪易。學問膚淺。則良窳莫辨。見識卑陋。則黑白倒置。心所有蔽。則言多執拗。情有所偏。則語近誣妄。憑其高大之眼光。出以公正之態度。不激不隨。務詳務愼。則批評之功。詎在著作下哉。

小説之概念　九　十

小説話

解弢 撰

中華書局一九一九年一月出版，至一九三二年印至四版。作者解弢，待考。本篇是我國個人所撰小説話的第一種單印本，所論中外小説之多爲以往各種同類作品所少見。其中固然有不少庸俗膚淺之談，但也不乏一得之見。如論『倫理小説最難作』，『小説之擅長處，在能瑣屑』，『作文有癡筆』，『刻畫之筆求其顯露，言情之筆求其含蓄』，『小説起首結尾』數法，『章回小説之結構』，『寫景以善設比喻爲佳』，以及論金人瑞、毛宗崗、閒齋老人、護花主人之評小説等，都有一定見解。此書一九一九年版所附《本局出版各種小説提要》也有相當資料價值，如朱師東潤（世溱）早年在英國所譯小説四種，已罕爲人知，於此却有記録。

小説分類頗難。若以其宗旨分之，紛繁太甚，社會之事，殆包舉而無遺焉，且一書而兼數類，分之亦不勝其勞。若以文章分之，則不過文言與俗語，或有韻與無韻二者而已，爲類復太簡。莫便於以體裁分之，筆記爲甲類，章回爲乙類，傳奇爲丙類，盲詞歌曲爲丁類，歐美譯書援《四庫目録》不收佛教經藏例，别爲戊類。

山藴寶藏，光澤外泄，礦師争入，求之未得，斯時也，知此山必有礦，而究不知其礦穴之所在，於是攀崖墜谷，搜巖剔穴，雖異寶未獲，而奇景已大增其眼福矣。今世之讀《紅樓》者，乃大類是：争謂其底裏有極大之秘密，爲世之所樂聞者，皆欲首先探出，供餉社會，以鳴奇功；推敲字句，參校結構，恍惚迷離，妄加比附，人持一説，紛然聚訟，迄未有一貫之發明鉗息衆喙。然從事於此者，仍爬羅剔抉，辛苦不捨，良由其文字有大足動人者在。不然，雖有珍秘之聞，而蒙以拙劣之文字，正如西子蒙不潔，人皆掩鼻而過之矣。

《儒林外史》爲吾國社會小説之開山，近今之《二十年目睹之怪現狀》、《文明小史》及《官場現形記》等，皆傳其衣鉢。

余於京都肆上，得抄本《石頭記》三册，與通行本多有不同處：晴雯之表嫂即多姑娘；柳五兒之死在晴雯之先；芳官戴皮冠，反著狐裘，寶玉呼之爲『耶律匈奴』，後音轉爲『野驢子』。此類尚多，今不復省記。初欲付印行世，以册本過少未决。辛亥秋，匆匆旋里，置之會館中，今遂失矣。惜哉！

《兒女英雄傳》有兩大結穴：一爲安學海説十三妹，一爲十三妹却婚允婚。

中國小説叙戰，以《水滸》爲第一，然亦瑕瑜互見，未能免俗。最可觀者，爲三打祝家莊入村迷路一節，及三打大名府火燒翠雲樓一節。《三國演義》叙戰，最爲下乘。西洋小説，吾所見者，若《金風鐵雨録》、《戰血餘腥記》、《煙水愁城録》、《鬼山狼俠傳》等書，其叙戰事也，真切活潑，最爲有神，較吾國爲勝。

林譯小説，以哈葛德之蠻荒爲第一，迭更司及歐文之社會爲第二，司各德及科南達利之戰事爲第三，哈葛德及仲馬之言情爲第四，偵探最下。

哈葛德之狀蠻荒，乃其絶技。

《橡湖仙影》最佳處，爲三十二章跳舞散後，佳而與阿塞在博物院私談一段。此景此情，使常用情者讀之，未有不掩卷神傷者也。至臨别數語曰：『苟有不得意事，亦須念海上尚有美人，時時念汝耳。』幽凉酸楚極矣。

《七俠五義》以『白玉堂三試嚴眘敏』一回，爲最灑脱生色。

誨淫以《新齊諧》爲第一。《金瓶梅》等書，意在懲戒，《新齊諧》乃意在闡發。

《桃花扇》演麥秀黍離之聲，歷史小説中之佳構也。

《西遊記》及《封神演義》，神怪小説中之傑作也。其思想之宏闊奇偉，實令人驚服。

章回小説，吾推《紅樓》第一，《水滸》第二，《儒林外史》第三。

女子之性情，寵之則自高若天帝，棄之則又自卑若奴婢，縱之則悍妬暴烈，抑之則柔婉馴服，是其所以爲人賤也。若《情鐵》之狀克黎，誠足以發天下女子之覆。

作《野叟曝言》者，頗有作小説之才，惜其胸中腐濁之氣，不可嚮邇，其自名爲《野叟曝言》，確哉其爲野叟曝言也。惟文素臣遇凶僧惡化一段，則詼奇灑脱，無疵可議。最支離可笑者，爲文素臣保護宫闈一段。

《蕩寇志》與《野叟曝言》，同一腐氣。夫小説之事，宜諧不宜莊，宜虚不宜實，宜反不宜正，且宜迎合社會之心理，引之入勝，而從反面痛加棒喝，方可收變化人心之效。若筆筆正義，何若作五經演義耶！吾知讀者昏昏欲睡矣。然吾頗喜其宋江答蔡京書中，漫散兒郎以太師相戲一語。

作《兒女英雄傳》者，蓋與作《品花寶鑒》者有心作對。不然，寶珠、度香等名，皆係影射，斷無不謀而合之理。

《儒林外史》張鐵肩詐二妻一段，係抄録《桂苑叢談》崔涯、張祜事。

章回小説，余所見者，以《宣和遺事》爲最古。

名士最難寫，然《儒林外史》、《品花寶鑒》及《孽海花》，皆善寫名士者也。

《旅行述異》寫寒士，亦曲盡醜態。畏盧一序，頗足警醒醉心模仿者。

《水滸》之文章，雄厚沉鬱之氣，磐礴蕩漾，酷類史遷。

寫美人以《紅樓》、《聊齋》爲最擅長。然二者相較，《紅樓》尚不及《聊齋》色相之夥。《聊齋志異》，文章雖不比大家，而造意之靈虚出塵，叙事之細膩旖旎，仙乎仙乎，無得而名之矣！

《兩般秋雨盦》載一甲榜不知《史記》。吾鄉有某乙榜，見兒童讀《長恨歌》，問：『讀何書？』曰：『詩。』駭然曰：『詩有如此其長者耶？』因知天地間實有斯種人也。

四時之景，冬景最易寫，秋景次之，春則易寫而難工，最難者爲夏景。《紅樓》一書，四景皆備，且各時復分初盛末三節，無不逼肖，舉不勝舉，細心者一覽即得之。兹略舉數回，餘可三反也。柳葉渚邊嗔鶯叱燕，寫出春光之明媚。齡官畫薔，晴雯撕扇，寫夏日之静寂。風雨夕悶製風雨詞，凹晶館聯詩悲寂寞，寫秋夜凄凉。琉璃世界白雪紅梅，寫冬景之奇麗。除此書而外，寫冬景之佳者，《水滸傳》林教頭風雪山神廟，《鬼山狼俠傳》之白人失牛，《旅行述異》之羆獵飲至，皆可喜。

頃讀《羅刹因果録》觀戰小記一篇，述行軍之妙文也。吾中籍未有及之者，蓋西俗尚武，戰争復繁，且行徵兵之制，故文人學士，亦皆洞悉戰陣景象，此文章逼真所由來也。至中土之文士，率手無搏鷄之力，偶逢戰事，則擕室而逃，迨其閉户著書，則又冥想虚摹，或即以戲場爲規模，其不爲越人談冰也幾希。

有謂《紅樓》描寫人物，脱胎《水滸》者，確也。寶釵似宋江，襲人、熙鳳似吴用，黛玉、晴雯似晁蓋，探春似林冲，湘雲似魯達，薛蟠似李逵；晁蓋中箭，宋江獨哭，晴雯被逐，襲人獨哭；李逵駡宋江，薛蟠駡寶釵，李媽媽駡襲人，乃依樣葫蘆之筆。至頑童鬧書房，則以三打大名府爲藍本；金桂戲薛蝌，則師二潘之故智。

又有謂《紅樓》之演炎凉，係仿照《金瓶梅》者，亦確也。《金瓶》無一正人，《紅樓》亦無一正人。其人物之逼肖者，爲尤二姐之與李瓶兒。

《名伶小傳》論徽劇須生分三派，以小説況之，《紅樓》似譚叫天，《水滸》似孫菊仙，《儒林外史》似汪大頭。

辛丑客京師，時聯軍尚未盡退，偶游三海，見窗檻破碎，比屋積塵，零星老監，静似山僧，圜城正殿，有婦女遺花。友人指以告余曰：『此西兵掠淫婦女所遺物也。』後讀《桃花扇》，見餘韻中之《哀江南》云：『鴿翎蝠糞滿堂抛，枯枝敗葉當階罩。』又云：『直入宫門一路蒿，住幾個乞兒餓殍。』不禁棖觸舊事，知亡國景況，古今一轍也。

小説中寫美人愛情，足爲世界美人情種之模範者，吾華則推《紅樓》之黛玉，歐西則推《茶花女遺事》之馬克。然吾見《莊諧選録》載有《茶花女真本》一則，始知馬克之癡情，爲仲馬之飾辭。又見《紅樓夢索隱》，知黛玉即董白，亦一失節之蕩婦。以此例推，茫茫天壤，那有真情？文人弄筆，虚造華胥國、烏托邦、大同世界而已。

《閲微草堂》，文字冠冕堂皇，又能曲盡事物之情況，而無詰屈聱牙之病，若天然設斯語以狀斯事斯物者，更换一字，必見斧鑿之痕。其所記載，又非讀破萬卷，身登廟堂，與大人先生游者不能道。彼才子之撰鬼狐，寒士之談鄉閭，正不可與之同日而語也。至其酷信巫卜鬼魅，詆宋學以讖語，則爲通人所譏。

俠客、劍客、刺客微有不同。《隋唐演義》之單雄信，《兒女英雄傳》之鄧振彪，俠客也。《七俠五義》之五義七俠，《兒女英雄傳》之十三妹，劍客也。《聊齋志異》之田七郎，刺客也。然亦有一人而兼兩種或三種之資格者。若紅綫、聶隱，則可列入神怪之類。

吾國偵探小説，雖無專書而散見於古今筆記者，若選而彙之，固裒然巨册也。近有《中國包探案》一書，惜所選太少，不足與譯本争席。

《魯濱孫飄流記》，吾最愛生番聚海岸食人，及旅行法國抵禦狼群二段。

《閲微草堂》爲議論體，不能空空説過，必剖析其理解。《新齊諧》爲述説體，不下斷語，意在言外。

自辛亥政黨發生，黨報互詆其相對之要人，肆口嫚駡，無理太甚。吾因謂吾國人無報館之公德。頃讀《紅礁畫槳録》，冰罕以一冷落之律師，法庭一勝，遽入議院；議院一勝，遽入内閣；敵黨排觗之報謂其妻與屠者接吻，始獲議員之選。斯二事也，彼民權先進國固有成例在焉，吾何少見而多怪哉！

《溷中花》載一吝嗇老婦，以葡萄餉二客，人各一粒；又記其案幕，由碧色變爲淡黄。忽思及吾村之樹棗老人，不禁失笑。棗鄰禾場，熟時，村童偶竊一顆，往往遭其毒打。因鬫其屋炊煙上時，知老人方爨於竈下，則竊棗無算。老人知之，因於炊時，卧其煙囱之磚，不障風而障煙，使炊煙不洩，則群童無以驗其在林與否。顧村童之智，不下此老，每見其障磚平卧，則知又爲竊棗之候矣。余幼時又見老人戴一羽綾小帽，黯黯作緑色。凡歷三十年，此帽由緑而黄而灰，凡三變其色。其黑色時代，約在吾生前二十餘年也。去歲老人作古，此帽不知作何究竟。

《溷中花》記一老屋云：『屋高而墉陋，意似驕蹇之夫，實則頹喪不堪自振。』因意吾鄉一爲官者，初頗炫赫，後漸狼狽，然時作驕蹇暴戾之態以自振，識者愈覺其可憐。

又載一學生，亢聲爲鐵路中車頭機器，及鐵輪與鐵軌相磨并過鐵路聲。余在學堂時，亦愛作此戲。

《莊諧選録》載拿破侖第一愛讀《水滸》。《魚海淚波》載甲申之役，法兵由安南受傷而歸者，行篋中藏有《論語》一部。因知吾中文獻，西人未嘗不寶貴之。

《金瓶梅》一書，政府厲禁，故刷印者絶少。偶有古本，則爲值頗昂，購者若購春册，售者任意抬價，故往往得巨資。俗人不知其致貴之由，謂其書爲奇書，視若珍寶焉。某邑某甲，孝廉方正也，有《金瓶梅》一部，友人偶假閲之，還時失去一册，某甲大不悦，逢人輒曰：『是吾家傳者，是吾家傳者。』

吾讀《官場現形記》，謂爲吾國特别現象，世界所無也。不意《溷中花》記法國官場，亦若斯耳。農場場長也，各部總長也，稽察也，議員也，其顢頇鬼蜮之態，與吾華所謂官僚派者，無不畢肖。豈上帝造人，五洲同此模型耶！

《溷中花》祇創農場者，乃爲吾華新式名士寫照。《溷中花》曰：『開闢土地之名流，以百方之力，凌踐土人，人轉呼此等人爲有膽力，能輸文化於他族。今此未十齡之童子，露宿而行乞，饑極稍竊小物自活，則群斥之爲不道。』莊周曰：『竊鈎者誅，竊國者爲諸侯。諸侯之門，而仁義存焉。』世界之不平，中西哲人有同慨哉！《拊掌録·李迫大夢》一則，與《述異記·王質觀棋》同。《羅刹因果録·幻中悟道》一則，與《李清傳》同。足見中西思潮，雖遠隔重洋，無以相遠也。

小説有格物之筆，西籍爲多。如《嘆血酬恩記》，伊婁與其母入叢莽埋屍，面觸飛蠅；《煙水愁城録》馳馬報軍情者，晨過叢林，面拂帶露之蛛網。此種筆墨，最足令文章生色。中籍惟《水滸》石楊於翠屏山殺人逃走後，轎夫登山見群鴉啄腸胃一筆爲最妙，是蓋由《左傳》『楚幕有鳥』一語得來。《離恨天》所記島村，花石天然，民風醇樸，以至户恒不扃，或以鎖鑰示人而島民轉以爲異云云，使陶靖節見之，無需更虚摹桃花源矣。

《紅樓》寶玉受打，爲一大關鍵。受打之先，寶玉、黛玉時相諷譏口角。受打之後，互相賓禮。所以然者，在詩帕之傳遞耳。此回情節，猶赴岸之波，層層相追逐，不達彼岸不止。發端於寶玉、湘雲談話，黛玉竊聽，聽至『林姑娘不説這些混賬話』，已感知己於無涯。至寶玉出來，爲黛玉眼淚所逼，已逼出『心肝』之語。而作者不爲傷雅之筆，故作狡獪，以襲人送扇爲解脱。既出而受打，歸卧怡紅，夢中復驚床頭之哭，露淚淋浪，不能不逼出手帕之贈。此後二人相遇，其言語概可想矣，復何口角諷譏之有哉！余於十四歲時，已見及此。

吾國共和告成，頗有以南美諸國相況者，吾未之信，及見《西奴林娜小傳》，乃信之矣。書言南美奥里塔蘭民主國事：開國總統，假修港爲名，侵吞國帑，舉債縱博，與僚佐争一女優，倎張如流氓宵小。一粗莽武弁，以一萬銀元運動狼狗士卒，遽達革命之目的。且曰：『兵皆窮餒，果人授以十元者，即奉鬼爲總統，彼亦甘心。』嗟乎！證之吾國，何莫不然！

作小説須獨創一格，不落他人之窠臼，方爲上乘。若《西遊記》、《封神演義》、《金瓶梅》、《儒林外史》、《水滸傳》，皆能獨出機軸者。外此，如《七俠五義》、《鏡花緣》，亦差可自豪，但爲力弱矣。《紅樓》則鎔化群書之長而青出於藍者也。

倫理小説最難作，不莊則失體，過莊則無味，能於不莊之中而寓其莊，則得之矣。最足感人者，無過《水滸》之寫武松兄弟。他若《嘆血酬恩記》之寫孝子，《魚海淚波》之寫老祖母，亦不爲失神。妙在其人未必爲完人，而於天倫之事，發乎自然之情，不加毫末矯飾，使讀者知倫常之理，不僅爲聖賢之能事，則油然而興起焉。顧吾國文士，多昧乎此。每述孝子節婦，則盡芟其詖行，獨陳堅苦，意謂非若是，則不足以當其稱，且爲他人法也。終致根器淺薄者，畏難而自棄，與作者初心相背，寧非過莊之弊哉！

《七俠五義》與《封神演義》相似，信筆揮灑，不加經營。

從來名士話漁樵，輒謂其樂足傲王侯。獨《風雪漁樵記》，以真名士躬親漁樵之役，風雪孤舟，知己相對，村酒一壺，宜其樂矣。而尤怨號寒，便思富貴之家，紅爐暖閣，獸炭銀瓶，氈簾低簌，羊羔淺注，佳人歌笑，象板輕敲。是又别種説法者。

歷史小説不能虚造事實，虚造而寓他意，則已非歷史小説矣。若虚造而不寓他意，則既非歷史小説，又非他種小説，直不成其爲書。然若直演正史，則又成爲白話歷史，亦非小説。是則歷史小説，貴能摭拾遺聞，以發正史之覆，如《朝野遺記》，載宋高宗之不樂張忠獻，由於董腐之疾，《秋燈録》言明末流寇之不制，推原於一妬婦潑醋而裁驛遞是也。其次，能補正史之遺者，爲類亦夥，不一一援引。

俗語云『無奇不成書，無巧不成書』，是矣。然作者處處設奇，則又嫌其不近情理，此乃作書最困難之境。然能者故意設奇，而復能使之入情入理，令閲者不見斧鑿之痕，則天衣無縫矣。《紅樓》寶玉娶親一事，實千古奇聞，而自上數回層層節節看來，覺其勢有必至，理有固然，并不見其奇。試掩卷而思之，國喪家孝，新郎癲狂，而史主鳳謀，欺孫瞞子，作鬼裝神，偷梁换柱，是何等事耶！而作者竟能使閲者一概忘之，是真奇矣。《兒女英雄傳》於十三妹却婚允婚一回，費盡力氣以模仿之，終不能至。

寶玉娶親一回，揭去新人蓋頭，退立發傻，此筆微細極矣。使粗心者爲之，寶玉必遽而喊鬧。試思寶玉此時，决不料及其祖母以此等事欺之也，故驚駭疑呀，恍如入夢。若立時喊鬧，必其預有所聞，方爲合理。

描寫人物，一人有一人之口吻，絶不相混。舊推《水滸》、《紅樓》，吾謂《緑野仙蹤》頗擅此長。

歐美小説，作者時與閲者作趣語，如演劇之丑角，與臺下打諢然。吾國無斯習，有之，惟《兒女英雄傳》及《鏡花緣》。

小説之擅長處，在能瑣屑。夫記事空闊，則蹈於平庸，使人易忘。若點綴一二瑣事，使閲者如在旁親見，則永留腦際，拂之不去矣。《喋血酬恩記》警兵在馬上，於韝上劃自來火吸菸，《煙水愁城録》野人月夜守壘門者，見叢草微動，佇立凝視，以小石投之，此類甚夥。吾國小説，惟《紅樓》能擅此技，然賴乎白話耳。周秦之文尚矣。《左傳》哀公六年鮑子曰：『女忘君之爲孺子牛而折其齒乎！』是尤傑出之句。求之唐宋而下蓋寡，惟老杜之詩中，時或有焉。

作文有癡筆，即認山川花鳥爲有情，向之作無聊之酬答之類也。《迦茵小傳》云：『似此荒寺古墳，咸若來告此女子。』意謂愁患之事，吾輩已前經，今皆成過去，特汝之憂患正未有窮期，行方來耳。《義黑》云：『方始來時，日光亦頗歡迎新客，今兹則長隱密雲之中。』作詩者亦常有是種筆調，如『蠟燭有心還惜别，替人垂淚到天明』，又『黄鶯住久渾相識，欲别頻啼四五聲』是矣。至填詞中則益多矣，如『春歸何處？寂寞無行路。若有人知春去處，唤取歸來同住』等語，莫不愈癡愈妙。

滑稽之語，吾於英人迭更司，嘆觀止矣。其《孝女耐兒傳》中述司威佛拉之窮狀，及其被逐，一物不攜而去，曰：『大攜其五官四肢而遺焉。』實匪夷所思。《拊掌録·睡洞篇》狀一蒙塾先生之形態，曰：『綜言之，似造物生人，草草令彼出胎，初不爲之部署嚴整者。』罵人之筆，此爲第一刻毒。又曰：『先生之蒙塾，爲平頂不樓之屋，亦草草而構。』此亦字惡極。若《品花寶鑒》罵孫氏昆仲，太無含蓄。

刻畫物狀，亦推西籍。《拊掌録·睡洞篇》狀群鴿云：『有側目視空者，亦有納首於翼，企單足而立者，或上下其頸呼雌者，咸仰陽集於屋頂。』又《耶穌生日篇》記群童云：『余寒戀重衾不即起忽聞門外有童子靴聲，似商略一事。少須，歌聲發矣，余竊起披衣，立啓其扉，見一群天真爛漫之童子，每至一客之門，必縱聲歌。余開户驟，童子愕然，遂不能歌，皆停立翹食指，微微撩其唇，狀至羞澀，且偷眼觀余，忽爾舉足同奔，捷如飄風而去。甫轉屋隅，聞同聲言曰：吾輩逃矣。』

《嘆血酬恩記》記童子哭云：『以手拭目，然猶覺目前青紅交雜作圓圈。』此種筆墨，惟妙惟肖，吾中籍雖《紅樓》之細膩，亦不及此。

刻物之筆，求其顯露；言情之筆，求其含虚。蓋物狀模糊，則不能動人之觀感；情狀大露，則不耐人尋味。西洋言情之作，遜吾國一籌者，其以自由結婚之故歟？男女相悦，爲正當之嚶求，故無千回百轉，明疏暗親之致。吾國視風流公案，盡爲犯法越禮之舉，故其行也難，其言也訒，而其耐人尋味亦正在斯。《茶花女遺事》之得名，其以馬克有隱秘難宣之意歟？

吾國言情小説，實可爲世界冠。然考之法律典禮，其所以限制愛情者，則莫吾國酷矣。夫婦爲家庭法律所制定，而其初，則夫若婦均無過問之權，既定之後，復有倫常之禮節，責彼夫婦共守，勿或過與不及也。是愛情一事，先爲法律所隔，後爲禮教所限，不得絲毫自由之發展，若夫用之於夫婦倫常之外，則又目爲傷風敗俗，有重刑焉。然人於食色性也。自古風流士女，蕩檢逾閑之事，亦罄竹難書。而文人操觚，不特不加呵斥，反若嘆羡不置者，雖以文章教世自命者，亦不盡徇法律禮教之勢力，對於風月案裏之罪人，往往曲爲開脱。是猶專制虐政之下，人民渴想自由之樂，凡政府厲禁之書，人民愈酷嗜之，其文章亦格外焕發也夫！

小説載風流之罪，多出於文人學士，斯有二大原因：一、文章爲導淫之一大利器。愚鹵之夫，目不識丁，無以啓發其愛美之心。至於文士，流覽艷麗之作，因之醉心天然景物，月影蟲聲，每足致感，常思與有情者共賞之，而腦中遂撰刻一美人之影，寤寐以求之。偶見秀外者，輒謂其慧中，而思百方鈎致之。既相遇矣，復以通意爲難，道里之阻隔也，他人之指摘也，覥面之羞怯也，吐辭之吶吶也，而一紙情書，則每足舉群難而盡掃之。且詩歌雋語之動人，倍蓰乎言語不啻也。是文章能啓情念於先，復能成情交於後。噫，可畏也哉！吾國舊習，厲禁婦女識字，其亦有鑒於斯夫！二、文人學士，常見記載之書，對於作風流孽者，往往原其情而逭其罪，因而開放其膽。意謂吾今爲此，後之論我者，亦必且恕我諒我，羡我妬我，與我有同心焉。往哉，勿怯也。具此二因，而文人之罪孽成矣。

《花月痕》，有謂係王湘綺所作，其中之韓荷生，謂暗指左文襄。未知其然否？

爲人物寫照，美人英雄最易寫，名士則難矣，而聖賢尤難。蓋人非聖賢，何以知聖賢之用心行事哉！《儒林外史》之寫虞博士，稍具規模。《野叟曝言》之寫文素臣，支離滅裂，真堪噴飯。唯護花主人之列贊，頗雋妙可讀。

《紅樓夢》通行本，有護花主人、大某山氏、太平閒人之評話，傖野糊塗，不值一笑。聞之故老云：施耐庵之作《水滸》也，先圖一百八人之象，黏之屋壁，顧其面貌，揣摩其言行，然後落筆，故能一絲不走。是誠作小説之妙訣也。

《紅樓夢》之探春，賤視其所生，避之惟恐不及，趨炎附勢，矯作正直，吾甚惡之。汪精衛亦因斯詆之。

薛蟠之死，吾謂寶釵殺之也。薛、賈至戚，榮、寧之勢焰薰天，何至因區區一店役之命案，以致論抵？且只有薛姨媽託王夫人求賈政，而璉鳳一方面，直若亡聞？設非十分不得已，何至以關節干賈政？是必寶釵暗賄熙鳳，使之不聞矣。至以誤傷論減，申詳到部，京師衙署，賈氏關節，較外省更易入手，而竟駁翻，其亦璉鳳之故歟？至薛蟠在囚，薛姨媽每思子傷心，寶釵輒以大義相勸，初聞似甚有理，細按之，兄妹天性，竟一淚不垂，其可惡也亦甚矣。是不但懷發覆之恨，且欲吞其巨産歟？

《紅樓》之疑案夥哉！如賈璉行二，而未聞其有兄；賈琮爲賈璉之弟，而若有若無；史侯爲賈母之侄，而終未臨存其姑；賈敬與賈赦爲同曾祖兄弟，而王熙鳳大鬧寧國府云：『親大爺的服未滿，就娶媳婦，是什麽規矩？』諸如此類，不可勝舉。

寫奸雄之才可愛，無過《紅樓》之寫王熙鳳。外此，《大俠紅蘩蕗》寫舒務林之發令捕紅蘩菇，斬釘截鐵，聲聲振耳；《蟹蓮郡主傳》寫𡨥蒲窪之誘供，機詐百出，玩人掌上，尤以誘倭朋爲最有神。可畏哉，可愛哉！

吾讀之而垂淚者，爲《紅樓》寶玉受打，王夫人、賈母、賈政互相問答一節，而於王夫人哭賈珠，李紈亦哭一筆，出淚尤多。吾思之而傷心者，爲《蟹蓮郡主傳》收場一回，攝政王遥瞻香車已遠，呼曰『蟹蓮吾兒，吾兒蟹蓮』二語，傷心尤甚。

歷古傷心之事，莫過情天孽海之中，人亡物在，撫景傷情。傳此之筆，莫過蟹蓮郡主歸彼故庵，水塘荷葦之中，孤庵寥落，推窗四望，闃寂無鄰，觸目興懷者，惟有伊人潛來之幽徑，與夫當年之景物而已。蟹蓮之情，古今恒有之；蟹蓮之境，今古所無也。玄宗淒涼南内，柳葉芙蓉，畢竟宫花寂寞，遜彼野庵。即寶玉淚灑瀟湘，斑竹摇怨，亦惟瞻彼茜窗，偶一臨之耳。嗟夫蟹蓮，何以堪此乎！

世有《推背圖》一書，云爲唐李淳風所作，繪圖作讖，言天數不移。余少時所見鈔本三四，於八旗一桶之後，爲《青牛緑鴨》一圖。説者謂八旗應清之興，牛鴨之象，清室傾覆後即可證明。今清室亡矣，而未有能圓其説者。今觀刻本，則反轉其圖，以牛鴨置八旗之前，改青牛爲黄牛，解應李闖之亂。而彼八旗之後，重添一幅，繪一華裝甲士，擊倒一胡人，解爲革命覆清之兆。噫嘻，吾知其訣矣。蓋每經一次大亂，輒添改一圖，云舊圖爲贋本不足據。是非好事者之閒筆，即白蓮教之假狐鳴也。然頗可作神怪小説觀。

小説附圖善矣，然《紅樓》之太虚幻境金陵十二册，若《推背圖》然。是書中應有之圖，而現行本均付闕如，是亦書坊之一大缺漏。《孽海花》王石谷之《長江萬里圖》，亦當補印。

吾鄉藺君紹林，著《古宦述異記》一書，筆記之類也。以取材不廣，僅北京初版，武昌再版而已。中記《煙鬼》一則，其大概云：人有遇煙鬼者，鬼云：凡人之疾苦，死後即脱然，惟煙癮一事，雖已作鬼，而不減生前，泉路無煙可吸，其苦況蓋難言矣。其造意頗新，用心極苦，是爲透過一層之説法者。苦海群生，遭其渡脱者，想必大有人焉。

有謂《閲微草堂》爲報復南皮張大復《秋坪新語》而作者。《秋坪新説》吾未之見，《閲微草堂》亦只有與張氏辨證其子負債事，復有記張氏婦思夫留影一則，亦不類詆之者。蓋辨債一事，既作斯書，即不能不辨。若云爲斯事而作斯書，吾未之深信也。

《瑶瑟夫人》一書，筆墨極靈活諧妙，然託諸譯本何也？《紅淚影》亦云爲譯本，然以己意羼入之語，已過半矣。

《恨海》及《禽海石》，想皆實有其事。

《慘女界》一書，作者大概係有神經病，否則爲十一二齡之童子，靈機未開，混沌未鑿者，不然決不能胡夢連篇。吾再三讀之，終不解其所言何事。而書坊竟爲之梓行，實令人不可解者。

《鏡花緣》言大人國、小人國，《海外軒渠録》亦言大人國、小人國，是蓋人類天然之想象也。

吾少年常旅行京國，徧嘗茅店風霜，車船勞頓，然亦有償予勞者，即旅店食宿，所見荒傖之狀是也。每嘗欲筆之日記，又復苦其難工。考之中籍，爲斯種人寫照之筆，亦爲寡有，雖有亦不工。因嘆文人之筆，亦有鼯鼠技窮之時歟？後讀林氏譯書，斯種筆墨，極爲繁夥，且燃犀燭怪，無復遁影。於是嘆西人之强梁，即區區文字，亦壓吾一頭。

筆記小説，浩如煙海。章回小説，可傳者寥寥十餘種耳！其以其晚起歟？抑體大而難工乎？

小説家常以理想補人之缺憾。心之不慧也，可以易之，首之不美也，可以换之，見《聊齋·陸判》。魂之不靈也，可以代之，見《聊齋·小翠》。體之不適也，可以假之，見《豈有此理》。陽之不偉也，可以接之，見《肉蒲團》。而《奈何天》之闕不全，且全體改組焉。近世西人鑲牙續足，烏鬚生髮等術，其尊小説家爲推轂者歟？

頃讀静海陳家麟氏所譯《白頭少年》，其健雅之筆，不減畏廬，其疏爽處，且勝林氏之凝滯。西洋小説，吾甚嫌其結局過促。往往千頭萬緒，歸結一處，而以數行了之，使人心忙意亂，神氣不寧。而彼間作者，方以斯爲得意焉。

海洋風物，西人小説中言之綦詳，吾華則寂寞無聞焉。蓋一則航業繁興，一則閉關株守，何緣不讓人獨步哉？惟《閲微草堂·登州角觀出日》一篇，差可自豪。

文章一道，今不如古，他科皆然，小説獨否。蓋古人爲文，繪物言理，屬辭比事，前無因襲，戛戛獨造，故六經諸子，燦爛光輝。漢魏而後，則守舊成風，古人未言，率不敢道，餖飣獺祭，拉湊成篇，是以每況愈下。而小説一事，作者無文苑陪享之思，意所欲言，筆即隨之，别開生面，不蹈故常。金聖歎論《水滸》、《西厢》，齊物《莊》、《騷》，其識卓哉！譏之者皆規規之士耳。

小説叙人物登場，極難見長，不失之平庸，即失之笨拙。施耐庵深得斯中三昧，出魯達、林冲、李逵、石秀，不費力而不平庸；出時遷、石勇、劉唐、張横，突兀而不笨拙。若《紅樓》之出賈赦、賈政、賈璉、賈珍，又爲一種神筆，只於冷子興口中遥遥一點，至黛玉入賈府之後方歷落登場，使閲者如久識其人，渾忘其於何時因何事而出者，是乃文章之化工，不易法效者也。

《紅樓》薛蟠之《女兒酒令》，妙在其第三句太好。使俗手爲之，必四句一律，反覺平板無趣。《聊齋》之《胡四娘》，不言不笑，喜怒不形於色，雖曰孤臣孽子，境迫使然，然其人亦大可畏哉！

小説起首結尾，要有數法：一、神龍見首不見尾法，《水滸》、《西厢》是也；二、首尾照應法，《紅樓》是也；三、乾龍無首法，歐美作者多用之，吾國未之見也。

不見尾法，論者謂其言有盡而意無窮，吾則謂言未盡而意已達也。

或曰：乾龍無首法，非無首也，其首拗折，與胸腹部相盤結，不易見耳。曰：吾知之。吾論其起結，非論其構局。

歐美小説之構局，變格實多。有兩截法，如《嘆血酬恩記》之叙藝叙獲是也。有前後倒置法，《歇洛克奇案》開場是也。有截梢作根法，《薄倖郎》是也。

有以禪論書法者，吾則以禪論小説：《儒林外史》，如來禪也；《金瓶梅》，菩薩禪也；《緑野仙蹤》，祖師禪也；至《紅樓》，則兼有之矣。

《水滸》，當於廣廳大厦，卧竹床，摇葵扇而讀之。《紅樓》，當明窗净几，焚香供花而讀之。《金瓶梅》，當卧錦帳繡幄中讀之。《桃花扇》，當登山臨水而讀之。《哈氏蠻荒》，當雪夜圍爐讀之。《聊齋志異》，當於月下讀之。《包探案》，當於汽車輪船中讀之。

漢族與胡人苦鬥四千餘年，終無一篇佳文記塞北之戰，陋矣。雖有詩文歌詠，然終爲隔雲觀月之辭，如畫之寫意者耳。《哀吹録》寫拿破侖墨斯科之敗，使讀者如置身冰天雪窟之中，見其戎馬倉皇之狀，雖當盛夏，身猶起栗。吾國文人當知愧矣。

《三國演義》在下等社會最佔勢力，甚至負販亦皆知名。吾鄉有富室子，偶至天津，乘興游書肆，昂然而入，卒然而言曰：『吾欲以一千圓買書。』肆主恭候而問曰：『先生欲購何書？』富室子不意有此問也，遂囁嚅久之，曰：『有《三國演義》否？』蓋其胸中貯藏之書目，止此而已，因傳爲笑柄。富室子歸而發憤，專攻目録學，是亦有志知耻者也。

《宣和遺事》述徽欽北狩，顛沛流離之狀，令人慘不忍讀。余謂專制帝王之經筵，當添講是書。

偶憶《笑林廣記》有嘲近視者一則，略云：有甲乙二近視，游覽鄰村新廟，仰視匾額，甲曰某字，乙曰某文，互辯互詆，各以目力自詡，久不相下，因取證於廟祝，祝曰：『匾尚未懸也。』世有二事，與此相類：一、《易經》、《春秋》、《老子》三書，文字晦澀簡奥，有類隱語，在當時作者，或有寓意，然非經其自行明白詮釋，他人决不能解。而二千年嘐嘐嗷嗷，苦争不捨：此曰卜筮，彼曰陰陽；此曰哲學，彼曰字典；言尊周，言尊魯，言朝報，言三世；清净也，陰險也，哲理也，民權也；愚者迷信，黠者假託，猶治亂絲，愈理愈紛，何苦以有用之心血，作此無謂之斷斷也！若能起伏羲、文王、周公、孔子、老聃於九京，持諸家經解而問之，必當啞然失笑。二、譚叫天老來演劇，煙癮過大，喉嚨太細，復自珍惜，不肯用力，雜以金鼓絲竹喝采嘖讚之聲，實不能聽聞。而馬車填衢，送却七圓八角歸來，逢人說項，照例作驚奇之讚語：此曰清微淡遠，彼曰發揚蹈厲，甲謂周秦漢魏唐宋明清古文之法皆備，乙謂老作已臻化境。至叩其本心，實尚未聞一字，不過識得叫天之面目而已。蓋不如斯違心，即不能容於北京之社會。伊等爲生活起見，亦大可憐也。

有指北京什刹海，謂即《紅樓》大觀園之故基者，不知其何所本？

李志常作《西遊記》，述邱處機應元太祖召赴西域，往返所經歷。後之神怪小說《西遊記》，遂附會爲邱真人之筆。《閱微草堂》以其所用官名，多係明制，爲元時所未有，定爲明人之書，鐵案如山，勿庸嘐嘐矣。

作小說往往不著姓氏者，以有所譏毀，隱名避禍耳。至《西遊記》、《封神演義》，神佛仙怪，與世事毫不相涉，作者亦自隱匿，怪哉！嘗思其故，蓋吾國舊習，賤視小說，謂其有害無益，常禁子弟讀之，而作者亦思避其鋒，不敢出頭露面，恐遭呵叱也。

俗傳王弇州作《金瓶梅》，爲朝廷所知，令進呈御覽，弇州懼，一夜而成《封神演義》，以此代彼，因之頭白。此與云王實甫撰《西厢》，至『碧雲天，黄花地』一曲，思竭而死，同一無稽。然《封神》一書，實類倉卒而就者。

《紅樓》一書，異本極多，見諸記載者，約五六種，蓋皆悼紅軒改删十次之未定本也。由此推想，其原書資材必極珍秘，而文字必不甚佳，不然何需此勞勞哉！雪芹先生蓋深悉其底裏者也。

《品花寶鑒》高品之戲其叔，《孽海花》李純容之調其師，名士玩世，何脱略乃爾。

幼年每當先祖母壽辰，輒見六七老瞽人，彈詞祝嘏。所歌諸曲，典雅綿麗，心甚好之。及長，搜求刻本，終不能得。久之，詢知其故，蓋勝國中葉，家給人足，巨室消閒，豢瞽教歌，自撰曲本，不求傳世，猶之故明貴閥之昆班也。因之瞽者轉相授受，口教耳讀，其重師法，有過漢儒。吾家數瞽，猶是盛世之流俗遺風，故所歌書坊無傳焉。

少時聽瞽者説《隋唐》（按：此處疑有誤脱）、《花木蘭征北》一書，較現行本多至三四成。作者苦心經營，書坊任意節删，割裂不完，實深可惜。是以《板橋詩鈔自序》云：有篡改其詩者，必爲厲鬼以擊其腦。

小説能移人性情，是余所身歷者也。猶記七八歲時，每晚家人圍燈宴坐，聽先子説《封神演義》。余日間即以環形鎮紙，繫以巾帶，擲向空中，觀其墜落，以擬哪吒之乾坤圈。至十一二歲，聽《隋唐》故事，慕瓦岡寨英雄聚義，每至秋日，禾熟登場，繞村秫稭，積若山邱，即與群侄各據一積，以當山寨，折稭爲刀槍劍戟，突馳較武。在都時，偶讀《水滸》，見武松、李逵之痛飲大啖，蹶然而起，赴市購牛肉一巨方，思一氣而吞嚙之，甫三咽，即格格不下，不禁自笑荏弱猶昆蟲爾。

《虞初新志》集纂明清之交諸家文集之傳記，其中奇才異士，如武風子、八大山人、焚琴子之流，往往見之。是乃亡國遺民，不仕新朝，而懷才莫展，幽憂怨憤，或託諸癲，或託諸癡，或寓之哭，或寓之笑，或假一技一藝，以發其抑鬱牢騷；是乃才人刼運，徒作文章裝點之資材而已。

美人歸沙吒利與大腹賈，千古文人，莫不悼惜其不幸。不知虎幄牙帳之中，夏屋氍毹之上，方琵琶丁冬，尋歡覓笑，而寒窗燈燼，苦意吟哦，自託風流之知己，使美人見之，正當嗤之以鼻。

世之享艷福者，莫過沙吒利，如圓圓歸滇府，太真洗禄兒。《髯刺客傳》、《烏蒙秘聞》，見諸文字者，亦若斯矣。其篡奪擄掠，作肉屏風與香唾壺者，不知凡幾。措大寒酸，偶得一中材，即驚爲奇遇，詩歌傳記，莫不擬以宓妃、姮娥。吾謂沙吒利之美人，真美人也；名士之美人，紙上之美人耳。

《聊齋·楊大洪》一則讚云『天上多一仙人，不如世上多一聖賢』，與《兩般秋雨庵》載《題飛吟亭》詩『未必無心唐事業，金丹一粒誤先生』，一樣立論。《兩般秋雨庵》又載《過邯鄲盧生廟》詩云『四十年中公與侯，雖然是夢也風流。我今落魄邯鄲道，要向先生借枕頭』，與袁簡齋句云『黄粱未熟天尚早，此夢何妨再一回』，一樣立論。

作文要忙裏偷閒，以蘇閱者之氣。如《兒女英雄傳》鄧九公與安學海述十三妹之歷史，正聽者攝氣咋舌之時，便插入二姑娘之打諢。此《琵琶行》所謂『此時無聲勝有聲』也。

吾謂《紅樓》一書，盡教發明家搜出底裏，决不能如斯之艷麗纏綿。反不如就此飾辭，認假爲真，反復尋繹，悱惻而有味也。是故董白自董白，黛玉自黛玉，歷史自歷史，《紅樓》自《紅樓》，發明自發明，批評自批評，離之具美，合之兩傷，知言者當不斥吾爲謬論也。

讀《紅樓》有左袒寶釵譏誚黛玉者，其言曰：『寶釵雖爲奸雄，然總可立身應變。黛玉縱情任性，不至身名俱裂不止。』其言固不徒爲釵黛而發，亦疾夫世之不自圖存者爾。雖然，縱黛玉之量，亦止於其一生淪落而已。縱寶釵之量，其不荼毒天下，遺害萬世者幾希。

『楚王愛細腰，宫中多餓死』，勢力可以轉移風尚也久矣。《恨綺愁羅記》載魯意第十四展轉於二蕩婦之間，廷臣則朝尚華侈，夕類寒乞。《官場現形記》載浙撫講理學，故衣價騰三倍。吁，可畏也哉！

門人王鴻志，字梅骨，讀書頗能得間。余觀其日記一則云：『余讀《紅樓夢》，見寶玉受打，全家鼎沸；賈璉受打，只於平兒口中述及之。因知其祖母之心，有屬有不屬也。』

文章令雅俗共賞，誠非易事，若《紅樓》可爲能盡其長。上至碩儒，不敢加以鄙詞；下至負販，亦不嫌其過高。至《儒林外史》，則俗人不能讀矣，故流傳絶少。

作畫講距離，作文亦須論時間。《兒女英雄傳》十三妹殺僧救安龍媒一回，以一夜之中，作如許事，説如許話，吾想未必有若大功夫。

譯書不當引中國典故述西人口吻，張冠李戴，成何面目？

《怪現狀》製造局洋槍樓有賊一段，提調槍狗驚僕，因與聽差大發脾氣，其可笑之神氣，活現於紙上。余在學堂時，斯種醜態，固旦暮而見也。

《蕩寇志》謂朱同、雷横駐札鹽山，據山爲寨。鹽山縣即在吾滄之東，實海濱斥鹵不毛之地，阜岡皆無，何云乎山？然小説家不能以考據繩之也。

《聊齋》所云牛山四十屁，《古宦述異記》載其一屁，題爲『咏貓』，屁曰：『春叫貓兒貓叫春，聽他越叫越精神。老僧也有貓兒意，不敢人前叫一聲。』讀之令人絶倒。

曾廣詮之《長生術》，林畏廬之《三千年艷屍記》，同一底稿。而曾氏書較林氏僅有六分之一，苟簡失神，未免唐突哈老。

《海屋籌》一書，牛鬼蛇神，無端復將至聖先師拉入，荒唐怪誕極矣。且哈老撰斯書，與《三千年艷屍記》自相牴牾，而取徑又甚相類。多此一筆，果何取乎！

凡續編之書，概無佳作，如《紅樓》、《水滸》、《聊齋》諸後續者是也。斯有三原因：一、一書有一書之宗旨，其文即成，其義已足，勿庸辭費矣。續之適成蛇足。二、識高筆健者，必自起爐竈，斷不屑因人而熱，故續人書者，率皆不才也。三、書非家傳户誦者，亦無人肯作牛後。被續之書，概爲犖犖名著，是以不易與之頡頏也。

《緑野仙蹤》蕭麻子暗使無賴擾温如玉，如玉反求蕭麻子爲之解圍。吾國近年一二强有力者，擅權張勢，豢虎自衛，稍不如意，即縱使噬人，偶令暫閉齒牙，庸流即歌頌其戢亂之功，是亦善鈔襲蕭麻子之文章者也。

余肄業學堂時，讀英文至《洛克斯勒較射》一篇，心甚喜之，然不知其即由《撒克遜劫後英雄略》節録而來者也。後讀林氏譯本，始知其淵源。因華英相刊，工穩無少差訛，遂深服畏廬筆力之深厚。

吾國昔無社會小説，故於貧家狀況，多未述及，雖《儒林外史》，其中亦不多見，唯叙范進家爲覼縷盡致，餘則《紅樓》之王狗家，《金瓶梅》之常峙節家而已。反觀迭更司之書，則真可謂窮極色相。

無論何書，總不能無疵病可議。作評者當用研究學問之眼光，不當用崇拜宗教之心理。金聖歎批《西厢》、《水滸》，仿佛漢宋諸儒膜拜五經。後之評小説者，乃鮮不落其臼窠。偶取一書評之，則其書即爲咸陽《吕覽》，千金不易隻字。任其筆飛墨舞，總覺帶一種酸腐氣象。

作小説當洞明世故，作過來人語，方足動人。

燈謎、酒令、詩詞、歌謡、對聯、匾額，爲小説之點綴物，《紅樓》及《品花寶鑒》所用最夥。然二書均以酒令爲最佳。若《紅樓》之燈謎，極庸俗不堪。

《紅樓》不演正人，然特寫一包勇，是蓋懼閲者讀一百二十回之長文，已如身歷其境，爲放僻邪侈之氣所薰陶，岌岌乎流而忘反，失却本來面目，幾不知世界之上，尚有所謂正人君子者，故借包勇渾樸忠正之氣，以振刷之。

先君最愛讀《紅樓》，二十年手不釋卷。論賈政看寶玉課文，看題後仰首而思，然後看文一筆云：此乃老荒思題之上下截也。是非深於制義者，不易看出作者之用心。

梁節庵曰：『《紅樓》之寶玉，指清世祖。賈赦、賈政、王夫人、邢夫人四人，合演多爾衮，撮其名姓之音幾，曰攝政王刑，謂多爾衮没籍也。』云云。《紅樓夢索隱》，吾未窺其全豹。寶玉指清世祖，固已言之矣。至攝政王刑四字，不知亦有此發明否？

薰蕕不同器，冰炭不同爐，其性異也。《品花寶鑒》李元茂之喜筵，爲姬亮軒、魏聘才、孫氏昆仲、顔仲清、梅子玉諸人；《冰雪因緣》東貝之喜筵，以冷澀商賈，與蕩婦娘子混合；《大俠紅蘩蕗》倫敦觀劇，以舒務林革命巨子，厠諸英法世胄之間，其四座無歡也宜矣。吾在都門，常見夫宴客者矣，名士、市儈、官僚、武夫、紈袴、暴富，毫無別擇，拉雜而邀集之。座間互相訾鄙，冷譏熱嘲，輕薄者且專學斯種惡習，於他人言語神色衣飾舉動之間，尋瑕抵釁，以自鳴得意。夫宴客所以娛客也，而驅赴譏鬥之場，果何取乎！余寡交游，與宴絶稀，偶有招者，聞其人數過三五，即婉辭謝却，若勢不能不往，則垂頭喪氣，若死囚之赴刑場焉。然摯交膩友，二三人偶一登樓，亦覺心曠神逸，醉飽以歸。

《冰雪因緣》卡格爾駡其兄曰：『爾敢爲吾兄，即害我也。』乍讀之，覺爲千古奇語。再三以思，蓋非奇也。世界恒河沙數之小人，一旦得志，胸中莫不有斯語，雖忌憚社會道德，未敢出諸口，然已鐫諸額矣。明眼者一望即識之。

《屍櫝記》曰：『見絶世姿，淡漠視之，深負造物。』斯語如出賈寶玉之口。

潘金蓮駡武松，説不知長嫂比母，武松冷笑。阮大鋮哭先帝，閹部莞爾。試思武松與史公，斯時是何等心緒，乃聞之尚不能不笑，則知天下古今，未有聞其事而不笑者。

作小説起綽號，亦非易事。壬子秋，余於頳桐書室，兄弟叔侄鬥蟋蟀，各立名號。余蟲約二百餘頭，命名之際，頗費經營，因知耐庵一百八將，無甚相犯，已爲能手。《西遊記》小妖之名，曰『有來有去』，曰『古怪刁鑽』，更有趣味。

《紅樓》群婢命名，爲他書所不及。《聊齋》諸美人，重字微多。

迭更司之《滑稽外史》、《塊肉餘生述》、《冰雪因緣》詆毁英國教育，不遺餘力。其真若斯耶？吾實不敢知。吾國學校，職教員對學生，無熱心而用壓力，爲輿論所訴病久矣，然尚未若斯其甚。即昔日私塾之暴虐，亦尚不至此。意者迭更司先生不無過甚其辭。余濫竽學界，於今四載，雖不敢居功，亦可告無罪，想不在先生所斥之列也。

《閲微草堂》以漢學家詆宋學，亦其門户之習然耳。《新齊諧》則漢宋兼詆，多見其不知自量也。

讀《黑太子南征録》，至白群遇西兵於朝霧之中，人馬嚾咋，聞聲而不見形，因憶余初至武昌，深夜渡江，但見兩岸燈火，景物一無所睹；翌晨早起，同室尚在酣夢中，余一人獨出，至黄鵠磯，登懷白樓，下窺霧氣濛濛，時聞欸乃聲，而不見其處；須臾煙消日出，大江赫然眼底，帆檣上下，一望無極，不禁胸襟豁然，神飛色舞。

《聊齋·夜叉國》一則，中商至夜叉國，夜叉不解中國之所謂官，商人告之曰：『出則輿馬，入則高坐，堂上一呼，而下百諾，見者側目視，側足立，此名爲官。』噫嘻，官之一字，不以爲國服務解之，而作如斯解者，本以詔夜叉則然耳，而《官場現形記》塾師竟以詔弟子，且普海之内，父兄所以詔子弟者，何莫非斯語耶！噫嘻，取所以詔夜叉者而詔子弟，是惟恐其子若弟之不爲夜叉也。

余年七八歲時，每晚卧衾中，臨睡時，吾母即説小説一段以慰余。今記憶最真切者，爲李笠翁之十種曲。蓋余小説之癖，所由來者深矣。

《兩般秋雨盦》載李笠翁十二種曲，余家所藏者爲清乾隆時福州刻本，只有十種。

法能勝理，勢能勝法，天能勝勢，誠哉言乎！　夫法之爲物也，固酌理而定之，然執行之際，於理往往有枘鑿不入之憾。其人在理可恕，在法不赦，固不能因其人而破斯法也。蓋世非大同，雖聖人亦有無可如何者。至夫巧吏猾胥，上下其手，假法律之名，以網利洩憤，是又當爲法律呼冤者矣。《璣司刺虎記》曰：『此間野蠻無法律，不能如英倫任汝恃法律而行暴。』是雖激切之辭，然亦不能盡斥其不當也。

人性惡劣，淫殺成風，記載所稱之『美人』、『英雄』，淫殺之領袖也。余最惡婦女武夫，若美人英雄，尤爲婦女武夫中之可惡者也。《孽海花》記德后之言曰：『天地間最可寶貴的，是權詐的英雄與放誕的美人。』嗟乎，是惟恐其淫殺不登峰造極耳！　夫放誕美人，權詐英雄，换言之，即爲女倡班首，男盜宗魁。落魄文人，乃醉其色，慕其勢，恭上徽號曰『美人』、『英雄』，是亦慕殺而不得者也。

項羽學書學劍無成，而睥睨祖龍車駕曰：『彼可取而代也。』《髯刺客傳》，拿翁自述在學堂時，功課咸不及格，而見魯意十六之警蹕，即存我何弗得之思。中西兩霸王，性質極相肖。微末小技，固不值掀天拔地之英雄一措意焉。

文章託體，不外二法：一曰記，二曰述。記者出諸旁觀之口，述者出諸當局之口。或定名爲他述體、自述體。筆記小説，雖在一書，亦嘗二體兼用。章回小説，吾國惟他述一體，自述創自西人。《二十年目睹之怪現狀》則效其法者也。傳奇劇本，須登場扮演，現身説法，故決不能用他述。彈詞無自述者，歌曲二體兼用。

《海屋籌》合兩人之自述，成爲一書，乃自述體之變格也。

《儒林外史》之構局，無貫索，無總結（幽榜一回，另出一手），而人不厭其散落。

《塊肉餘生述》大衛曰：『但知門外新墳，即爲亡親瘞骨之地。每經冬令，屋中爐火烘人，而吾父三尺斷墳，乃閉諸門外嚴寒風裏。』言簡意長，是乃文章化境。故陶靖節『伊亦人子也』一語，千載流傳人口。又大衛自述出游歸來，母已嫁夫，後父無情，母畏之而不敢親己，獨自登樓，枯坐室中云『以目面墻，墻亦面我』。就字面看來，斯二語何關悲涼，而一縷悲涼之氣，直貫九霄，是曰白描法。

歐美小說，恒說一事一物一語，多至數十遍，往往令人失笑。如《棄兒》『其他』、『等等』，《玉樓花劫》羅漢之吟詩，《大俠紅蘩蕗》漢姆希特之引用《聖經》，《賊史》格林威格之自食其顱，《冰雪因緣》赤克之自持，老約之馬嚏，打土著，及言『東宮殿下』，《塊肉餘生述》密昔司密誇伯之誇外家，壁各德之衣鈕，忒老特爾司之壯髮。是固日常恒有之事，然吾國作者鮮游心及此。惟《水滸》李逵之『鳥』，武松之『大蟲』，潘金蓮之『叔叔』，《儒林外史》五河縣人口中之彭老四、方老六爲數頗夥。《金瓶梅》之『達達』亦不少，其性質與此不甚相類。吾謂《兒女英雄傳》鄧九公手中之雙鐵球，當多響幾次，《儒林外史》權勿用之高白夏布帽子，當多現幾次，楊執中之包漿古銅爐，當多擦幾次，則更有神味。

賽金花照相，樊樊山《彩雲曲》謂與英女皇維多利亞，《孽海花》謂與德后維多利亞第二，未知孰是。

《兒女英雄傳》十三妹出場及規夫兩回，最爲笨拙。

筆記小説，古代不及今代。蓋以古人簡單之心理，不餍近人複雜之腦筋也。

小説常設險至十分危急時，方令解救者登場，使閲者盡作大旱雲霓之思。矇詞尤習用之。吾鄉每歲秋獲告終，勞民蘇息，招瞽彈詞，日匿夜凉，村前廣場，即聞鼓版丁冬，環坐其旁者，以百十數。尚憶少時聽説《白綾扇》，至陳權二使逼邱夫人允婚，夫人婉轉陳詞，賊使一味恫喝，聽者聲息全無。説至邱子榮登場，邱保慌張報道：『吾們大爺來了！』語聲未歇，即聞環坐同時嘘氣，其聲若潮。

畫鬼神易，畫犬羊難，愈眼前習見習聞之事，愈難著筆。《冰雪因緣》三十三章曰：『凡人熟於其事，即習焉與之融洽，以外之事，一無聞見。惟先入爲主，一聞即識腦中，不更察也。因之優劣初不了了，但主其習慣者，爲定其優劣。』云云。余久欲作斯語，苦不知從何處著筆，不知迭更司先生已輕輕道出矣。日常瑣事，俯拾即是，能手拈來，皆成妙諦。

金陵歌舞之場，粉醉金迷，久甲天下，而明季鼎革之交，等諸阿房一炬。余澹心滄桑親歷，追記板橋，一時鶯歌燕語聲，絲竹檀板聲，金戈鐵馬聲，凄風苦雨聲，黍離麥秀聲，胥濤杜宇聲，盡收紙上。讀之，惟覺聲聲心醉，聲聲魂消，聲聲酸楚，聲聲嗚咽，實不辨其爲何聲也。讀《桃花扇》亦覺有爾許聲。

《水滸》如燕市屠狗，慷慨悲歌。《封神》如倚劍高峰，海天長嘯。《紅樓》如紅燈緑酒，女郎談禪。《聊齋》如梧桐疏雨，蟋蟀吟秋。《桃花扇》如流水高山，漁樵閒話。《七俠五義》如五陵裘馬，馳騁康莊。《儒林外史》如板橋霜跡，茅店鷄聲。《茶花女》如巫峽哀猿，三聲淚下。《品花寶鑒》如玉壺春醉，曉院鶯歌。《新齊諧》如劇場三花，插科打諢。

《儒林外史》景蘭江等西湖一會，不過令人嘔出酸餡，尚不及《二十年怪現狀》竹湯餅會，令人笑斷腸子。此亦南人標榜之餘習，北人從未敢如斯大膽。

章回小説若畫之手卷，筆記若册頁，傳奇若畫屏，歌曲若條幅。筆記若冠帶，章回若燕服，傳奇若巾扇，歌曲若雜佩。

章回小説之結構，有順排法，有錯排法。順排法，回回相銜接。錯排法，乃錯綜變化，次章與前章，或接或否。吾國小説多用順排，西籍他述體多用錯排。

小説定名，亦頗不易，《水滸》二字，最爲新穎貼切，餘則如衣冠盛事《齊東野語》、《已瘧編》、《啓顔録》、《睽車志》、《子不語》、《侯鯖録》、《碧雲騢》、《北窗炙輠》、《嶺外代答》、《如斯我聞》、《姑妄聽之》等，皆不俗。

事實見諸文字，大半失真。文人張皇，能使褻瀆變爲冠冕。楊慎《秘辛》，蓋有心發揮此義。觀其前半，則濮上桑間，無此穢褻。其後半，則《尚書》謨誥，亦不過如斯。其用心亦狡哉。

《一夕話》載有《半邊聖人》一則：『一士夫性極貪，取人不遺錙銖，而己之所有，分毫不捨。或譏其吝，答曰：「一芥不與，聖之道也。」或曰：「一芥不取，君以爲何如？」曰：「學而未能。」曰：「然則君只好學得半邊聖人。」』辛亥革命之際，天津《大公報》有半截議員之諧評，文極諧妙，録之以供滑稽小説之選：『近日國中得意之人，除袁内閣及其舊日夾袋人才外，最興高采烈者，厥惟資政院議員。

今日議這樣，明日即旨准施行，明日議那樣，後日又旨准施行，真可謂言聽計從，極君臣魚水之樂矣。是以議員中之矯矯者，居然以立憲元勳自命，預作銅像巍巍之春夢。雖然，此亦無足怪。所可怪者，議員既與國家休戚相關，欽選議員，更與國家及皇室有兩重之休戚相關，值此帑空事急之際，未聞有提倡解囊捐助，以振起親貴及人民毀家紓難之心者。意者有完全國會，始有完全議員；資政院議員，不過半截議員乎？故對於議字，只辦得個言，且閣起那個義；對於員字，只張著個口，且藏着那個貝。或曰議員已爲國民承認四千五百萬之新外債，捐助國家多矣。嗚呼，這纔叫慷他人之大慨。』

《右臺仙館筆記》述貴州某縣，殆爲鬼境。吾邑朱大令靄亭，官奉天靖安縣（今日洮安），初聞其縣城只有五户，後晤其婿孫君捷先，因詢之，曰：『傳聞之過也，實有十二家。至城外村落，則時有時無。蓋省垣富室，皆遣奴僕來此墾荒，結茅爲屋，待秋水瀑至，乃復遷避入省。』

《桃花扇》當年紙貴洛陽，於雲亭山人自述本末中，亦可想見其盛矣。而山人之躊躕滿志，亦不禁流露於言表。所云『庚辰四月，冠蓋雲集，獨居上座，諸伶更番進觴』，尤其令人羨殺。文人得意，至是已極。頃見《益世報》載小説談屑一篇，述迭更司爲時人崇拜，每與宴，同席者嘗懷其啖餘蛋殼橘皮以爲紀念，亦云盛哉。然視雲亭山人，尚瞠乎其後。

《右臺仙館筆記》載一縣尉之妻，代妓受笞，與《板橋雜記》徐青君爲人代杖，同一奇聞。衣冠之辱，至斯已極。

漢高祖弑義帝，而嫁禍項羽，《新齊諧》與《古宦述異記》俱載其事，云爲陳平六出奇計之一，頗在情理中，是亦發覆正史之類。特一託諸還魂者之口，一託諸乩仙之筆，均不足成考據。

文人游戲筆墨，任拈一題，即可點染成篇。大力者故尋難著筆之題，賣弄神通，如《桃花扇·論語鼓詞》是也。余髫齔時，見伯舅陳公，常攜《琵琶行傳奇》一部。伊時未知措意，及今思之，作者從何處著筆，實無從揣想，惟記伯舅嘗歌江神風送琵琶聲，以達司馬之舟一折。

神怪寓言小説，有造意極新穎可愛者，如《聊齋·湯公》寫人死氣散之狀。《閱微草堂》之《照心鏡》，《右臺仙館》之《自寫履歷》，意同而筆異，俱詳切有致。

寫風雨之佳文，無過《紅樓》之秋窗風雨夕，及《薄倖郎》開首一章。文人好名，有甚性命。《兩般秋雨庵》載楊鐵崖選嘉禾詩，詩人竟至暮夜持金，涕泣長跪，以求入選。其事可鄙，其情亦大可憐。而鐵崖毫不爲動，答以『平生三尺法尚可假借，詩文則不敢違心欺世』云云。是視文章法規，重於國家律例，寧使人指爲貪墨，不肯居冬烘之耻。其好名之甚，亦不減若人。

《檐曝雜記》：乾隆時，西廠舞燈，三千人列成太平萬歲四字。張文襄公督鄂時，值西后萬歲，梁鼎芬令方言學堂學生二百餘人，列成萬壽無疆四字，以媚文襄。學生帶革命性質者，叫駡數日。

又載：康熙中，侍衛托碩至俄羅斯定邊界，與俄之女主，繾綣三年始歸，於枕上訂界約十八條云云。齊東野語，可笑極矣。吾國習俗，常以尚公主爲世間最榮耀之事，而以尚外國公主爲尤榮，故戲劇中有楊四郎、八郎、薛平貴諸美談。甲午之役，民間喧傳李合肥之公子爲日本國之駙馬，亂即因是而起。揣其心理，蓋謂中華人物秀美，爲世界冠，蠻夷見之，莫不動心。顧甌北通人，乃亦作傖人語，怪哉！雖然，哈葛德爲英國名士，其《煙水愁城》、《火山報仇録》、《艷屍記》、《海屋籌》諸作，莫不云白人一至蠻荒，即有美人眷戀，以性命相殉。自誇之習，亦世界所同然也。

《檐曝雜記》云：京師騙術，有冒充人父，而奪童子銀者。此與《賊史》南施擄倭利物，同一伎倆。適都市者，能無戒歟？

又載：某修撰視學粤東，坐潮州緑蓬船，結識狀元夫人一則，與《孽海花》祝寶庭坐江山船，同一風流話柄。

俗吏不但殃民而已也，凡事物遇之，莫不遭劫。《聞見偶録》載：乾隆東巡，泰安縣盛湘修理泰山，古碑多爲所毀。詩曰『營營青蠅』，其此之謂歟？

村人孫某，好大言，人因呼之爲好漢架子。或因其自誇謂無事不知，輒駡之曰：伊母初嫁時事，伊亦能言之歷歷，蓋彼曾執燈采與前作先驅也。初謂此天壤間絶無之事，近觀《維西見聞記》，那馬種人女之嫁者，其在母家所生子，盡攜以從，夫且喜其妻賢而有色。《大學》謂『未有學養子而後嫁者』，直見聞之不廣矣。

余常謂生活有五要素：一曰明，謂見事透徹也；二曰忍，謂精神能耐苦也；三曰勞，謂身體能耐苦也；四曰藝，謂須有一技之長也；五曰運，謂機緣之遇合也。前四爲主體，後一爲客體。人能修主體以待客體，則生存之事過半矣。每讀小説，揣摩人情，於斯言益信。

《山齋客譚》有聯貴賈禍一事，閭閻之間，類此者頗夥。吾鄉有暴貴者，鄰縣有農家，與之同姓，求與聯宗。貴家之正人，笑而却之。而其不肖族人，常借端與之往還，多方詐騙之。

《秋燈録》記高念東之事。念東以少宰家居，夏月乘凉堤邊柳陰，一車載瓦堤下，不得上，招公挽之，公欣然從之。又，公浴於河，一達官遣役候公，亦就浴，呼公爲洗背，問『高侍郎家何在』。上二事，人謂其恭，吾謂其傲。蓋其視人猶物也，孟子曰『柳下惠不恭』，旨哉言乎！

筆記小説有列目不列目之分，列目則羅羅清疏，不列目則落落大方，然吾意總以列目爲是。

論小説者，常以耐讀之遍數，定書之高下，是乃極好之標準也。然亦有時或爽。即如《紅樓》百讀不厭，無論矣。《水滸》只須三四遍，《儒林外史》反有六七遍之意味。至論《儒林外史》之文，其氣勢結構，本在《水滸》之下，第以全書散碎點染過多，倉卒不能盡記，是以雖讀至六七次，其興味尚蓬勃乎紙上。吾謂讀《水滸》猶之乘舟過巫山巴峽間，兩岸猿聲怪石，懍乎其不得徘徊留戀也。讀《儒林外史》如徜徉於西湖虎邱，即一草一石，亦足羈人玩味。滑稽之語，可與迭更司相頡頏者，華盛頓歐文足以當之。其《大食故宫餘載》云：『先皺其額紋令聚，張其目令怒。』又云：『蓋上帝造媪時，即於媪之玉容，設爲峻拒男子之幌。』此類儼若出之迭氏之口。

寫景以善設譬爲佳，如《大食故宫餘載》云：『已而交冬，尼瓦達山，大雪彌天，山容盡縞，如被麻衣。』又如《冰雪因緣》云：『曉色甫動，似竊竊穿入禮拜堂，覺夜色尚潛伏隅隈，未嘗盡遁，而曉色似流涕自悲命運之短。蓋太陽之昇，即云晝，不云曉，故曉色乃自知其迅短，涙痕即一一漏諸扉罅之中。顧曉色一穿，而夜色即大恐，遂潛藏於壙間及諸深黑之地。迨陽光一發，而扉罅中曉色之涙痕立乾，深黑中之夜色亦驅除都凈。惟堂中鼠子，却倥偬一夜，往還於牧師衣笥及祈禱文之卷上，至此一聞門闢，即狂奔入窟，鼠肝葉葉跳動不已。』寫景之佳，吾於《紅樓》而外，最服膺西籍，如立鏡攝影，纖細不遺，吾國文人思致，鮮及其緻密。

《漫郎攝實戈》格物利亞質其父曰：『兒與漫郎同居而未行聖禮，誠屬駭聞。但某公爵曾私暱二婦，某伯爵亦曾暱一婦，迄今十載，未嘗洩露於其髮妻，彼巴里城之願求得與此二公一識面者，且若龍魚之赴大壑，則何説也？兒固時至博場，作無益之舉動，然某侯爵與某子爵，恃此以供日用，某親王與某公爵，且爲賭博社會之魁，則又何説也？』余代其父答之曰：王公大人行惡放蕩則可，書生寒士行惡放蕩則不可。王公大人以勢位金錢彌其名譽之缺，書生寒士足自立於社會者惟名譽斯賴，設此而有缺，更何以彌之哉？

《履園叢話》記寧波成衣匠事云：『有人持匹帛，命成衣者裁剪。匠詢主人之性情年紀狀貌，并何年得科第，而獨不言尺寸。其人怪之，成衣者曰：「少年科第者，性甚傲，胸必挺，需前長而後短。老年科第者，其心慵，背必傴，需前短而後長。肥者其腰寬，瘦者其身仄，性之急者宜衣短，性之緩者宜衣長。至於尺寸，成法也，何必問耶？」』余謂是亦泰西偵探術之精義也。

寫病中思想，吾取二段：一出《冰雪因緣》第十六章，一出《耐兒傳》第六十四章。兹摘録於下。

《冰雪因緣》曰：『小保羅自學堂歸後，初未下床，静卧而聽市聲，亦不審時光之度過幾許矣，室中舉動，一一印之腦中。見陽光射入百葉窗中，映壁如水光蕩漾，知殘陽將西入崦，瞑想外間天色，必有晚霞，因復凝目壁間，餘光漸斂，入夜矣。又思此時市上必已張燈，繁星滿天。然瞑想之中，不期恒及河水，想晚來河水，必沉黑倒浸天星，水勢滔滔入海而去。迨及夜深，行人稀少，則徐徐細數來人脚步，至於遥遥不聞而止。苟不聞聲，則注目燭光，作團暈。』《耐兒傳》曰：『司威佛拉輾轉病榻之中，無片晷之寧貼，毋論何聲，中皆焦竦激烈。顧在恍惚中，胸次似虚懸一應爲之事，初未得當，病眼或開或闔，咸覺有應爲之事未嘗爲者，如是者可二十四句鐘。已而立暈，夢與幻象皆渺。既醒，覺稍清冷，因憶發熱之時，爲狀至窘，而長夜胡乃漫漫不能遽思，忽欲舉手，乃不能動，自以爲腫，視之則枯瘦如柴。卧而不動，即亦無苦。昏沉中，忽聞有欬聲，自念詎昨日未闔其扉，胡爲有人入室？心固如是，竟未能别其爲誰。幻想中，見帷幔作緑條形，竟以爲林影，似游身花圃之中，已而漸忘欬聲，仍爲園游。少須欬聲復作，神情復爲之斂，而林影仍化爲緑條之布。』

《儒林外史》匡超人本來是個好孩子，初遇馬純上，再遇李知縣，三遇景蘭江，四遇隋衛二老，五遇潘三，都有一番教誨，又各各不同，是以頓變厥初，失却本來面目。此墨子所謂染蒼則蒼，染黄則黄，五入而五變者也。

《品花寶鑒》筆墨無甚變化，平板堆砌，惟以富麗見長。

《漫郎攝實戈》曰：余時閲諸書，曾言野人純乎天真，絶無詐僞貪婪之行，若余等不加觸忤，必不逞毒於余云云。夫野人獷悍如獸，甚或甘人如飴，然其心以爲行其所當然，非故意爲惡也。至社會進化，天性和藹者，固已融洽乎禮義，而驕暴險狠之流，百計以與國法清議相譸張，猶之禾田惡草，人工稍懈，即蓬起以掩嘉苗。其問心亦自知爲惡也，顧以不勝其欲念之熾，寧倒行逆施，殺人以自肥，其心之險，其術之巧，其惡之毒，實過野人百倍不啻。章炳麟氏善惡俱進化之説，誠具卓識。

《儒林外史》杜慎卿於蕭金鉉詩句，加一『問』字，改詩爲詞曰『問桃花何苦紅如此』，吾亦欲問此『問』字：一何苦神妙至此也！

《紅樓》寫尤三姐嫁柳湘蓮，自定婚以至失蹤一段，筆墨草率迫促，神情惝恍迷離，比之全書之細密，儼若另出一手。

昔在京購《金瓶梅》，勸業場有設書肆者，詢其有無斯書。肆主曰，雖有而未敢置此，約余明日往取。余明日既至，肆主曰：『吾意先生與吾戲，故未攜來，明日必不再誤。』明日余因故未往。後十餘日，復至勸業場，另詢一肆，肆主不悦曰：『又問《金瓶梅》，適有一家受罰矣。』余急問何家，伊指以相告，乃前與余相約者。因詢受罰之狀，曰：『先一人入肆，托爲買書。既出書與之，而買書者即回頭唤巡警入，方知爲探訪局之委員。書爲其攜去，另罰洋五元。』余意彼肆主人，必以余亦探訪局所使，急入其肆白之。而肆主對余乾笑，余亦笑曰：『其書尚有否？』曰：『無矣。前蓋不知違禁，今既知之，決不敢再賣。』復謔余曰：『他書盡有，先生何獨購斯書？』蓋其疑終莫能釋。冤哉！出之琉璃廠，某書坊竟出是書三四部，版本各異。余曰：『汝存書如斯之夥，不畏警察耶？』伊云：『警察何以知之？』余即以勸業場事告之。伊倉皇失色，斂書而入。再問之，亦不答，斯又疑吾爲私探矣。冤哉！因憶魯智深沽酒不説從五臺山上來，特法其智，乃始得之。此余犯法行動，今揭以示人，未知官府將科余罪居何等？想可援自首之例，從末減也。

政府禁止淫書，余本不敢反對。即禁書目録，余亦未見。但觀警察之執行，其着眼惟在《金瓶梅》、《肉蒲團》、《杏花天》數書。至《新齊諧》之《控鶴監秘記》，《舊小説》所選之《飛燕外傳》，《雜事秘辛》，皇皇選家以文章教後生自命，堂堂書局以改良風俗自任，竟發布斯種褻墨，而警察反不能舉其名，斯不猶誅竊鈎而逸大盜歟？

寫專制朝廷威嚴，莫過《紅樓》，而賈政由江西糧道回京陛見一回，尤爲出色。足與媲美者，爲《孽海花》于敏召見一回。至《水滸》寫宋徽宗，有意調侃，當作別論。獨《野叟曝言》之寫宋仁宗，直如三家村之農户，與劉大人私訪説乾隆一樣傖野，實不知朝廷爲何物。

北京地安門外兵仗局順天中學，即《孽海花》于敏之故宅。余初在彼肄業時，尚未見《孽海花》一書。今頗思重游其地，以饜余好奇之興。

寫富貴家氣象，除《紅樓》外即推《品花寶鑒》。《儒林外史》亦個中人，特未盡力鋪張。至《野叟曝言》之寫文素臣家，猶其寫朝廷也，實未窺見富貴家之門户。三世仕宦，才曉得穿衣喫飯，寒士作書，切勿説富貴話，使人齒冷。

《旅行述異》白克宋曰：『余生平尤不願赴人豪燕，吾願以薄酒款我同儕，殊不能俯首就豪家之香檳紅釀也。』是乃寒士知自好者，若《儒林外史》景蘭江一流，何自苦乃爾。

余前謂歐文之書，與《儒林外史》相類，特論其文耳。至其興慨，亦有相同之處。如《旅行述異》

曰：『古今文章之國，直一紛争之時代，矛戟相嚮，亢不相下。』此隋衛二老與馬純上也。又曰：『尚有一種人，以事富貴得名者，則心目之間，輒張皇承望貴人之顔色，置酒高燕，呈詩稱頌，靡所不盡其心。』此牛玉圃、景蘭江也。又曰：『余每見文人與貴人晋接，貴人則求博愛士之名，文人則隱蓄攀高之望，二人情勢，乃萬年無復水乳，以貴人無文，文人不貴也。當日有勛爵與文人語，引據群書，似極力示人以風雅；而此文人者，又似生長於富貴之家，出語必曰約翰寶星、亨利寶星，又言某勳爵家釀良。實則此二人者，均忘真相，各露贋體。』此牛玉圃與萬雪齋也。

《隋唐演義》反《長恨歌傳》之案，極殺風景。

白話小説用方言，當附以官話詮釋，不然他方人讀之，不解其趣。《紅樓夢》寶玉受打，黛玉獨立花陰，遥望往怡紅院看視者，久不見王熙鳳，心中納悶道：『如何他不來看寶玉？便是有事纏住了，他必定也是要來打個花胡哨，討老太太、太太的好。』、『打花胡哨』一語，謂匆忙急遽，旋入旋出也。吾知南人讀此，不曉其義者多矣。尚憶在武昌時，同學某君讀《紅樓》，至王熙鳳和解寶黛二人口角，攜之至賈母前云：『我説他們不用人費心，自己就會好的。老祖宗不信，一定叫我去説和。我及至到那裏要説和，誰知兩個人倒在一處，對賠不是，對笑對説的，倒像黄鷹抓住鷂子的脚，兩個都扣了環了。』不解『扣環』二字，以余爲北人，詢余作何解。余謂謂十指交叉也。《孽海花》一段蘇州話，必爲趣語，惜北人不曉其意。昔在保陽，見《海上花演義》一書，喜其筆簡而意足，但純用上海土語，苦於不能了解。

《冰雪因緣》船主與倭而忒求恤於東貝，東貝不視不答，且弄秤子作閒語。此種神氣，應加以炮烙之刑。吾國官僚派，且日日仿之，惟恐其不登峰造極。

《聊齋·真生》一則，賈子龍云：『僕所以欲得錢者，原非欲窖藏之也。君尚視我爲守財虜耶？』余謂錢之爲物，仰事俯畜，博施廣濟，用以行仁也；扶危定傾，救災恤鄰，用以達義也；冠婚喪祭，慶吊酬酢，用以講禮也；床頭金盡，壯士失色，用以輔智也；千金一飯，恩酬漂母，用以伸信也。凡此五德，莫不假錢而行之。故《朱砂痣》連白急唱云：『看起來這銀錢是好東西、好寶貝，救人的急，救人的難，救人的貧困，全你的節，全你的義，全你的婚姻。』聽者莫不叫好。人謂贊其聲，吾謂贊其辭。第以錢虜持諧鐸五賊之論，污我孔方，賢者遂加以阿堵之惡謚，錢神有知，能不爲之呼冤叫屈哉！

小說評語，吾最取《儒林外史》。金人瑞之《西厢》、《水滸》，其才過人，筆亦夭矯，然吾總嫌其過於張皇。

《儒林外史》曰：『與其出一個斫削元氣的進士，不如出一個培養陰騭的通儒。』善哉言乎！吾鄉一詩禮之家，突出一進士，百凡任意所爲，家規不能拘，後輩仿其行，遂舉其先世之善矩良規，斫殘殆盡。蘇老泉《蘇氏族譜亭記》，其知言者哉！

《雪濤小說》發揮莊周見卵求夜一則，與《伊索寓言》村姑鬻卵，及《天方夜譚》薙匠述弟事五二則，不謀而合。

明宋濂《王冕傳》，冕亦奮志功名者，何《儒林外史》寫得冲淡乃爾？

《檐曝雜記》徐巨源戲李太虛曰：『甲申乙酉不死，則更無死期。』《閱微草堂》潘斑譏林下某巨公曰：『前朝年歲，當與前朝人序齒。』名士罵人，刻毒刺骨，卒之一則招殺身之禍，一則坎壈終身，可不懼哉！某巨公謂戴明悦。

有謂《紅樓》之寶釵乃暗指高江村者，觀《檐曝雜記》金豆荷囊之伎倆，實類寶釵之化身，説者當不無所見。

《金川瑣記》所謂歡喜佛，聞北京雍和宫亦有之。《京華游覽記》曾詳載之，然余未見也。辛丑游三海，白塔之前有緑瓦小廟，中塑一銅神，手足極多，當時未及細數，面惡赤身，其陽偉然，直梃而南向，未知是何神聖？

清康熙時，《長生殿傳奇》一案，《東皋雜抄》與《兩般秋雨》所載互異：董書謂發難者爲趙徵介與給諫王某，梁書謂發難者爲黄六鴻；董書謂演劇日係忌辰，梁書謂係國喪；董書謂劇本久達御覽，梁書謂因案始達；董書謂『可憐一夜《長生殿》，斷送功名到白頭』二句係秋谷自作，梁書謂出之都人士之筆；且董書作『一夜』，梁書作『一曲』。究未知孰是？

昔聞人説一笑話：一知縣出門，一人攔輿喊冤，説鳴鑼聚衆，傷害一命。知縣以爲鬥毆重案，急令其引至屍所，乃河岸旁一酕毛小鷄爲挑河夫役鳴鑼起工，踐踏而死。《儒林外史》安東縣向鼎一日所審三案：一活殺父命，一毒殺兄命，三謀殺夫命。既審其實，全是扯淡。

或謂《西遊》、《封神》二書無價值者。余曰：設前無二書，忽有以斯二題煩乎今之才人者，其造意運筆，果能勝斯耶？ 或者默然。

科舉時代，士人讀四子書，講修齊治平之道，造就聖賢宰相也。卒之聖賢不世出，爲宰相者百萬而一耳；受朝廷一命爲官者，千百而一耳；而無量數之候補阿衡，除筆耕得微資以贍妻子一途，四體不勤，五穀不分，其不束手槁餓而死者幾希！《儒林外史》倪霜峰曰：『做了三十七年的秀才，就壞在讀了這幾句死書，拿不得輕，負不得重，一日窮過一日。』、『死書』二字，其痛深哉！ 今之世學校興矣，究之習法政者多研究實業者少，以故宦途擁塞，人浮於事。 捨而他適，復非所習，是以不得不用其鑽營排擠之術，以求生活，其本性初心，亦何嘗如斯之惡劣哉！ 特以奢望過大、擇業過高之弊，迫之使然耳。《天方夜譚》縫人謂噶棱達專談虛理不求實學，易一餅且不可，唾得棄實業者其聽之。

寫傖人妄談故實，《儒林外史》尚矣，而終不及《冰雪因緣》女王格魯巴亞之游廟栩栩有神。《漫郎攝實戈》一氣呵成，筆氣充沛可喜，惟時用中國典故，乃爲其疵。 其不著譯者姓氏，亦未知何說。

《漫郎攝實戈》之格物利亞，與《玉樓花劫》之慕海石，同一可憐蟲。 其所行固不爲正，而一往情深，九死不悔，犧牲一切，葬身色海，較之芻狗美人，供其淫樂者，實有天淵之別。

《露淚緣》十三回，每回開首八句，必事景雙關。 其尤切者，爲第二回《傻洩》應二月之景中二句云：『怪只怪青青的柳條便多事，無端的漏洩春光可奈何？』

聞之故老云：『昔有宰山右某邑者，偶觀劇，見臺上出一三花與一白鬚戴鴨尾帽者相問答，不知何劇，問之士人，云：「爲《子路從而後》，三花乃子路也。」宰官惡其唐突聖賢，怒而笞之。』《海屋籌》有孔夫子，《魚海淚波》有《論語》，《蕩寇志》有楊鎾山，《金瓶梅》有張叔夜，讀者莫不驚訝其不倫。

趙仙舫演劇，偶出一二新名辭，即盛傳人口，而王鐘聲之滿口新名辭，人反淡漠置之。斯非趙勝於王也，蓋觀劇者之心理，於鐘聲則曰，此演文明新劇開通風氣者也，其新名辭乃當然所必用，故不以爲奇；至對於趙伶，則不意其忽作斯語，故覺入耳新奇。吾謂作倫理小説，須於不莊之中而寓其莊者，即此理也。是以吾讀《儒林外史》，於其寫孝子也，不動心於郭力之萬里尋親，不動心於杜少卿揮金於父執父僕，獨於匡超人之業屠奉病父，則於我心有戚戚焉。於其寫朋友也，不感激於蘧太守寄言謁太保墓，不感激於馬純上傾囊救公孫，不感激於向太守爲鮑伶題旌銘，獨於卜牛二老及甘露老僧對朋友之一把辛酸老淚，幾乎失聲與之同哭矣。蓋彼爲習乎禮義者，行此乃未足爲奇。此或無行惡少，或閭閻小民，或萍水之交，純乎一片真情天籟，非有仿而然也。

吾國歷史小説，章回中無善本。《東都列國志》只可名之爲白話歷史，不能名之爲小説。《三國演義》，舊日頗佔勢力，吾謂斯書正犯歷史小説兩大忌：一直演正史，一虛造事實。至其演野史之一部分，乃將他人所記載者，演爲白話而已，非自能發明一二事，故其書除文字稍可觀外，無一能合乎小説之律。《隋唐演義》，其作法與《三國演義》等，然其長處，在寫秦瓊、單通等之豪俠，其得名亦即在斯，與其名謂歷史小説，吾寧名謂豪俠小説較爲當也。至《兩般秋雨》讚其無一字無來歷，乃指其演野史之一部分，亦猶《三國》之演野史然，適爲其短耳。

或有難余者曰：汝所定歷史小説之作法，曰摭拾軼聞，以糾正史之失實，以補正史之遺漏，此只可作筆記，不能作章回。曰：是不然。吾國章回小説，疏而不密，過十萬字，非數十年事，不能襯托。若歐美作者，偶拈一事，吾中百言可了者，彼可點染之成十餘萬言，若《玉樓花劫》、《金風鐵雨》等是也。即如《飛燕外傳》、《烏蒙秘聞》、《王翠翹》、《劉三秀》、《李師師》、《陳圓圓》等傳，使西人爲之，將數十萬言不止。吾若仿其作法，捃摭遺聞一二事，未始不可作章回也。又或曰：歷史小説不演正史，何以使歷史知識普及社會？曰：如求通俗，盡可多作白話歷史，只能變更正史之結構，不可虛造一語，以蹈《三國演義》之覆轍。曰：若傳奇、劇本、盲詞、歌曲，以詞藻見長，可不必以上例繩之矣。曰：不然。此數類，或扮演，或歌唱，既不能禁俗人之觀聽，若一味虛構，其害較用白話虛構者爲尤烈。但直演正史野史則無妨，蓋既以詞藻見長，雖非自撰意義，亦不失神味，若《桃花扇》、《二十一史彈詞》，其正軌也。

毛聲山乃金人瑞之應聲蟲。金批《水滸》，毛即批《三國》。金批《西厢》，毛即批《琵琶》。其行文之盤旋，持論之張皇，亦惟恐不相肖。後之學步者，復有一張竹坡。但竹坡較二子尚爲老實。

金、毛二子批小説，乃論文耳，非論小説也。且昔人窺小説之眼光，與今人亦大有不同處。《三國演義》金氏一序，非應酬毛氏之作，即後人所僞造，就序中『第一才子之目又果在《三國》也』一語，可以啓人之疑矣。按金氏所謂六才子：一《莊》，二《騷》，三馬《史》，四杜詩，五《水滸》，六《西厢》，乃按其年代，順數而下，非以其文之高下定其次序也。即果稱許《三國》爲才子書，當曰第七，或後《琵琶》而曰第八，不當曰第一。然自《三國》有此一序，其在下等社會之勢力，益顛撲不破矣。

昔在學堂中，一同學作文，誤引用《三國演義》。教習作諕批曰：『放著《綱鑒》你不看，便把《三國演義》來瞧。』後又誤引，又批曰：『又來了。』見者莫不捧腹。吾謂是亦無足怪。王阮亭尚有『落鳳坡吊龐士元』之誤，何況初學之童子！

《宣和遺事》雖并未分出章回，然吾知章回小説，必由此種説白平話蜕化而出，是猶昆蟲之有蛹，蛙之有蝌蚪也。世界萬事萬物，莫不循天演由渾而劃之公例，即文字亦何莫不然。

《宣和遺事》古本跋語，據『惇』字避諱作『惇』，定爲宋刊。吾謂既係宋刊，則爲宋人所作無疑矣，然首册謂太宗以國運問陳摶，對曰『卜都之地，一汴、二杭、三閩、四廣』云云，夫宋至建都於廣，則宋已亡矣。據此觀之，是書乃出宋後。抑希夷先生真有先知之術耶？抑當宋未亡時真有都閩都廣之謡耶？實令人不可解。且謂趙洪恩生了一個孩子名叫匡胤，亦不類宋人口氣。

中國作小説者，愛説三教歸一，謂儒釋道同一理也，如《蕩寇志》、《木蘭奇女子傳》是也，且有以此等傖語誣蔑《紅樓》者。又好説諸教鬥法，如《宣和遺事》僧道鬥法，《封神演義》闡截鬥法，《年羹堯征西》僧道回耶鬥法是也。歸一則謬妄可厭，鬥法則甚有趣味。《野叟曝言》且僧道與儒鬥法，都鬥的没精神。

昔在武昌，於稻田側拾一破折扇，細楷作趙子昂體，娟秀可愛，乃一女士之筆，書五言排律，咏

《紅樓》諸美人，不知誰家物也？惜其首尾不具，兹照録於下：

鸞膠絃再續　胡氏
貝葉句同聯　姻玉（蓋妙玉之誤也）
匪石心難轉　鴛鴦
爲雲迹易遷　襲人
璀璨凫裘擁　寶琴
沉酣蟲砌眠　湘雲
情同摘環動　金釵
忿以啜羹蠲　玉釵
消寒温舊業　巧姐
乍煖脱輕綿　岫煙
曾擬王昌轉　李紋
尤知道韞賢　李綺
攢金三雅設　尤氏
贈佩九龍懸　尤二

□□□□□　□□
添衣送軟肩　抱琴
椒房蓮玉軫　入畫
藕榭護丹鉛　銀蝶
坐客談何謔　小霞
家人聽恐偏　四兒
燭傳呼爾翦　茜娘
茗合爲君煎　春纖
湘館春微露　翠墨
蕉窗墨更妍　瑶蟾
小草芳無數　臻兒
奇花看到千　多姑娘
深宵吹叭叭　佩鳳
春院戲鞦韆　偕鸞

憤拔雙鋒劍　尤三
羞稱并蒂蓮　香菱
直道伸冤柳　彩雲
且聞告慧鶣　雪雁
拈針衾畔勇　晴雲
理髮鏡中妍　麝月
瑶落孜孜結　鶯兒
歸期得得傳　紫絹
幽嘆相石後　司棋
快辯畫簾邊　傳書
金風争應急　繡橘
碧月嘆又圓　寶釵
亭中交帕密　紅玉
堂上賜衣鮮　秋紋
素影依紈扇　碧玉
清輝傍稻田　鸚哥

私饋參軍酒　金桂
迎將大帥船　嬌杏
攀姻賴荆樹　傅秋芳
輟紡訝竹鞭　村二女
彩映茆紅日　紅衣女
髻染柳緑煙　青兒
救婿求良藥　周瑞女
筵賓喜自延　賴大女
奇才能賦海　真真國女
纖手欲撑天　林四娘
寂寞間齋壁　畫中人
荒唐古廟填　茗玉
夢魂留幻境　兼美
空色悟真詮　警幻
綽約優婆塞　沁香
娉婷謝自然　霍香

能言鶯睆睆　春燕
妙舞燕涎涎　琥珀
黠能窺主短　秋桐
寵不讓人先　碧雲
傾耳愁談佛　彩屏
驚心要遇仙　五兒
似蘭尤嫵媚　住慧
比玉更便娟　珍珠
某某　命正

薔薇花寄念　齡官
茉莉粉粘忩　芳官
記曲聲低度　豆官
含春態正嫣　蕊官
假鴛悲此夕　藕官
夭鳳感當年　藥官
旭日黃裳美　葵官
薰風翠袖翩　艾官
香珠女娣呈拙

以上訛字極多，均照原書。

余欲作小說數種，跳出舊日體格，一用綱目體，一用日記年譜體，一用書翰體，自頭至尾，爲一長翰。此數體未知果適用於小說否？

武昌漢江春茶樓，附設鴉片樓，煙客雲集。後遵令停止，乃就其處改爲小說社，購小說百數十種，來閱者，款以茶，閱一日，僅酬以銅元十枚。余連去三日，座間惟余一人。

《沈七太太》一書，吾未之見。聞人傳說，中有譏刺張溥泉夫人一段。謂溥泉乃翁化臣先生，住溥泉津寓數月，夫人極盡侍奉之禮。後先生以『孝順』二字獎之，夫人乃大不悦。云：『吾乃惜老憐貧耳，與先生既無血統關係，「孝順」二字，從何説起？』云云。吾於此事，固有所疑也。化臣先生，爲吾滄之名士。吾昔嘗晤見之。雖爲開通之士，然亦非脱略舊禮法者。既云已住數月，則此數月中，夫人對先生當用何稱呼？以習俗言之，媳呼翁爲父，與子無别。設夫人不呼父，則先生決不作數月之留；既呼之爲父矣，而又不承認『孝順』二字，夫人亦河北女士之卓卓者，何至不通乃爾！吾故疑此乃無稽之談也。

《劉大人私訪》一書，乃説山東諸城劉文清相國事。聞相國在日，此書亦流傳社會。相國聞之，唤一説者來，謂之曰：『且説一夕，吾聽之。內有一句實語，即賞錢百文。』既罷，僅與百錢。説者請曰：『一夕中只有一句實耶？』公曰：『然。』問：『何句？』曰：『私訪二字。除此之外，無一句道著。』其書雖極粗野可笑，然亦頗有意味。中有一段，謂文清奏參乾隆皇帝盗明陵梁棟修乾清宫，知法犯法，罪加一等，按律應流，帝遂下江南以應流罪。

《水滸》之起結布局，宛如神龍施雨。開首《楔子》一回，先述大宋開國，天下太平，如赤日當空，萬里無雲。繼述天灾盛行，下詔建醮，如微風習習，天末雲生。至太尉拒諫，開殿掘碣，如濃雲密布，電閃已發。石板揭開，群魔出走，如霹靂一聲，引出七十回一部大書，滂沱大雨之中，金龍蜿蜒而現矣。先見首，次見身，鱗爪鬚牙，飛騰變化，出没雲端霧梢，觀者駭心眩目。正欲窺其全體，忽而倏然不見，雨歇雲散矣。

《封神演義》於十絶大陣中，忽插入黄河陣一大段。此金人瑞所謂横雲斷山法也，然微覺有雲勝山低之病。

論世事人情，談言微中，吾服膺《論語》；刻鏤人物神態，吾瓣香莊周。《孝女耐兒傳》克忒之母與密昔司加蘭得互述其育兒之艱難，作者斷曰：『覺人間之爲人母者，生兒無此二人之險矣。』此筆似《論語》。又克忒母入獄視兒，柔聲與禁卒語。禁卒方注目紙上，以手抵此婦人，命勿聲以亂其思，引手作虚抵狀。直至畢此數行後，尚凝目而思，作微笑狀，自思此小説乃大奇，忽構此異想。尋味既久，始面闌外曰：『汝何語者。』云云。此段内『引手作虚抵狀』及『凝目而思，作微笑』二語，神肖《莊子》。

蘆雪亭吃鹿肉一段，句句有刺，未染指者，惟黛玉一人。

賈政夫婦皆愚而忍。然賈政事事令人笑，王夫人事事令人惡，而膚視之，又似寬宏仁人也。作者之筆，何其神哉！

政老可笑之處多矣，而元妃省親，政老於簾外背誦一段駢儷古文，尤其生色。

時行劇本，秦腔一味粗野，徽劇則一劇之中，雅者太雅，俗者太俗，不能一律。今摘其一二佳句，以爲模範。如《滑油山》『老身今年五十歲，這才知四十九作事荒唐』，質而不俚；《何先生攬館》『君子人固其窮小人思亂，莫非説天喪余即在眼前』，文而不奥，恰到好處；《琵琶記》多此類語。

《蕩寇志》之飲參仙血，《神仙感遇傳》之蒸食千年人參，皆不如《西遊記》之生食人參果寫得饞人。

孫大聖偷人參果，與魯智深之偷銀盌搶米粥，同一疏狂。《琵琶記》寫趙五娘，《冰雪因緣》寫密司東貝，《孝女耐兒傳》寫耐兒，皆爲倫理小説之中鋒大落墨。吾謂三人之中，其情最難堪者爲耐兒。五娘之難，只在其姑嫜之貧，不能豐衣足食，目擊其枯餓而死。東貝之難，只在其父之頑，不能諫之使悟，改惡遷善。是皆世之恒有者。獨耐兒之外祖，貧頑兼之，且益之以愚，幾至陷身爲賊，蹈於刑辟，孝女處此境地，有不心肝摧裂，而速其夭者哉！

作小説凡用城鎮山河，村落屋宇，無論實有虛構，皆當自繪其圖於卷中。不求其精，只求其詳，蓋非爲美觀也，亦使閲者識其方位道路，以觀其事之穿插鬥筍。不然則模糊亂腦，興味不振，文章亦大減色。

通俗白話歷史，今之所當急急而爲之者凡三類：甲類爲《吳越春秋演義》、《普法戰紀演義》、《日俄戰紀演義》，是不重在其述戰，而重在述未戰之前十數年間，抱冰握火，懸膽卧薪，含悲忍辱之堅苦狀況。此類有《經國美談》一書爲之先河。乙類爲波蘭、埃及、印度、安南、朝鮮諸亡國史演義。丙類爲《美利堅立國演義》。凡此三類，演爲平話之外，再編爲傳奇劇本，盲詞歌曲，輔之以電影繪畫，以求普及於社會。小説美術家，若能荷此巨任，吾知十年之後，國民之發揚蹈厲，同仇敵愾之氣，必非今日之故我。而推功論賞，當屈諸大政客於末席，而奉小説美術家爲祭酒。有志者曷興起乎！不禁焚香祝之矣。

《緑野仙蹤》笑詩云：『媳釵俏兮兒書廢，哥罐插焉嫂棒傷。』釋者乃不辨其嫂之棒傷罐抑傷哥也。余昔在武昌，任意妄作時，亦有詩二句，頗類乎此。詩乃五言長古，賦一日之漫游，中二句云：『渡江乘小舟，違戒念慈母。』意謂吾母前聞吾嘗乘小舟渡江，賜諭戒飭，余此日又乘小舟，中流忽憶違母之戒也。一進士爲余釋之云：余爲革黨，黨中規約，以念母爲大戒。余詩意雖晦，亦何至作如此奇離之解。彼進士者，可謂異想天開矣。

《張獻忠降生記》謂東嶽向獻忠拱立而請曰：『今日星君下界，雖奉上帝敕旨，亦萬民劫數，但職忝東嶽，以好生爲心，伏乞十分中暫留殘喘三分，則庇德非淺。』又《觚賸》一則謂明季有訓蒙於村廟者，一夕忽見廟殿青燈影影，内有一人，南面而坐，兩旁童子約十餘人，深目巨鼻，貌極猙獰。其人拍窗驚呼，殿内人從容出揖曰：『吾亦師也。所訓諸徒，皆三十年後公侯將相。上帝憫其未諳時務，欲使稍習文字，略知仁義，天下將亂，孑遺之民，不至被其鹵莽啖噬也。』嗟乎！此皆傷心人之寓言也。痛哉！斯賓塞爾之論曰：崇尚威武，衽席金革之衆，其愛人之意無由深。且豈徒無由深而已，方將勸爲劫奪之事，以淫夷同類爲可樂。其有事也，則致其很戾殘忍於寇仇；其無事也，亦致其很戾殘忍於鄉黨。肌之重繭者，不知癢痛也。習爲殺人之人，其方寸靈臺，重繭久矣。烏有惻隱之端，見於愛人利物之事者乎。

《儒林外史》、《怪現狀》、《塊肉餘生》，皆係作者自述身世，而莫不痛陳其家庭之惡狀，足見家庭之間，苦多樂少，忍淚吞聲之事，蓋有不能對世人言者矣。

我一齊送過來便了。（唱）這纏頭有人相代賠，我把儒俸抵還伊，只當是皇家出嫖費。』余在京住松筠庵時，不知何處來一大批津貼，直隸京官每人六元，於諫草堂發給，見有二人入領錢出，行廊下，低聲相語曰：『給翠去。』所云乎『翠』者，蓋其所昵也。

《慘女界》首一回亦頗不惡，或係他人捉刀，或實有其事，或有所依傍，不然不能若爾明白。以下則憑空結撰，自舒抱負，遂令人無從索解矣。余家居，小侄輩每泥余説故事，至精神困憊時，尚群噪不已，則信口杜撰，以塞其求。如曰：一家書齋，懸畫一軸，汝輩試猜上繪何物？或曰一樹，或曰一人，或曰山水，或曰花卉。余曰：皆不是，一物不繪，素紙也。一日畫忽自動，變爲蠅，蠅飛觸蛛網。蛛蓋千年之物，曾與龍鬥。龍不勝，入水變爲魚，爲釣者所得，歸家烹之，火焚其屋。乃至京營商，三年折其貲，歸以疫死。此蓋用《慘女界》之筆法也。

《天方夜譚》亦神怪小説之傑構，譯筆亦奔放華贍。林氏之《新天方夜譚》，既非神怪，又非社會，晦澀拖曳，直類夢囈，與《慘女界》蓋魯衛也。

忽發一豪興，欲聯合海内小説名家，組織一小説審定會，甄選五部之善本，次第其高下，各彙爲叢書，俾後之閲者，知所注意，不致爲無價值之作，枉耗其心目之力，而後之作者，亦有所矜式，是固有功於世之舉也。惟以人微言輕，不克荷此號召之任，兹就一隅之瞽論，假定其等第，以請教於高明：

甲等三種：第一《紅樓夢》，第二《水滸傳》，第三《儒林外史》。

乙等八種：《西遊記》，《封神演義》，《金瓶梅》，《品花寶鑒》，《隋唐演義》，《七俠五義》，《兒女英雄傳》，《鏡花緣》。

丙等二種：《花月痕》，《蕩寇志》。

文章有歇後法，皆由歇後詩脱胎而來。如《紅樓》之寫頑童鬧書房，先將創立義塾之始，寫得整整齊齊；《官場現形記》寫兩欽差查辦浙江，於初進省時，寫鐵面無私的神氣，嚇人欲死，此皆爲以下作反跌之地步。龔定庵《干禄新書序》，亦用此法。

《柳亭詩話》謂宋藝祖微時，作日詩曰：『欲出未出光辣撻，千山萬山如火發。須臾走向天上來，趕却殘星趕却月。』《國史》潤色之，曰：『未離海嶠千山暗，纔到天心萬國明。』徒作門面壯語，神氣索然，實爲的論。《宣和遺事》則作『須臾捧出大金盤，趕散殘星與明月』。吾謂此二句，更在肓之上膏之下矣。

刻桃核爲舟，作東坡游赤壁，見諸記載者，吾見有三篇：一見《茅檐雜記》，云王叔遠刻；一見《觚賸》，云姑蘇金老刻；一見《履園叢話》，云杜士元刻。此吾國技藝之才，足以誇示天下者，但皆作游赤壁一圖，豈其師法相傳，能事盡乎此歟？且莫不有佛印。《茅檐雜記》且直指他一客爲黄魯直。考東坡《致范子豐書》云：『今日李委秀才來相别，因以小舟載酒餚，游赤壁下。李善吹笛，酒酣作數弄，風起水涌，大魚皆出，上有棲鶻，坐念孟德、公瑾，如昨日耳。』此言前游也。《藝苑名言》謂後游赤壁，一客爲道士楊世昌子京。是前後二游，均未見有佛印。吾家所藏張賜寧畫《游赤壁圖》，亦有一秃頭。蓋刻者畫者，意謂如此勝游，固不可無一僧點綴其間。然緇衣黄冠，同爲江山點綴品，何竟皆擯道士而不入？吾謂當合東坡、佛印、子京三人而刻之畫之，亦如《蕩寇志》令其三教歸一，不更生色！

《新齊諧》載蝦蟆教書蟻排陣，《輟耕録》亦有蝦蟆説法，《聞見偶録》亦載蛙教書。初頗怪之，今觀《鵝幻彙編》，乃恍然知其教之演之之法。

太史公作《史記列傳》，惟詳其人生平一二奇事，其他皆略之，故其書有聲有色。後之作者，於一人之升遷履歷，言之綦詳，是乃家乘墓誌之法，用以誇示鄉里者，何取乎國史哉！每怪近人作筆記，偶言一人，輒舉其里貫、官爵、謚字、世次、姻戚，連綴其名而書之。往往百字之文，爲三五冗長之人名佔去一半，非不自矜熟於文獻也，奈讀者若其繁冗何！吾謂所言之人，果世之知名者，則或謚或字，任舉其一可也，無需作者爲之詳叙履歷。其人非知名者，則甲之乙之足已。

作筆記有不能免之二憾：一、當世之盛事異聞，人人皆知，而人人不肯動筆，以爲通國皆目擊之，無勞炫奇，洎夫越世之後，其跡漸泯，得之傳聞者，始起而書之，或過實，或缺漏而已，不及目擊者之詳且實矣。二、在當世之名公大人，作者概不肯直書其名，多用里貫官爵謚字，在當時固人皆知之，迨夫朝代既更，其人多以名傳，而閲筆記者，只就官爵謚法，往往不知爲誰某，在博雅者固無妨，不熟掌故者讀之，即覺其苦矣。

吾國記夢之作無佳文，蓋國人莫不以夢爲兆。非兆夢，則不筆之於書。既以夢爲兆，則夢境必首尾整齊，與實事不甚相遠。夫尋常夢境，概如天上浮雲，倏衣倏狗，又似波底屋樹，散碎婆娑，終無具體跡象歷久不變滅者。求其能肖之筆，當搜之海外，然今尚未得也。《紅樓》太虛幻境第二夢，略有似處。

嘗見小説附圖繪夢，一絲出睡人之囟，歧爲角綫，繚繞如煙紋，夢境即現於角内，此格趣味頗深，思別創之，終無善策。繪神仙祭寶亦如之，妖魔現形亦如之，近今報端諧畫乃用以狀人之談話，皆不及用之於夢爲佳也。

牡丹護以朱欄錦障，倍饒色香；閒花野草，自宜於坡澤原隰，軟風爲帶，輕煙爲衣；易植之，兩俱減色。《紅樓》寫美人，以艷雅富麗四字妝點之。後之作者，艷羨其文，妄思效顰，每生人厭，如《花月痕》是矣。

游乎五都之市，油壁香車中，霞披翠袖，非不眩神奪魄也。而十分之艷，質六飾四，飾固不可不尚矣。及處於江村山市，村姑布衣挽髻，不脂不粉，乃別有風致。一逢社會劇場，乃彩衣簪花，塗素點赤而其風致亡矣。

昔科舉時代，以《大學》、《中庸》强啓蒙之童子讀之，其苦已甚。至於小説，則自選自讀，故莫不隨其年歲境遇思想造詣之變遷，以爲取捨。余十一二歲時，唯愛讀《封神》、《西遊》諸神怪書。至情欲漸開，乃捨神怪而讀言情之作，於是《紅樓》、《西廂》、《今古奇觀》不去手矣。稍壯，則讀《三國》、《水滸》、《隋唐》、《彭公》、《施公案》，自命爲豪傑。西籍初入，唯愛《包探案》，以其新奇可喜也。稍知讀書，則又好《兩般秋雨》、《閱微草堂》諸講學之作。厭苦煩囂，游心絶域，則嗜哈氏《蠻荒》。謀食蹭蹬，旅店無聊，乃讀《儒林外史》津津而有味焉。今略知注意文章，則非典雅之筆記，不欲觀之矣。

舊日所讀之小説，或其本已失，偶思及，欲重讀之，倉卒不能即得，如饑如渴，如良友睽隔。廣告初登，奇書出世，倉卒不能即得，如癲如狂，如彼美無情。

昔聞人説一笑談，謂一秀才鄉試，寄書於其子曰：吾此次必中矣。蓋前數次所以不中者，以文章不簡練故耳。今數年攻苦，文章大加簡練，故一定可中也。中舉之後，家中奴僕佃人，須稱你們爲大少爺、二少爺、三少爺、四少爺、五少爺、万（[原注]考事忙迫，不暇寫草頭大萬，故以方字去一點之万字代之）不許再叫大小子、二小子、三小子、四小子、五小子。如果再叫大小子、二小子、三小子、四小子、五小子，我就要打他一板子、二板子、三板子、四板子、五板子云云。又吾鄉某童生應縣試，寄書於其家曰：家中父母大人知悉：兒於某日到滄，一路車船店脚牙甚昂，敝族考前列者，惟二喜叔與兒耳。兒取一百二十八名，二喜叔取一百四十五名云云。又天津留鄂學生某，寄書於其家曰：拉屎在屋裏，四面净玻璃。頭戴毛尾小帽，身穿金邊操衣，耀武揚威見宫保，如同坐官，居然天津學生是也云云。有此三書，則不讓豈有此理之笑話信專美於前矣。

自今而往，章回小説不易有佳作。蓋章回之書，非在四五十萬字以上，則不易受人歡迎。如此大書，倉卒爲之，决不能完善。造意謀篇，起稿芟潤，至速非數載不爲功。《紅樓》至披閲十載，增删五次，原稿且不計焉。《蕩寇志》、《鏡花緣》皆將近十年。昔人窮困不得志，乃閉户著書，以洩一生之牢騷。加以出版不易，其書大率於作者死後若干年，方能行世。故作者無汲汲求名謀利之心，得優游删潤，以求盡美盡善。今則不然，朝甫脱稿，夕即排印，十日之内，遍天下矣。作者孰不好當世之名，雖自知瑕疵尚夥，而迫不及待，急付書坊，藉以廣聲譽，得潤資，雖林琴南氏以文名者，尚不免此病，他更無論矣。

古爲宗教時代，人喜談怪。今爲科學時代，人好求實。而小説亦因之變調。故昔之小説多言神怪豪俠，今之小説多言社會實况。

《兩般秋雨》如骨董肆主，炫其多珍。《西遊記》如江湖眩人，且弄且諢。《兒女英雄傳》如受恩老奴，話主舊事。《蕩寇志》如失盗秀才，跳踉駡賊。

陳眉公謂《西厢》是一幅著色牡丹，《琵琶記》是一幅水墨梅花。吾謂《兩般秋雨》是一幅百古圖，《諧鐸》是一幅艷草秋蟲。

眉公又謂《西厢》是一幅艷妝美人，《琵琶》是一幅白衣大士。吾謂《水滸》是一幅關西大漢，《封神》是一幅硃砂鍾馗。

《灤陽消夏録》記吕道士一則，吾謂若果有其事，則必爲催眠術。其焚符者，欺人而已。

吾嘗謂：聖賢安死，豪傑喜死，名士怕死。蓋名士者，玩物喪志之文人也。文字一事，爲美術之第一品。故耽此者，甚於好好色。觀蘭亭殉喪昭陵，唐太宗至死不能忘情於斯物，可以見矣。故其心有所好，則戀戀不忍捨之而去，欲天荒地老，長久不離，其畏死之情，他種人均不及其甚。金人瑞《痛哭古人》、《留贈後人》二篇文章，其倉皇怕死之神情，活躍於紙上。

吾幼年讀唐詩，至元稹《聞白樂天左降江州司馬》一首，末二句『垂死病中驚坐起，暗風吹雨入寒窗』，即怪其何以不用傷感語作結，而以寫景作結？繼而細思之，無論用若何傷感語，總不及暗風吹雨之傷神。今恍然知其故矣。蓋寫凄慘悲涼之局，最妙以當時景物爲收煞。蓋閱者之感覺，已隨作者之筆端，入於幻境，與書中身受凄慘之局者，同一迷惘，并不自覺其悲，忽然精神爲景物所提出，方知己乃置身事外，而回首局内婉轉哀凄之人，益慨然灑淚。此又如長夜哄飲之徒，愈醉飲愈豪，及忽開門見曙光，爲晨風所吹，始恍然知飲已過多矣。豪興一衰，酒力發作，天旋地轉，乃仆於地。戰陣肉薄，生死須臾之際，身當其境者，并不知所謂痛苦驚懼。及戰罷幸生，回顧伙伴横屍，而水流花落，柳曳鳥啼，自樂其樂，此時之痛苦感傷之情，决非頃間血光劍影之下所能發者也。《紅樓》寶玉聞黛玉死，即時神出乎舍，皇皇追赴泉路，吾知閱者靈魂，此時亦緊隨寶玉之後，窺其所往，且代之張皇四顧，以偵黛玉之蹤跡形影。及寶玉驚於塊石之擊，返魂入殼，張目而視，惟見案上紅燈，窗前皓月，依然錦繡叢中，繁華世界，不禁一切付之無可奈何，惟有長嘘垂淚而已。而閱者靈魂，此時亦返於寶玉榻前，與之同聲一嘆。此時之悲涼，過於張皇泉路時蓋萬倍不啻也。其於苦絳珠魂歸離恨天也，亦用『竹稍風動，月影移墻』八字作結，殆非人境，神乎其技矣。

尚有似此者，如秦可卿之死，現夢於王熙鳳；逮熙風驚覺，聞雲板四響，正是喪音。此筆令人毛髮皆竪。

只就『案上紅燈，窗前皓月，錦繡叢中，繁華世界』四句看去，寫賞心樂事，有過此十六字者否？而置之於此，則覺其燈愈紅而淚愈冷，月愈皓而神愈愴，錦繡愈麗而心愈摧傷，繁華愈盛而身愈孤另，反不若昏沉泉路，颯颯陰風，尚有幾微之希望也。

〔附〕本局出版各種小説提要

（言情小説）《**劫外曇花**》　一册　著者林琴南　定價二角五分

林琴南先生小説，迻譯極夥，自著頗少。是書爲先生近年自著之本，以趙勇略爲主，以美人吴楚英、壯士曹龍川緯之，更以陳圓圓逸事穿插其間，尤爲全書特色。其寫美人、壯士，無處不聲情激越，意致纏綿，乃先生得意之筆也。

（偵探小説）《**鮑亦登偵探案**》（二册　二集　一册　譯者陳家麟）（三集　一册　譯者陳大鐙）　定價一元四角

書爲美國康普貝路名著。譯筆雅達，讀者無不稱善。全書共二十四篇，分之各具起訖，可作二十四短篇小説讀；合之綫索一致，可作一長篇小説讀。所叙案情，多關於銀行商號各方面，事事離奇，各具巧思。至描寫鮑亦登捨身偵緝，勇武之概，直在福爾摩斯之上。

（言情偵探）《**鬱金香**》　二册　譯者天虚我生　定價五角五分

叙某偵探偵察一謀殺案，因案中一種郁金香氣，知謀殺犯爲其戀愛之女子，不覺氣沮。而所戀之女子，若有意，若無意，仍日與某偵探周旋。偵探左右爲難，爲法律計，幾不得不以所愛犧牲。嗣忽發現他種證據，證明所愛雖曾殺人，而殺時實爲人暗用迷術所致，案乃大白。

（哀情小説）《**千金諾**》　二册　著者高太癡　參訂者黄晢香　定價四角五分

書分三十二章，爲高君述其友人逸事而作。其第一章述概曰：余友吴下齊生，號琴癡，初游滬上，未遇而歸，暫寓其舅家。時值郡試，獲交一陳姓友，旋與其妹訂有婚約，凡歷一十五年始成終局。其間折磨困頓，艱苦悲辛，爲古今所罕聞，亦中外所同慨。因委曲詳盡以告余而屬余記之。其言雖如是云云，然讀者莫不知爲高君自寫其少年影事也。

（社會小説）《**酒惡花愁録**》 三册 著者 扁舟子 董皙香 定價一元

吾國社會小説久無作者。是書描寫社會情形，無不繪影繪聲，栩栩欲活。其叙近年來學界政界腐敗之處，尤用意深刻，可與《儒林外史》抗衡。

（傳奇小説）《**孟諧傳奇**》 一册 著者莫等閒齋主人 校訂者董皙香 定價二角五分

書取《孟子》中牽牛、搏虎、攘鷄、食鵝、烹魚、獲禽六事爲題，并成六齣。題既饒有情致，文復調弄詼詭，無語不諧，無意不趣，讀之令人解頤。至格調之協，詞句之工，尤其餘事也。

（哲理小説）《**革心記**》 一册 原著者英國斯蒂温森 譯者陳家麟 陳大鐙 定價二角

書叙一人發明人心之善惡，可以藥物變化。遂精研藥物，身自試服。服藥後，竟成惡人，面目軀體，亦改舊觀，必飲解藥，始返爲善。乃化易姓名，分道進行，居室亦各異途。友朋臧獲輩，但知爲二人，不知爲一人也。因此釀成種種錯誤，社會上大起驚疑。其書中迷離惝怳之處，讀者亦均身入疑陣，不能自覺。

（言情偵探）《**石麟移月記**》 一册 譯者林紓 陳家麟 定價三角五分

石麟，門上石麒麟也。移月，月下自移動也。石麒麟能在月下身自移動，聞者詎不稱奇？是書關鈕，即在於是。何以蟄居之人，十餘年後忽又復出？何以將軍之女，不得已而肯下嫁僉壬？既欲下嫁矣，何以蟄居者忽又自戕？其故蓋均在石麟之能自移動。

（滑稽小說）《**帳中說法**》 一册 原著者英國唐格臘司 譯者劉半儂 董哲香 定價二角五分

書爲一悍妻在帳中夜夜對夫之語也。書雖譯自泰西，然與吾國情俗、口吻宛合。其語滔滔滚滚，如長江大河，一發而不可遏止。其設想之奇妙，出語之悍潑，又無一句無一字不引人失笑，誠滑稽小說之傑作也。其體裁亦别成一格。

（偵探小說）《**細君塔**》 一册 譯著者徐卓呆 董哲香 定價四角

書叙一紳士偕一情婦登塔，婦忽墮塔死。紳士身犯嫌疑，然堅謂墮塔者係别一人，非其情婦。至詢以所偕者爲誰，則又秘不肯言。忽有人密告承審法官，謂紳士之情婦，實爲法官之妻。

法官密偵之，悉其非是，而因以探知告發者，實爲推墮美人之凶徒。已而法官之妻，又忽自承爲紳士之情婦。紳士乃與告發者决鬥而死。情節離奇，百讀不厭。

（社會小説）《**奇童縱囚犯**》　一册　著作者何海鳴　校訂者董哲香　定價二角五分

評戲劇之優美者，在得一真字。評小説之優美者，亦在得一真字。是書所叙情節，不過平常瑣事。而叙童子，叙少女，叙老人，叙貧家夫婦等之真情發現處，使人如身入其境，不覺無端而悲，無端而樂。蓋純在真處著筆也。

（短篇小説）《**瘦鵑短篇小説**》　二册　譯著者周瘦鵑　編輯者董哲香　定價五角

瘦鵑小説，妮妮作兒女語，雅有情致。是書半爲譯作，半爲自著，計共十篇，而言情之作，居十之七焉。其叙情處，纏綿悱惻，若不勝情，使人每難卒讀。其《亡國奴日記》一篇，《祖國之徽》一篇，尤足唤起國民愛國之心。少年讀之，直當奮袂而起。

（言情小説）《**廬山花**》　二册　譯述者中華書局　定價六角

敘一女子改易男裝，路救一少年，與之同居。日久遂陷情網，而少年則始終不知，僅視爲朋友兄弟之愛。後經中途分散，少年承嗣襲爵，彼此輾轉尋獲，揭破廬山真面，始成夫婦。全書情節，於言情小説中獨闢蹊徑。

（政治小説）《**波蘭遺恨録**》　一册　譯者朱世溱　定價三角五分

譯者序是書曰：瓜分波蘭之事發，波蘭人一革命；千八百三十年再革命；千八百六十三年三次革命。革命之事，至再至三，而波蘭卒無救。是書所述，皆三次革命之事。前八章言其運動，後九章言其失敗，中間若斷若續，緯以兒女，則西方説部之體也。其言如此，吾國有志之士讀是書者，其果以説部視之耶！

（言情小説）《**雲想花因記**》　二册　譯者包天笑　定價七角

敘甲乙二人爲友。甲陰險人也。乙嘗被溺，其僕救之，甲冒其功，乙遂感甲刺骨。乙戀一女，甲百計離間之，而乙不之知，仍信甲爲真誠。其後救乙之僕復出，事遂敗露。所戀之女，亦絶甲而與乙成婚。書計十餘萬言，全以情節曲折見長。

（偵探小說）《**德國軍事偵探談**》　一册　譯者葉農生　董皙香　定價二角五分

外交之秘密，世界各國莫不視爲神聖。甚至一文一牘，不惜出巨萬之代價，彼此購求。本書於數十年之外交秘密，莫不盡情披露，其價值自可想見。且偵探小說，均出理想，本書則格雷布士現身說法，純屬事實。且於近時歐戰具有間接之關係，讀者勿以小說視之可也。

（偵探小說）《**福爾摩斯偵探案全集**》　譯者小青　天侔　半儂　小蝶　天虚我生　常覺　漁父　獨鶴　瘦鵑　霆鋭　定價四元

《福爾摩斯偵探案》在小説界上之價值，及愛讀小説者之歡迎，已無待言。顧從前坊間，雖有一二譯本，率皆東鱗西爪，未具全豹，讀者每有嘗鼎一臠之憾。是書廣爲搜羅，凡自柯南道爾初期著作起，至一千九百十四年止，共得偵探案四十四種，半爲我國前時所未譯，誠偵探小説中空前未有之巨著也。

（言情小說）《**冰天艷影**》　一册　譯者周瘦鵑　定價二角五分

言情小説，往往以寫愛，寫戀，寫苦，寫悲取勝。是書則以寫險取勝。烏爾珈女郎忽而失蹤遠去，忽而爲人所逼，忽而陷入黑獄，忽而幾喪身命，凡所遭際，幾於歷盡險境。迨西佛斯都救之出獄，沿途遇敵時，其險更如臨萬丈深淵，不能俯視。深夜讀之，爲之心膽俱碎。

（神怪小説）《**木乃伊**》　二册　譯者徐卓呆　董哲香　定價五角

木乃伊，神怪小説也。其神怪之事，僅在一女子指環。指環流傳三千餘年，凡御之者無不身罹奇禍。其中有名士，有美人，有英雄，有帝王。或互相投贈，或互相攘奪，或得之而病，或懷之而死，變幻離奇，幾如吾國《西遊記》一書，讀之不能釋手。

（偵探小説）《**福爾摩斯别傳**》　二册　原著者法國瑪利瑟勒勃朗　譯者周瘦鵑　董哲香　定價五角

名探福爾摩斯，劇賊亞森羅蘋，其大名凡讀小説者莫不知之。顧兩人身各異地，從無彼此會合之時。是書以福爾摩斯偵探亞森羅蘋，兩雄相遇，各出手段，造成驚天動地數大巨案，誠偵探案中未有之奇書也。

（短篇小説）《**十之九**》　一册　原著者英國安德森　譯者陳家麟　陳大鐙　定價二角

書爲短篇小説。其中所載：一、《火絨篋》。二、《飛箱》，甚奇。篋擦之能得三犬，箱乘之能飛行也。三、爲《大小克勞勢》。兄弟相欺，欺人者卒以自殺。四、《翰思之良伴》，因射覆而得妻。其最奇之兩篇：一爲《國王奇服》。國王既好奇服，有二織工獻織無形之衣。衣惟忠智者見之，國人懼受不忠不智之名，均詭云見衣。於是國王乃著無形之衣，裸體游於國中。一爲《牧童》。有王子求婚某公主，不諧，乃僞作牧童，以奇器惑公主。公主愛之，竟與接吻。接吻之數，或十或百，如論市價焉。

（偵探小説）《**杜賓偵探案**》　一册　原著者美國愛浦倫　譯訂者常覺　覺迷　天虚我生　董皙香　定價二角五分

書爲美國小説名家愛浦倫氏原著。氏富奇想，心細逾於毛髮，近代小説家如柯南道爾諸人所著偵探案，莫不濫觴於氏，而不能脱其窠臼，故氏實爲偵探小説家之鼻祖也。書分四篇：一、《母女慘斃》，二、《黑少年》，三、《法官情簡》，四、《髑髏蟲》。均有奇致，思想之敏妙，殆無倫比。

（言情小說）《**紅顔知己**》　二册　著者周瘦鵑　定價二角

書叙一小説家成一稿，投送各書肆，無當意者，窮途落魄，不自聊生忽遇一女子欽佩其才，助以資斧，小説家乃得成名，後更與所遇女子結婚焉。世有才人淪落者，讀之可以吐氣。

（傳奇小說）《**女才子記傳奇**》　一册　著者蘇門嘯侶　定價三角五分

書叙秦少游與蘇小妹結成伉儷之事。更有樂妓文娟者，慕秦才思，渴欲一見。乃有狂且，自稱秦學士而往，妓爲所愚，頗致情懷。既而蘇小妹改易男裝，冒爲秦學士，遇妓，妓又以爲真。迨遇少游，反斥爲假。故有真秦學士假秦學士之稱。全書風流旖旎，字句皆香。

（偵探小說）《**梅林雪**》　一册　著者竇潤庠　陳栩　董晳香　定價二角五分

是書格局模仿泰西，而筆墨飛舞，結構玲瓏，爲吾國自著小説中所罕見。書之内容，兼偵探法律愛情而有之。其寫律師辯護，法庭判斷處，最爲出色，即無法律知識者讀之，亦無不涣然於心。蓋其妙處，乃小説上之法律，非科學上之法律也。

（社會小説）《**薰蕕録**》　二册　教育部奬勵　譯者翠娜女史　天虚我生　定價五角　續集一册　定價二角五分

書叙一破舟孤兒，初未嘗受教育而能皎皎自好，卒成大器。其師夙以道學自命，忽爲酒色所迷，竟墮落不能自拔。兩兩相形，故以『薰蕕録』名之。書叙事極爲瑣屑，其愈瑣屑處，愈見細膩。且處處調弄詼諧，尤足令人失笑。是爲西國極有名之滑稽社會小説，亦我國通俗教育之好模範也。

（言情小説）《**情鐵**》　二册　譯者林紓　定價六角

叙一貴女被棄於夫，憤而與一工業家結婚。然任情之舉，不過借以洩其怨毒，愛情固不相屬也。後工業家以極真摯之愛情，用之於女，屢受挫折，不變其志。女感其意，亦以真情待之。一日，工業家因事幾瀕於死，女奮不自惜，捨身救之。

（偵探小説）《**死蝨黨**》　一册　譯者李新甫　吴匡予　董哲香　定價二角五分

死蝨爲一種蝨類，視之狀如空殼，了無生氣，一經熱光，則兩足牽動，蠕蠕然活矣。人若被嚙，毒即陷入心臟，心房陡脹，血液停滯，懵然而死。死蝨黨，即畜養是蝨之黨徒也。黨中均埃及人，其意在毒死英人。情節奇特，得未曾有亡國之恨，讀之有餘痛焉。

（短篇小說）《**天笑短篇小說**》　一册　譯著者包天笑　編輯者董皙香　定價七角

天笑先生之小說，文學界久有定評，然先生短篇小說不常作，作不合意亦輒棄去。五六年來，集其菁英，僅得二十篇。或譯或著，或莊或諧，無不情節離奇，趣味醲鬱。愛先生短篇小說者，其速讀之。

（偵探小說）《**寶石圈**》　一册　譯者太常仙蝶　定價一角五分

某醫院迭有女子昏暈之疾求醫，其昏暈之地均在一就近公園中。各女子醫愈後問以何故而暈？則均秘不肯言。印度某女公子，有一寶石圈，爲世界無價之寶。一日亦於是地昏暈失去。正事偵緝，忽又由賊送還，旋悉各女子不言之秘，均與寶石圈有關。而竊賊送還之事，尤爲奇特。

（外交小説）《**歐陸縱橫秘史**》　一册　著者劉半儂　定價三角

書叙德俄兩皇，以合拒英法爲目的，密盟於德。其密約忽於無意之中，落一英國少年旅客之手，輾轉傳播，卒爲英法兩國政客攫得，而戰端遂開。鎗林彈雨之中，復有美人穿插其間，與政客娓娓言情，若有意，若無意，極目迷五色之觀。

（奇情小説）《**戀海之惡波瀾**》　一册　譯者歐陽沂　定價二角

一鬻技女子，色藝雙絶，見者傾倒，甚至醜怪之獸王，迂拙之詩魔，粗莽之牧師，浮薄之士官，無不争致情愛，而女遵守神言，貞潔自矢，無一失身者。全書情節離奇，不可捉摸。

（偵探小説）《**桑狄克偵探案**》　一册　原著者英國奥司登　譯訂者常覺　覺迷　天虚我生　董皙香　定價三角五分

是書在偵探案中獨出心裁，力翻成例，每篇各分上下二卷，上卷實寫凶徒犯案後毁滅證據，使人無從偵索，讀之幾覺山窮水盡矣。而下卷寫偵探入手處，乃又蹊徑别開，頭頭是道。其綫索均入情入理，了無一毫牽强附會之弊。倘讀上卷既畢，一爲默思，再讀下卷，其興味更屬無窮。

(言情小説)《**脂餘粉賸**》 一册 著者煙水閣主人 王無爲 定價三角五分

是書用自述體，敘一少年欲娶二妓女爲妻，歷盡困苦，均無結果。情節頗極委婉曲折之致。其佳處，正面雖爲言情，反面則寫少年惡俗無賴，其母亦無庭訓，多於言外寓勸懲之意。

(偵探小説)《**亞森羅蘋奇案**》 一册 原著者法國瑪麗瑟勒勃朗 譯訂者常覺 覺迷 董哲香 定價四角

偵探小説之受人歡迎，無非謂案情離奇，偵探家能曲得其奥秘而止。是書之奇，則在劇賊愚弄偵探，偵探竭其能力偵索，至案情披露時，忽又墮入黑暗。全案翻騰不能自脱，故較平常偵探案更多兩層曲折，其興趣自不待言。

(社會短篇)《**風俗閒評**》 二册 教育部奬勵 原著者俄國齊高夫 譯訂者陳大鐙 陳家麟 定價六角

吾國近年盛行短篇小説，然作法往往不合。是書計短篇小説二十篇，結構團結，語語含蓄，不啻爲作短篇小説者示一金針。至其立意之新奇，措詞之詼詭，尤餘事也。

（歷史小説）《**雄風孤島**》　一册　譯者姜漢聲　徐亞星　定價二角五分

拿破崙被放逐聖海倫島，寄居野玫瑰居之後，窮居抑鬱，日與居主人次女勃西作兒童嬉戲。是書即勃西所記與拿破崙嬉戲之趣聞也。勃西時年十四歲，其言曰：余此篇之作，乃寫余幼時親見親聞之事，爲世之以耳爲目者告，且爲余一生奇遇之最滿意者，留一紀念品也。讀者可以悉其内容矣。

（言情小説）《**冬青樹**》　一册　譯訂者程小青　董晢香　定價二角

書叙一堡主孤生之女，才貌并美。堡主擁有巨資，急欲爲女擇人。女雅不欲，女蓋别有一情人，每於冬青樹孔穴中，與女投遞情書。然其人曾蒙冤，爲女父所痛惡，故家庭中因此頗多扞格。嗣爲女使於無意中得一簡，冤情大白，女卒與其人成伉儷焉。

（偵探小說）《**八一三**》　二册　譯者徐卓呆　包天笑　定價八角

書爲一富豪探明國際秘密，懷有極大希望，卒於旅館遭人暗殺。奸徒凶狡陰悍，詭謀百出，與當時大豪俠大偵探家宣龍賢暗中對壘，鈎心鬥角，忽死忽生，忽隱忽現，有神出鬼没之技，波譎雲詭之觀。其後揭破假面，知全案乃出於一女子所爲。情節奇而又奇，文筆曲而又曲，誠偵探小説大觀也。

（言情小說）《**婀娜小史**》　四册　原著者俄國托爾斯泰　譯訂者陳大鐙　陳家麟　董哲香　定價二元四角

是書内容宏富，爲俄國托爾斯泰先生最得意之作。内容以婀娜女史爲主，兼寫社會家庭種種慘狀。女史初嫁一政治家，琴瑟尚調，生有一子。後遇某伯爵，少年英俊，百方挑之，卒隨之私奔。然本夫不許其離婚，又不許見其子，社會復加以惡評。女史進退維谷，不免柔腸九轉，繼復疑伯爵愛弛，卧火車軌道而輾斃焉。其間叙農學家之改良農務，哲學家之發揮新諦，以及俄國政府、政黨、學校、宗教種種黑幕，令人忽驚忽喜，忽歌忽泣。而叙某貴女與一農學家結婚情形，則又風光綺麗，令人神往，洵天地間之至文也。

(言情小説)《**心獄**》　一册　原著者俄國托爾斯泰　譯者馬君武　定價六角

書亦爲托爾斯泰傑作，吾國馬君武譯述，合東西兩大文學家成此巨製，思想之高尚，文筆之精英，洵爲珠聯璧合。內容係一少女被誘於貴族，終身墮落，旋更陷於法網。裁判時貴族適爲陪審官，乃對之天良發現，宛轉乞恕，以贖前罪。

(短篇小説)《**歐美名家小説叢刊**》　二册　教育部獎勵　譯者周瘦鵑　定價二元

書分三卷，計歐美名家小説共五十篇，凡四十七家，都十四國。篇首均有小傳，并附小影。內容不拘一格，凡愛國、軍事、歷史、倫理、教育、言情、義俠、神怪、警世、滑稽、社會、哲理，均有之。所選皆精粹之作，著者均歐美小説大家，如大仲馬、哈葛德、司各得、柯南道爾、却爾司、迭更司等，皆有之。

(言情小説)《**歸夢**》　一册　著者湘影　董哲香　定價六角

上海劇場嘗取是書作爲脚本。每當開演，觀劇者必無餘座。演至紫菱哀怨處，婦女皆相向而泣，可想見是書情事之酸楚矣。至書中所載吴士與紫菱情書三篇，情詞悱惻，哀感動人，求之吾國小説中，實爲未有。即在吾國文學書上，亦爲稀有之尺牘也。

(偵探小説)《**科學罪人**》　一册　原著者英國甘霜　譯者李新甫　吴匡予　天虚我生　定價二角五分

某地連死四人，其死狀均在胸前領口之下洞一圓穴，其面目均呈極恐怖之狀。一著名偵探查緝之，夜間亦得同樣傷痕而死，遂引起社會之大恐慌。其後爲一新聞記者破案，傷人者係一種怪異動物，爲某大教師畜養之以害其族人者也。書叙動物殺人時之怪狀，偵探查案時之驚愕，極有趣致。

(言情小説)《**情祟**》　一册　譯者周瘦鵑　定價二角

有兩男女正在求婚，女子忽被一窗上花盆所壓幾死，旋更遇種種阻力，幾於婚姻决裂。迨成婚後，忽又反目，并遇種種怪異，仇隙日深。嗣知實爲一女子因妬嫉之故，播弄而然。其後更知二人之愛情，實含有外交意味，以前種種，實爲一異國之男子間接播弄而然。

（偵探小説）《**奪産案**》　一册　原著者美國達拉斯　譯者許金源　史久瑜　董晳香　定價二角五分

事因争奪遺産而起，受産者當授産者彌留時，竟將遺囑萬元改爲十萬元，旋欲滅人之口，更以毒藥謀殺一人。案出後有四人身犯嫌疑，均被偵緝。書叙偵緝四人時最爲離奇可觀。其結果謀殺人者，乃爲一衆所不注意之人，案情殊出意外。

（苦情小説）《**鴛鴦小印**》　一册　著者瞻廬　定價一角五分

書兼愛情、哀情而有之。其言情處，無不高尚純潔，足洗時下小説卑污之習。且文筆縟麗，刻畫盡致，讀之恍如身入其境，不忍釋手。其鴛鴦小印《醉花陰》一詞，尤可讀。詞曰：『阿誰小駐青絲鞚，好語聲聲送。知否畫樓人，尺五春陰壓得眉梢重。　廉纖細雨金鈎動，敲破春閨夢。生怕捲珠簾，暈柳烘桃底事蜂迷洞。』

（傳奇小説）《**蝶歸樓傳奇**》　一册　著者古樵道人　今樵道人　參訂者天虚我生　董晳香　定價四角五分

天虚我生跋是書有云『結構藴藉，逼近藏園，而措詞造句，尤兼四夢之長，似非近人所能。

此書一出，可爲塡詞家當鍼砭，可爲傳奇家作圭臬，正不徒作小說觀也』等語。可見是書價值。至書中大意，有《沁園春》爲證。詞曰：『謝氏招郎，王家五妹，天生有情。嘆一回相見，知他泥我，一燈同誓，只我憐卿。樓上重逢，夢中冲喜，偷得殘宵心願成。難回命，便雲收雨散，月杳花冥。　堪驚松下新塋，任哭倒泉臺不再醒。看灰中蝴蝶，圓成錦帳，空中鸞鶴，喚上瑶京。海島梅花，天涯芳草，要是無緣始不生。前因定，賸兩姨姊妹，續會雙星。』

（偵探小說）《**偵探之敵**》　一册　譯者李新甫　吴匡予　董哲香　定價一角五分

偵探之敵，言偵探爲劇賊所玩弄也。書叙亞森羅蘋事，共計四篇，均極奇異。《紅肩巾》一篇，細微曲折，讀之增人偵探知識不少。至篇末更翻一波，奇人奇事，可謂到底不懈。若《結婚指環》、《樹上草人》二篇，則劇賊且爲公益事矣。可笑處，更視偵探案有加。

（言情小說）《**驚婚記**》　三册　原著者英國司各得　譯者陳家麟　陳大鐙　定價一元

書以一落魄少年與法國女伯爵婚事爲綫索，中複雜叙法王路易十一之驕横詭詐，離間與國，迫身被拘囚，仍能不改常度，化險爲夷。其叙戰事，尤能繪聲繪色，活現紙上，一起亦不落恒蹊。

（偵探小説）《**貓探**》　一册　原著者美國梅麗維勤　譯者劉半儂　董皙香　定價二角

小説至偵探案可謂奇矣，然不如《貓探》之爲尤奇。《貓探》一書，叙一女子身犯殺父之嫌，各偵探對其奇幻之案情，均束手無策，不能代白其冤。女子已待抵矣，忽有一貓竟能探明案情，拯女於死。情節之奇，爲平常偵探案所未有。

（社會小説）《**旅行笑史**》　二册　原著者英國却而斯迭更司　譯訂者常覺　小蝶　天虚我生　定價五角五分

英國却而斯迭更司先生所著小説，久爲世界争睹，其價值已無待言。是書以旅行所見，實寫惡劣社會，魑魅魍魎，各呈異相。凡欲洞知西域社會情狀者，捨是書莫屬。其旅行中羼入滑稽處，尤足助閲者興趣。

（言情小説）《**火中蓮**》　一册　著者天虚我生　董皙香　定價一角五分

一貧女乘火車，座間遇一同貌之女子，中途宿疾遽發，竟死。貧女知其將得遺産，乃定計與死者互易衣服，冒稱彼女，至親族家，身領遺産。不料親族正圖吞没，得女閉之，日加謀害。幸親族之子涎女美，欲以爲婦，嘗私救之。女既欲避禍，又不敢自承爲假，欲以身許其子，而又慮其不誠，歷盡困苦，卒爲其親族焚斃，其子亦殉焉。

（偵探小説）《**猶太燈**》　一册　原著者法國瑪利瑟勒勃朗　譯訂者周瘦鵑　董皙香　定價二角

猶太燈爲世界奇寶，亞森羅蘋竊之而去。竊之之法，有地道相通，并有女子爲内應。燈主某男爵，乃遠道請福爾摩斯探之，於是兩雄相遇矣。羅蘋爲世界悍賊，福爾摩斯幾於不敵，華生竟受巨傷。久之燈雖歸還故主，而福爾摩斯實已筋疲力盡，且受羅蘋玩弄姍笑，至不可堪。

（言情小説）《**情競**》　二册　譯者恨逸　定價六角

一貴族男子與某女訂婚後，妬念極重，禁止其妻與外界交接。其妻愛情雖篤，而驕傲任性，不甘受其夫之束縛。一日與一貴爵攜抱跳舞，夫見之恚甚，遂不别而行。後經種種波折，始破鏡重圓焉。

（偵探小説）《**巴黎之劇盗**》　一册　續編一册　譯訂者謝直君　董皙香　定價七角

巴黎劇盜紀克麥，亦世界有名之怪物也。其足迹所至，無惡不爲，富豪均聞而遠避。名探播蘭，獨不計生死，盡力緝捕之。各出智謀，暗鬥至數十餘次，紀克麥卒被擒獲。其奮鬥時之機巧，無不出人意表。

（言情小説）《**紅女懺恨記**》　三册　譯者天笑　聽鸝　定價八角

書叙一製帽女工爲匪人所誘，身陷情網，不能自脱，幸有一女伴時時勸導之，始能自拔污泥，不爲所染。此全書之綫索也。其他叙工廠之專制，工女之嗷嘈，貧女之怨苦，無不描寫盡致，如觀工筆名畫，其極瑣屑、極細微處，均爲畫工極經營處也。

（偵探小説）《**國際偵探秘記**》　一册　譯者吴雄倡　定價二角五分

書爲泰西各强國外交之秘事，經第三國之偵探秘密探索而披露之者也。中如《雷士蔚夫人》一篇，爲英德法國外交上最有關係之人。《俄德草約》一篇，爲俄德英國外交上最有關係之事。他如《電眼》，如《新軍防圖》，如《梅連福二號》，如《花冠牌雪茄》各篇，其秘史無不與列强國際外交上有密切之關係，其偵探手段之敏妙，讀之更足以增長外交知識。

（言情小説）《**猶龍録**》　二册　原著者英國瑞查瑪瑟　譯者陳家麟　陳大鐙　定價九角

書叙一少年，情場失意，即萌棄世之志，途遇一人將投河，少年與商各易姓名，互爲死生。投河者諾之。次日遂傳少年溺斃，而少年乃以投河者姓名身入異國。旅次忽遇投河者之宿仇。少年懼禍，沿途避匿。情事遂愈益曲折，愈益複雜，讀之如入山陰道上，左右峰巒起伏，幾於目不暇給也。

（義勇小説）《**積雪東征録**》　二册　譯者朱世溱　定價五角

書爲義勇小説，少年讀之最宜。其叙兄弟之情感，大足增人友愛之心。至叙俄法戰争，二少年身入軍役，堅苦卓絶，百戰不撓，尤足爲軍人模範。其叙决鬥，叙私仇，叙殺人蒙寃，叙審判得直，均有奇趣。譯者明净簡雅，尤爲特色。

（偵探小説）《**怪手**》《**蛇首**》《**魚雷**》　共四册　原著者美國亞塞李芙　譯者周瘦鵑　丁宗一　陳堅　董皙香　定價一元三角

書叙女郎愛蘭，家藏巨金，并有魚雷模型，爲敵黨偵悉，百計欲得之。女郎屢瀕於危，卒爲大偵探克雷救免，女與克雷遂有情愫。敵因欲加害克雷。怪手、蛇首，皆敵黨名也。賊黨均凶惡，并有殺人奇器，如抽血術、殺人光、蜷菌、燐椅、緑氣彈、鑿射銃等，皆胎孕科學，不同虚構。全書情節均翻陳出新，愈轉愈險，入後奇峰突起，尤出人意表。

（偵探短篇）《**特甫偵探談**》　三册　譯者吴雄倡　定價九角五分

書爲偵探短篇之最饒趣味者。每篇情事各不相同，即作法叙法亦篇篇異致。其所有案情，均千錘百煉，各有精義所在。其奇異處，初讀雖經百思亦難得其竅要，迨既披露，則又恍然悟徹，如飲瓊漿，遍身疏爽。

（傳奇小説）《**病玉緣傳奇**》　二册　著者莫等閒齋主人　定價六角五分

淮南有陳生者，不堪繼母虐待，走粤，擬依舅氏。至則舅氏已死，落魄無聊。有邱丈見生，願贅之爲婿。新人名麗玉，殊色也。燈炧入幃，謂生曰：『郎亦知死期將近乎？』生愕問所以，始知女患麻瘋，丈贅之，冀以過女之疾者。生乃逃去，女亦疾篤。生感女恩，誓不再娶。嗣女圖自盡，私飲蛇酒，不死而疾頓瘳，卒與生成夫婦。此宣氏《邱麗玉傳》之情事也。傳奇即以此爲本，措詞琢句，均極新穎雋妙，如白香山詩，老嫗都解。

（偵探小説）《**情仇**》　一册　譯訂者吴雄倡　董晳香　定價二角

書爲聶格卡脱之偵探案，叙一富翁，妻女屢被凶人略誘，偵探設計捕之不獲，轉爲敵人所得，引入一地穴中，以喂響尾蛇毒吻。其伙契克救之，亦遭敵害。其後聶格卡脱與其伙叠出奇計，始將凶人緝捕。而富翁與凶人所以結仇之故，實因二人初時曾共戀一女，結果爲翁所得也。

（歷史小説）《**拿破侖之情網**》　一册　譯者包天笑　定價四角五分

書以拿破侖昵一婦人爲綫索，而寫法國之王黨欲傾翻拿破侖爲襯貼，叙事均錯落有致，一起極奇，初視與本書極無關係，讀至終篇始知其妙。其叙羽林軍人將殺拿破侖時，四面設備妥貼，以爲此蓋世英雄從此休矣。不料輕輕一轉，全局皆翻，烈風暴雨，忽變爲霽月光風，真奇文奇事也。

(偵探小説)《**紀克麥再生案**》　一册　譯者籌甫　天笑　定價三角五分

書叙紀克麥再生之事，極爲奇詭，而其狠毒陰鷙，亦非人類所有。名探勒慈甫欲緝獲之，屢瀕於險，各探佐均爲所殺，甚至勒慈甫愛妻亦喪於其手。其後費盡機宜，設計使賊黨内閧，始克弋獲。全書鋪叙情節，如抽蕉剥繭，妙緒環生。

(言情小説)《**黑肩巾**》　二册　譯者天游　半儂　定價八角

書爲言情兼國事偵探之小説也。某地出一謀殺案，屍旁遺一黑肩巾。有人識巾爲近地一隱居者之物，遂挾之以脅隱居者之女，向之求婚。女雅不欲，然意欲救父，亦不敢徑拒。女有情人某，更與脅女者爲敵。後知殺人者實爲脅女之人，案情乃大白。此全書大略之略也。其中殺人時之原因複雜，黑肩巾之忽隱忽現，情節之奇，曲折之多，爲時下小説所罕見。

(偵探小説)《**水晶瓶塞**》　二册　原著者法國瑪麗瑟勒勃朗　譯者常覺　覺迷　董皙香　定價五角

全書之争點，在一隱秘名單。名單初爲一奸人藏於水晶瓶之塞中，既而事愈鬼秘，竟藏入一奸人鑲假眼者之眼球内。求之者心力交瘁，藏之者固從容自若，不虞或失也。兩黨暗鬥，每至奇險處，讀之令人毛髮盡竪。全書八萬言，亦亞森羅蘋一巨案也。

（教育小説）《**兒童曆**》　一册　著者天笑生　定價五角

按照一年中之時令，取村中之風景人物，與村中學校師生家族之狀況而詳叙之。其寫勇敢之少年，貞静之幼女，沉思渺慮之科學家，無不各極其妙。凡一言一語一動作一游戲，皆足爲學校及家庭之模範，使讀者生無限之愉快。

（偵探小説）《**竊中竊**》　一册　譯者中華書局　定價四角

書叙一奸徒，冒爲公爵，與上流社會交際，而乘間使其胠篋之手段。一日盗得一貴婦人之珠球，經偵探察破，從事逮捕，而奸徒迭出奇計，時被免脱，并與偵探暗鬥，珠球亦得而復失，失而復得者數四。最後奸徒被逮，物歸原主。而不料貴婦人所有之珠球，亦從盗竊而來者。案情遂愈益糾葛，而情節則愈益離奇矣。

（社會小說）《**棄兒**》　二册　續編二册　原著者英國麥拉特大尉　譯訂者常覺　小蝶　天虚我生　董皙香　定價一元

書叙孤兒院中一棄兒，成年後立志尋父，往來各地，每因錯誤釀成笑柄。且沿途歷盡困苦，瀕死者屢，其後卒得生父所在。情節曲折，讀之忘倦。譯筆亦簡練雅潔，無語不達。

（苦情小說）《**天刑記**》　二册　原著者英國馬克威魯　譯者陳大鐙　陳家麟　定價七角

書叙一英國伯爵名郁兑克，生而熊面人身，獨居不敢面客，惟與一友相處。其母極加憐愛，欲以義女米利蓀妻之。米雅不欲，頗鍾情於其友。郁兑克自知形醜，乃爲之撮合焉。全書情節複雜，其叙伯爵府第中各種人物，如演長劇，凡生旦净丑，無不各顯身手，極饒興趣。

（戰事小說）《**克利米戰血録**》　一册　原著者俄國托爾斯泰　譯者朱世溱　定價二角五分

書爲俄國托爾斯泰傑著。全書叙次作法，均井井有條，不同凡響。其叙俄法戰事如病院之雜沓，軍官之顢頇，戰濠之談話，敵場之經營，無不刻意描畫，有色有聲，讀之幾如身入戰場也。

（短篇小說）《**翻雲覆雨録**》　一册　譯訂者周瘦鵑　董皙香　定價四角

書共八篇，太半記俄國女虛無黨事。女黨員以色相示人，情話娓娓，當之者無不迷罔。迨揭去面幕，出其女黨員之真相，則殺人如刈草菅，了無情愛，真有翻雲覆雨之觀。中有《新催眠術》一篇，爲科學小説之最有新思想者。《十年一瞥》一篇，叙一人因病失去知覺，十年後病瘳，前事均不憶，所憶者爲一他人之事，尤爲奇幻。

（義勇小說）《**小拿破崙筆記**》　一册　原著者英國巴科　譯者朱世溱　定價二角五分

蓬溪村，在加拿大之東，本屬法國，英法戰後割以償英。一日忽來一少年，自承爲拿皇之子。溪中老成人，知拿皇曾與加斯泰郡主生一子，且視少年貌類拿皇，遂翕然從之，聲勢日盛。少年擬直抵法京，驅僞朝自立，忽英軍出戰，少年受傷。臨死，忽自謂非拿皇之子。有美國嘉利夫人者，則貽書村中，謂少年實爲拿皇之子，少年蓋不自知耳。其忽真忽假之故，非讀全書不能明也。

（一九一九年中華書局排印本）

小說話

小說分類頗難。若以其宗旨分之。紛繁太甚。社會之事。殆包舉而無遺焉。且一書而兼數類。分之亦不勝其勞。若以文章分之。則不過文言與俗語。或有韻與無韻二者而已。爲類復太簡。莫便於以體裁分之。筆記爲甲類。章回爲乙類。傳奇爲丙類。盲詞歌曲爲丁類。歐美譯書。援四庫目錄不收佛教經藏例。別爲戊類。

山蘊寶藏。光澤外洩。礦師爭入。求之未得。斯時也。知此山必有礦。而究不知其礦穴之所在。於是攀厓墜谷。搜巖剔穴。雖異寶未獲。而奇景已大增其眼福矣。今世之讀紅樓者。乃大類是。爭謂其底裏有極大之祕密。爲世之所樂聞者。皆欲首先探出。供餉社會。以

小說話　一

古今小説評林

冥飛 海鳴 箸超 玄甫 太冷生 撰

民權出版社印行於一九一九年，由冥飛、海鳴、箸超、玄甫、太冷生五人各撰若干則組合而成。冥飛，即張焘（一八九四—?），字季鴻，號冥飛，湖南湘鄉人，南社社友，小説家，亦工詩文，曾任南方大學教授。他對政治、寫情、科學、歷史等各類小説的短長得失略作分析後，對六十部左右的古今小説一一作了評論，其中對『四大奇書』及《紅樓》、《儒林》論述尤詳。這裏如對《金瓶梅》的分析略顯偏頗之外，對一般小説的評介，時有警語。作者立足平民立場，痛恨官僚政體和專制制度，悉心體會白話、俗語、文言的不同語言特點，故推『《水滸》爲白話長篇小説之第一』。冥飛認爲，小説的藝術力量主要來自『一個真字』。他説：『人人皆知小説爲寓言，其所以讀之而津津有味者，即在明知其假而儼然如真也。』而『小説之所以能真，在作者之無處不設身處地』。此外，他提出『意在語言文字之外，耐人尋味者爲神品』和『布局爲小説第一等義』等，也頗有見地。

海鳴，原名何時俊（一八八七——一九四四），字一雁，筆名海、海鳴、一雁、求幸福齋主等，湖南衡陽人。青年時期投入新軍當兵，并參加群治學社、振武學社和文學社活動，後任《商務日報》、漢口《大江報》、上海《民權報》、北京《又新日報》等編輯。海鳴青年時代傾向民主革命，二次革命到南京策動討袁，失敗後走日本，一九一五年回上海，編《愛國報》。後漸入頽唐，乃至依附張宗昌，逐趨反動。海鳴在此論述之數段，不少趣味頗俗。其中對《紅樓》、《九尾龜》及林譯小説評述較多。如論《紅樓》『無非痛陳夫婦制度之不良』及林譯小説有功於救正新民體之拖遝文風，也有見地，而稱《九尾龜》作者『有胸襟，有感慨，有本事，有文才』，則殊失當。

箸超，即蔣子旌（?——一九二九），字箸超，號抱玄，室名聽雨樓，浙江紹興人。辛亥後，應聘主編《民權報》。《民權報》因反袁被迫停刊後，又與劉鐵冷等編輯《民權素》月刊。箸超於《古今小説評林》中論述唐之前的古小説頗爲細密，特見功夫。於『四大奇書』中斥《金瓶梅》而進《紅樓夢》。他認爲，《紅樓夢》爲『社會小説也，家庭小説也……而核其全局，則爲言情之正宗』，其『結尾一味凄凉，尤爲説家創例』。對於歷來輕視《三國》爲『鄙俚』等説法，不以爲然，多回護之詞，且認爲《西遊記》『奇妙之思想多脱胎於《三國》』。在古代小説中，特别指出《綠野仙蹤》爲『極有經緯之小説而不爲社會所注意』。在近代，推崇林紓之筆記及譯本，論其文筆優美爲『桐城之功效』。箸超對西方小説家迭更司、笛福等讚美，主要著眼於發憤著書，其觀點似受孫毓修《歐美小説叢談》之影響。至於他在論述小説的基本問題時，提出『作小説之責任不在存古而在闢新』，『著作者必先有一世界之眼光』和在塑造人物時不能只重主角而『看陪賓爲輕』等，也頗精彩。

玄甫，原名尤志庠，又名尤翔，字玄甫，號墨君，室名捧蘇樓，江蘇吴縣（今蘇州）人。他做過翻譯，故本篇主要論述西方小説，對小説翻譯也多甘苦之言。他在評述作家時，重視有崇高的創作目的和運用寫實的創作方法，强調作家熟知人情世故，善於繪景繪情和下得至理名言，給人言外之味。另外，對偵探小説，寓言小説等特點的論述，也頗能道中要害。

太冷生，疑即劉鐵冷（？—一九五〇），江蘇寶應人，名綺，字文樾，也曾任《民權報》、《民權素》編輯，又與徐枕亞一起辦《小説叢報》。在這裏，他主要評價了當時流行的一些中外小説。他認爲，小説如作畫，『外國寫形，中國寫意』。寫形似難而易到，寫意似易而難到』。不過，當時的中國小説家，大抵『惟稻粱是謀』，或作爲『文人末路之生涯』來從事創作，故很難寫出有生氣的作品。對於當時新舊文學思潮的鬥争，作者也加以評論。顯然，他基本上是站在舊學的立場上來議論此事的，但他反對『以西洋之成法，謂可盡行於中國而不悖』，也有道理。另外，作者指出鄧狂言曾藏有《紅樓夢》稿本，也值得注意。

小説爲純粹的社會事業，不得含有國家或政治的意味。

國家主義，對外爲侵略主義，對内爲專制主義。侵略主義，以國家爲前提，所借口者，爲全國之人謀充分之衣食住（所謂殖民政策）。專制主義，以政府爲前提，所借口者，爲全國之人謀普及之衣食住（所謂統一政策）。其弊也，講殖民政策者，野心家與野心家之勢力相衝突，遂釀成此次歐戰四年之大悲劇；講統一政策者，官僚派與官僚派之權利相衝突，遂演出歷代歷史上亡國敗家種種之黑幕。

世界上人類之進化，其終極必至於世界大同。世界之所以能大同，在人人自盡其自我（即真正之我）主義。人人能盡其自我主義，則可以無社會（社會主義，人我之間尚含有干涉之意味，非人道之極高尚完美者）（人人之道德都臻極頂，自治之力極富，則人我間毫無干涉之理由，亦無干涉之思想）。今兹人類進化之知識，尚够不上講無社會主義，則所以驅除人道之蟊賊者，在先講無國家主義。

種族之意見未能化除，則無國家主義尚無實行之望，故又當先講無政府主義。無政府主義屬於社會主義中之一種，雖非完全之人道正義，但政府之爲物，其爲人類進化之梗阻者甚大，不可不根本鏟除之。蓋政府者，官僚所窟宅，無不借政治之名，以侵奪平民之衣食住，以厚自奉養。故官僚之爲物，實社會之蟊賊，人類中之廢物。以其自我無生活能力，或有生活能力即好逸惡勞，輒自放棄其自我，專一巧取豪奪，以爲生存之術，遂致破壞人道公理，且日以强權誘導人類使之不安於自食其力，又驅迫自食其力者使之饑寒（一人而食十人之食，必有九人者受其饑；一人而衣十人之衣，必有九人者受其寒），乃不得不爲强權者之奴隸，甚且犧牲其生命財産，以供政府中官僚派野心家之利用，而世界人類乃大不平等矣。

吾國舊有之經史等書，大抵皆本於國家與政府的主義所發揮，僅僅有諸子百家之言，差足代表社會而爲之喉舌。小說爲百家之一，其能力足以普及社會，遠在經史及發揮政治學之諸子之上，故我人不能不承認小說爲純粹的社會事業。

班孟堅《漢書·藝文志》列小說於十家之末，而以爲無可觀，是其對於社會之眼光，不如太史公傳游俠、滑稽、貨殖者遠甚。

政治小說，不成名詞者也，且其事實亦決不能獨立。蓋關於政治之事實，苟不附麗於歷史，或風俗，或情愛，而單獨發揚其政見，則未有不索焉寡味者也。

寫情小說，永古不能磨滅者也。世界上有二人以上之相處，即不能無相互之情。至於男女之間，則尤甚焉。人類苟一日不絶滅，則人類相互之情不能絶滅；而此類發揮人類相互之情之小説，又何能絶滅！

科學小説，往往苦於枯窘無味。蓋亦不知科學之在小説上，無獨立之資格者也。

歷史小説，往往爲原來事實所束縛，不得暢焉自寫其心胸中所有，蓋剪裁縫補之難也。

古今中外寫情之作多矣，或失則褻，或失則蕩，或失則鄙，或失則妄，或失則矯强，或失則武斷，或失則遷就，皆自以爲能寫情，而不知其遠於事實者也。

小説以白話爲主體。文言小説雖發明在白話之前，其普及社會之功能，遠不及白話小説。

小説可以長篇爲主體（章回小説）。長篇尤以白話爲宜。文言長篇如《三國志》之白描淺説，尚不及半白話體之《石頭記》也。

《水滸》爲白話長篇小説之第一，作者其中多採元人當時流行之口吻，如『干鳥麽』、『干獃麽』之類。故吾謂俗話決非白話，嘗舉此以爲證。（白話可以普及，俗話多囿於一隅。例如滬上俗話『阿木林』、『嘸啥』及其歇後語之『天官賜』、『猪頭三』等，非他處之人所能明其意義。）乃有自負改良文學之流，提倡文學革命，謂當以俗話入詩文中，乃爲普及之道，且舉《水滸》爲之標準，是直不知白話爲何物，俗話爲何物者也。

文學革命，自當以語言文字合一爲前提。要知語言文字合一之一問題，决非口頭説説，紙上談談，所能了事。我人既有此志願，即當求所以實行之道。此實行之第一步，在研求語言之可以合一於文字者。吾國方言不能統一（如南方呼「父」爲「爹爹」，爲「阿伯」，北方呼「爸爸」），則當先研求文字之可以通於各處語言者。道在列舉各處可以通行之白話，而又能以文字達之者（白話中多有有音無字者，至俗話則什九係有音無字者）。使語言先有統一之方，乃可以有合一於文字之望（假定爲呼「父」爲「父親」，呼「母」爲「母親」，則文字語言乃真能合一，亦無處不可通行）。此萬無另創一種語言，以求合一於文字；另造一種文字，以求合一於語言之理。更無舉蘇滬之俗話，强京津之人以從之之理。（冥飛研究語言文字合一者有年，只以形容詞未有確切統一語言之法，故不敢發表其主張。例如北京之所謂「貧」，湘人之所謂「朽」，滬人之所謂「曲」，皆無確切之文字以表明之，使全國之人皆明知其意義。）乃不謂今之主張文學革命者，於語言文字合一之一問題了無研究，徒發空談，絶無辦法，而又時時發爲悖悖之詞，動以駡詈爲事。其卑陋無識有如是者，不亦可笑可憐之至乎！

《水滸》是完全白話小説，其中之乎也者等字最少。次之是《儒林外史》，其老練嚴潔處，有時且在《水滸》之上。次之是《西遊記》，但筆墨殊嫌拖沓。

《三國志》是白描淺説的文言，不是白話。《列國志》亦然。

《兒女英雄傳》是完全白話，但其中夾雜直隸、山東流行之俗語甚多，筆墨亦拖沓之至。

《金瓶梅》雖是白話體，但其中什九是明朝山東人俗話，其書之事實、文法，以及布局，絶無可取，不知何以有『四大奇書』之目，而與《水滸》、《三國》、《西遊》爲伍？ 真不可解。 於此可見古今認識字人，并够得上看小説者，亦寥寥無幾也。

《封神傳》之荒謬處，大可引人發笑。 其筆墨却不及《西遊》之活潑。

《後列國志》之荒謬處，不下於《封神》。 其最可發笑者，如東方朔之弟爲西方朔，孫行者師徒由唐朝時代跳入戰國時代，幫南極老人作戰。 但其筆墨在《封神》之上。

《三保太監下西洋》，其荒謬處不及《封神》，而筆墨之拖沓，又較《兒女英雄傳》爲甚。

《緑野仙蹤》布局甚佳，筆墨亦明净可喜。

《女仙外史》布局佳極，叙事尤詳簡得宜，筆墨在《三國志》之上。

《海國春秋》布局甚佳，叙事老到，前半部尤勝。 其中所述治河、治軍及戰績，顯然有賣弄作者才情學問之跡，是爲瑕疵。

《野叟曝言》專爲賣弄自己才情學問而作，既無布局可言，又無情理可講，其荒謬處乃類《西遊》，又不及《西遊》之灑脱。

羅貫中《後水滸》完全是囈語，不及《水滸》萬一。

《蕩寇志》自是聚精會神之作，但筆墨太嫌粘滯。

《後西遊記》大有作意，其布局較《西遊》爲謹嚴，但此類書總總離不開荒謬二字之批評。

《花月痕》亦賣弄自己才情而作，筆墨微嫌其膚泛，後半部杜採秋率女兵水戰一事，尤爲荒謬。

《鏡花緣》亦賣弄自己才情學問而作，其筆墨較爲老潔。

《青樓夢》齷齪卑鄙，觀其文可想見作者之爲人，滬諺所謂『肉麻當有趣』者是也。

《繪芳録》亦是『肉麻當有趣』者，其筆墨較《青樓夢》稍勝一籌。

《海天鴻雪記》是蘇白小説，筆墨在近今流行之《繁華夢》、《九尾龜》之上。

《海上繁華夢》所述妓女、嫖客、蔑片之事蹟，大同小異。合正續集在百萬字以上，作者嘗以之自誇。其實再作百萬字亦易易也。

《九尾龜》與《海天鴻雪記》、《海上繁華夢》是一類記嫖之小説。但以書名而論，不知作者命意所在。據其自述，《九尾龜》之所以命名，乃係形容康中丞之盛德。則是書中主人翁，當然爲康中丞矣。乃統觀全書，其主人翁實爲章秋谷。然則章秋谷，殆即冒名頂替之九尾龜歟？昨年某報記者曾摘《九尾龜》中之推襟送抱四字，指之爲淫書。曾由作者在某報反唇相稽，筆戰久之。其實《九尾龜》實够不上淫書之資格，而推襟送抱四字，却又實在不淫。以作者遇此記者，可謂合之兩美，離之損傷者矣。

《品花寶鑒》布局甚佳，筆墨亦好，惟其挖苦人處，太過於尖酸刻薄耳。殆亦箭在弦上，不得不發之意耶？

筆記體之小説，筆法之佳者，當然以紀曉嵐之《閲微草堂》爲簡老明净。其議論之偏僻處，乃當時講學家所激而然。

《池北偶談》筆法雖簡，而不甚乾净。

《右臺仙館筆記》筆墨拖沓已極。《池上草堂筆記》更無筆墨之可言。《腌庵雜識》及《雨窗消意録》，則抄襲之功，較自作者爲多。

篇段小説，自以唐人爲最佳。近世所作，《聊齋》尚可，微嫌其膚廓，且有板滯不靈之病。《諧鐸》却佳，只是筆墨亦嫌沾滯，不超脱。

《蘭苕館外史》，亦篇段小説中之可觀者，但亦嫌筆墨不乾净。等而下之，若《螢窗異草》、《對山書屋墨餘》、《夜雨秋燈録》諸書，瑕瑜互見，雖不可一筆抹煞，然終不能使閲者發生非常之美感也。

近人小説，如林譯諸書，自以《塊肉餘生述》爲最佳，而以其自作之《金陵秋》爲最下。

《留東外史》爲近今白話小説之可觀者，惜不能簡練，説話處太多。

《廣陵潮》第一二集中，有可取處。四集以後，便無可觀。以作者於舊日之秀才、社會情形甚熟，而於最近之社會情形，頗多隔膜也。

近日文言長篇之言情小説，大抵以詞藻堆砌成章，毫無道理。

《孽海花》可惜不曾出全，的是一部可觀之小説。然以賽金花爲總綫索，究竟搏捖之力太薄弱了。

彈詞體之小説，自以《鳳雙飛》爲有魄力，《天雨花》則弄小巧之智數而已。若《淚珠緣》，直是模仿《石頭記》而已，自己并未想出何種新奇意思也。

傳奇以洪稗畦之《長生殿》爲最有魄力，孔雲亭之《桃花扇》爲最有膽識。《西廂》雖佳，總嫌小巧。玉茗四夢，太覺牢騷。苕生九種，不免生硬。舒鐵雲《修簫譜》，未免簡單。至於笠翁十種，則卑污極矣。

梁卓如論小説勢力，以謂小説有不可思議之力四：曰熏，曰浸，曰刺，曰提。一曰熏。熏也者，如入雲煙中而爲其所烘，如近墨朱處而爲其所染。《楞伽經》所謂『迷智爲識，轉識成智』者，皆恃此力。人之讀一小説也，不知不覺之間，而眼識爲之迷漾，而腦筋爲之摇颺，而神經爲之營注。今日變一二焉，明日變一二焉，刹那刹那，相説相續，久之而此小説之境界，遂入其靈台而據之，成爲一特别之原質之種子。有此種子，故他日又更有所觸所受者，旦旦而熏之，種子愈盛，而又以之熏他人，故此種子，遂可以遍世界，一切器世間有情世間之所以成、所以住，皆此爲因緣也。而小説則巍巍焉具此威德以操縱衆生者也。二曰浸。熏以空間言，故其力之大小，存其界之廣狹；浸以時間言，故其力之大小，存其界之長短。浸也者，入而與之俱化者也。人之讀一小説，往往既終卷後，或數日、或數旬而終不能釋然。讀《紅樓》竟者，必有餘戀有餘悲；讀《水滸》竟者必有餘快有餘怒。何也？浸之力使然也。等是佳作也，而其卷帙愈繁，事實愈多者，則其浸人也亦愈甚。如酒焉，作十日飲，則作百日醉。我佛從菩提樹下起，便説偌大一部

《華嚴》，正以此也。三曰刺。刺也者，刺激之義也。熏浸之力利用漸，刺之力利用頓；熏浸之力在使感受者不覺，刺之力在使感受者驟覺。刺也者，此使人於一剎那頃，忽起異感而不能自制者也。我本藹然和也，乃讀林冲雪天三限，武松飛云浦厄，何以忽然發指？我本愉然樂也，乃讀晴雯出大觀園，黛玉死瀟湘館，何以忽然淚流？我本肅然莊也，乃讀實甫之《琴心》、《酬簡》，東塘之《眠香》、《訪翠》，何以忽然情動？若是者，所謂刺激也。大抵腦筋愈敏之人，則其受刺激力也愈速且劇。而要之必以其書所含刺激力之大小爲比例。禪宗之一棒一喝，皆利用此刺激力以度人者也。此力之爲用也。文字不如語言，然語言力所被，不能廣、不能久也。於是不得不乞靈於文字。在文字中，則文言不如其俗語，莊論不如其寓言，故具此力最大者，非小說末由。四曰提。前三者之力，自外而灌之使入，提之力，自內而脱之使出，實佛法之最上乘也。凡讀小説者，必常若自化其身焉，入於書中而爲其書之主人翁。讀《野叟曝言》者，必自擬文素臣；讀《石頭記》者，必自擬賈寶玉；讀《花月痕》者，必自擬韓荷生若韋癡珠；讀《梁山泊》者，必自擬黑旋風若花和尚。雖讀者自辨其無是心焉，吾不信也。夫既化其身以入書中矣，則當其讀此書時，此身已非我有，截然去此界以入於彼界。所謂華嚴樓閣，帝網重重，一毛孔中，萬億蓮花；一彈指頃，百千浩劫，文字移人至此而極。然則吾書中主人翁而華盛頓，則讀而將化身爲華盛頓；主人翁而拿破侖，則讀者將化身爲拿破侖；主人翁而釋迦、孔子，則讀者將化身爲釋迦、孔子。有斷然也。度世之不二法門，豈有過此？

其説不爲無見。要知此四種力之所以有效，只是一個迷字。更要知此四種力之所以發生，只是一個真字。文字之好處在真，事實之動人處亦在真。人人皆知小説爲寓言，其所以讀之而津津有味者，即在明知其假而儼然如真也。戲劇之感人，即是此種道理。惟其儼然如真也，故能令人喜，能令人哀，能令人怒，能令人戀，能令人心魂羼入書中，爲書中人物擔憂，爲書中人物歡樂。不如是，不得謂之迷；不如是，則其迷之程度亦淺。充迷之量度，可以殉之以生命（如婁江女子因閲《牡丹亭》而結戀長愁以死），其魔力可謂至矣。

小説之所以能真，在作者之無處不設身處地。紀曉嵐所述某伶之言曰：『爲貞女，則正其心，雖笑謔亦不失其貞。爲淫女，則蕩其心，雖莊坐亦不掩其淫。爲賢女，則柔婉，其止雖盛怒無疾言。爲悍女，則拗戾其心，雖理屈無遜詞。』小説作者，亦猶是矣。而且萬事萬物，小説作者都不可不知其究竟。例如寫飛機，則單葉複葉，及其推進升降之所以然，皆應知之。否則，寧缺毋濫。又如寫游歷，則自上海至北京，由鐵路不能不在浦口、天津换車，由海道不能不進大沽口，且其時刻道里，均應知之。否則，寧略毋詳。（近人小説，有謂西湖之爲洪流巨浪者，又有乘馬進蘇州北門者，有乘東洋車入閶門者，是皆强不知以爲知，以致鬧出笑話。吾友歐陽予倩譏楊塵因曰『文學家照例不明白地理』，以塵因最健忘友人之居宅故。吾願自命爲文學家者，有以一雪此言也。）又如房屋陳設，園林花木，器具飲食衣服之類，其方向位置及關於時令者，都不可不細心體會。否則，日月出没於南北方，冬葛而夏裘，種種之笑話出現矣。至於風土人情，尤爲小説作者所當專心研究者。常見某小説謂北方病人吃稀飯，殊不知北方病人吃稀麵湯也。又見某小說謂南方人穿裏外發燒褂子，殊不知南方無此奇寒之天氣也。言過其實，實小說作者之耻也。

作小說之筆法，最不宜正寫。苟其正寫，在是文中所謂『罵題』，在笑話中則所謂作『硬是個癩子』也。

昔有僚婿，一癩而一跛。一日跛者往癩者處，癩者屢以『勞步』二字譏之。跛者不覺，歸語其妻。妻曰：『彼謂汝跛來跛去，步履實勞也。』跛者悟，欲報之。妻告之曰：『明日癩者來，則以「光降」二字譏之可也。』及癩者來報謁，跛者忽忘却『光降』二字，苦思久之不能得。癩者見其久久沉思不語，乃與辭去。跛者追而曳之，大聲曰：『我今不再想了，你硬是個癩子！』

在小說中，則是紅而光，酒糟鼻子懸中央也，說穿了更無文章可做矣。

小說筆法之佳妙者，以意在語言文字之外，耐人尋味者爲神品。此境在各小說中，不可多得（如《石頭記》『瀟湘館春困發幽情』一回，寶玉窺窗時）。以語言作作有芒，及彼此發語針鋒相對者爲能品（如《石頭記》『意綿綿靜日玉生香』一回，黛玉之調侃寶玉）。其平鋪直叙者爲下。

布局爲小說第一要義。通盤打算某事安放某處，某人於某處出現，某處爲小結束，某處爲大結束，某處爲小波瀾，某處爲大波瀾，大致就緒，然後抽出一總綫索，分爲無數小綫索，分途做去，則結構緊嚴，無懈可擊，而且綱舉目張，頭頭是道，雖情事斷斷續續，而不嫌其散矣。總綫索爲全書主要宗旨及目的所在。或以人爲經，以事爲緯；或以事爲經，以人爲緯。分綫索則因人或因事而分，其所叙述，無論如何不能不歸宿於主要之宗旨及目的，乃無游騎無歸之病矣。（此詣以《水滸》爲最。《儒林外史》筆法雖佳，其布局則實不免於鬆懈也。）

《水滸》在章回小説中，爲前無古人之作，後來所有長篇小説，無不脱胎於此。漢唐人小説，大率皆文言短篇（如《雜事秘辛》、《紅綫傳》之類），至施耐庵之《水滸》，乃獨創爲白話長篇，與司馬子長之作《史記》，皆横絶古今之奇書也。

《史記》以前，雖有紀言之史（若《尚書》），紀事之史（若《春秋》），風俗史（若《詩經》），典制史（若三《禮》），皆不若《史記》之博大精詳，爲後世作史之人所不能不效法者。《水滸》亦然，故司馬子長爲作史者之第一人，施耐庵爲作小説者之第一人。

金聖歎批《水滸》，見解有獨到處，其闡發作者心理之處甚多，而穿鑿附會、武斷謬解之處亦不少。蓋聖歎聰明絶世，其思想能窮極深杳，筆亦足以達之，特不甚明瞭作者下筆時之甘苦，遂不免强不知以爲知，而崇拜太過，乃至於作者精神鬆解忽略處，亦且曲爲之説矣。

作小説，不可以無普通知識。讀小説，亦何嘗可以無普通知識？作小説之難處，在具有此種常識，而筆足以達之，所謂人人意中之所有，人人筆下之所無是也。讀小説者，苟具有同等之常識，乃能知作者所以運用此常識之心思及筆法，或反用，或正用，或預用，或補用，或高一層用，或低一層用，或旁敲側擊、旋轉於周圍而用，或東鱗西爪、斷斷續續而用，一一都默會而神與之遇，然後作者之苦心及妙筆，遂爲閲者所得，而作者真得一異代異地之知己矣。金聖歎確是一位具有常識之讀者，但其常識之程度，比較的不及作者十分之五六，宜其對於作者之用心用筆深微處，尚有未了澈者矣。

《水滸》確爲社會小説，但其抱持之社會主義，完全爲反對官僚政治之平民主義。其最明白之表見者，列舉於次：

《楔子》中　洪太尉心中想道：『我是朝廷貴官，在京師時，重裀而卧，列鼎而食，尚兀自倦怠，何曾穿草鞋走這般山路？』

同屬人類，何以貴官便應如此厚自奉養？如此嬌惰？穿草鞋走山路尚有許多埋怨？彼胼手胝足之農夫，又將如何？且貴官也者，憑何本領取得之？有何功能受此奉養而無愧？然而世之貴官，其心理無不如此者，官僚政治之所以不能不反對者也！

第一回　王進道：『我道是什麽高太尉？却原來是東京幫閒的圓社高二！』此爲痛駡做官者之人品卑污苟賤，其義甚明。

第一回　李吉道：『少華山上添了一夥强人，打家劫舍，華陰縣裏禁他不得。』

第四回　劉太公道：『桃花山近來有兩個大王，打家劫舍，此間青州捕盜官軍禁他不得。』

此爲痛罵做官者之不事其事，其義甚明。以後類此者甚多，不勝枚舉。

第七回　孔目孫定道：『這南衙開封府，不是朝廷的，是高太尉家的！　誰不知高太尉當權，倚勢豪强，更兼他府裏無般不做，但有人小小觸犯，便發來開封府，要殺便殺，要剮便剮。』

此爲痛罵做官之威福自專，及其阿諛取容，文義自明。

第十四回　阮小五道：『如今那官司，一處處動撣，便害百姓。但一聲下鄉村來，倒先把好百姓家裏養的猪羊鷄鵝盡都吃了，又要盤纏打發他。』

此爲痛罵官司擾害平民之正筆。

阮小二道：『如今該管官司，没甚分曉，一片糊塗，千萬犯了迷天大罪的，倒都没事。』

此爲痛罵官司之正筆。

第十八回　阮小五歌道：『打漁一世蓼兒洼，不種青苗不種麻。酷吏貪官都殺盡，忠心報答趙官家。』

官吏之所欺者，平民耳。不種青苗不種麻，則非平民而强盗與游民之徒矣。强盗、游民，官吏安得而敢酷虐之哉！　至第三四句，則含有種族之意味。蓋酷吏貪官，皆熏心利禄之徒，所以臣伏異種，無不可殺者也。

阮小五大笑罵道：『你這等虐害百姓的賊！』

此與六十回阮小五歌道『雖然我是潑皮身，殺賊原來不殺人』，互相發明。蓋官僚均非人類，其行爲實是盜賊也。

阮小二罵道：『你這廝是濟州一個詐害百姓的蠢蟲！』

此亦是痛罵官僚正筆。

此外，如二十五回寫陽穀縣知縣之貪圖賄賂，不理武松告狀；二十九回寫張都監設計誣陷武松；三十二回寫窮酸餓醋之劉高；三十八、九兩回寫蔡九知府之糊塗及黄文炳之巴結；五十回寫鄆城縣知縣之與白秀英；五十一回寫高唐州知府高廉之陷害柴進；五十七回寫華州賀知府之佔奪王嬌枝；至六十二回及從石秀口中罵道『你這與奴才做奴才的奴才』，以爲一般官僚生可爲名、死可爲謚之正確評斷；皆其顯明之筆也。

至其隱微深刻之筆，則莫如寫楊志一事：

楊志爲將門之後，所謂公子少爺是也；做過殿司制使，則儼然一官也；身任搬運花石綱之差遣，則亦擾害百姓之一分子也；預備一擔錢物去東京樞密院使用，希圖復職，則行賄之行逕也；此不必明白下以貶辭，其爲人之卑鄙下賤，已無可爲諱。及其後爲梁中書所寵用，押送生辰綱，其對於軍健們之非打即罵，已活現其本來之虐害百姓手段矣。（軍健之言曰：『這般火似熱的天氣，又挑着重擔，動不動老大藤條打將來，都是一般父母皮肉，我們直恁地苦。』）（又曰：『提轄，我們挑着百十斤擔子，須不比你空手走的。你端的不把人當人，你好不知病癢！』）此數語者，已斷定楊志之與官僚可共一鼻孔出氣矣。然則楊志之反對奶公同行者何耶？豈不可借奶公之道路，以求達於夫人，則於蔡太師處更加接近矣。要知走夫人之道路，由奶公間接運動，未免紆曲。且運動開始，有效無效不可知。而梁中書處則已取得直接巴結之資格，則如之何其不專一向梁中書討好也？故其拒絶奶公同行，特懼奶公之分功。

故於智取生辰綱之白勝所唱山歌曰：『赤日炎炎似火燒，野田禾稻半枯焦。農夫心内如湯煮，公子王孫把扇摇。』作者於此，其心沉痛極矣。

公子王孫何物也？做官者之子孫也。做官者不耕而食，且食十人、百人之食；不織而衣，且衣十人、百人之衣。在平民方面觀之，其人究何德何能也！就令官僚自命爲有德有能（如鑽營巴結、虐害百姓之類），彼官僚者之子孫則并鑽營巴結、虐害百姓之德之能而亦無之也！然則此類之公子王孫，何爲而亦衣食十人、百人之衣食也！我知世上之答此問題者，其必曰乃父乃祖做官故也。然則以一做官者，而世世代代均可以厲民以自養，則宜乎平民之自食其力者終歲勤動而不得免於凍餒矣！又况官親人等，如殷直閣之屬；官之婊子，如白秀英之屬；無不借官勢以虐害平民，則平民其尚有死所乎哉！此真作者作此書之本旨！其一腔悲憤冤慘之氣於此而一流露之者也。

人類之不平等，始於貧富階級，成於貴賤階級。所以造成社會之罪惡者，即此種種階級爲之厲也。貧富階級，由於個人之勤儉與奢惰而發生者，非至世界大同之日不能破除，然其罪惡比較的爲輕微。至貧富階級之由於貴賤階級而發生者，是即吾國數千年來官僚政治之惡果，而做官思想之所以不能絶滅於人心也。夫至人人都有做官之思想，則宜乎安分守己、自食其力之平民日見其少，而游索乞食、鑽營奔競之游民日見其多。生利之總額不足供分利者之佔奪，而人民之弱者乃淪爲乞丐（倡優、僧道，皆乞丐之屬也），强者乃流爲盗賊，乃與官僚鼎足而三，而皆以不耕而食不織而衣爲職志，而世界乃無有寧日矣。此《水滸》之所以寫强盗與官僚立於對等地位者，謂其能力及宗旨無非擾害百姓而已。至其寫强盗之行爲，有時對於百姓轉較官僚爲仁惠者（爲『劫富濟貧』，『軍行於路，秋毫無犯』等語），所以甚官僚之罪惡，而非表同情於强盗也。

《水滸》作者之宗旨，於反對官僚外，尚有一大前提，即人生之生活問題是也。人類各具有生活本能，而其所以至於不能自我生活者，官僚所造成之社會罪惡以擾害之故也。故晁蓋之傳名也，以仗義疏財；柴進之傳名也，以仗義疏財；宋江之傳名也，更以仗義疏財。夫所謂仗義疏財云者，無非以銀子買結人心而已。當今之世，人類無正確之生活能力，更無正確之生活事業，而人類生活必不可少之衣食住，乃不得不乞靈於銀子，而銀子之勢力，乃足以買盡人類之生命矣。此《水滸》之所以寫一百無一長之宋江，專以銀子買收盗黨，而衆人之百長，無不低首下心甘爲之役。蓋社會凡百之勢力，無有不屈伏於金錢萬能之勢力之下者也。然宋江一小吏耳，其家特小康耳（宋太公未必肯鬻産賣田，以供乃郎之揮霍），其所以收買衆人之銀子，胡爲乎層出不窮也？ 則其詐害百姓不言而喻矣。（其詐害之手段，大抵總高出於戴宗等討新到囚徒常例錢百倍。 蓋百姓雖被其詐害，尚感激不盡也。 我於其愚何濤一事知之。）嗚呼，銀子！

《水滸》作者痛恨官僚之一腔怨毒，一一發洩之於《水滸》，故其寫宋江等攻破城池，其殺當地之官僚也，往往振筆直書曰『男婦大小，不留一個』。 蓋糊塗貪酷之官僚，無有不罪該覆滅全家者，以其專顧一家之快活，不顧千萬家之生死也。 然僅僅只有使强盜殺之之一法，亦作者無可奈何之苦心矣。 故於六十九回，寫東昌府太守平日清廉，饒了不殺，所以深自表明并非作者好殺，實貪酷者有自取之道也。

《水滸》筆法之妙處，金聖歎批之甚詳； 至其勉强疏忽處，聖歎爲之回護者甚多。 讀者所當放出自己眼光，毋爲古人所欺也。

勉强之處，如宋江跐了大鍬柄，得遇武松； 又如燕青欲往投梁山泊，因打杠子遇着楊雄、石秀等是也。 我以爲宋江遇武松，不必一定在剛到柴進莊上之第一日，儘可於三兩日後，慢慢設法，使二人相遇。 而燕青之赴梁山報信，與石秀之劫法場，儘可兩不相謀，不必先行晤面也。 在作者意在筆致使巧出奇，而不知其不甚合於情理也。

其尤勉强者，則一百八人經過無數戰陣，無數牢獄，而未嘗損失一人也。 是亦事理及情理所無。我以爲當多寫數人，以備死傷之數，則圓滿矣。

即如解珍、解寶，平日與毛太公無仇，何以毛義仲送大蟲到縣裏，即帶了許多做公的來捉解珍、解寶？此不近情理者一。且毛氏何以知大蟲爲解氏兄弟所射而預備捉之？假使藥箭刻有記號，故知爲解氏兄弟，則既奪其大蟲，又欲捉而置之死地，非有夙仇，何至出此？此又其不近情理處。是其疏忽之處，百喙莫解者也。

或曰《水滸》之可議者，在後半部書中陸續加入之頭領，殊嫌簡略也。我則以爲此不足病《水滸》也。綜計全書七十回，寫林冲者共五回，寫武松者共九回有半。林冲爲第一上梁山之人，且有意寫高俅逼迫之落草。武松則作者欲寫奸夫淫婦一大段文字，故從武松身上生出綫索來，此正是行文得意處。苟全書均照此寫去，則一百八人者，亘七百回而莫之能竟也。則其他之天罡地煞者，自不能不簡之又簡而隨手寫去，籠統以收之入梁山。雖曰耐庵之才，不當如是，但行文至此，已有無可如何之勢矣。

《水滸》布局之妙，絶非他書所能望其項背。當宋江未上梁山以前，處處是開展筆路。以史進爲綫索，牽出魯智深；以魯智深爲綫索，牽出林冲；由林冲牽出楊志；由楊志牽出晁蓋；由晁蓋牽出宋江；由宋江牽出武松；仍由武松牽出宋江；至江州劫法場爲前半部書作一大結束。自宋江上梁山以後，處處是收束筆路。以宋江取爺、李逵取娘爲鈎釣，收回宋清、李雲、朱富等；以訪尋公孫勝爲鈎鈎，收回楊林、楊雄、石秀等；由是而打祝家莊，打高唐州，打青州，打芒碭山，打曾頭市，收回孫立、朱仝、柴進、呼延灼、徐寧、史進、樊瑞等；至賺玉麒麟，打大名府，爲後半部書作一大結束。而以雙打東平、東昌二府，爲之餘波。蓋極布局之能事矣。

《水滸》七十一回，其人其事，結束已盡，實無賡續之餘地，乃不知有何等荒傖，偏偏作出《後水滸》一部書，其主意以招安宋江等一百八人，使之征剿王慶、田虎、方臘等以自贖，此正金聖歎所罵『咬人屎橛，不是好狗』之類也。

《水滸》寫至後半部，其收束各頭領以入梁山泊也，已不免有疏略簡率之處。蓋作者之宗旨，在前半部已經寫盡，至宋江上梁山後，便不能再作開展文字。雖三打祝家莊，再打大名府，以及高唐州、青州、華州、曾頭市諸役，都是竭力掀起波瀾，然無非爲湊足一百八員頭領之數起見。故《水滸》一書，至一百八人之數已經湊足之後，此一百八人已成爲一種僵屍之體質，萬不可以再有活動之事實，實無加着一筆多費一墨之情理。乃不謂作《後水滸》者，於『招安』二字上，將此一百八個之僵屍一一搬出游行一回，仍復放倒，我不知若而人何所爲而白費此一番筆力也。

大凡提筆作文，自己總些微要有點宗旨。若自己毫無宗旨，專一倫傍别人門户，想竊分古人已成之名，此種盜賊行爲，直是個蟣蝨般大小的無賴賊（够不上徐懋功所謂『無賴賊』之萬分之一）。昔揚雄之《反騷》，束晳之《補亡詩》，已不免借古人以自重，何况做小説而依賴古人，其無耻更不足責矣。近代自命文學家者，或援引孔子之話以裝潢門面，或援引外國人之話以誇張見識，是皆無耻之尤，皆富有奴隸性質，乃至作文紀事，亦不能有獨立性質焉。悲夫！

俞仲華作《蕩寇志》一書，完全是反對《征四寇》一書而作。在仲華之意，以爲自命爲忠義之宋江等，實無招安之必要，故非一一取而殺之不可。此即是仲華見識之鄙陋處。要知世界上可殺之人，豈獨自命爲忠義之强盜一種而已。人類之獸性，本是由先天裏帶來，自經歷代專制之帝王加以鍛煉，此種獸性遂潛滋暗長於人類頭腦之中，而表面則無不儼然具一人相。苟爲之揭去其一張人皮，則完全是一般獸性的獸類，比較人性的獸類，尚有天淵之隔（獸類無自殘同種者，是曰人性、梟鳥破獍，不在常獸之例），豈有一個不可殺者，何責於自命爲忠義之宋江等！

仲華之作此書，其章法筆法，均够得上講做小説。惟其大前提之大錯誤處，則在推崇政府痛斥强盜也。要知强盜之與政府，其本來之分子都是人民。人民何以要做强盜？則以政府不爲普通人民籌充分之生計故也。人民何以要依賴政府？則以各個人自食其力之本能，爲專制帝王率一般游手好閒之官僚排擠侵奪以去也。蓋政府者，陰險狠毒，不操弧矛之强盜；而强盜者，則奉令承教於横徵暴斂之政府者也。故謂政府當尊，則學政府之强盜不宜斥；謂强盜宜斥，則較强盜尤凶之政府不當尊也。

陳希真等，亦嘗爲强盜矣。其爲高俅所逼迫也，與林冲等相同。乃仲華於陳希真等之强盜，則招安之；於林冲等之强盜，則必欲殺之。此亦適成其爲俞仲華之見識而已。故我以爲《蕩寇志》者，未有一觀之價值者也。

《紅樓夢》一書，最能寫兒女子癡怨之情。此種癡怨之情之所表示，恰只有撚酸吃醋四字。

昔胡潤芝謂『《紅樓》一書，教壞一班官場只曉得撚酸吃醋、狐媚子霸道』。其言似謔，而實則斷定官場之醜態矣。

狐媚子霸道之發生，實亦由於撚酸吃醋。蓋撚酸吃醋者，己未得，則患人之得之；己既得，尤患人之奪之。狐媚子霸道者，未得時，凡所以求其得之者，匪所不至；既得時，凡所以保其不失者，亦匪所不至。總而言之，只是患得患失之一個私心而已。

爭權者，必同僚之官；爭產者，必同父之子；爭寵者，必同夫之婦。蓋其人希望中之利益，此盈則彼昃，此昃則彼盈，不能兩全。而人情又無不喜盈而惡昃，斯爭端起矣。故官僚之志，在專政權；婦女之志，在專房之寵。其所以求達其目的者，各逞其手段以赴之，而雙方所進行之路綫，一至於交互之點，遂發生衝突矣。

此種女性所發揮。充此種女性之量，其所注意之目的物，能取得至高無上之所有權，則可以犧牲其生命以殉之而不之悔。其在男女之際，當愛情縈注時，而觸發此種之女性，而妬而癡，則撚酸吃醋焉；而妬而悍，則狐媚子霸道焉。故此種女性之表示，自可認愛情最爲專注之一種（故《紅樓》可謂

嫉妬之性，男女皆有之，而女子爲獨甚。故此種嫉妬之性，可謂之普通之女性。撚酸吃醋，即由

爲言情之書)，而實不能謂爲高尚純潔貞一之愛情之標準(故《紅樓》之言情，只寫得癡兒女之一部分)。

愛情爲流動之物，人人同具此情，而人人不能保守此情而不貳。則以人心最善於變幻，其愛情可以倏注倏移，倏真倏假。故以人類愛情而比較之，當然以小兒女彼此相戀之情爲真切，爲專一。蓋凡人最初之愛情，一本其天然之知識，苟有所注，其映入腦筋者甚深。且幼稚之年，於一切機巧變詐，尚非所習，故其用情可以有癡之一境。由癡而怨，固男女間必不可免之事實。蓋愛情苟有專注，則惟恐其人之負我，我意一有所拂，即不免於怨矣。

寫癡情最難，寫小兒女癡怨之情更難，以其所托物而表示其情者，往往在語言之外。《紅樓》作者，乃以撚酸吃醋者寫之，其聰明不可及，其體會小兒女之心腸者更不可及。書中寫黛玉癡怨處，無往不有撚酸吃醋之意，亦無往而不有小孩子氣。蓋癡無不妬，怨無不嫉也。爲之一一提出，比互觀之，則作者之用筆靈巧處，用心深刻處，歷歷可見。

第七回　周瑞家的替薛姨媽送宫花，最後送與黛王，黛玉冷笑道：『我就知道别人不挑剩下的，也不給我。』此言雖尖利，然實在是小孩子話。

第八回　寶玉與寶釵互認金鎖寶玉時，林黛玉摇摇擺擺的來了，一見寶玉，便笑道：『嗳喲，我來的不巧了。』接着説：『早知他來，我就不來了。』語意太顯明，真是小孩子口没遮攔的話。雖然仗着小聰明，能够自圓其説。（要來，是一齊來；要不來，一個也不來。今兒他來，明兒我來，如此間錯開了來，豈不天天有人來了，也不至太冷落，也不至太熱鬧。）究竟口太快了，足見其胸無城府。

第九回　寶玉上學去，忙至黛玉房中來作辭，嘮叨了半日，方抽身去了。黛玉忙叫住了，問道：『你怎麼不辭辭你寶姐姐來？』其酸意自在言外。

第十七回　賈政小厮，解去寶玉所佩荷包扇袋。黛玉疑其將己所做荷包也給了人，便鉸破寶玉所囑做而未完之香袋。此正是小孩子鬥氣的辦法。

第十九回　黛玉冷笑道：『難道我也有什麼羅漢真人給我些奇香不成？我有的不過是那些俗香罷了。』又道：『我有奇香，你有暖香没有？』又道：『蠢才蠢才，你有玉，人家就有金來配你。人家有冷香，你就没有暖香？』是爲撚酸吃醋的正筆，而語語不脱孩子氣。

第二十四回　史湘雲來了，寶玉正和寶釵頑笑，便一齊來至賈母這邊。黛玉問寶玉那裏來，寶玉説在寶姐姐家。黛玉冷笑道：『我説呢，虧在那裏留住了。不然，早就飛來了。』酸意刻骨，而仍是小孩子話。其復賭氣回房。寶玉前往温存，明説出『疏不間親後又僭先』等語，黛玉啐道：『我難道叫你疏遠？我成了什麼人了！我爲的是我的心。』寶玉道：『我也爲的是我的心。你難道就知道你的心，絶不知道我的心不成？』此以見其用情真率不遑掩飾處。

第二十八回　元春賞端午節禮，寶玉因所賜與寶釵同樣，故叫紫鵑來，拿去與黛玉揀選留下。黛玉不揀退回，及遇寶玉詢問，隨口說：『我是比不得寶姑娘，什麼金，什麼玉的。我們不過草木之人罷了。』此可見黛玉妬寶釵者甚深，無時無地不留意。此次恰非寶玉自動，故其言詞甚輕。及寶玉聞之發誓道：『除去別人說什麼金，什麼玉，我心裏要有這個想頭，天誅地滅，前世不得人身！』黛玉因其非出於自動也，故不與之辯駁。及寶玉又道：『我心裏的事，也難對你說，日後自然明白。除了老太太、老爺、太太這三個人，第四個就是妹妹了。要有第五個人，我也起個誓。』黛玉道：『你也不用起誓，我狠知道你心裏有妹妹，但只是見了姐姐就把妹妹忘了。』蓋癡妬之情，不禁衝口而出矣。

二十八回之末　黛玉因寶玉要看寶釵的紅麝串，故以獃雁調侃之，以手帕作勢拋向寶玉臉上。其情可想。

第二十九回　『多情女情重更斟情』一段，遂結束以上各回小孩子鬥氣之行動、語言，其癡妬之情不復明寫，然怨嫉之蘊於中者彌深矣。

男女間之愛情，假者多而真者少，故真正之愛情最不易寫。寫撚酸吃醋，以表示其專注之愛情，固是作文者一種烘托之法。然寫鳳姐之妬而悍，不若寫黛玉之妬而癡之真摯也。寫寶釵妬而陰險，不若寫黛玉之妬而直質之真率也。故《紅樓》作者於寫黛玉撚酸吃醋處，無一筆不是從女孩兒家心坎中搜剔而出。

男女間之愛情，因年事而不同。《紅樓》作者，最能於此等處着筆。其寫寶玉、黛玉兩人之情，年各不同，是真能揣摩兒女子心理者。

寶玉始見黛玉而砸玉，是即愛根之萌動處，小孩子氣彌甚，其用情亦彌篤。

黛玉之用情處，除上述種種撚酸吃醋之表示外，至二十九回（『多情女情重更斟情』）後，而一變其小孩子氣。至四十五回（『金蘭契互剖金蘭語』）後，而一變其妬忌之心。蓋其時身世之感，深怵於中，已無暇争妍取憐，逞强好勝矣。

小孩子之鬥氣，夾雜以撚酸吃醋之意味，則其文其事，尤爲妙不可階。如二十二回，湘雲説『小戲子像黛玉』，寶玉向湘雲使個眼色。湘雲叫翠縷收拾衣包道：『明早就走，還在這裏做什麽？看人家的嘴臉！』寶玉忙分辯道：『好妹妹，你錯怪了我。林妹妹是個多心的人，别人分明知道，不肯説出來，皆因怕他惱。誰知你不防頭，就説了出來，他豈不惱？我怕你得罪了人，所以纔使眼色。你這會子惱了我，豈不辜負了我？若是别個，那怕他得罪了十個人，與我何干呢？』湘雲摇手道：『你那花言巧語，别望着我説！我原也不如你林妹妹！别人拿他取笑都使得，只我説了就有不是。我原不配説他，他是主子小姐，我是奴才丫頭！得罪了他了！』寶玉急的説道：『我倒是爲你，爲出不是來了。我要有壞心，立刻化成灰，教萬人踐踏！』湘雲道：『大正月裏，少信口胡説這些没要緊的惡誓！胡説歪話，説給那些小性兒引動愛惱人會轄治你的人聽去，别教我啐你！』此一段言詞，已經妙絶，豈知下文黛玉對寶玉之詞更加靈妙乎！（原文如下）寶玉道：『凡事都有個緣故，説來人也不委曲。好好的就惱了，到底是爲什麽？』黛玉冷笑道：『問的我倒好，我也不知爲什麽。我原是給你們取笑的，拿着我比戲子，給衆人取笑！』寶玉道：『我并没有比你，也并没有笑你，爲什麽惱我呢？』黛玉道：『你還要比，你還要笑，你不比不笑，比人家比了笑了的還利害呢。』又道：『這一節還可恕，你爲什麽又和雲兒使眼色？這安的是什麽心？莫不是他和我頑，就自輕自賤了？他是公侯的小姐，我們原是貧民家的丫頭。他和我頑説，如我回了口，豈不是他白惹輕賤？你是這個主意不是？你却也是好心，只是那一個不領你的情，一般也惱了。你又拿我作情，倒説我小性兒行動愛惱人。你又怕他得罪了我。我惱他，與你何干？他得罪了我，又與你何干？』此種言詞，以較盲左述鄭莊公對許叔之言，及吕相絶秦之書，無其深曲；以較腐史《報任安書》及李陵《答蘇武書》，無其痛快也。

《紅樓》文字細膩處，爲他書所不及。蓋所寫者，皆水做的骨頭之女孩兒，不容其不存『氣兒暖了，吹化了薛姑娘；氣兒大了，吹倒了林姑娘』之心也。

《紅樓》寫兒女子之情，有人人意中之所有，人人筆下之所無之處。如第十九回『意綿綿静日玉生香』一段，已極其温馨旖旎矣。而第二十六回『瀟湘館春困發幽情』一段，其寫寶玉信步走入瀟湘館，覺得一縷幽香，從碧紗窗中暗暗透出，耳内忽聽得細細的嘆了一聲，道：『鎮日家情思睡昏昏。』其後走入房内，見黛玉星眼微餳，香腮帶赤云云，女孩兒家懷春情態，躍然紙上。是謂寫生妙手。

『西厢記妙詞通戲語』一回，寶玉道『我就是個多愁多病的身，你就是那傾國傾城的貌』，是爲第一次唐突黛玉。『瀟湘館春困發幽情』一回，寶玉對紫鵑道『好丫頭，若與你多情小姐同鴛帳，怎捨得你叠被鋪床』，是爲第二次唐突黛玉。

寶釵陰險狠毒，以黛玉之稚氣，當然不是對手。蓋黛玉多心，乃無手段；寶釵多心，手段又辣故也。

寶釵心計之工，手段之辣：其一、爲籠絡襲人，代做寶玉活計；其二、爲金釧兒死，出其新做之衣，與之裝裹，以討王夫人之好；其三、借黛玉隨口説出《西厢記》、《牡丹亭》詞句之故，而以花言巧語解其疑癖，使之不防；其四、滴翠亭撲蝶，得聞小紅墜兒私語，而嫁禍於黛玉；其五、黛玉死後，不許寶玉得見其遺物；其六、急於遺嫁雪雁；其七、紫鵑非自己呼唤則不來。凡此者，皆作者有心寫寶釵成爲面熱心冷之人也。

探春心靈手敏，作者寫來，恰是一極有作爲之人。然全書女子皆不及也。

書中所寫規矩禮節，皆八旗世族中家法。近今清室雖亡，而八旗世族中人，對於此等規矩禮節，仍不少變。乃有謂探春對於生母太無情義者，是其人毫不知八旗世族中之習慣者也。滿人有世僕之制，主僕之分極嚴。所納之妾，如係僕家之女，其看待自較所納平民之女不同。故趙國基死，探春只能援老例賞以二十兩；而襲人之母，則可以賞四十兩。以其爲外頭人也。至於平時之禮節，子女在父母前，可以有坐位；妾在家長及主婦前，無坐位；媳婦在翁姑前，亦無坐位；孫及孫女則可以有坐位。蓋妾本以婢蓄，身分自低。若媳婦則在尊長前，不能不循卑幼之禮也。惟媳婦之年老者，始有命坐之特典，妾則始終不能蒙此特典也。

《閱微草堂筆記》言：有世家子，納其僕女爲妾，僕不願，無如何也。其後妾生女而美，其主聞之，亦納爲妾，世家子不願，亦無如何也。此可見滿俗世僕之制之一斑。清制，滿人上奏稱奴才，亦世僕之證。今人於掌故漫不留心，對於古人所作之書，妄加評駁，多見其不知量也。

尹文端繼善之母張氏，妾也。乾隆帝封爲一品夫人，文端之父操杖大詬其子，張夫人求跪乃免。此事見袁簡齋所作《尹太夫人受封記》。蓋世家大族，嫡庶之禮極嚴，原非窮措大所能夢見也。

評《紅樓》者甚多，而皆有其見解，見仁見智，互有得失，此亦操觚者之常情也。獨近日坊間有一書，名曰《紅樓夢索隱》者，其牽强附會，武斷舞文，爲從來所未有，可笑之至也。

董小宛之爲董鄂妃，未始不可存此一説，若必欲指董鄂妃爲董小宛，已不免膠樹鼓瑟之譏。（蓋小説中除歷史小説外，均當以寓言目之。必求其人其事以實之，是亦不善讀古人書者矣。）乃今於小宛之外，又牽入一劉孀，已屬支離牽强。然以時代考之，則其强拉胡扯，猶爲近情。乃不謂於嫂叔逢五鬼等事，又牽及康熙諸子爭奪大位，然猶曰曹雪芹所增補也。至於賈太君抹骨牌，乃硬派孝莊后亦愛抹骨牌，而舉清季《宫闈秘史》中所載孝欽與宫眷賭錢之事以證之。豈知《宫闈秘史》、《南巡秘紀》（索隱多引用之）諸書，是否可以傳信，似尚待他人爲之著一部索隱，而後可以證實其書之非向壁虚造。而今之索《紅樓》之隱者，偏奉爲金科玉律，不亦淺陋無識之至乎！

歷史小説，最難著筆。以其人多事雜，不易抽出綫索，無以提綱挈領。次之，則穿插各人各事，爲時地所限，不能運用自如。次之，則棄取之間，剪裁恰難悉當，或增或減，煞費經營。故非才、學、識三者兼長，亦不能作此種稗史。

作佳文者須得佳題，作妙文者須有妙事。一代史事，不必皆妙；而記述之者，又不必爲才、學、識兼長之人；故歷史小説，絶少佳構。

東周列國之際，人事繁複極矣。演爲小説，只能以編年之法行之，遂不免板滯不靈之病，而作者之才恰只能循題敷衍，故《列國志》一書，雖無大不佳之處，而實不見其妙處。《左傳》、《國語》、《戰國策》諸書，其紀事紀言，可謂佳絶妙絶。《列國志》一一取而充塞其篇幅，乃不免有手忙脚亂之譏。此可見作者無提綱挈領之大魄力，尤可見作者於穿插剪裁之間，不甚得法也。

《列國》佳處，只有晋公子重耳出亡一段。其事妙，故其文亦不能不佳。其餘則平鋪直叙，了無警策動人之處。然作歷史小説，而能平鋪直敘二百餘年之事，作者之苦心毅力，亦不可及也已。

《後列國志》不知出於何人之手，亦神怪小説之一也。其書以秦併六國爲主腦，而於戰國人物中，特舉一孫臏以與秦抗，於燕於齊，大打其神仙之仗，荒唐滑稽，不可究詰。書中最引人發噱者，如東方朔之弟名曰西方朔，秦攻臨淄，孫行者師徒四人，自唐朝一躍而至戰國時而參加戰鬥，豈非絶世之怪文乎！

近日戲場所演之《五雷陣》，即出其書。蓋此書之流傳者，亦已久矣。

《廿四史演義》，自盤古開闢天地説起，至明亡止，叙事簡潔，而尤以南北朝爲寫得明白曉暢，足以爲學人留心史事者之一助。

《廿四史彈詞》，原本正史，演爲彈詞，詞句不流於粗鄙，章法亦謹嚴，是盲詞中不可無一、不可有二之作。

《滑稽外史》中之『此兩行破屋，相對無言』，《塊肉餘生》之『我面壁，壁亦面我』，《留東外史》之『只有一盞五支光的電燈，吊在半空中打瞌睡』，均神來之筆。

《浮生六紀》，清初蘇人沈三白著。坊門所流行者，六紀已佚其二。其中之《紀情》，寫伉儷之篤，活色生香，想見前輩風流，筆墨亦腴净可喜。

神怪小説，自干寶作《搜神記》以來，至唐人乃紛紛有此類志異之作，如張讀之《宣室志》，李隱之《瀟湘録》，以及《諾皋記》、《卓異記》、《靈異記》、《幽怪録》、《冥音録》、《才鬼記》、《奇鬼傳》、《夜叉傳》，或屬紀事，或屬寓言，其詼詭荒唐，良足以新一時之耳目，而神怪小說乃佔小說界中一重要位置。及《西遊記》出，始有長篇白話之神怪小說，其詼詭荒唐，乃臻極地。後有作者，若《封神傳》諸書，筆墨沾滯，迴不及其灑脱，思想幻渺，不能出其範圍矣。

《西遊記》隨手寫來，羌無故實，毫無情理之可言，而行文之樂，則縱絶古今，横絶世界，未有如作者之開拓心胸者矣。謝君直選《文章軌範》，有大膽文、小心文之稱。《西遊記》於説部中可謂大膽文矣。

昔人謂『寫鬼怪易，寫人物難』，以人物確有標準，鬼怪茫無對證也。作《西遊》者本此意，一味胡説亂道，任意大開頑笑，有時自難自解，亦無甚深微奥妙之旨，無非隨手提起，隨手放倒。此於作文則真能取樂，而實則并不成爲文法者也。

此類之神怪小説，自《西遊》作者開闢蹊徑以後，步其後塵者，不知凡幾，無非貪圖容易而已。故謂《西遊》爲『四大奇書』之一者，亦其人毫無作文常識者也。

唐僧經數十魔難，而饞涎滴瀝之魔王，從未有吃得一塊肉者，此與《水滸》之一百八個頭領，身經數十戰而毫無損傷者，同一爲作者無可奈何之筆墨。然唐僧之善於挨餓，則作者從未聲明。而其不能挨餓也，則於屍魔之戲唐三藏一回，却屢屢言及，乃其於遇最凶惡之妖魔，如黄眉童子、青牛、大鵬鳥、九頭獅子時，唐僧被捉，孫行者四處求救天兵天將，鬧得一塌糊塗，其日期至短也在六七日以上，而唐僧居然餓不死，豈非作者欲回護而無可回護者乎？總之，此等無情無理之小説，作者隨手寫之，閱者只當隨意繙之，實無研究之價值者也。

《西遊》借三藏取經，寫出許多胡説；《後西遊》乃捏造出大顛求真解、解真經，又寫出許多胡説，皆可以噴飯之作也。但《西遊》之文，諷刺世人處尚少；《後西遊》則處處有諷刺世人之詞句。其寫解脱大王、十惡大王、造化小兒、文明天王、不老婆婆等，無非駡世而已。於此可見作者之一肚皮不合時宜也。

《海國春秋》，又名《希夷夢》，此書曾經《蘇報》登載附張，近年坊間已不易覓購。全書大致謂宋太祖篡周，周臣只韓通一人殉節。通弟韓速，蓄志報仇，與李重進之幕賓閭邱仲卿奔走吴蜀，迄不得當，因游黄山，宿於陳希夷洞中，夢至海外浮石、浮金兩國，建立一番事業，遇陸秀夫蹈海飄流而至，詢知宋室已亡，遂大笑而寤。其立意布局均新穎可喜。

《女仙外史》借唐賽兒事，爲建文遜國及諸臣死靖難之役者吐氣，大有作意。其叙述用筆諸法，亦均有見地，不同紙上空談，至布局遣詞，并皆佳妙。

神仙鬥法，爲往日小説所不可免之俗套。《女仙外史》於鬥法之事，著筆不多，是亦庸中佼佼處。曼尼與賽兒論魔一段，頗有道理。

賽兒舉兵，在燕王篡位之後；其飛昇，在燕王死於榆木川之時；天然起結，借用恰好。他書結束，或成或敗，獨《女仙外史》，結束在不成不敗之間。

遜國諸臣，姓名湮没不彰者極多。《女仙外史》一一搜羅而表揚之，發潛德之幽光，亦非他書可及。

永樂奪宗社於建文之手，殺戮之慘，古今無匹。《女仙外史》能平人心之所不平。《緑野仙蹤》，亦白話長篇之可觀者。惟書中之主人，既屬冷於冰，而其寫嚴嵩父子及趙文華、胡宗憲者，幾佔其半，未免奪主之嫌。雖因林潤、朱文煒而寫及之，然章法之不講求也亦甚矣。冷於冰夜遇鄒又賢一段，雖係作者故作滑稽之筆，意圖博閲者一笑，然在書中實嫌其贅。温如玉嫁金鐘兒一段，用不著寫得如許鄙穢。乃又寫周璉遇蕙娘、翠黛遇羽士兩段，我不知作者何苦自污其筆墨。

神怪小説，本無情理之可言。然《西遊》之寫妖魔鬼怪想吃唐僧，爲延壽長生起見，尚算是無情之情、無理之理。至姜子牙斬將封神，則并此無情之情、無理之理而亦無之矣。武王伐紂，其表面自謂吊民伐罪，其實則欲遂其天下一家之野心，無可爲諱者也。乃一衆神仙，偏偏要替人間帝王出死力争奪江山，豈非奇異之至者乎！

世界上的人類，因爲好吃懶做之故，所以想要做官，可以坐享現成之衣食住。而人類中最壞最刁者，更要想做皇帝，可以坐享現成之兼人之衣食住。此富貴二字，所以深中於人心，而世界上争競戰鬥之事之所以不能免也。至於神仙之爲物，苟其無之也則已。如其有之也，則據世人之觀察，神仙者實在無需於衣食住也。則所謂神仙者，果何爲而參加人世之戰鬥而争鷄蟲之得失爲也？

世人之所以艷羡神仙者，謂其不死也。乃今使無數之神仙，争投於戰鬥而死，以爲最壞最刁之想做皇帝者之走狗，我不知作者之心中爲何等之没分曉也！　怪哉，怪哉！

明永樂帝遣鄭和放洋，實爲尋覓建文之故，以其時有建文遜荒之説也。　於是作者乃演成《三保太監下西洋》一書。

金碧峰亦實有其人。　洪武帝以其詩中有『殊』字，謂其以歹朱爲譏諷而殺之者也。　作者乃扯之入書，謂之國師。

明代天師，未有著名者。　蓋張道陵之後裔，式微久矣。　乃作者使之與金碧峰鬥法，以湊熱鬧。以布局言，作者亦有點成算。　以章法言，則凌亂之至。　以詞句言，則拖沓縷覼極矣。

《兒女英雄傳》描寫北方人口吻神情畢肖，其形容下流社會之語言動作亦無不神似，惟措詞未免累贅。

書中寫十三妹，寫得頗好。　惟必寫到其嫁與安公子，實在無味。　寫鄧九公亦寫得好，惟必寫到其熱心爲女婿徒弟謀一官職，實在無味。　寫安老爺亦寫得好，惟必寫得其書霧騰騰，實在無味。　至於張金鳳勸十三妹同嫁安公子，其言雖辯，而實令閲者心中作哽。　何張二人勸安公子讀書求名，其理雖正，而實令閲者膚上生粟。

總之，此書瑕瑜互見，絶非全璧。　乃亦有不知誰何之傖，續加無數胡説，謂是燕北閒人原本。　其筆墨之淺陋竭蹷，較原書有天淵之别。　甚矣，人類中無耻之徒之多也！

《儒林外史》筆墨簡潔老到，爲白話長篇中不可多得之文。　惟叙事處，頗有嫌其枝枝節節，不似一氣呵成者。

長篇小説，所寫者非一人，所記者非一事，欲其不枝枝節節，除《西遊記》只寫唐三藏、孫行者、猪八戒、沙和尚遇妖逢怪之事而外，未有不枝自爲枝、節自爲節者也。其能一氣呵成者，則雖所寫者人各一事，事各一人，而自有其綫索可尋，挈其綱領則全體皆舉耳。故小説有以人爲幹，以事爲支者；若《紅樓》之寫寶玉、黛玉是也。亦有以事爲幹，以人爲支者，若《水滸》之一百八人盡入梁山是也。以人爲干者，綫索明而易尋，蓋無時無地不有其人之出現也。以事爲幹者，綫索伏而難尋，蓋人人雖以此事爲歸宿，而所以至於歸宿之地者，途徑各別也。然在作者布局，則幹又有幹，支又有支，或因人而寫其事，或因事而寫其人，顛倒參錯，自極其行文之致，而非可以一格拘者也。

《儒林外史》之布局不免鬆懈，蓋作者初未决定寫至幾何人、幾何事而止也，故其書處處可住，亦處處不可住。處處可住者，事因人起，人隨事滅故也。處處不可住者，滅之不盡，起之無端故也。此其弊在有支而無幹。何以明其然也？將謂其以人爲幹耶？則杜少卿一人不能綰束全書人物。將謂其以事爲幹耶？則勢利二字亦不足以賅括全書事情。則無惑乎篇自爲篇，段自爲段矣。

然以行文論，則筆筆中鋒，無有懦語。以叙事論，則句句乾净，無有懦詞，迥非風雲月露之詞章家所能望其肩背也。

純粹之白話小説，以《儒林外史》爲最。蓋其他之書，無不有文言及俗話、官話夾雜其中者也。

長篇小説中，有以俗話爲白話者，如《金瓶梅》是也；有以官話爲白話者，如《兒女英雄傳》是也；有白話而夾雜以文言者，如《紅樓夢》中之『鳳尾森森，龍吟細細』等詞是也；有白話而夾雜以俗話者，如《水滸》中之『干鳥麽』、『干獃麽』等語是也。其完全白話之小説，予生平實未之有見。其俗話、官話、文言較少者，似不得不推《儒林外史》爲首屈一指。純粹之白話，不獨『了』字、『呢』字、『哩』字、『的』字、『麽』字、『嗎』字等類之語助詞不可多用，若北方之普通話不能通行南方，南方之普通話不能通行北方者，如『爸爸』、『爹爹』、『你老』、『老板』、『堂客』、『師母』等類之名詞亦宜少用，即『紅東東』、『緑悠悠』、『甜滋滋』等類之形容詞亦不許亂用也。今舉《儒林外史》一段以爲標準：『五河縣有什麽人物？就只有個彭鄉紳。五河縣有什麽出産？就只有個彭鄉紳。五河縣那個有學問？就是奉承彭鄉紳。五河縣那個有才情？就是專會奉承彭鄉紳。却有一件事人家還怕，是與鹽商方家對親。可有一件事人家還親熱，是大捧的銀子拿出去買田。』此種盤空生硬語，是爲白話之正宗，蓋行之全國，傳之後世，無有人病其費解者也。

原書五十回，至添四客述往思來，彈一曲高山流水爲止，其最後之上諭奏摺進士榜等文不知誰氏所續？其人見解之鄙陋，已可哂矣。（原書極力回避功名富貴，而續者偏以鼎甲及進士出身之虚名加之。）乃不謂近日居然有縱絶古今横絶世界之無耻無賴之傖，輒敢於四十三回萬雪齋鹽船被劫之後，湯鎮召征剿苗洞之前，加入四回醜怪不堪入目之胡説。佛頭著糞，使人痛恨不已。在該傖自以爲看過幾部筆記，曉得姨太太求和尚傳種之事，因之忍俊不禁，大放厥詞，殊不知此等事情，安放《金瓶梅》中，猶爲最下等之筆墨，乃竟恬然不知羞恥爲何事，而以之羼入《儒林外史》中，且以沈瓊枝之豪爽，竟强之嫁宋爲富，又使之受和尚之點污，其人之毫無心肝，一至於此！金聖歎批《西廂續本》謂：『醜至於鬼止矣，此并非鬼；臭至於痾止矣，此并非痾，非鬼非痾，是其够不上鬼痾者也。』吾以移贈該傖，尚嫌太文，要當取《續西廂》所謂『寸木馬户屍巾』者謚之而已。

《三國演義》爲歷史小説之最佳者。蓋三國時人才最盛，材料較各朝各代爲佳，佔天然之優勝故也。

書中極力尊崇關雲長，然寫來不免有剛愎自用之失。

寫孔明亦是極力推尊，然借風、乞壽、袖占八卦、羽扇一揮、回風反火等事，適成爲踏罡拜斗之道士行爲，殊與賢相之身分不合矣。

孔明治蜀，實爲莫大之經濟。陳壽謂其不長兵法，并不足爲諸葛公病。而《演義》中偏要説其用兵如神，實在是貶抑了孔明身分。

統觀全書，倒是寫曹操寫得最好。蓋奸雄之爲物，實在是曠世而不一見者。劉先主奸而不雄，孫伯符雄而不奸，兼之者獨一曹操耳。雖作者未嘗爲之出力，而平鋪直叙寫來，已使人不能不注意也。

書中寫曹操，有使人愛慕處，如刺董卓、贖文姬等事是也。有使人痛恨處，如殺董妃、弑伏后等事是也。有使人佩服處，如哭郭嘉、祭典韋以愧勵衆謀士及衆將，借督糧官之頭以止軍人之謗等事是也。

又曹操之機警處，狠毒處，變詐處，均有過人者。即其豪邁處，風雅處，亦有非常人所能及者。蓋煮酒論英雄及横槊賦詩等事，皆其獨有千古者也。

古今篡賊亂臣，以王莽爲最可笑，以曹操爲最可怕。《三國演義》能寫出曹操之可怕處，比較《東西漢》之寫王莽者，直有雲泥之别。

至其布局用筆之佳，穿插剪裁之妙，盡小説之能事，金聖歎已詳言之，不必再爲之喋喋也。

《金瓶梅》一書，醜穢不可言狀，其命意，其布局，其措詞，毫無可取，而世人乃目爲『四大奇書』之一，此可見世上并够得上看小説書之人而亦無之也。可哀也已！

男女之事，世界上人類所不可免之事，亦人人所能知能行之事，實在用不着作者做書以示人。乃今作者居然做出此一部之《金瓶梅》，則是作者必有其所以忍俊不禁之原故。今觀其書，不過爲奸夫西門慶、淫婦潘金蓮延長數年之生命，以暢遂其淫欲而已。然則作者之費筆費墨費紙費光陰，無非爲奸夫淫婦出一番心力。作者於此，可謂一錢不值也已。

《水滸》之寫西門慶、潘金蓮也，謂破落户之交通官府，無惡不作而寫之者也，爲官府之糊塗顛倒而寫之者也，爲平民之不自度量而娶驕惰之大户使女而寫之者也，爲虔婆惡鴇之引誘婦女犯奸而寫之者也，爲豪俠之士殺人報仇而寫之者也。彼《金瓶梅》者，徒震驚《水滸》五字訣、十分光之妙文，乃竊取之，而增續無數之狗尾蛇足。昔金聖歎罵《續西厢》者，爲其專畫下半截美人。作者殆除却下半截，此外絶無所謂者乎！

《金瓶梅》以前未有淫書，作者誠足爲作淫書者之始祖矣。但其他之淫書，其所寫之若男若女，無論如何污穢齷齪，决不至如西門慶、潘金蓮之甚。蓋奸夫淫婦之罪惡，亦自有輕重之分，即如《水滸》中潘巧雲之於海闍黎，賈氏之於李固，猶爲彼善於此者，一則尚無謀殺楊雄之心，一則謀殺盧俊義而未成也。今作者偏有取於罪惡重大之西門慶與潘金蓮，苟非作者淫凶之性與之俱化，亦必作者惟恐世人之不淫凶，而必欲牽率之以同歸於惡獸之類。是即作者恥獨爲惡獸之意志也乎！

今之人之讚頌《金瓶梅》者，以爲作者能描寫下流口吻，此亦何奇之有？《兒女英雄傳》中，對於北方市井無賴口吻，亦寫之不一寫矣。夫描寫各種人口吻，乃是作小説者應有之知識與筆力，安得以之推崇淫凶之作者？

統觀《金瓶梅》全部，直是毫無意識；其布局之支離牽强，又無章法可言；至其措詞，則全是山東土話，可厭已極。獨其寫男女之事，懃懃懇懇，有如孝子慈孫之稱述祖訓者然，使人翻閲一過，有如春日行街市中，處處見有野狗覓偶也。

燕北閒人自謂圓成了何玉鳳婚事，不枉出了一身臭汗。我知作《金瓶梅》者將西門慶潘金蓮出力寫做一處，亦必自謂不枉。然我却要替筆墨紙張大哭其寃枉也。

《野叟曝言》，毫無道理，其荒謬處，且過於一切之神怪小説。前半部雖胡説亂道，尚有些微之作意。至後半部，則更無意識之可言，不知其野扯胡拉説些什麽。

《金瓶梅》之可厭處，最以其出死力寫西門慶、潘金蓮，其好惡實拂人之性。而《野叟曝言》之極力寫文素臣，其可厭正不下於《金瓶梅》之寫西門慶、潘金蓮者，以其本領太大，實違反乎人情也。

世界上皇帝之爲物，本不甚可惡，自有尊王之一説，而皇帝遂爲極可惡之東西矣。蓋一人妄自尊大，只好在門角落裏稱雄，無人理睬，彼固無可如何也。設使皇帝之側，而無一般官迷之物拼命去恭維者，則皇帝亦門角落裏自稱自讚之名詞而已。自官迷者以爲非巴結皇帝，則不得好官而做之，於是乎造作尊王之説以自掩其鑽營奔競之醜，而皇帝也者，亦自以爲龐然大物，應該受一般人之香花供養者，豈非官迷者所抬舉而成者乎！作者爲文素臣揭尊王之標幟，其志無非在做官；做官以後，無非多生幾個兒子，世代都以官爲業。此其見解之卑污齷齪，尚有絲毫清明之氣耶？

范仲淹以天下爲己任，志在救民，絶非一般官迷者所能借口。蓋其人所做之事實具在，可覆按也。文素臣以一諸生，到處以尊王之説哄人，及其既做宰相之後，除尋找和尚道士的晦氣而外，絶不爲小百姓謀生聚教訓之法。此種人盈天下皆是也，又何煩作者出死力以寫之？

至寫李又全姬妾一段之奇穢，寫東宫救駕一段之奇謬，又其不堪寓目之甚者也。

《説唐全傳》所寫者隋唐之際之事，程咬金之爲瓦崗寨主，李元霸等之一十八條好漢，皆出此書。今之販夫走卒口中之隋唐故實與戲劇所演之唐代事實，無不奉此書爲藍本者。

《羅通掃北》，直接《説唐》，其後又有《征東》、《征西》二傳，又繼之以《薛家將》，此類之書，流傳非常之廣，實有鼓動社會之能力，而惜乎其所稱述者，不足以開通民智也。

《彭公案》、《施公案》、《永慶昇平》前後集，均出於北方説書者之手。其所稱述，無非血氣之勇之事，筆墨之淺陋鄙俚，可發一噱。然而行銷極廣，其鼓動下流社會之能力極巨。庚子拳亂，即是此等書深入於人心，遂致釀成大變，可畏也。

神怪小説，至《濟公傳》而胡説亂道之能事畢矣。歷來所有神怪小説中所言神怪之本領，濟公乃以一身兼之，世界上無有做不到之事，其荒唐有如此乎！

《西遊記》以心喻孫行者，心中思想之所及，可謂廣漠無垠，然孫行者尚有做不到之事。惟濟公神通廣大，隨便做去，天下已無難事。《西遊記》之作者死而有知，當亦望洋興嘆。小説之紀濟顛事迹者，原有《醉菩提》一書，其事實都從《醉菩提傳奇》中演出。其寫濟顛之靈異處，雖爲情理之所無，尚爲事理之所或有，但已不免於荒唐。若《濟公傳》，則惟恐荒唐之不甚者也。而今而後，我乃知荒唐之程度，亦無有止境。我真不敢皮相世之小説家矣。

至《濟公傳》筆墨之糟，亦復與其荒唐之程度等。全書續至二十集之多，有味乎其言之，可謂三姑娘的裹脚布，又長又臭矣。

《蘭苕館外史》，又名《里乘》，其書筆墨於《聊齋》爲近，警峭處却不及《聊齋》。

《螢窗異草》，乃專學《聊齋》者，筆墨板重，不若《聊齋》之靈活。

《夜雨秋燈録》，亦不能出《聊齋》之範圍，其筆墨且不及《螢窗異草》。

《雨窗消意録》，朱暝庵作，署名曰牛應之者，取呼我爲牛，吾亦應之以爲牛之意也。其書東抄西湊，胡亂成篇，真不愧爲瞎説。（暝庵晚年目眇，罷官歸長沙，無以爲生，乃作此書，對於當時名公巨卿如曾文正等大肆譏彈，敲索多金，遂重行編訂，出版匆卒，乃專以抄襲爲事。）

《暝庵雜識》，爲朱氏既得多金之後所作，所叙述當有可觀者。朱氏自負不淺，故牢騷特甚。其《誡子詩》曰『粗教讀書勤教諂，仕途通達不關才』之句，其罵世者酷矣。

《閲微草堂筆記》，爲紀曉嵐晚年之作。紀氏一生心力，全在《四庫全書提要》，故無他項著述。筆記之作，特發揮其鄙薄理學先生之意思而已。

理學先生之爲物，是否有功於世道人心，非熟加考慮，未可加以斷語。遠溯理學之所自出，實由宋儒倡之，其真也固可敬，其假也實可怕。然則以爲理學之説，只當律己而不當以之責人。然世之講理學者，處處以之責人，則又何怪反對者之以假理學苦相詆毁哉！

紀氏筆墨簡老精潔，在一般筆記中未有能出其右者。有時論斷事理，頗能持平。閲者當取其長。其斷斷與講學家爲難處，存而不論可也。

《聊齋志異》一書，幾於家家有之，人人閲之，多有崇拜其筆墨之佳者，甚且欲學之以爲作文紀事之法。我則以爲《聊齋》之文，萬不可學；學之者必至蕪詞滿紙，不能達意。

大凡紀事之文，務求其簡潔。簡而能腴，潔而能峭，是爲上乘。苟其專求腴峭，則雕鏤涂飾之功多，必至詞餘於意（《聊齋》之不得爲上乘者在此），反不若專求簡潔者，雖筆墨不免枯瘠，而意盡而詞亦竭，決不至取厭於閲者。故學文而從意潔入手，學之不成，所作者不過無甚趣味；學文而從腴峭入手，學之不成，所作者僅有詞藻，不能知其命意之所在矣。

近人亦有鄙薄《聊齋》者，然所指摘之點謂不應説鬼談狐，涉及迷信。此又誤矣。鬼狐之在世界中，實在確有此一物，則取此物而裝點之，亦何異假託一人名以裝點之也。至於迷信二字，範圍甚廣。迷信科學，迷信宗教，以至近日新式人物迷信外國人之論調，其間有利有弊，不可概論。若必謂迷信神權爲不當，則神權之與鬼狐大有分別，未能執此訾古人也。

《慘女界》立意甚新，用筆亦細，惟力量不足，不能提挈全書。

書中以黄逸爲主人，而所叙者冷氏之事最詳最多，可知此爲專爲冷氏而作。

女界之黑暗，誠有如作者所言。而推究原因，弊在家庭者什之六七，弊在社會者什之四三，絶非女權不發達之故也。

吾國家庭之所以腐敗者，在無數之人依賴一人，而又加以無窮之責望。故爲之者一，而食之者數人以至數十人，而又皆不事其事，群居終日，則驕惰媢嫉之心生焉，而種種之罪惡成焉矣。而家庭中之分子，如姑婦姊妹姑嫂妯娌之屬，長日相對，積久生厭，箕帚之誶，争爲事實，所必不能免。婢妾傭婦又挑撥其間，加以衣服飲食之不能遂意，怨家長，怒儕輩，生於其心，害於其事，骨肉乃成仇讎矣。

吾國社會之不良，在鈐束女子不許有獨立謀生之事。據表面以觀，女子受男子之供給，一似養尊處優，生活殊爲安逸。豈知女子之在家庭中所盡之義務，最瑣屑細微，亦最勞苦忙迫；而對於生男育女，則又完全負責，用盡心力；尤其甚者，則婦女勞力以供男子之淫賭。然而，社會上則婦女從未佔有正當職業之地位（有如女紅之事，雖屬婦女專門藝術，而所獲之代價，非常微薄，即其明證）。故婦女之在今日社會中，幾成爲伴食之廢人（實際上婦女能自謀生，亦復不少，而無奈男子之日朘其生何也）。蓋女子生活之能力，盡爲男子所掩奪，而女子乃確爲男子之奴隸矣。至於男女不平等之尤者，社會上之所謂公論，專責婦女以貞節，而絶不責男子以貞義。或且謂女子以色事人，以見好男子爲幸事；男子漁色，乃是風流韻事。其謬妄有如此者，家庭如彼，社會如此，女界又安得而不黑暗乎哉！

女權之説，未嘗不是。然專一提倡女權，而家庭如故，社會如故，乃何有正當之女權可言？其言女權者，必至誤會而發生貶損個人人格之事，此不可不慎者也。故欲言女權，非改革現在家庭之制與社會之習慣不可也。

《慘女界》一書，所述女子之苦痛，特千百之十一耳。有形之苦痛，筆墨之所能達者，書中已及之矣。其有無形之苦痛，口不能言者，書中所未及不知凡幾。嗚呼，女界其何日始得有一綫之光明乎！

黄逸以一少年女子，隻身走天下，以提倡女權爲幟志，真是奇人。世有其人不可無此記載，世無其人不可無此思想，故此書雖結構不佳，而一片救世之心，實令人傾服也。惟泛言女權，恐不免有誤會者，因發表我之意見如上述。

《池北偶談》，相傳爲王漁洋欲購《聊齋》而不得，乃成此書。漁洋筆墨脆弱，作幾句（似乎有寓意，似乎無所寓意）之詩，頗足以震駭鼠目寸光之時文朋友；以言作文紀事，則實在不敢恭維。

《香祖筆記》，亦漁洋作。此不必展閱内容，即看此標題，已可想見矣。昔人謂貧兒暴富，所陳列之器具，務必求其富麗奢華，若世家大族之所陳列，雖醋瓶醬瓿雜諸彝鼎之間，亦不失之寒酸。今之必搬出『香祖』二字爲書名者，即是極力自誇富有，以求掩飾其寒酸之態，而不知適足以表示其寒酸也。

《七俠五義》，做得頗有點道理，傳聞係石玉崑説書舊本，曾經曲園老人點竄者，似非無因。此書舊稱《三俠五義》。三俠者，北俠歐陽春，南俠展昭，雙俠丁兆蘭、丁兆蕙。俠之稱者，人實有四。曲園乃加以小俠艾虎（原書稱小義士），黑妖狐智化，小諸葛沈仲元而成七俠。本書無結束，續集亦未之見，坊間乃以《小五義》及《續小五義》以繼承之。所叙述之事實，均不能聯貫。

《小五義》及《續小五義》，詞不雅馴，確是説書者之口吻，亦確是説書者之見識，無足觀也。

《蟫史》亦神怪小説之一，惟筆墨簡潔雅馴，較他種神怪小説之拖泥帶水者有上下床之别。且其所稱白鸃食沙、蝎鬼尋仇等事，均有來歷，迥非他種神怪小説之信口開河者可比。即其描寫淫穢處，亦以唐人小説述事之法出之也。

余嘗謂《蟫史》爲章回小説中之别體，《諧鐸》爲篇段小説中之别體，不獨蹊徑不同，其筆墨亦另是一種也。

《花月痕》一書，在長篇小説中亦頗有作意，惟最可厭者，無一回不有詩詞歌賦也。憶某傳奇中，書童調侃其相公曰：『我們相公，左也是一首詩，右也是一首詩，將來打死了人，免不得做一首詩，就算償命。』此可移贈《花月痕》之作者矣。

然世之崇拜《花月痕》者，則又無不傾心於其詩詞歌賦。此雖各個人之嗜好不同，而實非具有看小説之眼光者也。我以爲《花月痕》中所寫，只有癡珠臨死一段寫得最好，其餘都無警策動人處。至最後寫到採秋帶兵打仗，則荒謬支離，毫無價值，直到非鬼非病之醜臭地步矣。

《隋唐演義》在歷史小説中，除《三國演義》外，無有能及其精詳明確者。梁晋竹《兩般秋雨盦隨筆》謂其取材多係唐人記載中摘出，幾於無一事無來歷者，信也。但其附會處亦復不少，如朱貴兒割股，煬帝誓與世世生生爲夫婦，及達奚盈盈事，梅妃未死，遁入尼庵事，非向壁虚造，即張冠李戴，閲者不可爲古人所欺也。

《隋煬艷史》，乃節取《隋唐演義》中事實，生吞活剥而成，而加以淫穢之詞句者也。其書在一般之淫書中，固爲此善於彼，然實無甚新奇之意思及語言，何必多此一舉。

《仙俠五花劍》曾登載滬上某報附張，亦頗有作意，筆墨尚能達意，在一般之俠義小説中可稱佳作，惟情節殊嫌簡單，閲之苦無餘味。

俠義小説最難得良好之材料。本書材料，選擇良好，實可以結構爲極大之宫室，工師於此可謂得大木矣。乃不謂工師自覓得之大木，自己斲而小之，不能不代爲惋惜也。本書以空空兒等五劍仙爲主，而爲之各覓一徒弟，此其可以發揮者原不可以限量。奈何作者只寫到一個採花之淫賊，竭衆仙俠之力以殲除之，而遂斬焉而止，豈非大材小用者哉！而坊間之所流傳之俠義小説，偏偏胡枝扯葉，拉草助蘭（如《施公案》、《彭公案》等）。諺有之：『三姑娘的裹脚布，又臭又長。』我更深惜作者之惜墨如金，不肯竭盡花奴之技，以羯鼓解穢也。

《青樓夢》一書，非常之卑污鄙俚。吴諺所謂『肉麻當有趣』者，其此類作者之心理也夫。

嫖之爲事，在今日齷齪之社會中爲一般之人所不能免。賣淫之爲事，在人類職業未普及之前亦不能絶滅，其亦可謂極尋常極卑卑不足道之事矣。乃不謂人類中居然有一種之無耻之徒，以嫖爲莫大之本領，而大誇張而特誇張之（如《九尾龜》之作者寫章秋谷以自况之類），不亦可笑而又可哀之至耶（今使有女子以賣淫爲本領而自誇自讚，是否有一唾之價值）！但《九尾龜》等書之作者，據其所自述者觀之，總算看見過賣淫婦，所謂没吃過猪肉，尚看見過猪跑路也。至《青樓夢》之作者，則看見過賣淫婦與否，尚屬疑問。蓋《九尾龜》之寫嫖，猶像嫖。《青樓夢》之寫嫖，不像嫖也。

《繪芳録》一書，其卑鄙之程度，較《青樓夢》爲少差，然亦是『肉麻當有趣』者。

小説中之自誇學問者，必其學問之尚有可觀者也。如《鏡花緣》、《花月痕》雖無甚道理，而作者之胸中腕底，究竟寫得出幾行文字來也。即至不堪如《野叟曝言》，亦能推陳出新，放膽胡説。至於

《繪芳録》一類之書，自己之學問既極其有限（乃至以時文自豪），而見解又鄙陋不可言。我不知筆墨紙張之爲物，何冤何仇於此類之作者，而横遭其糟塌也！

世界上胡説狗屁之小説，當無有再甚於《濟公傳》者。然閲之只可以發笑，不至於使人生氣者，以其自安於胡説狗屁也。至於《繪芳録》一類之書，分明是胡説狗屁，而又偏要正襟危坐而談，所以閲之者竟要生氣矣。

《九尾龜》爲作者自寫其歷史之作，章秋谷即作者之化身也。其取「九尾龜」以名其書，意在敲康中丞之竹槓。然爲之循名核實，則所謂「九尾龜」者，殆作者之自命耳。何以知其然也？《九尾龜》之主人，在作者已表明其爲康中丞，但所寫康中丞之事，不及章秋谷百分之一，則是作者雖硬以「九尾龜」之名加之康中丞之頭上，而統觀全書事實，實在是專爲章秋谷作傳。在作者如此寫法，大約是章秋谷喧賓奪主。而在閲者，不能不認爲康中丞反主爲賓，於是章秋谷之在書中，事實上不能不算是真正之主人，而此「九尾龜」之名，捨章秋谷又奚屬哉！

嫖也者，以財博色者也。賣淫也者，以色博財者也。此其在商業中，雖不能算是正式之營業，而以交易之道言，似不得不謂之各得其所。今《九尾龜》之叙章秋谷，幾於無處不佔便宜，則是皮肉貿易場中，有此億則屢中之駔儈，誠亦足以自豪矣。

偵探小説，我以爲《奪嫡奇冤》一書最爲佳構，以其事事逼真，較其他之偵探小説，尤爲近情近理也。

沙爹奴作惡之才，寫來可畏。然仔細按之，凡少年揮霍之人，苟至窮極無聊時，却不難做到如此地步。我於此遂有兩個覺悟：其一、揮霍之人，凡所以謀財者，可以無所不爲；其二、少年人自恃聰明，未有不蹈斯弊者，不可不儆懼者也。

理野墮侯爵，純乎是個紈絝子弟，其人心無主宰，一味任性，是以釀出此等家庭奇變。爾卑爾德，却是一個好少年。世禄之家，得如此子弟，亦正不易。

機羅奇之正直，在勞動社會中，殊不易得。我則以爲惟勞動社會中人，乃可以有此真正性情，蓋不爲勢屈，不爲利誘，非頭腦簡單之人不能也。

庫理野亞見檢察官搭卜鑾爲其未婚夫（爾卑爾德）求解一段語言，情真氣壯，咄咄逼人。沙爹懦之謀財殺命，實由於供給理野亞之故。僅就理野亞之奢侈觀之，不過一尋常婦人而已。及觀其力助沙爹懦自殺一番語言，英氣勃勃，實不愧爲奇女子。

統觀全書，情節非常佳妙，惟譯筆少遜，然實不能埋没原書之長也。

《不如歸》，爲日本著名小説。往歲在天津，曾見有從和文直譯之本。其筆墨之惡劣，簡直不堪寓目。蓋開口駡『馬鹿』，閉口駡『馬鹿』，一篇之中三致意焉。此在原本中，雖多有此種名詞，而譯者原不妨略可以塗改也。其後林琴南從英文轉譯，遂成甚佳之小説。其在英文原本，想必較和文原本爲佳，而譯者善於修詞，其功不可没。

《血蓑衣》，亦日本有名小説。然譯筆不甚出色，事實亦支離牽張，有許多不近情之處。

《鬼士官》，亦日本小説。譯筆亦不出色，然其事實頗佳，惜不能演成妙文，實在糟塌了小説材料。

《鏡花緣》，爲作者誇張學問才情而作。立意布局，在當日一般之陳舊頭腦中，良可謂之新穎。無海外各國風俗，即是作者表示淵博處，無甚深意。至盧陵復辟，長安城外之酉水、巴刀、才貝、無火四關大戰，尤爲無理取鬧。是知作者之才，不過爾爾。乃時時以少子自誇，欲比美於老子，不亦顔厚矣乎！

《官場現形記》，距今十年前，爲膾炙人口之書。然以比較的眼光觀之，實有詞多意少之弊，且趣味亦殊淡薄。蓋官場中人之鑽營奔競，擠排傾軋，其手術大略相同，惟施用微異而已。寫之不已，花樣必然簡單，事實必然重復，閲之乃索然興盡。至作者之筆墨，固極善於形容，而有時亦嫌形容太過，不留餘地，使閲者無有餘不盡之思。

書中寫得最好者，胡統領征剿嚴州百姓一段事實，其餘平平，且時有枯澀之象。以李伯元之筆墨作小説，猶不免此病，是知作小説之難，非可漫然爲之者也。乃世之率爾操觚，自命爲小説大家者，滔滔皆是，吾其如此文豪何哉！

《二十年目睹之怪現狀》，爲吴趼人先生自述見聞之作，近世所出之社會小説，未有能駕而上之者。

全書布局以一我字爲綫索，是其聰明處、省力處，亦是其特别處。

自第一回至二十回，寫得最好。 二十回以後，微嫌疏散，不及前二十回之精神團聚。 家庭怪狀，幾於無家不然，蓋家族制度不良之故也，書中所述伯父一段故實，以我之見聞所及，猶屬尋常。

官場爲消磨人才之地，亦是造成罪惡之場，故所寫怪狀，終以官場中人之所作爲多數。 作者於第□回下『官場中簡直是男盜女娼的了』之斷語，罵世傷時至此，我知其深恫於厥心矣。

跰人之文，豪而不爽，細而不曲，故間有縷覼疏率處，但其筆墨已爲近今所罕見矣。

《恨海》一書，最爲跰人佳作。 其筆墨之老到乾净，可謂應有盡有，應無盡無，其寫情真摯處，尤非填砌風雲月露之詞之洋場才子所能夢見。

《痛史》爲跰人未完工之作，其寫南宋滅亡之慘，元人淫殺之酷，蓋有爲而言之，有心哉，有心哉！

《新紅樓夢》爲跰人游戲之作，無甚道理。 此類理想小說，原不妨獨抒己見，何必借《紅樓》中之寶玉以爲之主人？ 我於此乃無取焉。

《電術奇談》，跰人得名之始，乃以此書。 原文結構實佳，譯筆亦圓轉自如之至。

喜仲達之古道，蘇士馬之作惡，鳳美之深情，阿卷之熱腸，隨意寫來，栩栩欲活，惟有時不免詞責耳。

書中謂執達吏爲封財產之小官，是爲訛誤之點。 但當時於外國風俗習慣，多屬懵然，此種官名，自難求其甚解。林琴南譯莎翁劇本，謂是短篇小説而未有譏之者，蓋此類小疵，不足爲病也。

張山來輯《虞初新志》，所選録者，文情并皆佳妙。鄭醒愚輯《虞初續志》，所選録者，即已不能一律。近人有輯《虞初廣志》者，選録各篇，佳者什之一二而已。

《虞初》九百，爲説部之始，其文久佚，不可知矣。近日坊間忽有《虞初志》出現，所選録者，不必問其時代是否符合，文字是否佳妙，但觀拉出一湯臨川爲之評點，其爲冒充字號已顯然矣。

《日下舊聞》寫燕京掌故，搜羅殆盡，斷推爲有清一代筆記之巨擘，而竹垞翁之博聞强記，於此亦窺見一斑（書中有非竹垞所敢言者，疑係廉親王允禩之子弘□所著）。

《天禄識餘》所記述者，頗多珍異，内府秘笈，知高江村之涉獵者多矣。

《説郛》匯集漢唐宋元明各家著作而成，而以宋人筆記爲最多，頗有不經見之孤本。至《鈎命訣》、《含神霧》諸書，士林且有不知其名者，《説郛》均收載之，是亦汲古之功也。

緯書之傳世者，若《元命苞》、《參同契》等，讀者良多。

書中所載司馬温公之『七國象棋』，以骰子爲酒令之《餘紅醉緑譜》，均他書所未見。

《説鈴》，亦叢書之有裨於考古者。

《唐代叢書》，搜羅唐人小説及小品文字極多，今坊間改名爲《唐人説薈》。

《宣和遺事》，記趙宋亡國之事特詳，稗史之足供參考者也。

《明季稗史》，亦《宣和遺事》之類，閲之使人傷感。

《明季南北略》，記明亡時事，巨細皆詳，且於當日重要人物，皆有小傳，留心史事者，不可不讀之書。

傳奇以《長生殿》爲空前巨製，才氣橫溢，冠絶藝林，元人百種，玉茗四夢，皆無此魄力。孔雲亭之《桃花扇》，稍可與之頡頏，而詞華之典麗，則少遜焉。李笠翁之十種曲，完全是俳優語，其品不足稱也。蔣苕生之九種曲，失之太剛，生硬處使人望而生畏。近世有所謂玉獅堂十種曲者，其本事多取之《蘭苕館外史》，則尤卑卑不足道矣。

陳鍾麟之《紅樓夢傳奇》，其剪裁原書處，往往點金成鐵，其筆墨亦不能圓轉自如，生吞活剥，又加以硬凑，以致全無是處。至音調訛舛，尤爲指不勝屈。我不知其何苦現世也。桂未谷慕徐文長《四聲猿》之作，亦成傳奇數折，其病與陳氏同。

張度西之《六如亭》，演王朝雲事，并摭温女欲嫁蘇長公事以入之，文詞斐然可觀。吾家向有抄本，未幾失之，頻年奔走湖海，遍覓刻本不得。

舒鐵雲驚才絶艷，所作《修簫譜》南北曲四套，曰《卓女當壚》，曰《樊姬擁髻》，曰《酉陽修月》，曰《博望詩星》。其文詞不逮所作之詩，然頗有警句。

《儒酸福》，魏玉岩作，間有佳句，然結構謹嚴，不失尺寸，非率爾操觚者比也。

近人傳奇有《懸嶴猿》、《帝女花》諸作，詞調訛誤處頗多，文詞亦不甚高妙。

《西厢記》自是佳作。坊間傳本，經金聖歎假託古本，任意塗抹之處不少（如《驚艷》一折中『儘人調戲』四字，實在無理，而聖歎矯强其説，謂是『天仙化人』之類），閲者不可爲古人所欺。

高則誠《琵琶記》，自是有功世道人心之作，然以文詞論，則微嫌其枯瘠。

《燕子箋》文詞甚佳，而事實則實在不足取，與笠翁十種曲所取之材料相同。

《春燈謎》相傳爲阮圓海自懺之作，事實較《燕子箋》稍佳。

臨川四夢，自以《牡丹亭》爲最佳。文心之曲，文筆之靈，有元人所不及者。《鞋兒夢》較次折《柳陽關》一折，最擅勝場。其《邯鄲夢》、《南柯夢》罵世較爲顯明，湯玉茗一肚皮不合時宜，於此傾吐殆盡。

《荆釵記》爲誣蔑王十朋之作，然文詞却佳。

《拜月亭》文詞佳處，不減《西厢》。

《殺狗記》文詞有佳者，却不及《荆釵記》。

《黨人碑》自是名作，其寫謝瓊仙之少年氣盛，熱腸交友，神情躍然紙上。

《鳴鳳記》寫鈐山父子之薰天氣焰，寫趙文華等之諂媚，令人怒，令人笑。寫楊繼盛夫婦之孤忠苦節，令人泣，令人敬。是不可多得之文字。

《右臺仙館筆記》，俞曲園晚年所作。曲園説經説子諸作，頗有心得，而文筆則頹唐實甚。本書叙事，膚淺潦草，實不佳妙，未敢以其爲老名士而回護之也。

《茶香室叢鈔》，亦曲園作，筆墨較前書稍覺可觀。

《池上草堂筆記》，中多因果報應之説，在當時之社會中，此類勸善懲惡之文字，意在防止少年之妄動，用心不可謂不厚矣。

《坐花致果》，所寫者皆因果報應之事，實開《感應篇圖説》、《陰騭文圖説》諸善書風氣之先。

《對山書屋墨餘》，上海毛祥麟作。其中所記多有關於掌故者。坊間或改爲《快心醒睡録》，石印發行。市儈之不通，可笑如此。

《快心編》，舊式頭腦之長篇小説也，雖不能免公子逃難中狀元，小姐私訂終身種種關目，然尚有思致。

《楊家將》，乃《説唐傳》一類之書，《呼家將》亦然。書中事實，僅足供戲齣材料而已。

《南唐演義》，由《楊家將》等書抄襲而來。臨陣招親，及女將殺四門等關目，無書不有。此類之書，觀其一部之結構，至翻閲他書時，只須記其人名而已足，其事實則無有不大同小異者也。

《五代殘唐》，比較以上諸書，爲有作意，然筆墨亦不佳，乃坊間强拉出湯臨川爲之批評。若士先生有靈，能無失笑？

《東西漢演義》，筆墨笨滯之極。《前後英烈傳》，筆墨軟弱之極，然結構却在《説唐傳》一類書之上。

《鐵冠圖》，記明亡時事，筆墨枯澀，較諸傳奇有上下床之别。

《粉妝樓》，較《楊家將》諸書爲有思致。胡奎買人頭一事，可謂奇想天開。然其中乃全抄《水滸》

潯陽江、清風嶺二一段文字，膽大臉厚已極。

《鐵冠圖》，寫明代故實，至烈皇殉國諸折，令人痛恨亡國之臣不已。

《桃花扇》借兒女子私情，寫國破家亡隱痛，筆力健舉，凌躐古人，雲亭於此爲不朽矣。

《梨花雪》寫黄氏女子殺賊全貞，《白頭新》寫亂離夫婦暮年合巹，皆可歌可泣，感人至深之事實，然文詞較遜。

《一文錢》罵世之作，《人獸關》亦罵世之作，其中尤以《羅夢》及《演官》二折爲極挖苦刻薄之致。

《千金笑》，沈蓉漁作，本事見所作《諧鐸》中。曾在友人處翻閲一過，今坊間已無從覓購矣。

《子不語》，袁子才作。子才有文無行，寫男女狎褻事，是其專長。書中《控鶴監秘記》等事，津津道之，若有餘味，是子才得意之文字，亦即子才作書之本意也。嗚呼，穢已！

余澹心《板橋雜記》，借南部煙花，寫故國淪亡之痛，於盛衰之際，感慨繫之。其事則《北里志》、《教坊記》之事，其志則《西臺痛哭記》、《心史》之志也。

《天雨花》，在彈詞中，曾經風行一時。蓋當日之家庭及社會情狀，不能再有高尚之思想也。書中寫左維明因得桓小姐詩扇，乃與之訂婚一事，令人觀之，殊覺肉麻，當日則以爲風流韻事也。至有清光緒時，尚有襲其故智，以詩扇故遺於地，以求嫁人者。女子之鄙陋無識如此，可鄙亦可憐矣。然而吾國社會之不知改進，乃至此種陳舊不堪之男女愛慕法，竟相沿至一二百年之久，不亦可痛乎哉！

《十粒金丹》，在彈詞中毫無價值之可言，然我却嘗聞有人津津樂道之。其人之見解及心胸可以想見。

《鳳雙飛》，在彈詞中可謂佳作，然不似女子手筆。其寫白無雙，固已不成話説。而其寫郭凌雲與張逸少，偏偏要寫到十分可疑地步。如確係女子手筆，則亦大可爲一般女子被男子在小説中描寫得十分不堪者，大吐其氣也。

《三笑姻緣》，當是出於蘇州説書者之手筆。其中所寫事實多有不近人情者，而恰無不合於戲情（如王老虎搶親而賠了一個妹子，華文、華武之調秋香，在後花園做貓叫是也）。惟唐六如、祝枝山、文徵明三君，則爲説書者之口嚼得稀爛矣。不亦冤哉！

《珍珠塔》當亦是説書者所編，亦以其所重者在戲情，而不求其近人情之故。此外，《玉蜻蜓》等書，亦同此弊。

近人所做彈詞，筆墨可觀。而又能唱者，陳蝶仙所作其選也。張丹斧之女《折白黨》則實在不能唱，以其説白太多故也。（冥飛）

近人陳衍所集《石遺室叢書》第十二卷《然脂新話》有曰：『古之傾國傾城者，多老成人，無韶年稚齒者。案：武后十四歲爲太宗才人，三十歲高宗乃立爲昭儀，三十一歲爲皇后，三十六歲决百司奏事，五十歲稱天后，五十四歲受百官四夷朝，五十九歲高宗崩，六十歲踐大位，六十一歲幸馮小寶，七十二歲幸張昌宗；八十二歲昌宗死，遂崩。開元二十三年册壽王妃楊氏，開元終二十九年，天寶四載册爲貴妃，十五載死。計爲壽王妃十一年，玉環年已二十有八，薨時年三十有九，或云四十。漢成帝鴻嘉三年，歲在癸卯，立趙后姊弟爲倢伃，乙巳六月立飛燕爲皇后，甲寅三年帝崩。計前後十二年，姊弟亦當在三十左右。《野獲編》云，萬貴妃生於宣德庚戌，及笄，侍上於青宮。憲宗以正統十四年立爲太子，時方三歲，妃已二十歲矣。妃以成化二十三年正月初十薨，計其年已五十八。而上以是秋八月上昇，壽僅四十一，則妃實長於憲宗十七年。又《明樂府》：帝嬖萬貴妃甚，每呼爲「侍官」。及妃薨，帝慟曰：「萬侍官死，我何用生爲？」妃年將六十，猶能使憲宗如此。』是則爲婦人女子，苟思有以異於庸衆，亦非增其年歲不足以爲老奸巨猾。彼青春年少如花之蕾者，徒爲可憐蟲而已！嗚呼，傷哉！

中國自古帝王家中，其父子夫婦之間常多慘變。然爲之臣者，每遇廢后廢儲等事，上章苦諫，以之喪生者時有所聞。彼一家人之事，與卿等何涉，乃必捨性命以争之，真不解是何苦也！兹更有可笑者，如陸放翁《避暑漫抄》中載：『則天臨朝，太平公主引其弟昌宗入侍，昌宗薦易之器用過臣，即令召見，俱承辟陽之寵。右補闕朱敬則諫曰：「臣聞志不可滿，樂不可極，嗜欲之情，愚智皆同，惟賢君能節之，不使過度，則前聖格言也。陛下内寵已有薛懷義、張易之、昌宗，固應足矣。近聞尚食奉御柳模，自言子良賓潔白美鬚眉。左監門衛長史侯祥自云「陽道壯偉，過於薛懷義」，專欲自進，堪充宸内供奉。無禮無義，溢於朝聽。臣愚職在諫諍，不敢不奏。」則天勞之曰：「非卿直言，朕不知此！」』夫以『陽道壯偉』宣言於朝，已屬奇事。而諫臣且據以上奏，一若此『陽道壯偉』有關國家大事者然，豈不奇之又奇乎！ 噫嘻，此何等事，乃父子兄弟君臣之間，薦進獻納，議之紛紛如此！ 武則天，奇女子也。 幸男子如幸姬妾，斯已足奇矣！ 而乃任人談及『陽道壯偉』，猶曰『非卿直言，朕不知此』，其從容鎮定之功夫，真使人拜倒！ 蓋我輩男子，偶談及婦人陰私，被另一婦人喝破，亦必面紅耳赤，不能如此視若無事也。 又自古昏主，每以女色而殺忠良之臣，獨此女皇帝開心尋樂，却能不爲男色所迷，觀其優容狄仁傑等事，恐英明如漢高，亦望塵莫及也，紂幽更無論矣。

宋周密作《齊東野語》，其中有一則談古帝王御妃嬪之事甚詳。 御者，即當夕之謂也。 進御之期，由九嬪以至皇后，自下而上，半月爲期。 故每月之始，先御九嬪以下之人，計每嬪以下皆九人，每夕御其九，計九夕共御八十一人。 其次則御世婦，計二十七人，分三夕御之，亦每夕御九人。 再其次則御九嬪，計九人，以一夕御之。 再其次則御夫人，夫人三人，亦一夕御之。 是已十四夕矣。 於是皇后乃以第十五夕獨當一夕之御，以示優異。 至第十六夕，又仍御后，再由后以御夫人、九嬪、世婦及九嬪以下之人，以至月末。 總計其數，得一百二十一人。 御女之夕，多以一男御九女；惟十五、十六夕，御一女；十四、十七夕，御三女爲較少。 是可謂曰淫獸，豈尚有人理耶？ 又云，卿大夫有妾者，二妾共一夕，内子專一夕。 士有一妾者，但不得專一夕，而已妻得專夕。 今之人娶妾，每在妾房中不忍出，其妻妬之，想即據此古禮。 又九嬪以下，未滿五十者，悉皆進御，五十則止。 后及夫人，不入此例，五十猶御。 故《内則》云：『妾年未五十，必與五日之御。』則知五十之妾，不得進御。 故今之一品夫人，每每至五十歲以上，尤不許丈夫出房門伴小老婆睡也。 一笑。

余游日本，覺其國可笑處甚多，且時有紀述。然其可取處夙未一記，似亦不當。偶閱時人黄遠生隨筆有一段曰：『人生感想，隨其心境以有淺深。七年前，余東行日本，長途中酣睡或觀書而已。此次乃覺種種思潮，迴環不絶，沿途所見，覺無一不足見此邦文化風俗之佳：河無潴流，田無荒草，道無祖行，家無露宿，原隰錯列，道路平砥，村落繁多，森園散見。余數月以來，自北而南，雖以中原膏腴，蘇浙財賦，乃無一非破敗荒寥蕪穢之狀況。固知興亡得失，誠非無故。而以我之大好河山、絶佳山水，乃忍令終古如此耶！』恰如余當時意中之言。信夫，木鞋兒有不可及處也！黄又言曰：『事無大小，即其質點，在在可爲全體之象徵。以鐵路論，外觀豪美，遠不逮吾，而其條理設備，吾何能及？車中僕役，整潔小心，即代表其國之有教育，通吾國之鐵路，未必能得此一僕也。』嗟夫，此僕亦何足奇哉！以其受有初高等小學之教育而已。吾國雖事事不如人，然初高等畢業之學生，固未嘗乏也。但國人入學，志在得官，豈屑爲此火車上整潔小心之僕！然官吏，中國之蠹也。一入斯道，不啻墮牛馬劫中。於是全國不惟無一好官，且因此影響全國火車并無一好僕，豈不可傷可嘆耶！近有人改初高等小學爲國民學堂，此舉余甚爲贊成。蓋國民云云，無異表示不學即不能成爲國民也。是則入學非全爲作官矣。彼火車之僕，寧非國民哉！既爲國民，又焉可無學耶？

余嘗目妬婦爲天下女子中之絶不足憐恕者，茲閱《遁齋閒覽》得二則。其一曰：『四十年前撫州監酒范寺丞者，妻色美而妬。范寵憚之，同官每休暇招妓燕集，皆不得預。一夕，范輪次直宿，會有告私釀者，范晨率吏卒，徑往搜捕。其同事李供奉，素知范妻之妬，戲取妓鞋密置范卧具中。須臾，吏攜衾褥歸。妻展衾得鞋，神色沮喪，詰所從來。吏言不知。於是泣怨良久，拊心而呼曰：「天乎，有是耶！」乃入室闔户而寢。頃之，范還，排户入，則自經死矣。』此女美而妬，尚近人情，且哀怨之下，不惜以身殉，或尚爲多情者，不過有妬病而已，是尚可憐恕也。其二則曰：『湖南倅某，妻生一子，已周歲，夫婦甚哀憐之。會倅攝郡事，鄰郡太守過郡，開宴命妓。妓中有一秀慧者，立侍倅側，倅顧與語，戲爲酒令。笑語方酣，忽鈐吏擎生肉一盤，置賓主前。倅愕問其故，則子肉也。蓋妻忿夫與妓語，乃手刃其子，刲肉以獻，其毒忍至此！』是此婦直毒獸也！可怕，可怕！如爲妬婦列榜，此婦當爲母夜叉中之大王。

《孔叢子》載：『宰予對楚昭王：「夫子妻不服綵，妾不衣帛，車器不雕，不食粟。」』是則孔子亦有妾矣，是則娶妾亦聖人所許矣。惟不許其衣帛，未免過刻。然今日大可着外國緞也。一笑。又予友有娶妾者，其妻痛詈之，有曰：『爾讀聖人書，乃可作此事？』予其時惜未以聖人有妾之事告之。

上海雉妓，爲妓中之極苦者，然亦不過倚門、游馬路、站弄堂口之一類而已。其所謂高等或住家者，半含有志願娼之性質，不可一概論也。但此種下等苦妓拉客之風習，實不自上海始，而揚州實先開其端，且自明代始，垂三百年矣。按明人山陰張岱所著《陶庵夢憶》，其《二十四橋風月》一則曰：『廣陵二十四橋風月，邗溝尚存其意，渡鈔關，横亘半里許，爲巷者九條。巷故九，凡周旋折旋於巷之左右前後者，什百之。巷口狹而曲，寸寸節節，有精房密户，名妓歪妓雜處之。名妓匿不見人，非嚮導莫得入。歪妓多可五六百人，每日旁晚，膏沐薰燒，出巷口，倚徙盤礴於茶館酒肆之前，謂之站關。

茶館酒肆，紗燈百盞，諸妓掩映閃滅其間。爬面者簾，雄趾者閾。燈前月下，人無正色，所謂一白能遮百醜者，粉之加也。游人過客，往來如梭，摩睛相覷，有當意者，逼前牽之去。及一一俱去，剩者不過二三十人。沉沉二漏，燈燭將燼，茶館黑魆無人聲，茶博士不好請出，惟作呵欠，而諸妓醵錢向茶博士買燭寸許，以待遲客。或發嬌聲，唱《劈破玉》等小詞，或自謔浪嘻笑，故作熱鬧，以亂時候，然笑言啞啞，聲中漸帶凄楚。夜分不得不去，悄然暗摸如鬼，見老鴇受餓受笞，俱不可知矣。』凡所紀述，均與海上今日風景稍似，而其凄楚則一也。安得金屋萬千間，使天下野鷄皆歡顔耶？

予頗自信爲多情之士，然情一無所鍾寄。近健壯不如昔矣，每撫鏡驚心，悲愴終日。嗟夫，佳人不易得，青春不再留，予果何以堪此！有慰予者曰：世間一切色相皆是空，而苦痛皆由心造，予何不能破此情根乎？雖然，予雖知之而力未能也。夫破情根，必先走入情内。既走入情内，見得情根一切皆是空，始能走出情外。予一生未領略情趣，奈何乃苦我所難耶！

予之於小説，愛其寫實一派。如英儒迭更司之作，乃予所五體投地百讀不厭者也。中國人作小説，有一件易犯之毛病，在於堆垜詞藻，甚至於以笨拙之駢體四六調出之，而夾於談吐之中。夫人非瘋顛，詎肯開口便唱四六耶？如云詞藻可取，則作駢文刻之文集中可矣。或仿《燕山外史》體，盡用駢體，亦未嘗不可。若時駢時散，則不倫不類也。

描摹海上花事之小説，以《九尾龜》爲最上乘。蓋《九尾龜》之作者，有胸襟，有感慨，有本事，兼有文才也。予愛慷慨淋漓之小説，尤樂聞溜亮婉轉之蘇白，《九尾龜》兼而有之，使人意也消矣。

《九尾龜》寫情有一絶妙處，在第六十三回：章秋谷助其友貢春樹至蘇州搭救程小姐，做出一件轟轟烈烈黄衫崑崙俠情之事，後來回至上海，告與其相知陳文仙得知。『陳文仙却聽得猷猷的想了一會，好似想着什麽心事一般，回身把秋谷一推道：「耐格人末。」説了這一句，頓然閉了口，説不下去，面上早紅起來。秋谷聽他説了半句便不説了，摸不着他是説的什麽話兒，連忙問道：「我便怎麽樣？爲什麽不説下去？」陳文仙飛了秋谷一眼，默然不語，那兩邊頰上，紅得就如雨後桃花，嬌妍可愛。秋谷見了，愈加疑惑，再三追問，文仙只是説不出來。修甫等看着文仙的神情，不覺哈哈大笑。文仙被他們笑得愈加不好意思，只得又向秋谷説道：「耐替別人家幹事，倒起勁煞。」説了兩句，又頓住不言，索性低下頭去。』嗟夫！情深如許，恨深如許，一聲『耐格人末』，如泣如訴，如怨如慕也。

《九尾龜》寫情有二最悲處。其一，章秋谷與貢春樹，契友也。貢之相知爲金小寶，小寶亦頗有情於秋谷也。時貢已往蘇州，章偶於張園解金小寶與祝小春之紛，夜至小寶妝閣中，『看着小寶的樣兒，似離似合，眉目含情，便握着小寶的手道：「我們兩個人。」説到這裏，停了一停，又嘆一口氣道：「只好做個朋友罷！」小寶聽了，眼波溶溶的看着秋谷。看了一回，不覺也長嘆一聲，低下頭去。秋谷見了這般模樣，覺得一個心七上八下的不妥當，好像要直跳出腔子外來……小寶挨了一會，抬起頭來，對着秋谷説道：「二少格閒話勿錯，倪也勿好。」説到這裏，那下半句竟説不出來。秋谷咬一咬牙齒，硬着心腸道：「時候不早，我要回去了。」小寶也不開口，只點一點頭。秋谷正要走時，小寶又道：「耐慢慢交走。」秋谷便立定了，等他説出什麽來。小寶停了一停道：「耐身上阿冷？」秋谷摇一搖頭，就走出房門』。嗟夫！未免有情，誰能遣此！『只好做個朋友罷』，已足悲矣。更又能將萬千斛血淚，拼出一句蘇白曰：『耐身上阿冷？』真天地間至情之文，情海中至悲之語也。予讀此語，不歡者數日。其二，辛修甫與倌人龍蟾珠相交五年，性情相合，嗜好相投，無奈家有妬妻，不敢納寵。蟾珠意將另適他人，然又不能忘情於辛，乃對辛長嘆道：『做仔格人，總規隨便啥事體，一塌刮仔勿稱心，格末叫苦惱。』嗚呼傷哉！青衫落拓，我本無緣。紅粉飄零，卿何薄命？乃卿不憐我，復不自憐？惟怨造化小兒，胡以迫我爲人？而爲人又何以如此苦惱？是大千世界中，無分人我，均勿稱心，均大苦惱，又何暇自憐耶！予讀此語，予淚下千萬斛也。

作《九尾龜》的人，事事擅長，然對於唱劇一道，却是外行。嘗觀其評叫天之劇曰：『只覺得叫天兒的喉音，高低上下，圓轉如意。他自己要怎麽樣便是怎麽樣，聲韻圓活，音節沉雄，一字數頓，一頓數轉，却又并不依着一定的節拍，有的地方，本來没有搖板的，他隨意添上幾板；有的地方本來是有搖板的，他却驀然截住，憑着自己的意思，翻來倒去，憑你唱到那極生澀的地方，他却隨隨便便的一轉便轉了過來，不費一些兒氣力。真個是清廟明堂之樂，黄鐘大吕之音。又好像天馬行空，飛行絶跡，凡間的羈勒，那裏收得住他。』、『搖板』二字不妥，宜改之曰『行腔』。故予斗膽説他外行也。然外行人説來如此有理，恰恰是評叫天的，亦非聰明絶頂人，不能得如斯之領會也。

《紅樓夢》是無上上一部言情小説，硬被一般刁鑽先生揮灑其考證家之餘毒，謂曰暗合某某事。於是順治帝也，年大將軍也，一切鬼鬼怪怪，均欲爲寶玉等天仙化人之化身，必置此書於齷齪之地而後快，此真千古恨事也。嘗見陳蜕庵所著《憶夢樓石頭記泛論》，其開宗明義第一章曰：『嘗怪世人牽引《石頭記》，附於感時事、慨身世之列，必爲作者所唾棄。千古言情，推此一書。警幻所謂閨閣中可爲良友，誠不誣也。慨自巫山雲雨，誤屬登徒，靖節閒情，托之亡國，幾不許玉臺有新咏，僅僅得此，又從而奪之。彼警幻且不忍怡紅獨爲增光，奈何一人讓而天下不與於仁耶？況琉璃硯匣，翡翠筆床，豈爲鬚眉濁物設乎？』快人快論，實獲我心。然感時事慨身世二者，蜕庵猶不許牽强。若硬以鬚眉濁氣，撞入大觀園，冒名頂替，是直當餉以老拳矣。

《花月痕》寫情未嘗無獨到處，然後半部拉雜怪謬，不惜以琉璃硯匣、翡翠筆床爲鬚眉濁物寫生，俗耶？抑無聊耶？然而弗足道矣。

《聊齋志異》一書，喜言狐。狐即胡也，是或以譏滿清耳。慈溪邵月亭作《聊齋偶評》，曾刊於《秋星雜志》。其評《董生》一則曰：『狐以色媚人，或謂其得採補術，金丹之所由成也。金丹成則狐而仙矣。但求利己，遑顧損人？殊不知損人利己之所獲，冥冥中必奪之！金丹失後，且欲求爲狐而不可得。回首思之，當日之甘爲妾婦，多方以媚人者，何爲哉！』今之滿清，真欲爲胡而不可得，亦人世傷心之事也。其評《巧娘》一則曰：『外腎爲勢，天閹者何勢之有？一旦服華姑之丸而白晝宣淫，其倚勢妄爲，豈復知人間有羞耻事哉！夫微賤幸進豪門，初未嘗不自慚形穢，繼而工狐之媚，旋即假虎之威，意氣揚揚，驕人白晝，誠有如傅生之乍膺九錫者，可笑也夫！』雖然，此豈獨胡人若此？今日滔滔者天下皆是矣！可嘆也夫！其評《靈官》一則曰：『蟄隱無幾時，自謂垢濁已净，相率就福地。伊何人？是甲申之際，狐之曾伏溷中者。』今由甲申而辛亥，由辛亥而至癸丑、甲寅之交，溷中狐又添一輩，滿中國矣。

《紅樓夢》中王一貼醫士，曾有療妒湯一方：『用極好的秋梨一個，二錢冰糖，一錢陳皮，水三碗，梨熟爲度，每日清早吃這麽一個梨，吃來吃去，就好了……一劑不效，吃十劑；今日不效，明日再吃；明日不效，吃到明年。横豎這三味藥都是潤肺開胃不傷人的，甜絲絲的，又止咳嗽，又好吃。吃過一百歲，人横豎要死去，還妒什麽！那時就見效了。』其言頗有深趣。嗟夫，自有婚姻制度，即不能無妒。而療妒之方，除至横豎要死時，别無可療之方，其毒如此，是可畏矣。

賈寶玉問王一貼妒病方子，鑒於夏金桂之妒也。但寶玉『亦曾過來見過金桂，舉止形容，也不怪厲，一般是鮮花嫩柳，與衆姊妹不差上下，焉得這等樣情性，可爲奇事，因此心下納悶』。夫寶玉之所以納悶者，女子胡爲而妒也？嗟夫，女子豈好妒哉！惡劣之婚姻夫婦制度迫之使然也。故夏金桂舉止形容，并不怪厲，鮮花嫩柳，與衆姊妹不差上下。其所以有此奇特之性情者，因衆姊妹尚未嫁人，而夏金桂已嫁與薛大哥，配非其偶，不得不假妒之一字，以發揮其牢騷耳。

女子中未嘗無英雄，但處此婚姻夫婦制度之束縛中，男女又不平等，不能於他處有所作爲，抒其懷抱，亦惟有制服丈夫，以快一時之意而已。此之謂英雄之妒，爲妒中之最可畏者。夏金桂是也，王熙鳳尤是也。

一部《紅樓夢》，一百二十四回，無非痛陳夫婦制度之不良，故其書絶未提出一對美滿夫婦，而所言者俱是婚姻苦事。吾人不必綜觀全書，即閱第五回太虛境紅樓夢十二支唱詞原稿，如《終身誤》所云：『縱然是齊眉舉案，到底意難平。』是言夫婦制度之足以誤人終身也。又如《枉凝眉》一段：『若說沒奇緣，今生偏又遇着他。若說有奇緣，如何心事終虛話？』夫誰致之？一至於此！是又夫婦制度爲梗也。他如元春之入宮册妃，於歸省時說：『當日既送我到那不得見人的處去。』迎春之誤嫁中山狼，及夏金桂之鬧閨閫，尤二姐之賺入大觀園，尤三姐之自刎，晴雯之被逐，以至於金釧投井，藕官焚紙，齡官、畫薔，鴛鴦殉主，妙玉入魔，襲人再嫁，司棋殉潘，五兒抑鬱，香菱受苦，紫鵑悲憤，四兒配人，芳官出家，一切好女兒其精神上、肉體上所受之痛苦，皆由夫婦制度直接間接所饋送而來。此曹雪芹所以寫荒唐言，灑辛酸淚而慨嘆不已也。即間或寫及史湘雲女婿甚好，然而下半部書内不寫其夫婿姓名，結褵不久，又爲新寡，是亦雖有若無，況結果亦不佳乎！寶琴與梅翰林兒子，雖是一對好夫妻，然在一百十八回書内王夫人口中也不過說『聽見說是豐衣足食』而已，并未有何等真正之幸福。探春嫁與周家，固然甚好，然是三姑娘有本事有能幹博來者，不能一例論。巧姐後作田家婦，是患難中急不暇擇，雖無大不好處，然亦可憐矣。故予敢曰：一部《紅樓夢》，均爲傷嘆夫婦制度之不良而作也。

或曰：如子所述，《紅樓夢》亦不過說不自由結婚之苦，子何得因此而欲推翻夫婦制度耶？余曰：余當倩寶哥哥來作證。第七十七回周瑞家的拉司棋出去後，寶玉恨道：『奇奇怪怪，怎麽這些人只一嫁了漢子，染了男人的氣味，就這樣混賬起來？』又第七十九回迎春出嫁，要賠四個丫頭過去，寶玉跌足道：『從今後，這世上又少五個清淨人了！』又本回書中，薛蟠説親，寶玉對香菱道：『只聽得嘈鬧了這半年，今兒有説張家的好，明兒又要李家的，後兒又議論王家的，這些人家的女兒，他也不知造了什麽罪，叫人家好端端的議論。』又第一百回，探春出嫁，寶玉哭道：『這些姐姐妹妹難道一個都不留在家裏，單剩我作什麽？』又百〇六回，史湘雲出嫁，寶玉發了一回怔道：『爲什麽人家養了女兒，到大了必要出嫁？』如是種種，均有至理含於言外。尤以嘆『少清淨人』及『爲什麽大了要嫁』二語爲尤沉痛，此真大千世界一切善男子善女子所不可解者也。嗟夫，『誰有父母？誰無父母？棄我父母，事人父母！』古樂府以是咏不嫁之節女，是則姐姐妹妹都不留在家裏，又豈姐姐妹妹所願也？亦不過相沿之夫妻婚姻逼之不得不如此而已。故一百回中，寶玉大哭之後，經寶釵解釋，雖有道理，『只是心上不知道怎麽纔好』，及後挣出一句傷心話，强説道：『我都明白，只是心裏鬧得慌。』明白者何？蓋明白夫婦制度之不良也。此時雖猶有含而未吐之語，及至湘雲出嫁，一天一天更過不得，遂直行道出『爲什麽要嫁』一語，作一總結，以點明其不贊成夫婦制度之本旨。後之人讀其書而哭泣，而悲痛，奈何乃不能得其三昧，以發揮其意義，爲一切未來之善男善女造福手！嗟夫，負曹雪芹，負賈寶玉矣！

讀《紅樓夢》人，每每於寶釵不能無慊詞，即九十八回書中寶玉亦硬説：『老爺給我娶了林妹妹過來，怎麽被寶姐姐趕了去了？他爲什麽霸佔住在這裏？』護花主人評曰：『一個趕字，又加霸佔二字，定得寶釵罪案。』雖然，余何忍罪？寶釵之心如何不可知？但説伊定欲死林妹妹以爲快，則萬無此理，而彼且不任其過也。自逐晴雯起，以至絳珠歸天止，其中二十回書中，字裏行間，亦僅見有賈母、王夫人、熙鳳、薛姨媽、襲人等不是處，以致逼成此變。彼寶釵者，出閨成大禮之時，書中屢言『他受委屈』，『好像不願意似的』，『後來便自垂淚』，『也没得説的』，種種無可如何之詞，皆是極力回護寶釵處。蓋寶釵一弱女子，縱有奪婿之心，亦不能獨具奪婿之力。彼不解事之賈母、王夫人，或亦别有用意。與其罪寶釵則不恕，罪賈母王夫人則不情，何如罪夫婦制度，猶不失爲講社會主義者之論調乎！

善哉，明齋主人之總評曰：『人憐黛玉一朝奄忽，萬古塵埃，穀則異室，死不同穴，此恨綿綿無絶。余謂寶釵更可憐，才成連理，便守空房，良人一去，絶無眷顧，反不若齎恨以終，令人憑吊於無窮也。要之，均屬紅顏薄命耳。』此語可謂善於體諒女子，仁者之言也。但余於其下敢再贅一句曰：要之，均屬夫婦制度之爲害耳。嗚呼！

原書，大某山民亦有評曰：『黛玉氣斷之時，即寶釵成婚之候。新房熱鬧，滿堂合奏笙簫；舊院凄凉，半空亦有音樂。大笙簫者，生所同也。音樂者，死所獨也。黛玉亦何慊乎寶釵！』此語與余情死得真正之愉快一語，頗有符合處。嗟夫，結婚者，生所同也。情死者，死所獨也。明齋主人所謂『反不若齎恨以終，令人憑吊於無窮』者，何又與余憑吊拿破崙之語相同乎！嗚呼，黛玉宜無恨矣！

又第百十八回，寶玉向鶯兒笑道：『果然能彀一輩子是丫頭，你這個造化，比我們還大呢！』夫做一輩子丫頭，有什麽造化哉？不嫁人而已！不爲夫婦制度所束縛受痛苦而已！豈有他哉！

又襲人亦無大壞處，寶玉對鶯兒説，他是靠不住的。何以謂之曰『靠不住』？以襲人後來嫁人也。襲人何以嫁人？因其究竟没有在老爺太太跟前回明算是寶玉屋裏人。若是老爺太太打發出去，死守着叫人笑話也。質言之，婚姻問題上發生之難以自處之問題，不得不嫁也。讓一步言，襲人未經老爺太太認是寶玉屋裏人，正好另嫁他人，不受夫婦制度節義上之束縛，得以自求其幸福，未始非襲人之幸。然此無形中夫婦制度節義上之問題，終與襲人以難以自處之痛苦，而此痛苦且又正發生於他種之正當婚姻問題，是豈襲人之罪哉？蓋亦夫婦婚姻制度之罪也！苟無此制度，則襲人決無有種種難以自處不快之觀念，即後來另寄情於蔣玉函，亦不足以惹起後人之厭棄也。雖然，苟真無夫婦制度者，又焉有《紅樓夢》？故余曰：《紅樓夢》有感於夫婦制度之不良而作也。

寶玉與寶釵，其初未嘗不相憐相愛，然結婚之後，乃格格不相入，非寶玉之罪，亦非寶釵之罪，乃夫婦制度之罪也。因有夫婦制度，寶釵所以負傾軋黛玉之冤，而寶玉遂以痛心夫婦制度者，而不得不移恨於寶釵，冤哉！

男女愛情，與夫婦制度，絶不發生關係。但相沿既久，無論二女争一男，二男争一女，苟不能與情敵争此純潔之愛情，遂不得不假力於夫婦制度，而以種種卑劣之手段，爲奪婿逼嫁之舉，以快其私欲於一時。然其後苟發露此興訛造訕之秘密，則伉儷之間頓生惡感，而莞簟遂成仇敵。即或一方面之心，仍不少變，必求其情人與我同好，轉移其性。然於事奚益？亦不過以精赤之心，包裹頑石而已。寶玉、寶釵之事，可以鑒矣。反言之，如真無夫婦制度，男女之結合，全恃愛情，則縱有相妬相争之事，然所争之點，不出於愛情以外。情薄者自處於失敗之地位，無可争也，亦無可妬也。質言之，即争亦無益，妬亦無益也。寶釵雖黠，終不能移寶玉之心，而大觀園姊妹衆多，亦無有能如林黛玉能得寶玉純一之愛情者，是可知矣。反是，因有夫婦制度，而所謂金錢也，勢力也，門楣也，禮俗也，父母之命也，媒妁之言也，均起而爲男男女女相争相妬之焦點。有真愛情者，乃轉而無幸，是豈人之所堪受耶！嗚呼，寶玉乃以此故而求幸福於做和尚之一去矣！

林琴南所譯小説，灌輸歐美之文學於我邦，其功甚大。且林之爲文，出自左馬，簡潔奇峭，富有氣息。自其書出，遂一洗甲寅、癸卯間《新民叢報》、《飲冰文集》文章拖沓之習，使輓近爲文者，知所秉循，勉爲上乘，是亦中國文學救正之功臣也。林譯諸書，以哈葛得者爲多，言情者推《橡湖仙影》，神怪者推《金塔剖屍記》，冒險者推《火山報仇録》。而譯司各得之《劍底鴛鴦》亦甚雄麗。其最洽予意者，則爲迭更司諸作，《塊肉餘生》、《冰雪因緣》，嘆觀止矣。然《大食故宫餘載》一書，出自美人華盛頓歐文，其文超麗清灑，亦有足觀者。民國以來，林譯之書驟少。三年，出《離恨天》一書，林自詡爲邇來之傑作，然已爲文草率，不逮前譯。五年春，得《小説月報》第七卷一號閲之，其首頁刊劄記短篇曰《秋燈譚屑》，即琴南手筆，譯自美籍者。其第一事曰《織錦拒婚》，其紀尤利昔司王復仇殪敵之狀。有曰：『王且彎且射，一一飲羽而顛，亞曰：吾仇復矣。此等狗彘，闌入宫禁，不死何俟？安替拿司死於門次，亞支勞司以盛服飲羽伏卧於地，更一箭，則多財之黑屈累他司以百萬之金資，了一鏃矣。一一皆死，無一逃者。』凡述各人死狀，無一重筆。『更一箭』三字，尤有萬鈞神力，使史公爲此，亦不過如是。琴南先生老當益壯，是誠可供吾輩後生小子之嘆賞也。

黄遠庸，一字遠生，以新聞通信大家鳴於世。乙卯冬，以哀悔憤慨之書投《甲寅》雜志主者章秋桐，言此後當一意做人，以求懺悔居京數年墮落之罪。然其做人懺悔之結果，乃爲帝制黨狙擊於新大陸，飲彈而死。予閲其原書，念其死狀，不禁慨嘆曰：天之優待悔過之善士，如此如此。

中國舊小説，頗善言情。最佳者如《石頭記》，然亦不過言兒女之情耳。其餘如《西廂記》等，則已開才子佳人戀愛之濫觴，使後之作者，千篇一律，接踵而起，令人生厭。雖唐人説部中，其間不無英雄愛情、文人愛情之描寫，惜無長篇大作，不足以爲小説之大觀。而《聊齋·樂仲》一則，點綴佛菩薩愛情，恰得其正，又惜於哲理少有推闡，不足以饜吾望。近來林畏廬譯司各得之《劍底鴛鴦》，叙英雄之愛情；又譯森彼得之《離恨天》，叙文人之愛情。吾無間然，然以此益嘆吾國文學之不振也。且自新譯小説行世，一時報館先生、書坊食客，亦多摹仿西風，自爲説部。最初則有改良小説社之《風流史》、《爛污史》各作，學《金瓶梅》、《耶蒲緣》既不似，較《後紅樓》、《續紅樓》亦不見佳，但其與《大紅袍》諸書同爲下等社會所嗜，則未嘗不足爲此等人一開眼界，又何必加以誚責？民國二年，徐子枕亞有《玉梨魂》之作，其叙述固才子之愛情，而詩篇乃不亞於《花月痕》。夫《花月痕》雖嘗以多詩取厭，而其寫情亦頗有獨到處。《玉梨魂》事實，寥寥無幾，非其類也。偶集得駢句若干，近體詩若干，如《平山冷燕》所爲，而尚不及《燕山外史》之純粹，乃大得時人所嘆賞，遂又開一專用駢句詞詩堆垛才子愛情小説之怪風。而學之者才且不及枕亞，偏欲以其拙筆寫一對無雙之才子佳人，甚至以歪詩劣句污之，使天下人疑才子佳人乃專作此等歪詩者，寧非至可痛心之事耶？

唐人善詩，宋人善詞，元人善曲，每况愈下，故清人遂不得不擅西皮二簧、梆子腔及揚州小調、蘇州灘簧矣。洎至民國，再降一等，於是僅有白話演説之改良新劇，不能成聲韻矣。可嘆，可嘆！

國人自著小説，其爲白話體者，予疇昔極佩江都李涵秋之《廣陵潮》。兹又閲興業何諏之《碎琴樓》，嘆爲絶作。近來文言小説，不得不以此書冠全軍矣。《碎琴樓》中，多述哲理，而其狀物寫情處，足與迭更司《塊肉餘生述》并妙。其瓊花寄雲郎之長函，句句是兒女子心腔中語。作者非小女子，乃能輕輕寫出，真具有絶大神通，不可思議也。《緑波傳》拘拘正風勵俗，適以自困，然其中亦多有中肯之談。如燕伯華之言曰：『狹淺之人，常欲與世絶，吾則愛與世狎，世網所牽，幻爲醜狀，則吾亦自不免，胡爲乃欲賤人？妄欲賤人，遂挑争釁，古今學士之辨難，朝端之水火，苟善自反，必默爾而息，吾縱棲於擾攘之間又何爲妄生是非之見？』吾人處世，當若是也。又伯華語妻弟有曰：『曩時朋輩皆有爲之少年也，功業蹉跎，俱喪其素志。困於天與人者半，自困於情與愛者亦半。』嗟乎，天下困人之事多也。又南陽有曰：『世言功罪，殊少了了者。無功即罪耳。謹願自好，去窮凶極惡，曾幾何耶！』避世之人，宜自省矣。又唐六如之言曰：『吾業作畫飲酒，今晨無酒，吾乃潑墨作一大瓮，若貯酒漿者吞之於腹，兩業俱成矣。』妙語解頤，得未曾有。又第六章得數語曰：『世無無情之人。無情之情，是亦情也。故情有污潔之别，而無有無之分。……天下夫妻之間，豈有純潔之情？……理得心安，凡百可爲。……夫婦之合，以義，亦以情。今若强制之義，而情不洽，徒苦人耳。世間夫婦，反目實率由是。』其言夫婦各情，深合予心，故吾乃主張廢除夫婦制度也。又蕙心有曰：『須知天下至險者無過用情。』其情之所指，亦指夫婦制度耳。蓋情一誤用，便成法律關係，而終身難於擺脱。是則擇人而事之時，即孤注一擲之時。名曰孤注，焉得不險？又第十二章有句曰：『奇節異行，縱入人耳，惟笑爲大愚，而凛凛烈烈若可光日月垂萬年者，忽爲聳肩旁睨一笑之笑紋，汩没無餘。』其言尤爲沉痛。予以二十年聰明英鋭之身，今亦勉爲庸衆矣。

作艷情小説者，每至結婚後即止。結婚之後，究能得美滿之收束否？乃一疑問。予初作是言時，以爲獨發之秘，及閲小仲馬所著《香鈎情眼》一書中有句云：『予豈不知學先輩著書者，但書至結婚而止，使讀者揣其後此之光陰，必房闈和諧，多生子女。實則天下事都能如此否？譬之四時，人生但有春華，并無秋肅耶？將人生皆爽利，一往康寧，均無人欺欺人之事，著者敢爲是説法否？』其發揮乃較予尤透澈，但徒知責之於盛衰遞嬗，是未能推原禍始也。其後又有曰：『天下必於短促中方見愛情。……天下愛情，皆篤諸垂死之時。』是又與予情死無上愉快之言相符合。蓋惟情死之時，其時乃爲短促。短促之時，而愛情之篤乃立見。因愛情之篤，於是乃得無上上之愉樂。

『短促中方見愛情』，其言似探出愛情發生之點，予初以是爲疑問，昨與冷僧談《香鈎情眼》，又談愛情發生之點，冷僧曰：愛情發生於男女心理生理上之作用，及其一時之機緣。生理學予不大解，所謂電力問題亦無甚可以研究，心理作用無時機不能發生，故予乃稱可後之一説。中國有句俗話：『家貧出孝子，國難見忠臣。』是忠臣孝子，均是時勢造成者。情人又何獨不然？即如《香鈎愛眼》書中所云之哀德明，非因病在垂危，何至發生此急切之愛情？其他又如《塊肉餘生述》考伯菲而之愛拉金司，其自思自語有曰：『予但盼彼家火起，他人却步，予則突火而進，從窗口負女郎冒煙而出。』意欲藉此爲進身之階，其語雖近滑稽，而其理由則時機關係也。又如《橡湖仙影》所述阿塞之與佳而夫人，『當此曉光明媚中，而男女相遇於無人之境地，其勢之危殆無倫比。擺倫大詩家曾言，美人遇其所心悦之男子於月下，似月輪有爾許情魔，能使人顛倒。』所謂境地也，勢也，月也，皆一一爲時機關係也。兹再包括論之，中國常有患難夫妻一語，以表示夫妻之愛悦，而患難二字，又時機關係也。《玉雪留痕》一書，述奥古司德之於小米仁。以小米仁爲已失産故，而甘黥其背，遂致發生情愛，成爲夫婦。是情愛發生於時機機緣二者，於此中可得確鑿之證據也。至心理上之關係，未始全無，然發生於時機者十佔七八，不然實難有同心之表示。况『人心之不同，各如其面』，謂世間男女之心，竟有二心相同，不差毫厘，可以不用時機上之試驗融化，竟能各自滿足，許爲同心，吾不信也。

冷僧又曰：人本無情。何以無？因人生無不消滅不變易之情，故寧曰無。予讀《香鈎情眼》，見哀德明之負心，而又有詞自解曰：『吾今日恍然思及前此酷愛恩多嫭者，以來日苦短，故愛之至篤。曾檢取當日情書讀之，不期失笑。蓋天主所賜之幸福，於二年中已竭盡無餘，今日不能爲繼。猶之浪子揮霍俄頃之間，一擲百萬至於破産而止，今則窮困無聊至於極地矣。吾時覺家居寡歡，不能不别求外遇以自遣，亦知恩多嫭愛我且美，且待我亦忠誠無外，即吾命亦由之而得，吾果死者，彼亦必殉，吾敬之實如聖神，然以平易日親之故，轉不生其愛情，一似不曾相愛者，思之亦深以爲怪。』

雖爲負心語，而自言思之亦深爲怪，則非甘爲負心者可比。夫誰致之一至於此？予亦深以爲怪。蓋哀德明以三年肺病必死之身，竟得美人憐愛，慨然許嫁，以情愛延彼生命，猶仳離若是，則世上一種尋常結合之夫婦，其仳離爲何若？予以此亦頗有疑於情字。繼乃思加以剖解，以爲情者乃戀愛之别名，而戀愛即感觸之意義也。情發於心，心有所感觸，遂生愛戀。而愛戀即謂之曰情，夫情而名之曰感觸，則感觸之性質又豈爲永久不磨者乎。譬有人焉，初見一女，驚其美艷，乃私念曰：已矣，吾事業定矣，吾爲奴矣。一把握間，予已墜情海至於萬重之淵。彼美非人，羽仙也。尤不能遽定之爲仙，但曰從古未經人見之美人，又爲人人欲得而終不能得之美人。凡自裁者，臨河必且顧視，予則不顧不視，且未交一言，已涌身投於情海矣。如所云云，雖爲自作情多之言，萬一一旦竟能勾取彼美之心，慨然來歸，則目的已達，感觸即逝，此後事久生厭，偶有齟齬之點，則以一概百，先存一厭棄之成心，遂覺彼人無一可取，而情遂於是夫盡，此至平常之事也。以此而責彼負心，則受恩深重之哀德明，尚有詞自解，彼寧無説可圓？且强制之合，均有苦痛，執筆者知其苦痛，即不能苟責其負心。質言之，情之一字，萬無永久不變者也。冷僧曰：『無，斯無之。』若須爲易一名，則當曰感觸之戀愛。

戀愛而名曰感觸，則感觸之發揚，實無止境。欲求止境，惟一死字。天下人因見情死者之多，遂謂天下人有情，但以一時之感觸而情死之人，即爲能以一時之感觸而負心之人。蓋此種人既富於感觸，必好自由。自由以後，則凡百可爲，又奚惜死？然欲其以敢死之感觸，維持其情而永久不易，竊恐較死尤難。又或至感觸變更之時，欲求其不負心，則彼或尚當再爲憤激之言曰，我毋寧死，是情之爲物，果何有哉！但終欲予反對情字，云世間必無是物，予終不忍。縱云戀愛出於感觸，而感觸終不能不謂之曰情。天下事只問現在，不問將來，則此現在之感觸之戀愛，亦未嘗不可寶？《橡湖仙影》書中安琪拉對阿塞之誓言曰：『即使他日棄我，然今日深情，我仍謝汝。』則一時之情，亦不得謂之曰僞。且一時亦未嘗不足，又何須維持至於久遠？夫維持久遠，雖爲美德，然不久遠，又何罪？又何以乃發生此不久遠之問題？斯則婚姻制度之罪也。

人恒説妓女無情，予初疑之，然亦不敢斷言曰有。最近得麗青於患難中嫁我，覺其情尚濃厚。歸語冷僧，冷僧謂人類女子中，惟妓女之情爲最真摯，詢予贊否其説？予信口應之曰：請看《茶花女遺事》便知。別冷僧後加以思索，復取久未披閱之《茶花女遺事》閱之，得其數語曰：『男女相悦之事，若其人出於閨秀，則措手甚易，用情初不爲難，猶之虚郭空城，中無所有，先入者即據以爲主。然而古人之設爲禮法以防衛，亦猶樹栅立障，以衛女子外向之心。第智慧已開，雖有峻防，亦不能拒。故世有娟好之女子，爲時已屆，挑之即動，蓋易事也。若在勾欄之中，尋覓鍾情之人，彼閱歷既深，心猶鐵石之堅，不可遽入。調之以情，彼已覺之久矣。籠之以術，則彼術尤勝。故其人殊不可羈縻而牢絡之。蓋彼之自能防閑，勝於人之防閑閨秀也。間有至情發於心坎，專待是人。』其下作何語，姑不之問，兹斷章取義論之，因妓女閲歷之深，手腕之勝，防閑之堅，羈縻牢絡之不易，則萬無用情之時，然有時情發於心坎，專待是人，則此心坎之情，真如鳳毛麟角，不可多得，非尋常娟好女子挑之即動者可比，則此情亦自非尋常矣。故馬克恒曰：『凄風冷雨，獨坐無聊時，沉沉輒若昏曇，不圖今日得子年青心赤，則不能不以我哀窘之深，思念之篤，意中虛構之知己，移而就諸亞猛之身。……我在生時，惟逢亞猛一人，始得少時佳趣。』蓋妓亦人也，馬克亦好女子也。人恒賤視妓，其與妓交，不過借妓爲揮霍之豪舉。久而爲妓知其隱，則款接之也，安能以精赤之心裹彼頑鐵？强笑佯歡，玩之股掌，又詎爲過？但天之生人，頗大公無私，人人咸畀以情感。則爲妓者，安能終年幽屏，不覓一可托之人？因可托者之難覓，而求之之心乃日切，一旦果得一人，竟爲其意中虛構之知己，則愛情大熾，忽自鑒其蓋世之麗質，心中不禁悚然而驚。初以爲止水不波，人世無有動情之物，今則七情躍躍，集其腦際，如石琢美人，忽有三斗欲泥，填其靈府，盈盈爲情癡之女，又若初嘗異品之酒，既苦且甘，然必欲更嘗其味。質言之，數年中辛辛苦苦空空洞洞之光陰，未爲儻來之情絲所罥者，今則有物束縛，心爲人奴，則其爲情，又安得而不真摯？且情者，原感觸之謂也。感觸愈深者情愈深。閨秀之女，其靈台中先入者即據以爲主，其感觸之不深可知。若娟好女子，爲時已屆，挑之即動，尤爲一種最不可恃之愛情。古人設爲禮法，在女子未嫁以前者，是防其濫用愛情耳。在女子已嫁以後者，是防其愛情之不真摯，而加以束縛也。故尋常夫婦，婦對其夫，視爲一種平常恒有之附屬品，或一種衣食住之靠身符，除衣食住優美之希望外，不發生若何之情感。其不外向者，禮法奴之，非男子能奴之也。惟風塵中人，其心甘爲人奴，則純由於情感，不亦大可貴哉！冷僧之言是也，冷僧之言是也。

冷僧又云：『往見港報載，英國海軍將弁某足跡遍世界，入國問俗，研究各國國民性，頗饒趣味，嘗著《國民性之研究》一書，中有論法、德、俄、英之國民性曰：「假使有上述四國之人，聚飲於咖啡肆，忽有微蠅撲入酒杯，法人則以指去蠅而飲之，德人則以牙杖去蠅而飲之，俄人則不見其蠅，不視其酒，鯨吞而下矣，若英人者，則從容按鈴傳侍者而另换一杯焉。」』其言滑稽可喜，正如福爾摩斯所云『一滴之水，足資究得尼羅河之發源』。顧中國之國民性如何者？蓋幾無國民性標準之可言矣。閒與我友蕭齋戲談，設市中有虎，我忖各省國民性之態度：燕趙人佇足而觀之，齊魯人口呼持械以逐之，兩粤人將轟以槍砲；贛皖人則反奔而扃户焉；秦晋人則居高而投以矢石，雲貴人則嗾其子弟荷戈致之，思得虎皮以貨之；蜀人則恐極閉門嘩噪以逐之；浙人則爲文喻虎患，謀糾衆而殺之，蘇人則議論龐雜，慫恿他人弋虎而己則隱身於安全之地，遠瞭成敗也；鄂人之壯者，則要求市人醵金爲酬，自告奮勇擒虎，若湘人者，其或赤手空拳，挺身近虎，默察其態度而謀與之格鬥。夫以中國行省之多，必描摹盡致，實爲難事，然其描寫浙人、粤人、蘇人、湘人四者，頗爲切當。予湘人也。予雖少與湘人共處，然深知湘人敢言敢行之人也。予產自粤，故予亦有粤風。粤人善執拗，予亦有此病，又益以敢言敢行之風，於是乃成予今日之孤僻，爲庸衆所不容。（海鳴）

試執途人而語之曰：小説足以改良社會乎？必曰：能。既能矣，則小説之關係於人心，關係於世道者，良非淺鮮。獨惜中國士夫，頭腦頑固，不可以理喻，雖有《水滸傳》、《三國志演義》、《西遊記》諸書，皆屏不之讀。即讀焉，而亦不能發明，所以僅視爲消遣品，與茶槍酒椀受同等之待遇。其文理少秀潔者，如《聊齋》、《紅樓夢》等，瑣及兒女事，好之者頗衆。然二十世紀之中國小説潮流，至於淫蕩怪亂而不可收拾者，二書實屍其咎矣。甚矣，小説之能力，讀者誠不可不加之意也。

説部實肇於《山海經》，至諸子而蕃衍，漢虞初始别爲體裁，著《周説》九百餘篇。今其書已佚，而讀張平子賦有『小説九百，肇自虞初』之言，則淵源固有自矣。其時郭憲之《洞冥記》，東方氏之《神異經》、《十洲記》，亦馳譽文壇，而説家必宗虞初者，度其書必富於理想，與談異説怪者不同。惜乎代遠年湮，故物不可復得也。吾謂中國歷史人才，腦筋最複雜不可方物，足爲小説之資料者，莫如漢武帝。又要國富，又要民强，又要表章六經，又要倡言黄老，又要談神説怪，然歷代之小説家，實他一人生育之，《洞冥記》、《十洲記》諸書，進呈御覽，而後之作者乃倡言而無忌矣。

其時尚有《漢武内傳》、《穆天子傳》兩書，記武帝齋戒見西王母事，文體尤與今小説近。舊稱班固作，不足信也。其關於雜述者，則有《西京雜記》、《漢武故事》諸書。《西京雜記》，舊謂劉歆作，亦不足信。此類小説，後世頗發達，加唐之《開元天寶遺事》、《朝野僉載》，宋之《宣和遺事》，現代之《太平遺事》、《清宫秘史》諸書，皆其支流也。事多依託，理憑想像，齊東野人好事者爲之，所謂百家黄帝説，文不雅馴也。

中國小説，起者起而蹶者蹶，惟淫媟之書，則推銷不稍殺。雖明令禁止，而有人心世道之責者，且極力排斥之，然社會秘寶以爲常。此非後之著作者，善於逢迎社會也，其體亦倡於漢武時代。如《飛燕外傳》，如《雜事秘辛》，一叙趙飛燕與妹合德争寵事，一記桓帝選后事。皆文辭奇麗，妙極細微，而過於穢褻，後之《則天外傳》、《如意君傳》諸書，實發端於此。小説家之造孽，真不淺也。

劉歆《七略》，列小説爲第十家，而胡應麟則分中國小説爲五。其實，中國小説至唐代而大備，簡册之多，門類之繁，不可勝舉。其尤者，歷史類如張鷟之《朝野僉載》、康駢之《劇談録》，社會類如《唐語林》、《芝田録》，詼諧類如李商隱之《雜纂》，辨正類如李匡義之《資暇》，鬼怪類如陸氏《集異記》，義俠類如《虬髯客傳》、《劍俠傳》，言情類如《游仙窟》、《章臺柳傳》、《步非煙傳》、《霍小玉傳》，其種彙爲《唐代叢書》及《龍威秘書》、《五朝小説》等所搜入無慮數十百部，而《游仙窟》假神仙以述情事，其穠褻且駕於《飛燕外傳》矣。

中國舊説部，綜言以神怪者爲多。有清以前，政體爲專制，在野者或憤乎民隱之不能已，而不敢疾呼，致罹當時之忌諱，於是依託想像，效子虛烏有之例，以寫陶鬱之懷，其實非神怪也，亦寓言也。第晉魏八代，多放逸之士，傳神志怪，係一種好要性質，不可定指爲寓言。唐以前如王嘉《拾遺記》、干寶《搜神記》、陶潛《搜神後記》、焦度《稽神異苑》、任昉《述異記》、吴均《續齊諧記》、顔之推《北齊還冤志》，入唐以後，如《博異志》、陸氏《集異記》，又如薛用弱之《集異記》、臨本德之《冥報記》（按：唐臨，字本德）、牛僧孺之《玄怪録》、李復言之《續玄怪録》、鄭常之《洽聞録》、薛漁思之《河東記》、段成式之《酉陽雜俎》、温庭筠之《乾𦠆子》、陳翰之《異聞集》、裴鉶之《傳奇》，皆雜記神仙鬼怪變化，及草木鳥獸妖異詭譎之事，以投時好。即《紅綫傳》、《劍俠傳》、《長恨傳》、《仙苑編珠》，亦何莫非道家者流，以劍術玄學，形之楮墨哉。

《山海經》，見於《史記》，不言何人所作，其卷首有劉秀校上奏，稱爲伯益作。《論衡》及《吴越春秋》皆宗之。然書中多夏商以後地名，斷非出於伯益。顧幽怪奇麗，周秦而下，殆無有足與頏頡者。

郭憲之《洞冥記》，實祖襲《山海經》而來，識者已無異議。古以此書列道藏或地理類，清《四庫全書目録》始歸入小説家組，以多不經之談也。近閲某報《小説叢話》，武斷爲晋代之書。大郭璞與《山海經》，固有莫大之關係，究竟注《山海經》者也，非著《山海經》者也。此公論小説，閲書頗多，惟門户太深，是其短處，至以《山經》爲郭璞著，則失檢矣。

小説與教育，實有無形之關係。庠序學校，創自三代，然偏於文言教育，故章回體至元代而始盛。元人崛起漠北，不諳中華文理，朝廷下文告，既詞多鄙俚，而史官載筆，且有以猪兒狗兒鷄兒紀年者。中國古無白話體，自二程講學，仿佛家説法，爲語録，而談性理者宗之。邵康節之詩，宛如口語。黄山谷之詞，至有竟體用白話者。於是有韻無韻之文，皆參用俗語，而小説家遂因以勃興。故元代文字，無可紀載，惟小説與戲曲，則較優於宋代而前。蓋通俗文學，固適於小説；而小説之有功於社會，亦惟通俗是尊也。

元代發生之小説，且不僅以通俗見長，其時胡馬踐土，驕奢淫佚，殆不可言狀，元人素無禮教，畀以錦繡之中華，與無賴得志何異，一般文士或嫉之而不敢言，或媚之而小有不逞，不適於怨望，則假爲小説以描寫之。故其時流行之小説，多工於刻畫，而言外之意尤多，實與前代之搜神記怪，縱寫淫樂者，有甘苦之分。蓋非好耍也，不得不耍也；非消閒也，無閒可消也。知此而謂小説與世道無關係，其門外漢之言哉。

章回體小説，創於元而實昉自宋。大聖嘉祐間，國家無事，命朝臣每日進講一奇異之事以爲娱，頭回之後，繼以話説，然猶短章而非長篇也。元人沿而用之，復變漢以來之短章體，聯貫錯互，成爲巨帙，其於改良小説之功可謂偉矣。其時最膾炙人口，沿至六百年而不敝者，則爲《水滸傳》、《三國演義》。《水滸》筆酣墨飽，豪趣横生，如神龍活虎，不可捉摸。其尤奇者，則一人有一人之精神，同是酒醉鬧禍殺人打虎數事，而花和尚與武行者不同，武行者又與黑旋風不同。妙人妙筆，可稱第一能手。《三國演義》上不署名字，胡應麟詆之爲鄙俚，謝肇淛斥爲士君子所不道，然其博搜古籍，串穿聯綴，有波瀾，有變化，亦奇作也。且《水滸》、《三國》作者，實有微旨存乎其間，憤宋綱之墜地而語祖梁山，本陳《志》之材料而王以漢統，得毋悲故宫之禾黍，而借爲發揮哉！不然，《水滸》歷史，距元代不遠，或有未記載者；《三國志》之漢賊，則《通鑒》之失已昭昭矣；必表而出之，不嫌習人聞見乎？吾以爲作者排元之決心，不在南山、聖歎下也。

世以《西遊記》、《金瓶梅》二書，配《水滸》、《三國》，名爲四大奇書，此實不當。《西遊記》雖近於哲理，然晦而不明，其弊坐偏於依託，偏於想像，致涉爲荒誕而不經。《金瓶梅》則淫書之尤者耳。《飛燕外傳》、《游仙窟》，雖語涉穢褻，猶帶三分斯文氣。至《金瓶梅》則如癡漢游街，赤條條一絲不挂矣。試問此種淫媟事，即能寫得幾百套、幾千套，套套不雷同，吾總以爲無生動氣也。而右之者謂爲意主懲戒，信是言也，則不妨弑父以教人孝，殺妻以教人義，名教何在？王弇州亦讀聖賢書而掌國法者，好弄至於如此，無賴極矣！

淫媟小説，雖流傳已久，古時士子犯禁錮，有嚴父兄在，非經傳不讀，非子史不觀，故其爲害於童年尚淺。比年士子之求學，全得自由，此種淫媟之書，其毒乃甚於鴉片。而禽獸幾希之文士，復揑造人間秘穢，以迎合社會之下流心。中國不該亡，諸公應受殺千刀之報應也。不詳舉書名，以免讀予書者凝想。

藥死社會，一部《紅樓夢》已足。湘西曾子松喬，建議四大奇書，斥《金瓶梅》而進《紅樓夢》。以文字言之，曹雪芹以詞人之筆，寫兒女瑣事，直如鏤月穿雲，團花簇錦，無《金瓶梅》之穢褻，有《西厢記》之温柔，中國言情小説，可稱極軌。且中間描寫人物，亦如耐庵之《水滸》，一人有一人之性情，同是尖酸險詐，而黛玉與晴雯不同，寶釵與襲人又不同。人謂耐庵撰《水滸》，憑空畫三十六人於壁，老少男女，不一其狀，每日對之刻畫，故能形神俱化。吾不知曹雪芹之撰《紅樓》，壁上畫了多少美女，故能一手寫來，不着類筆也。追配耐庵，非不允當，但其音入柔靡，青年男女，不善讀者不少，不敢以文字尊雪芹，當以世道人心抑雪芹，如此論古，庶可無愧也。

《紅樓夢》不拙於文字而拙於言情，不拙於言情而拙於言委瑣之情，雖中間夾叙社會亦有獨到之筆，而描寫豪門聲勢，恍如身歷其境。結尾一味凄凉，尤爲説家創例。然其貽害青年，實非淺鮮。一部大著作，被不善讀者讀之，以遭非議，雪芹有知，當飲恨於地下也。

《鏡花緣》，亦通俗小説中之名作。第結構不嚴，故讀者恒鄙夷之。吾謂中國小説家，富於文學上之智識，盎於文學上之趣味者，莫如《鏡花緣》之著作人，不僅如曹雪芹之《紅樓》，以詞章見重當時也。特説筆非其所長，且竊怪異之唾餘，尤見劣拙。《封神傳》雖怪離荒誕，而愈入愈魔，愈魔愈入，必消除魔障而後已。其切性言理，不在《西遊記》下，特文筆不雅馴，而事實尤多不經，故讀者恒視爲茶寮之消閒品，無几案之價值矣。

樂府變爲詞，詞變爲曲。曲有南北二種：北曲勁而雄，南曲柔而遠；北曲字多而於調促處見筋，南曲字少而於調緩處見眼。此即韻文之小説也。元代雜劇大興，當時所採者，有《元曲百種》，如馬東籬之《漢宫秋》，白仁甫之《梧桐雨》，喬孟符之《揚州夢》，關漢卿之《望江亭》，鄭德輝之《倩女離魂》曲，皆情文兼到之作也。而流傳勿衰者，尤推王實甫之《西厢記》、高則誠之《琵琶記》。一北曲之宗，一南曲之祖。《西厢》本《會真記》，叙佳人才子幽期密約之情，纖而不流於弱，艷而不涉於蕩，李卓吾以爲『工巧不可方物』，至言也。《琵琶記》叙孝子賢妻纏綿懇至之情，比於《西厢》，可稱勁敵，湯若士謂『《琵琶》純從性情上著工夫，不以詞調之巧倩見長』，實則其詞亦何可及哉！

曾子松喬謂『《西厢》近風，《琵琶》近雅；《西厢》如一幅着色牡丹，《琵琶記》如一幅水墨梅花』，旨哉斯言！是真善讀《西厢》、《琵琶》者。後乎此者，有徐渭之《女狀元》、《漁陽弄》，王衡三之《鬱輪袍》，王世貞之《鳴風》，鄭之文之《白練裙》，皆一時傑作。而流傳勿衰者，尤推湯義仍之《牡丹亭》、《還魂記》、《邯鄲夢》、《南柯記》、《紫釵記》，與阮大鋮之《燕子箋》，歸元恭之《萬古愁曲》，李笠翁之《十種曲》，孔尚任之《桃花扇》，洪昇之《長生殿》也。

四夢以《還夢記》爲佳，而黄九煙首《邯鄲》，抑置《還魂》於第三，豈愛之以其人耶！《燕子箋》亦纖麗之作，至於《萬古愁曲》，於古之聖君賢相無不詆訶，而獨痛哭於桑海之際，所謂瑰環恣肆，其手筆擬在《離騷》、《天問》之間。《十種曲》：《風箏誤》、《蜃中樓》、《鳳求凰》、《意中緣》、《比目魚》、《玉搔頭》、《慎鸞交》、《巧團圓》、《奈何天》、《憐香伴》，都能自出機杼，不落古人窠臼，不襲古人唾餘，雖涉於俳諧，而平易亦自成一體，所謂性情之文，非不能爲其難者所可擬也。

孔東塘撰《桃花扇》初成，京師王公縉紳傳鈔殆遍。洪昉思《長生殿》一出，而朱門綺席，酒社歌樓，莫不奏之，價值蓋可知矣。大抵韻文小説，離不了一個情字。無情字，則其事不艷，其史不哀。《桃花扇》與《長生殿》其妙處正在哀艷二字。著哀之筆，如帶雨梨花；著艷之筆，如臨風桃蕊。此種小説，雖列於雜劇中，要知作者工夫實從詩騷醖釀得來，非有真力量者，不能辦此。近代説家，間有摹仿是調者，然生硬艱澀，即文字已不美觀，遑論感慨與寄托哉！吾故曰：傳奇小説，不易做也。

闕漢卿續著《西廂》，可算多事已極，毋怪聖歎聲聲詈之。小説係興會之文，不妨於尋常處露奇特，更不妨於容易處着艱辛。一部《紅樓》，始盛而終衰，識者多感雪芹之結構，以爲不同凡筆。使《西廂記》無續本，則爲才子佳人嗟悼者，後世不知其幾何人，而王實甫著書之價值，將空前而絶後矣。漢卿不解事，以爲才子佳人，總須團圓，不知嘔出多少心血，才能做得狗尾，而聖歎竟直斥之，非顧天下有情人都成眷屬一句，吾知聖歎必尚有絶妙文字，要闕漢卿回陽討饒，方罷休也。文人多事，鬼亦不安，漢卿真莽撞哉。

談異説怪，爲小説家通病，不獨唯一之神怪小説荒誕不經也。以武侯之持正，而演義中叙其出使則不如張儀，叙其用兵，并吳起之不若矣。登壇祭風與隴中割麥兩段，直一茅山道士，何可笑之甚也！周公瑾雅量高致，而演義中形容褊狹，無所不至。魯子敬有王佐之略，吴中無出其右，而演義乃成一傻子。其誣古人實甚。昔余客瀋陽時，平康一津妓，日讀《三國志演義》，余詰以書中之人才若何？妓曰：『吾極不喜孔明，裝神搗鬼，直一妖行惑衆之人耳！』余爲之一笑。據此以觀，作者唐突古人，非淺鮮也。《新義録》以《三國》亦王實甫所著。實甫係詞章名家，談吐似乎不類。

《東周列國志》，不能識爲何人作，亦通俗小説中之善本也。其體例一如《三國》，而博採諸書，妙能以貫串出之。苦於結構不嚴，凡記載一事，恒如流水行雲，杳然無迹，故筆法去《三國》遠甚，且其寫春秋中籌事，猶不厭其詳，在作者似乎津津有味，然閲者有眼光，有身份，故其書僅受尋常人之歡迎，至於高等讀書人，則魔力大不及《三國》。《三國》一書，幾於家購户置。《列國志》固未能也，然較之《説唐》、《説岳》等書，則又有大小巫、上下床之别。

《封神傳》一書，人多訾爲怪謬荒誕，其實確有所本，非子虚烏有之言也。原書之起因，即《尚書》『惟爾有神，尚克相予』兩語。《舊唐書·禮樂志》一引《六韜》云：『武王伐紂，雪深丈餘，五車二馬，行無轍迹，詣營求謁，武王怪而問焉。太公對曰：「此必五方之神，來受事耳。」遂以其名召入，各以其職名焉。』又《太平御覽》引十二陰謀謂『五車二馬，乃四海之神，祝融、勾芒、顓頊、蓐收、河伯、風伯、雨師也』。又《史記·封禪書》：『八神……將太公以來作之。』則又《周書·光殷篇》：『武王遂征四方，凡憝國九十有九，馘魔億有十萬七千七百七十有九，俘人三億萬有二百三十。』魔與人分别言之，雖不能知《周書》之所謂魔者是否妖怪之屬，然已足證《封神傳》之有根據矣。他如元始天尊，爲道教之祖，見《隋書・經籍志》；廣成子爲古仙人，見《莊子・在宥篇》；赤精子見《漢書・李尋傳》；九天玄女，見《史記・黄帝本紀》；托塔天王，見《元史・輿服志》；哪吒見《夷堅志》；楊戩即灌口二郎神，其説不皆無據也。取多數之書籍，而依托想像之，其構造艱於《三國》爲倍。

同是一人之著作，而或名或不名，或傳或不傳，此中亦有幸也。《南濠詩話》謂王實甫所編傳奇，尚有《芙蓉亭》、《雙蕖怨》等凡十種，惟《西廂》盛行於時。余曾叔王父喜古籍，尤喜戲劇小説，嘉道之間，搜羅多種，顧後代不業書，僅據先人手澤爲秘寶，珍藏之而已。辛丑之冬，祝融爲患，所有書籍，都付之一炬。余曾於灰燼中拾得《雙蕖怨》半頁，已不可句讀，然原書固未佚也。吾意必藏之者，不知與《西廂》同一手筆，故未居爲奇貨，可惜，可惜。

文人恒喜造謡。造謡之言，或有起於醋意者。汪棣香謂《西廂》一書，成於兩人之手，當時作者編至『碧雲天，黄花地，西風緊，北雁南飛』句，忽然僕地，嚼舌而死。此種怪話，不知從何得來？意必棣香自作傳奇，心裏想着此四句，却被王實甫先生佔了頭籌，一字竄竊不得，故悻悻而爲此語，所謂文人不宜有前後也。不然，《西廂》正續，出自兩手，粗識者已能道之。棣香不能表明來歷，而徒以含糊出之，造謡生事，其尤者也。

小説有反正兩解。何謂反？作者警世之心，恒露於言外。其文於惡人得意時，寫得聲勢赫然，幾如鍋湯之沸，令人不可向邇。殆至威勢既去，乞丐路狗，亦得而侮之，而作者亦不過略綴幾句，俾讀者知天道好還，而正理不磨。此類小説，於社會極有效力。何謂正？純從好人着想，而於歹人則不過略舉歷史，其劣迹既未暴露，倏焉而置之典刑，反令讀者訝爲報應太酷。此種小説，用意非不至善，然以《大學》、《中庸》教村兒，即能句讀，亦疙疸腔耳。由前之説，《三國志》、《水滸》、《紅樓》，其較勝者也。《三國》不薄曹操一句，而《紅逼宫》一出慘劇，惟曹氏有此消受。《水滸》寫强暴惡霸，幾乎炙手可熱，惜被山上人兩拳一脚，打得音信全無。《紅樓夢》更加奇妙，連主人翁都不是好人，昔時氣凌萬乘，結果不如一農家女，其勸懲之妙，實有翻陳出新者在也。下至《薛家將》、《楊家將》、《岳傳》等，寫正面居多，故移易社會之魔力亦漸小。近時小説家，則又不然。反寫者純以反面爲正，無句不成齷齪語。正寫者則如行屍走肉，無一點活氣。以反爲正者，孺子不可教也。至於正寫之手筆，其心地本明白，其眼光亦敏速，其上下古今之小説尤參閲得多，何以畏首畏尾，變成虚怯之症？則以無膽量故也。余故嘗曰：惟施耐庵有膽量，能把二潘穢態，寫得一筆不落。至曹雪芹已藏頭露尾矣。若《金瓶梅》則以反爲正，主懲戒而益以誨淫，不可訓也。

言情之作，關於青年男女者至烈。下筆能慎，不着苟且，足以激發國人之情愛，保家保國，胥有賴焉。如其不慎，則大者演爲桑間濮上，小者養成怨女癡男，家國二字，將無所付託，流毒社會，甚於洪水猛獸。比年家失其綱，民危其業，通邑大都，怪劇迭出，而窮鄉僻壤，亦有風氣閉塞而閨閣早染文明者，大抵近十年中女子能識字者，多於前十年數倍故也。余以爲言情小説，無論爲自叙體，爲他叙體，無論爲喜情，爲怨情，爲哀情，爲艷情，爲趣情，爲俠情，總以正式婚姻爲合格，庶不致以偷香竊玉四字，令世上無賴少年，有所模樣而揚揚得意也。近代説家，不以書中主人翁之婚姻問題作關鎖，甚且評花題柳，楚館秦樓，亦闌入言情之一種。而哀情怨情各坊本，則於推翻婚姻專制，着力太勤，或事實團圓者，而著作家竊《紅樓》餘緒，亦以淒慘了場，必令讀者爲才子佳人一哭，其空中樓閣者更無論矣。甚至已孀之雌，亦可酬簡；受聘之女，愛及狂且。即令作者嘔出心肝，爲他洗刷净盡，曰某孀鍾乎情而止乎禮者也，某女愛乎才而保其身者也，然而一疋素布，已落染缸，將誰信之？吾於《玉梨魂》諸書有微詞焉。

《施公案》、《彭公案》、《包公案》、《七俠五義》諸書，皆仿《兒女英雄傳》者也，青出於藍而遠遜於藍，不逮《英雄傳》遠甚。就各部中言，則以《七俠五義》爲稍佳。《施公》、《彭公》兩案，寫江湖俠義事，多酒肉氣，於文學上實毫無智識，吾意必俗手所爲，非詞人所使筆也。雖其主旨亦本於勸懲，不過取鄉婦口頭語『善有善報，惡有惡報』八字，作全書之骨子而已。然其事實多熱鬧，劇家搜爲資料者極多，雖不適於文人，而實適於鄉老茶寮酒肆，談者沸沸。譬之農家茶飯，盛以大碗，必拳指茁壯而胃氣粗疏者乃能消受也。其尤特長者之諸書中，實多偵探之資料，誠使有心人取其精華，聯屬而貫串之，著爲中國偵探新書，吾知勃雷克及福爾摩斯，不得專美於西洋矣。

《三國志》有古俗二本。俗本紀事多乖誤，如曹后罵曹丕，詳於范曄《後漢書》中，而俗本反誤書其黨惡。孫夫人投江而死，詳於《梟姬傳》中，而俗本但紀其歸吳。孔融薦禰衡之表，陳琳討曹操之檄，文情并茂，録入《文選》，而俗本皆闕而不載。諸葛亮無欲燒魏延於上方谷之心，諸葛瞻無得鄧艾書而猶豫之事，俗本皆好爲絢染，以誣古人。七言律詩，起於唐人，而鍾繇、王朗頌銅雀臺，蔡瑁題館驛屋壁，皆作七言律體，此其謬誤處也。且文中加入之乎者也等字，而詞句又極冗長，軥輈格磔如鳥語，尤見其拙。余敢爲天下人告：凡讀《三國志演義》者，當讀古本。

《古城會》一劇，取材於《三國》，寫得翼翼有生氣，其實乃作者想當然事，關羽實無斬蔡陽事也。《蜀志·關羽傳》：『羽奔先主於袁軍，左右欲追之。曹公曰：彼各爲其主，勿追也。』惟《先主列傳》，有『紹遣先主將本兵至汝南，曹公遣蔡陽擊之，爲先主所殺』。亦未明言斬陽者爲關羽。即令斬陽者果爲關羽，則已在先主營中，更無與張飛在古城衝突之事。《演義》附會爲羽事，更周内爲古城事，小説之善於武斷，作如是觀可也。

曩年經余評閱之《雨濯蓮花》，原名《小説家》，係一東洋小説，寫慳藏夫婦之鄙吝，熊皤之凶暴，女書記之冒失，可稱歷落有致，比《鏡花緣》寫海外人物，尤奇妙得多。惜乎略於言情，未能引起閱者之興會，而末六章記離婚重嫁事，尤非禮教國所宜，宜其推銷之不廣也。余評是書，亦一時失檢，不將後六章割去，致貽蛇足之譏。

《紅樓夢》，通俗小説中極細膩之能事者也，而吾謂其詞句不雅馴。其較著者，爲寶玉與湘雲談話，有『林姑娘不説這些混帳話』一句。寶玉一錦繡公子，綺羅叢人，如何温文，如何爾雅，疑非其口吻也。余幼時喜駡『娘煞』，屢遭嚴庭斥責；次兄喜羞人面孔，嚴庭亦屢戒不宜。余家非豪貴也，而家庭規範猶如是，况寶二哥哉！父教嚴，門風謹，鶯聲燕語，把男子氣都銷盡，不識『混帳』二字從何處學得，豈從焦大口中聽來者耶？余説一笑話，要是此一種口吻，上海舞臺中可編得《紅樓夢》佳劇多種。飾寶玉者，李桂芳、陳嘉祥，皆極稱職之人才也。此是雪芹失檢之筆。

續《西厢》，韻語尚有可取處，而科白實惡劣不堪。如《捷報》張生上云：『自去秋與小姐相别，倏經半載。托賴祖宗福蔭，一舉及第，目今聽候御等親除。惟恐小姐望念，特地修書一封，著琴童賫去，報知夫人與小姐，使知小生得中，以安其心。書寫就了，琴童何在？』《榮歸》張生云：『此一樁事，都在紅娘身上，我只言語激着他，看他説什麽？』此種醜語，都配李桂芳、陳嘉祥二伶念得，至鶯鶯、紅娘等上白，更不成言語矣。以紅娘爲尤拙。

近二十年來，中國小説家，盛推閩縣林紓氏。林固古文家也，其筆記小説，多古拔可誦，而《鐵笛亭鎖記》及《技擊餘聞》，尤足與唐代争衡。至長篇，則以譯本爲佳：《英雄略》、《飄流記》、《紅礁畫槳録》、《塊肉餘生述》、《火山報仇録》、《大食故宫餘載》，皆善本也。至其自著之書，流行者極少。《金陵秋》，無甚奇特；而近出版之《新官場現形記》，尚未完全，其文筆既失之凝滯，而敷叙事實尤不能入穿插貫注之妙。書叙項城竊帝事，加以名士美人，本爲上等之資料，惜純從正面寫去，議員搗亂國政，演至一大套，今讀者有手倦拋書之慨，此至不耐者也。或謂氏口不言新法，故於議員微詞獨多。則今日非庶人不議時代，何不明著論説以斥之，而必採入小説，以減殺閲者之興會乎？是又不可解矣！

《兒女英雄傳》，實説部之傑作，把《紅樓》脂粉習氣掃除得乾乾净净，不可謂非快人快事。有謂著是書者，實不甘心於《品花寶鑒》，并指寶珠度香等名，以爲影射。其説似乎不確。名士美人，各極千秋之勝，傳中寫十三妹處，無一詆毀名士語。實人心世道之作。近時女子，有持家佐夫者，皆其宏力也。

余評小說，實有一極苦處。何謂極苦處，則以所見所聞所親歷，時時有勝於小說處。欲舉他書中之佳處而爲之表揚，似乎已習；欲拋棄之而不加一語，則閱吾書者又必疑余眼光所不到。難哉，難哉！余今述一最近之簡單事，爲諸君告，諸君以後，須恕我不向各本小說，作枝節之談：『春寒，酒微醺，覓車抵寓門，擊一下，稍猛，傭婦驚答。余妻出迎曰：「醉歸矣。」攙余登樓，爲余解衣履。傭婦絮謂余妻曰：「主人歸，醉乎？」凶甚，幾乎把月亮撞倒，幸而在抱之小主人，熟睡未醒。』夫以不識字之村婦，而有此絶妙口吻。至攻苦十年或數十年者，皺眉聳肩，寫就了幾個爛字，便贏得一般好事者吹吹打打，要他做起新貴人來。此種腔調，叫做肉麻當有趣，可一而不可再的。

聖歎評稱稗官，才子佳人一齊拜倒，而《歸田瑣記》則誣之甚力。有曰：『初批評《水滸傳》，歸玄恭見之曰：此倡亂之書也。繼又批《西廂記》，玄恭見之，又曰：此誨淫之書也。』顧一時學者愛讀聖歎書，而聖歎亦自負其才，益肆言無忌，遂罹禍。聞其臨刑，忽嘆詫曰：『斷頭至痛也，而聖歎以無意得之。大奇！』於是一笑受刑云云。余謂此必非聖歎語。大凡今古奇人，其出口必能道人所不道，無論尋常事故，亦妙有機鋒，何況臨刑之時哉！斷頭至痛，誰不知之？使聖歎以之評《水滸傳》、《西廂記》者，則人將厭而棄之矣。余意聖歎所云，必曰『斷頭至樂也』，故其下有『無意得之，大奇』二語。聖歎該死，發國家社會之覆，亦快事也。

中國小説，多半出於忠人碩士，格於禁令，而爲諱避之言。野老村農，於酒酣耳熱之際，抵足暢談於豆棚瓜架間，以愚夫婦之智能，教人孝，教人忠，教人節義，則有之矣。至於學士大夫，眼膚而力廓，視爲茶餘酒後品，不生世道人心之關係者，久矣。有聖歎以評稱之，而後小説二字，遂印入學者之腦筋而不可没。不然，西洋小説之輸入，國人且將詫爲亘古未有之文字，必下詔令學子摹仿之。是則盡棄所得而以習於人，中國小説之前途將無所救藥矣。幸也聖歎生於清代之初，而不生於清代之季，猶得將中國説部之優點，披露於互市以前。《三國》不死，《水滸》不死，《西廂記》不死，中國之小説不死，聖歎之力也。

聖歎評稱稗官，於《西廂》尤聚精彙神，不使一庸筆。或謂聖歎好評淫書，此實非也。其時，《金瓶梅》、《紅樓夢》早已推行於世，聖歎何不評之？而必以人不經意之《西廂記》，盡情發揮哉。大抵聖歎之眼光，鋭利無倫，故其所評之説部，亦必爲後人夢想不到之作。《水滸》而後，有足與《水滸》頡頏者乎？《西廂》而後，有足與《西廂》伯仲者乎？無有也。《三國》一書，雖有攻之者，謂其僅受下等社會之歡迎，然搜羅繁富，而結構謹嚴，叙七擒七縱，不過萬餘千言，使俗手爲之，必致七纏八夾，費却多少閒墨？惟善叙事者，乃能趨繁於簡。此正出人頭地處。而無識者流，乃謂《三國》庸腐不堪，至擯之於几案之列，喪心病狂，真堪絶倒！即令彼輩所見，果有獨得處，而小説之與文人，實無公是非之可言矣。

詆《三國》爲庸腐者，興會真不淺，又擬組織一小説審定會，而先以己之所好，請求公斷：甲等凡三種：曰《紅樓夢》，曰《水滸傳》，曰《儒林外史》。乙等凡八種：曰《西遊記》、《封神演義》、《金瓶梅》、《品花寶鑒》、《隋唐演義》、《七俠五義》、《兒女英雄傳》、《鏡花緣》。丙等凡二種：曰《花月痕》，曰《蕩寇志》。《隋唐演義》、《七俠五義》、《兒女英雄傳》、《花月痕》、《蕩寇志》諸書，其價值且不及《東周列國志》，猶得於審定會佔一席地。《三國》竟致不第，亦未免好爲奇論矣。豈以習見習聞，不足爲新奇耶？吾意此公前十年時，必崇拜《三國志》不止，今年事長而涉獵多，或將棄舊而謀新焉，所以如此云云。至以《金瓶梅》之荒謬，而堂堂列之於乙等第三，吾不知彼之所謂小説審定會者，將以端閲者之趨向乎，抑以歧閲者之趨向乎？將以樹作者之模範乎，抑以長作者之歡心乎？將以改良社會乎，抑以墮落社會乎？此實不可解者，毋怪《簾外桃花》、《隔墻紅杏》，可以堂而皇之行銷於都會矣。審定會之手續，如是如是。

《侯鯖録》載元微之所作傳奇，尚有《商調蝶戀花詞》，將《會真記》元文，分爲十章，各繫以詞，而傳之前，别爲一曲，傳之末，復綴一曲，故爲詞凡十有二，實開南北西厢之先河。今《西厢》膾炙人口，而此詞則知之者鮮，因備録於此，以博好古者按拍。詞一：『麗質仙娥生玉殿。謫向人間，未免凡情亂。宋玉墻東留美盼，亂花深處曾相見。密意濃歡方有便。不奈浮名，旋遣輕分散。最恨多才情太淺，等閒不念離人怨。』詞二：『錦額重簾深幾許。綺履彎彎，未著離朱户。强出嬌羞都不語，絳唇頻掩酥胸素。黛淺愁深妝淡竚。怨絶情凝，不肯聊回顧。媚臉未匀新淚污，梅英猶帶春朝露。』詞三：『懊惱嬌娘情未慣。不道看花，役得人腸斷。萬語千言都不管，蘭房蛙步如天遠。廢寢忘餐思想遍。

賴有青鸞，不比憑魚鴈。密疊香牋論繾綣，春詞一紙芳心亂。』詞四：『庭院黄昏春雨霽。一縷深心，百種成牢繫。青翼蓦然來報喜，花箋微諭相容意。待月西廂人不寐。簾影摇光，朱户猶慵閉。花動拂墻紅萼墜，分明疑是情人至。』詞五：『屈指幽明唯恐誤。恰到春宵，明月當三五。紅影壓墻花密處，花陰便是桃源路。不謂蘭誠金石固。斂袂怡聲，恣把多才數。惆悵空回誰共語，只應化作朝雲去。』詞六：『數夕孤眠如度歲。將謂今生，會合終無計。正是斷腸凝望際，雲心捧得嫦娥至。玉困花愁羞搵淚。端麗妖嬈，不與前時比。人去月斜疑夢寐，衣香猶在妝留臂。』詞七：『一夢行雲還暫阻。盡把深情，綴作新詩句。幸有青鸞堪密付，良宵從此無虚度。兩意相歡朝又暮。不奈郎鞭，暫指長安路。最是動人愁怨處，離情盈抱終無語。』詞八：『碧沼鴛鴦交頸舞。正恁雙棲，又遣分飛去。灑翰贈言終不許，援琴詩盡奴心素。曲本成聲先怨慕。忍淚凝情，强作《霓裳序》。彈到離愁凄咽處，弦腸俱斷梨花雨。』詞九：『别後相思心自亂。不謂芳音，忽寄南來雁。却寫花箋和淚卷，細書方寸交伊看。獨寐良宵無計遣。夢裏依稀，暫若尋常見。幽會未終魂已斷，半衾如煖人猶遠。』詞十：『尺素重重封錦字。未盡幽閨，别後心中事。佩玉彩絲文竹器，願君一見知深意。環欲長圓絲萬繫。竹上斕斑總是相思淚。物會見郎人永棄，心馳魂去人千里。』詞十一：『夢覺高唐雲雨散。十二巫峰，隔斷相思恨。不爲旁人移步懶，爲郎憔悴羞郎見。青翼不來孤鳳怨。路失桃源，再會終無便。舊恨新愁無計遣，情深何以情俱淺。』詞十二：『鏡破人離何處問？路隔銀河，歲會知猶近。只道近來消瘦損，玉容不見空傳信。棄擲前歡但未忍。豈料盟言，陡頓無憑準。地久天長終有盡，綿綿不似無窮恨。』

小說之主腦，在啓發智識而維持風化。啓發智識，猶易事也。維持風化，則難乎其難。是非有確切之倫理小說，足以感動人心，而使愚夫愚婦皆激發天良不可。顧倫理小說，極難措筆。偏於莊重，則如城隍廟之皂隸，令見者望而却走，雖口口聖賢，句句經傳，自以謂闡發無遺，於世道無小補也。偏於烘染，則失之油滑，必貽吃葷念佛之譏，而閱者亦無可注意，是標爲倫理而與不倫不理一類也。中國各古本中，無論何種小說，於倫理二字，却都有價值。《三國》譚尚相争，丕植相逼，孫堅之謀嫁妹，春香之告黄奎，是反寫也。曹后責兄，臯姬哭江，趙雲拒趙范之嫂，桓侯墮麥城之血，是正寫也。《水滸》武行者故事，大義凛然，令讀者起敬心，起畏心，而莽暴如李逵，亦善事老母，有春秋專諸之風，此尤難得者也。《紅樓夢》於倫理關係，多從反面烘託，而冷子興演講一場，尤如寒夜鐘聲，驚人夢醒。焦大醉駡數語，尤反寫得妙，以見不倫不理者，家奴得而欺之。雪芹雖不言倫理，而倫理固未嘗不注重焉。他如《隋唐全傳》、《東周列國志》、《兒女英雄傳》諸書，雖着筆不多，而正反兩面，面面俱到。蓋作小説者，其心中固有一維持風化之成見在焉。

或謂中説無善寫戰者，終讓西説出一頭地。余謂此不盡然。西説之所以善寫戰者，以其簡也。彼國之小説輸入中國者，軍事小説，至長之本不過十萬餘言。此十萬餘言中，除了他項雜事，寫戰之處僅千言或數百言，求其精闢，自然易易。至於中國寫戰小説，如《三國》一百二十回書，寫戰之數，且浮於回數，以一人手筆而寫戰至百數十次，此其不能生色，一也。西國軍器奇巧，砲焰彈聲，多煊染資料。中國古無軍火，不寫戰則已，一寫戰便是一刀一槍，至用水攻火攻，能事已竭。此其不能生色，二也。然《三國》如當陽、赤壁、沔水、潼關，雖活潑不如林譯之《十字軍英雄記》等書，然文筆亦妙有變換。究竟一繁一簡，一平一奇，雖賦色較遜，而亦未能將作者結構之苦，全然抹煞。

虞山枕亞老友，享近時説界大名者。渠本長於詞章，而古文尤醇樸，擅長筆記體。曩年，見其《簫史》一首，極嗚咽動人，作長篇稍屈於氣勢，且喜攙入雜藝，與余犯同病。所著有《玉梨魂》、《雪鴻淚史》、《雙鬟記》、《刻骨相思記》數種，以《玉梨魂》最爲馳譽，自始至終，純以錦心繡口出之，精神團結倒底不懈，單行本中之傑作也。獨惜得《紅樓》遺傳，讀者必偏於温柔耳。其著是書時，爲之設想，實極難之事，以至簡至尋常之事實，而下以至曲至艱辛之文法，不想着一枝筆頭，果然摇得許多。要是我，早已敬謝不敏了。

歐西十七八世紀間之作者，除迭更司、司各德兩氏而外，其最引人注意而名被全球者，爲著《魯賓遜飄流記》之第福氏。第福之父，一倫敦之屠夫也。小時思成一牧師，以光大門閭，累習希臘、法蘭西、西班牙、意大利諸國宗教之書。學業精進，忽變其初志願，求一業以糊口，日坐倫敦市，紛紛與傭保爲伍。時新舊兩教，互相水火，國家右舊教，第福日造一文，以攻政府，乃以言事下獄，而激論不稍殺。《魯賓遜飄流記》即著於是時，故能獨出新裁，爲歐西小説界革命之巨籍，而歐西進化之速，得力於此書者實多。大抵作小説者，必有一副天賦之腦筋，綜錯萬狀，方能應付裕如，如簡單過甚，必落索無趣。試觀第福之忽思成牧師，忽思成一業，最後乃爲文以攻政府，致罹黨禍而成《飄流記》。

所謂傷心人別有懷抱，無中外無古今，固一轍也。史遷以腐而成名，若第福者，其以囚而成名歟？

作小說之責任，不在存古而在闢新。不妨把已然事迹，輕輕放過，而後來之國步若何，人情若何，政教若何，風俗若何，實爲關係至鉅之事。善作者必先有一世界之眼光，方能言之有物，而於大勢亦不相背。如中國《西遊記》、《封神演義》、《英雄傳》等書，理想非不深也，然而頭腦頑固達於極點，後之讀者，只能認爲一種美術之文字，於國步人情政教風俗，實太不知覺察。試問後代尚有興妖作怪者乎？即令有所根據，亦徒成爲已往之言。如《三國演義》，正大而光明者也。試問書中有足傾動世界之理想與語言乎？以如是言，西洋小說，實高出中國萬萬。《飄流記》事本子虛，不過有鬱而發，當初向壁虛造，亦猶中國之神怪小說也。不意數百年後，竟有百數十人，航海至美洲，開殖民之風氣者，然則第福世界之眼光固灼灼矣。聞之野老言，年羹堯征藏時，掘得一碑，有『我到無人到』五字。年大怒，撲之，碑碎其膚，復有句云『清朝尚有年羹堯』。而《蜀古迹》，亦載曹彬伐蜀，謁武侯祠。以改廟得石碑，上有書云『測我心腹事，惟有宋曹彬』。又《明史》：成都城外鎖江橋有迴瀾塔，萬曆中布政余一龍所修。張獻忠破蜀，以塔爲不利於城，命毀之，得石碑，上有篆書云『修塔余一龍，拆塔張獻忠』，於是一般好事者，咸謂孔明能知未來事，而《燒餅歌》、《推背圖》二書，其爲術士所臆造者，魔力及人，足以迷倒婦女。而袁天罡、劉伯温諸名字，人間幾視爲千年之龜，謂後事早有人斷定之矣。然杳渺無憑，終不及《飄流記》之切實也。

即令諸葛亮、袁天罡、李淳風、劉伯温輩，果能灼知身後事，何以於世界開化無所發明？僅以讖語謡辭關係一人之行傳者，自矜眼光之鋭利耶？ 使中國前代小説家，有撰《故宫禾黍記》，而恨中國人民不知自好，料到必若何而亡，吾知其價值不在《飄流記》下也。 惜乎《桃花扇》等，僅有亡國大夫之資格，而眼光亦不及此。 非惟《桃花扇》等不及此，即朝鮮併入日本後，并無有將此事爲之發揮，借他人癰疽之痛，以攻己身癬疥之患者。 中國小説家，如是如是。

《飄流記》尚矣，與《飄流記》同有千古受歐西多數男女崇拜者，則爲彭寧氏之《天路歷程》。 據教會人言，《天路歷程》固譯有成本。 此書説理箴俗，託以比喻，雜以詼諧，實可勸一而諷百。 且其文平易簡直，婦孺皆知。 英人尊之，至目之爲《聖經》之注脚，蓋西洋小説中之黄鐘大吕也。 彭寧少習補鍋匠，壯從軍，漸退伍，娶妻某，才否不可知，固貧家女，歸彭寧時，惟《聖經》一部，逾年又賦鰥。 彭寧篤伉儷，則以宣福音自任。 未幾，又以教争下獄，而此十二年中，乃成《天路歷程》。 窮愁著書，中外一例。 謂《封神演義》，亦成於獄中者，則小説家又可以等量而齊觀矣。 余非教會中人，聞諸友言而書之。

作小説之法，千頭萬緒，最難者是甘苦之言四字。 文家作文，有善狀事者，吾知誇美之下語詞，必爲『妙如身歷其境』，『非過來人不辦』，『是於此中三折肱者』數語。 總言一句，即甘苦之言是也。 近人李伯元著之《官場現形記》，及吴趼人著《二十年目睹之怪現狀》，皆能描寫社會，確切不移，雖詞藻不敵《儒林外史》、《品花寶鑒》、《花月痕》、《孽海花》諸書，謂爲甘苦之言，自是公平之論。《現形記》尤痛快淋漓，可爲社會之功書。 惜爲達官所懾，以重金購取版權，於是尤而效之者，遂横梗一竹槓思想，專喜揭人間穢迹，以爲發財地步。自是而後，作小説者乃成爲慣例，幾無一不是人間秘史矣，作孽作孽。余猶憶年前，有友戲謂余曰：『某説家發財矣。』余詫爲何解，友曰：『子不諳近時小説家之行爲乎？一書出世，必曰夏鼎鑄奸，以示恫嚇，暗則以稿之極不堪處，摘送一二段，以驚覺書中主人翁，令其執賄而求秘密。於是幾百幾千妙手而來，誰不説拿破侖是世界第一英雄，誰不識拿破侖是世界第一富翁，今將爲某説家發其覆，計惟輦金而來，乞憐於刀筆之下耳。』余曰：『不惟小説家然，鼎鼎大名之文家，亦即以銅錢爲進退。自號於衆曰「不拿錢來，我決不幹」云云。』作文如何高貴事，被若輩銅臭滿口，實在作踐不少，雖曰生計爲之，亦足見文人老臉，真數千數萬也。

予友李定夷曰：『褒善貶惡，移風易俗，小説家天職也。若以營業之故，惟知取媚社會，隨波逐流，將錯就錯，則無形之中，社會實蒙莫大之害。』又曰：『小説之正軌，非遠避邪説不可。造意擒詞，儘可由奇入神，由神入化，斷不可好高立異以邪説欺人。青年之士，血氣未定，神怪驚心，聲色亂耳，尤易入於歧途。即成年之人，學力不充，智能不足者，亦能受邪説之熒惑。故作小説當遠避邪説。』數語皆正氣瀰漫，有心世道之言。惜執此以衡坊間之小説，殆百無一當也。

《西厢》之後四章，人人知爲狗尾，其吐屬大不如前。有謂《紅樓》原本僅八十回，其後二十回亦出兩人之手者，究竟比《西厢》好些。《西厢》之續筆，壞在從團圓着想，故攤開書來，便是一股酒肉氣。《紅樓夢》末尾之二十回，是否爲他人所續，無可臆斷，而所寫多凄凉語，却與開卷反照。核之原書結構之法，尚無大背。故予猶愛誦之，不忍於文字上下狗尾之論斷也。

教育部附設之通俗教育會，頗以改良社會自任，常有呈請禁止淫書之舉，但眼光膚淺，不能是是而非非。去年予曾見禁書目録中，僅以《則天外史》等古本爲傷風敗化，而近時喪盡良心之書籍，皆脱漏不闌入，獨波及於《留東外史》一書。竊不解教育會之列《留東外史》於禁書之列，果何所取義？爲其淫乎？則原書無一穢褻語。意必教育會之重要會員，爲《留東外史》上場之重要人物，詈其不爲己諱，故以禁止銷路，快其私臆也。寄語教育會諸公，既以改良社會自任矣，則當取坊間新行本一一博閲之，以審其去取。滬上新出之淫書，不知其多少種也。雖有力者多健全之論調，以冀爲世道人心作保障，而原書秘密推銷如故也。刑其人，火其書，伊誰之責歟？禁淫書，禁淫書，毋徒虚循故事，畢手續也。

《會真記》一出，赢得一般詞人熨香摇艷，無所不用其極。至王實甫編爲傳奇，蔚爲巨觀。余謂工部詩亦有傳奇之價值，而卒無好事者爲之。古今艷事軼事，流傳與否，亦有幸有不幸也。或謂《會真記》之價值，全在樂天一人，其然豈其然乎？

《海外軒渠録》原名《吉利甫之游記》，亦譯類中之善本，以詼諧之資料，寓惝恍之奇情，能令讀者一段一擊節。著者爲斯惠福氏，與彭寧同時，而門閥高貴，生享幸福，與彭寧之少爲匠而壯爲囚者，有天壤之别。惟其一生不受磨折，故著書亦一團和氣。歐西人至家置一編，幾有資爲開心之具者，其魔力顧不大哉！其實斯惠福一生政見，盡在此書。夫以發抒政見者，而能寓莊於諧，其鎔造之功，誠駕人一等矣。據多讀歐西小説者言，仿《海外軒渠録》而作者，尚有《書之戰争》及《德伯之談》

兩書，體例宗旨，一如《軒渠録》，而社會之愛心，則專注於斯惠福身上，視爲無雙之本也。

文章詩詞，體例至嚴，非古有之字不敢寫，非已往之典不能援引。一犯此病，讀者必詈之曰杜撰。惟作小說者無此層束縛，不妨隨意抒寫，即不妨隨口嘲謔，然亦有爲識者所嗤而貽盛名之累者。司各德所著之小說，多僻字奥句，而以無爲有，隨筆點染，雖原本於史，而大半皆逞其臆見，向壁虛造，即足以顛倒讀者，惹起迷信。世之讀其說者，幾疑司各德家有鄉嬛二酉秘帙奇書，多人世所未窺見者。然一二識者，或有知司各德之所言爲妄，特其書皆爲讀者所鍾愛，則群而稱之曰妖怪之小說家。吾知司各德聞之，必暢懷肆志曰：數百年後，果有知吾心腹者！

歐美各國，文話一致，故其優美小說，易於普及。中國文自文，話自話，故有無價值之書，而能通行社會者，婦人稚子亦津津樂道之；有極有價值之書，而文人亦視爲畏途者，朝訂夕考，至不能句讀。此小說之普及所以難，而小說之貽害所以滋也。《緑牡丹》、《施公案》、《彭公案》、《包公案》、《薛家將》、《楊家將》，人人能言之，即《三國志》、《水滸》亦有爲老嫗所解者，此白話之功效也。至於《山經》、《穆傳》，先秦間之高文典册，亦小說也。其價值儗之於經。此種小說，實爲世界最優美之書，惟中國文學，能有此閎博，而文士反苦其奥窔，不敢作問津之想。世道之卑，其有徵矣。吾願有改良之責者，於文話間加商酌焉。

迭更司氏所著之小說，中國已譯者，有《冰雪因緣》、《滑稽外史》、《孝女耐兒傳》、《賊史》、《塊肉餘生述》諸書，而以《塊肉餘生述》爲情致最纏綿之作。蓋窮愁則善於憤，而悲哀則易爲工。迭更司氏幼善讀，於古時蘇格蘭流傳之神話，及諸名家小説，嗜若第二生命。髫齡時，曾以債務入獄，論其境遇，雖不十分窘迫，然仰食於官，亦大可憐，故於《塊肉餘生》，聊寄其慨。秦聲已揚，激已阻之氣；魯酒未薄，消未來之憂。昔尉宗自鼓琵琶，動傷零落；天寥曲叙年譜，輒喚奈何。每至愁絶之處，尤能嗚咽動人。而迭更司之身世蒼凉，心頭侘傺，亦如匣劍帷燈，鏡花水月，有呼之欲出之妙。蓋譯本中細膩之作也，度必爲晚年著作，故尤能屏除浮華，而以極綿邈之筆行之，其出版約在西一千八百六十年間，時迭更司已年逾大衍矣。

施耐庵作《水滸》畫像三十六，日夜對之揣摩，故能意態畢肖。迭更司每一搖筆，則社會人物之魂魄，亦能以腕下役使之，不知其煉法與耐庵同否？聞之人言，歐西畫師，寫迭更司著書之畫，於其背面作雲煙蓊蔚之狀，中有種種之人物：男者、女者、老者、少者、妍者、媸者、縉紳、勞動者、錦繡者、藍褸者、古衣古冠者、時裝時束者。其狀則或喜，或笑，或悲，或哭，或向前，或退後，或瞠目視，或俯首觀，或如疾行，或如散步，或互相笑，或潛相窺，擁擠一處，錯雜萬狀。有詰畫師之用意者，則答曰：此皆迭更司小説中之主人翁也。以余意所見，畫師雖富於理想，未必刻畫得如此之妙，必迭更司平日著作時，有所依託與憑想，爲畫師所洩，故竊爲穿插耳。由是言之，與耐庵亦英雄之見也。

林琴南氏以譯説著名，而實不審西文，故各坊出版譯本，多與魏氏并署。第以旁人直譯之書，經此老鎔煉入文，則妙緒環生，而文中之委曲亦顯，蓋實信仰桐城之功效也。其叙《孝女耐兒傳》，尤多中肯語，頗足爲迭更司小説下一鐵板注脚。其文曰：『天下文章，莫過於叙悲，其次叙戰，又次則演述男女之情。等而上之，若忠臣、孝子、義夫、節婦，决脛濺血，生氣凛然，苟以雄深雅健之筆施之，亦尚有其人。從未有刻畫市井卑污齷齪之事，至於二三十萬言之多，不重複，不支離，如張明鏡於空際，收納五蟲萬怪，物物皆涵滌清光而出，見者如憑欄之視魚鱉蝦蟹焉，則迭更司者，蓋以至清之靈府，叙至濁之社會，令我增無數閲歷，生無窮感喟矣』云云。此其論迭更司小説，實未經人道之言。

有作小説家，不可無評小説家。蓋作者不能自爲評，亦不宜自爲評也。何謂不能自爲評？一書之成，其謀篇若何，布局若何，運意若何，鋪叙事實若何，選用古典若何，擒佳句選佳字若何，層層敲剥，千辛萬苦，始成一巨帙，精神之耗費，已在不可知之數，如必再加評語，更無别緒可抽，此其不能者也。何謂不宜自爲評？一部數十萬言之文章，在作者之着眼處，至多不過數十，其百之九十九，自視皆爲閒文。顧閒文中嘗有關鍵之筆，特非作者所自知。如必自爲評，則僅從着眼處發揮，而於閒文中之緊要處，都輕輕放過。是非由讀者隻眼看出，則作者之妙處不生也，此其不宜者也。

有人謂古今評小説家，以評《儒林外史》者爲第一，而金聖歎尚在其次。是何言歟？聖歎評《西廂》，却有火處，且工於罵人，尤其劣點，顧以文字上言，則刻露極矣。評文難在刻字，刻而能露，尤難之難者。且逐節批解，意周義密，其神力如猛虎之搏全兔，直令無可躲避，此以犀利勝者。至於評《三國》，則火氣全泯，一以純正之論調，鋭利之眼光出之。其章首讀法，尤能獨見其大，與逐回細評，不相犯複，非精於古文而剖解全局者，不能也。且其行文大氣盤旋，不作力竭聲嘶態。或用偶語，亦工穩無疵。而一行一言，毋論其輕微，如有足爲懲儆者，必爲之發揮以盡，此實評小説之聖手也。以視評《儒林外史》者，他可不論，即難易亦幾百倍矣。特識者謂爲評《西廂》有火氣，其説近是。

歐西著名之女小説家，余所得而知者，如十七世紀之法國杜爾諾哀爵夫人，喜作神怪小説，著有《藍鬚》、《餓狼化人》、《母之鵝》、《美容與善行》等篇，各國皆有譯本，以示小兒，意必童話之屬，非大部著述也。愛爾蘭女子白羅盎，少而瞽，窮年默處，幽然若有所見，七歲能賦詩，十五歲能誦荷馬之歌，二十四歲而能撰小説，著《格蘭尼之怪座》，奇特不可思議，國人争誦之。晚年更捨神怪而一味言情，然識者以爲終不如神怪。《格蘭尼之怪座》，中國無譯本，係友人爲余言者。其最著名之女小説家，則爲著《黑奴籲天録》之美國斯拖活夫人。夫人韻致清絶，天才飆發，善歌行，嘗咏懷古跡，發抒抱負，既以小説之感入人深，乃悉力而爲之，前後所著，凡九部，而以《黑奴籲天録》爲最佳。憫乎湯姆之遇，乃以人道主義著此一録。不意斯書一出，挑動南北干戈，喋血數年，殺人盈野，以人道之主義而反得不仁之惡果，豈始願也哉！然是書之價值，概可知矣。

寫清宫軼事之書，多至數十種。然或抱種族主義，以揭發陰私爲職志；或取懲淫戒奢之主義，一味記其奢華。欲求一宗旨平和，而能把宫中細情曲曲描寫者，惟德林郡主著之《掖庭二年記》，可稱善本。天下名山大川，多不可方物，惟親歷者乃能得其端倪，然猶寫鱗寫爪之筆，何况宫中細事，久不問於外，雖關係於國計民生，究屬脂粉氣過多，文人之不善寫，亦理爲之也。郡主幼涉重洋，長精翰墨，而於先進國之民情風俗，尤考察無遺。其入宫也，深得西后歡心，故於宫中之細故，亦朗若列眉，而那拉氏之聲容笑貌，言語動作，思想脾氣，又如一座秦鏡，從魍魎國博覽而來。故其描寫宫中瑣事，皆頭頭是道，不失之穢瑣，不落於膚廓，令讀之者有尋些前朝遺事，大家灑點眼淚之慨，旖旎風華，可云極矣。其價值雖不及《黑奴籲天録》，而德林郡主四字之流傳，實足與斯拖活夫人并堪不朽，亦吾國小説界之破天荒也。惜乎以大家之才華，而心地少左。其時西后爲之相人，郡主皆不可，后怒，欲强之，乃托辭出宫，遇美人衛脱，愛之而嫁焉。漢妃匈奴，元女海外，皆遭際至不堪。郡主以玉葉金枝，自甘遠竄，意者料中國之必亡，知美洲之發達，欲附驥作先進之民，免逐鹿爲亡國之奴耶？然而十年一夢，絮絮於前朝舊事，若有孤臣羈客之憾者，則又何爲焉？郡主殆不足法。

梁任公之《新中國未來記》，竟無一句一字佳，至謀篇布局，亦未得正軌，徒竊得《魯濱孫飄流記》之一屑，欲以香灰作仙方也，而拍馬者竟有好之。樊樊山之《琴樓夢》，實一極不堪之作，而諛之者乃曰『氣度終是不凡』，可稱評小説之雙絶。

小説之大病，在於看主人翁過重，而看陪賓過輕，恒至一面一目，一事一語，非主人翁所談吐，簡直不可入耳，不可入目，此亦藝劣之表示，而又精神欠缺之所由致也。余謂此種弊病，在作者實不自知，經後代評閲者以纖弱之眼光測之，而後書中有主焉，有賓焉，有主中主焉，有賓中賓焉，有主中賓焉，有賓中主焉，錯雜凌亂，不可捫搎，遂致後之作者，精神多不屬，而讀者之心志亦以紛，且流言所播，成爲一種刻板之摹畫，幾於作小説者無一不鈎心絞腦於賓主二字之中，故中國十九世紀時代之小説，幾無一能脱前人窠臼者，循墻摸壁，孺子固不可教也。

俗本《三國志演義》，攙入『之乎者也』等字，間或齟齬不通，此實竄入者之大謬。小説有文言、白話之則。文言者加入白話，則俗不可耐，猶之白話者加入文言，亦酸腐不可讀也。且於白話之中，加入『之乎者也』等，每每鬧成笑話。予聞林琴南氏言，京中有農者，兄遠出，弟寄書於兄。其時適死一人，而市肉較貴，新雇一佃户，而其嫂方懷孕。書曰：村中死一人，其肉賣至一百七八十，家中新來一佃户，嫂嫂所以肚子又胖矣。『其』、『所以』、『矣』諸字，都極可玩味。肉者，人肉也。嫂嫂肚子之胖，以新來佃户也。故於白話之中加入文言之語助字，必有耐人尋繹之處，特篇幅過長，讀者不經意而已。

《水滸傳》人人説是大刀闊斧，揮來令人無可躲避，寫金蓮戲叔一場，尤奇妙不可思議。余謂《水滸》以文勝者也，其使筆曲而不直，雄而不粗。惟《封神傳》則莽撞如三將軍，粗蠻如黑旋風，寫游戲事亦不工細膩，試讀邑考鼓琴一回便知。

《西遊記》奇妙之思想，多脱胎於《三國》。如啞泉、黑泉，脱胎子母河、落胎泉也；牛馬鹿力、金角銀角之號，脱胎於朵思大王、木鹿大王者也；南海觀音之救，脱胎於伏波顯聖、山神指迷者也；至於前而鎮國寺，後而玉泉山，二月戒刀脱離火厄，或望空一語，有同棒喝，處處皆有禪機，安知作《西遊記》者不以《三國》爲藍本哉！《西遊記》以愈奇而愈勝，《三國》則一著怪話，便受人譏評，則本書之歷史爲之也。余謂《三國志演義》，至白帝託孤後，竟可截止。否則征蠻一段，輕輕寫過，當省却枝節不少。特作小説者總以萬象畢收爲博，躲懶固不肯也。莫怪西人説我中國小説，無論何種，總離不了神怪二字。

余鄉陳子彦群，幼不讀書，成人而後，習米肆業，賴其夥友，得粗識字，喜讀《三國演義》，三年不輟，漸漸能爲文，更能爲詩詞。其初不可讀也，嘗詣余就正，今年事三十有二，數年不見，而文字已大通矣。一部《三國志演義》，可作教科書讀。

哲廬嘗謂予：《紅樓夢》一書，社會小説也，亦家庭小説也，夾寫政治，多皮裏陽秋，而核其全局，則爲言情之正宗。作者於駢文詩詞，皆臻上乘，而星相醫卜儒道僧俗，亦能約略言之。小説家具藝之博，殆莫過於曹雪芹矣，受社會歡迎，固其所也。操觚之士，慕其獲利之厚，靦顔續貂，强爲邯鄲之學步，後先迭出，名目繁多，如《風月夢》、《紅樓再夢》、《紅樓圓夢》、《續紅樓夢》、《後紅樓夢》、《疑紅樓夢》、《疑疑紅樓夢》、《大紅樓夢》、《綺樓重夢》、《大紅樓題解》等，爲書不下數十餘種，核其情節，無非爲黛玉吐氣，重諧好事而已。在作者之心，恨天人之不平，必令有情人都成眷屬，固與關漢卿之《續西厢》同一未能免俗之見解也。然而造意獃板，措詞荒傖，形容至於穢褻，尤以《綺樓重夢》爲最不堪。試問曹雪芹有此手筆否？有此口吻否？其言頗中後《紅樓》諸書弊病，藝術思想每况愈下，中國之所以日弱也！小説家亦凛之乎！

中國有極有經緯之小説，而不爲社會所注意者，則《緑野仙蹤》是也。其淫褻不比《金瓶》之繁而討厭，而描寫各種社會，幾乎萬象畢收。且行文亦大氣盤旋，能始終不懈。而著作人於中國文學，亦極有根柢，所載各體文字，皆有價值。吾甚不解好淫褻者，何以棄《緑野仙蹤》而取《金瓶梅》？好摭拾時事者，何以取《野叟曝言》、《儒林外史》而輕《緑野仙蹤》也？人謂《西遊記》處處有禪機，余謂

《紅樓》亦何嘗處處非禪機？無論寫何種熱鬧事，寫何種興會事，轉眼即成幻景，特讀者偏於所好耳。

曩年見某書局出版之《婀娜小史》，雖爲言情小説，而書中夾寫雜事，頗能穿插盡致。以貴家女下婚農家子，即令泰西風氣開通，無階級之婚姻，然亦有聞而嗤鼻，見而側目者。作者必須其間之隔膜處，於無形中節節鎔化，然後乃知貴家女之下婚農家子，實有一極大之價值。此小説最難爲之事也。不然，中國風氣何嘗不開通，以總部女而行爲等於野鷄，以大老夫人而與馬夫車夫相親暱者，以吾之一指當百，尚須借助他人也。其叙農學家之改良農務，哲學家之發揮新諦，以及俄國政府、政黨、學校、宗教種種黑幕，令人忽驚忽喜忽歌忽泣，都有價值。惟婀娜以已嫁之婦，卒隨伯爵私奔，繼復疑伯爵，卧火車輾斃，此種女子，在中國實無小説之直焉。

《劫外曇花》，亦琴南自著之作，其價值且亞於《金陵秋》矣。吾以爲中國文人，凡有昌黎、柳州、六一、荆川、尊巖、桐城諸名詞鎔鑄於腦筋者，改人之小説則可，若自爲小説則斷斷不可。此琴南所以不諳西文，能以譯本見譽於時也。此何以故？講古文法者，其義例如何嚴，搜字摘句皆有一定之模範。近時如稚暉諸人，嘗以俗語攙入文字，人胥目之爲妖怪矣。琴南於文字之抉擇過嚴，一作小説便如大家閨女，初到游戲場中，一舉一動，皆令人礙眼。即有識之者，亦不過曰：此某家之閨秀也。其不諒者，且群而目之曰：這新貨色當别有滋味！游蜂浪蝶，成隊而來，或有齟齬，則口角齊起。此亦至可玩味之一事也。其實琴南著某講義，尚着霜雌字樣，何嘗桐城？

小說寫夢，實落常套，且於闢除迷信四字，尤不相宜。中國小說，無一書不說夢。《三國志》、《水滸》，夢在夾理，此上乘者也。《紅樓夢》等，夢在開頭，此下乘者也。《西廂》不寫夢而夢語獨多，此超以象外者也。西洋小說，其意境多超脫，然寫夢亦無好手筆。吾作小說，本一夢書也。我有如何宗旨，即不妨任我所言，無論我之言也，言自我也，無一而非夢也。夢書寫夢，正好戲上加戲，求其適當者少，流爲蛇足者多。與其不能爲全書關鎖，毋寧絶筆不寫夢，免有弄巧反拙之弊。善言易者不言易。小說固善夢者也，何夢之可言？（箸超）

作小說，非熟知人情世故、社會狀態，則下筆必成笑柄，故任寫何等人物，非有精確閱歷，斷不可摇筆獻醜，貽笑方家。若英國撒克萊善叙貴族狀態，迭更司則善描平民生活，均各有專長，故其文能傳諸後世，爲人稱道。使二君易地而處，吾知將敬謝不敏也。

迻譯名家小說，較按譜填詞尤難。中西文字，不能强同，難一。即强同矣，尤須語句流利，無絲毫勉强晦澀之弊，難二。今試舉例以明之，惲君鐵樵譯却而司佳維《荳蔻葩》二十五章中有云：『拿躄額曰：「然，似稍丕而，吾亦微覺之。」山見拿已醉，笑曰：「吾言威而，彼胡爲丕而？」拿覺已失言，亟易其辭曰：「威而、威而，吾因誤言丕而也。」』夫威而（Will）、丕而（Pale），在西文中音極相似，故拿尚能自圓其說。然譯者至此，最難下筆。若如原文直譯，則稍知西文者讀之固可領會，不知者必將瞠目而不解所謂，此中西文字不能强同之難也。惲君因於無可奈何之中，加『英人謂健全曰威而，愁顏曰丕而』二語於『拿躄額曰』之先。有此注解，而文從字順，遂無晦澀勉强之病，强不同以爲同，具見譯者苦心。使意譯威而、丕而爲健全、愁顔，試問拿將何以自圓其説，便成獃筆。此中甘苦，只可爲知者道也。

名小説家繪景繪情，有非名畫家所能着筆者。如嚣俄《九十三年》卷一第五六章之叙礮禍，卷四第一二章之述三童戲嬉，却而司佳維《荳蔻葩》第一章寫弼而狂飲孛蘭地之狀態，及萬留萵回出兒示客時之情景云『萬抱兒，兒掇萬鬚，萬與客皆大笑，兒亦孜孜憨笑』。此等神情，恐雖起吾國吴道子、羅兩峰而繪之，亦難著筆。

嚣俄《九十三年》，實爲寫實小説中之名著，描寫法國革命時之亂離狀況，各黨傾軋情形，令人時而驚，時而怒，且於如火如荼中必着以名言一二，讀之恍聞一聲清磬，發人深省。不少東亞病夫評《九十三年》爲人道而作，爲無韻之詩，以處處都用比興故，洵不刊之論。熊膽磨作墨，字字書來苦。嚣俄著此不知耗幾多血淚矣。作小説必如此，方不妄作；作小説必如此，方有功世道。

小説有爲己作的，爲人作的，爲世界作的三種。但顧一己之利益，妄計貽害夫社會，此爲己作的小説也。嬉笑怒罵，無非至文，妝點雕飾，便成奇觀，使人注目傾耳，而不覺津津有味，孳孳不厭，此爲人作的小説也。若夫爲世界作的小説，則眼光必遠大，命意必高尚，至理名言絡繹於字裏行間，如生公説法，頑石亦爲點頭。此等小説，有潛移社會，默化人心之功，裨益世界，雖聖經賢傳，亦有不逮焉。泰西作家，能此者俄之托爾斯泰、法之大小仲馬、嚣俄、麥柏桑、英之迭更司等數人而已。

非明於名學歸納演繹之法，必不能作偵探小説。蓋偵探小説布局，其先必故作疑陣，使人迷離惝恍，莫測其究竟，然後將疑問要點，用歸納演繹之法，一一解釋出來，令人拍案叫絶，方爲佳構。《福爾摩斯探案》，吾無間然，次則當推多那文。多那文每叙一案，縱事極錯綜，迨至結局，無不入情入理，盡人能解，此不可及也。若至一發難收之際，專用催眠術等以解重圍，偶一爲之，尚屬無害，然其病已同吾國舊小説中猝遇患難，必仗神佛出而解救之窠臼矣。

俄國小説，類多蒼凉變徵之音。蓋人民受專制之壓迫，官吏之苛虐，兵卒之蹂躪，偵探之陷害，呼籲無門，憤無可洩，經小説家一二點綴，遂覺怨苦悲啼，都成妙文，此俄國小説之特長也。讀奇霍夫《六號室》第三章，俄國兵士之暴横，可於意外得之。此所謂『不着一字，盡得風流』也。統觀全書，頗具哲理。顧悲觀太過，消極太甚，閲之令人動厭世之想，非青年所宜讀也。天笑譯筆，亦曲而能達。

人咸知《魯濱孫飄流記》、《十五小豪傑》爲冒險小説中之傑作，然尚有《珊瑚島》一書，實可與二書媲美。是書西名 The Coral Island，吾國似尚無譯本，述三童子航海遇颶，飄流至珊瑚島，慘淡經營，克成偉業，其艱辛比諸魯濱孫尤過之。讀之可以長獨立之精神，洵青年之良伴侣也。

讀名家小説，不僅怡情悦性已也，實可得重大之教訓。如《荳蔻葩》第五章萬留蒿回對平曲客論婚姻一節中有云：『富人爲子女計婚嫁，輒不得當。其故由於飽經事變，其心理與兒女子輒相鑿枘。水性就下，不因勢利導，即嚴爲之防，鮮有不潰者。』此種透辟之論，有子女之富翁讀之，當可憬然大悟。麥柏桑氏短篇《戰争之賜》（即《新青年》之《兩漁翁》）中有名言云：『國體君主，易肇外釁；若係共和，必多内訌。』《九十三年》卷二第五章馬拉戒丹頓云：『國勢艱危若此，欲救國者，要著即在吾曹之和睦。』則是一字一淚，一針一血，奈何世人猶不悟也。

美國霍桑 Hawthorne 所作小說，多述神魔，情節極離奇之致。乍讀之，似荒誕不經；細味之，篇篇有寓意。世有知者，當韙予言。吾讀神怪小說夥矣，然無有能勝於霍桑氏者，宜其盛名獨享也。

偵探案，除福爾摩斯、聶克卡忒、笛克多那文、維廉勒苟等而外，尚有一甘納田。愛偵探小說者，當無不知之。甘納田探案之長處，在於藉離奇之案情，發明科學原理。此實作者發揮其研究科學所得之秘，閱之令人增進學識不少。蓋科學書恒乏興趣，惟寓科學意味於探案之中，則略有常識者讀之，自能深印腦蒂也。

有 AV 者，善作國際偵探小說。所作皆有來歷，非信口亂道者可比。予曩譯其《盜約記》一篇，述日俄媾和秘幕，證以舊聞，蛛絲馬跡，不爲無因。是篇載商務書館《小說月報》七卷六號。惲君鐵樵惠書，有『搜覓此等材料，委實不易』云云，可見其著作在吾國譯界，已有定評，惜不甚多見耳。

《荳蔻葩》爲譯本小說中之佳構，中如描寫伊瑟姆之天真，愛丹林星之譎詐，翠蘭福特之內慚，拿門石勒之自持，三星堡、萬留蒿回等之慷慨率真，皆神妙欲到秋毫顛。至寫英國閥閱之驕奢，亦如初寫《黃庭》，恰到好處。

《荳蔻葩》用筆細膩處，實不可及。略舉一二，如第三章末述拿門石勒發熱病中，連呼伊瑟姆，迨伊以手按其額，囈語頓寂。行文至此，似可收束矣。乃作者於『囈語頓寂』句下，偏又插入『而上下唇吻，猶作呼伊瑟姆之姿勢』二句，便覺餘味不盡。又如第五章首段述伊瑟姆且行且思一節，文筆搖曳生姿，而妙在以不解解之。又如十五章中段翠言時伊瑟姆仍目視馬耳一節，亦是神來之筆。此等細膩處，不知作者自何處得來？

《荳蔻葩》寫未嫁以前之伊瑟姆，煞是天真可愛，而爛漫之中妙有英挺之致。如第二章對其義父萬留曰：『天下物可厭者，莫書若。每獲寫字人向兒喋喋，便覺頭腦作痛不可耐！』是何等爽快之論！讀之我欲浮一大白。又如『兒必嫁阿爺』一語，何等風趣。後經翠蘭福特之熏陶，人事漸明。二十三章詰翠蘭福特，侃侃而談，較前若出兩人，無絲毫兒女子態。二十七章力爲拿門石勒、麗榴圓成婚事，以報知己，皆人事已明之證也。

伊瑟姆返國，入室憑窗四望，心愛一圉卒所控之阿拉伯馬（見第七章）；伊瑟姆去國，形影凄惻，乃有一巨狗歡躍攔阻，似相挽留（見三十章）；遥遥相對，文筆一絲不亂。萬留蒿回贈金心於伊瑟姆（見第二十章），回應前章覆書中『三星人愛汝之心畢世相待』一語，此老可稱解人。山耳聞何苦諷勸翠蘭福特爲金錢而婚伊瑟姆（見第十章），致伊瑟姆領略種種夫妻滋味，此老畢竟多事。

伊瑟姆之動人憐愛處在天真，其吃虧處亦在天真。雖然，吃虧即是便宜。何物愛丹林星讒譖不已，復重誣之，到後來眼看翠蘭福特與伊瑟姆依舊姻緣美滿，失望之餘，一走了事。聰明反被聰明誤，吾甚惜之。況伊瑟姆曾有大恩於愛丹，以怨報德，亦爲君子所不取。

伊瑟姆與馬，可謂有緣之至。以馬而識拿門石勒（第二章），而救愛丹林星（第八章），以與翠蘭福特乘馬野游而允婚事（第十四十五章），以弼而之馬爲狗耳堡薛猛所奪，而得父女重逢（第三十四章），凡重大事故，幾無不與馬有大關係，不亦巧乎！

《荳蔻葩》全書以伊瑟姆爲主人翁。據此標準，以分別書中人物之主賓，則伊瑟姆爲主中之主，翠蘭福特爲主中之賓，萬留蒿回、拿門石勒、山耳聞、愛丹林星爲賓中之主，弼而、薛猛、佩而、非利公爵、梅林媽、雲臺夫人、麗榴則爲賓中之賓，餘如鄧麥克、孛冷珂、排苛等，則均戲劇中之跑龍套耳。

英國小説家雪羅士比亞嘗有言曰：『吾儕作小説有二訣：一爲借他人之遭逢，點染以寫出之；一爲以一己之意見，憑空以結構之。前者確鑿可尋，後者寓言十九。町畦獨闢，各擅勝場，誠爲不可偏廢。然究莫若以前人之遺聞軼事，涉筆有實，紀之較易觸讀者之感情，輸社會之效用也。』其説自顛撲不破。蓋借他人之事實，運以妙筆，演爲稗史，則言皆有物，而讀之者亦宛如讀藍皮書，如何國何時，某人某事，蛛絲馬跡，皆能一一相印證，非憑虚公子、烏有先生，故可貴也。雪氏生平著述，大抵皆信而有徵，甚爲世所推崇。紀實小説之價值，可以想見矣。

小説無論紀實虚構，其事故猶鐵，詞意猶爐，鍛煉融冶，洵非易事。要以詞意平淡，味在言外者，爲最上乘。抑揚起落，有頓有挫，令人閲而驚心動魄，愛不忍釋者，亦佳。至若努力縱送，而意味索然者，無論虚實，皆不起取也。吾國小説，至今日可謂極盛，坊間所最流行者，爲言情滑稽。然一則誤於以言情爲寫魔，一則誤在以滑稽爲輕薄。輕薄之弊，不過失著者忠厚之心；至以言情爲寫魔，則爲患於世道人心，不可紀極矣。

法國麥柏桑氏以短篇小説蜚聲説林，善寫人情世故，神采如生，鑄鼎象形，尤妙在無一閒筆。竊嘗評其著作：其靈活處如天孫弄梭，腕無暫停；其含蓄處如陽春在中，萬象皆動；其精煉處如莫邪劍，如百煉鋼；其高超處如行雲在空，明月在中；其名雋處如秋山槃槃，萬籟俱寂；其澄淡處如空波粼天，鳴簪叩舷；其婉曲處如徐拂寶瑟，一唱三嘆；其感慨處如鉛水迸淚，鵾鷄裂絃；其孤瘦處如亭亭危峰，倒影碧流；其奇麗處如鮫人織綃，海水不波；洵説部中之明星也。

英國近代小説家却而斯佳維善爲言情之作，其文如雜組成錦，萬花爲春，偶然咳唾明珠成塵。科南達利以《福爾摩斯偵探》一案，爲各國所傳誦。其文雄放處，如海潮東來，氣吞江湖；獨造處，如萬山攢攢，回風盪寒。威廉勒苟亦以善作國際偵探者，顧其文布局結構，時有相同之病，視科南達利瞠乎遠矣。

吾國譯本小説，創於何人，肇自何時，始於何書，固未敢妄斷。然如《昕夕閒談》一書，不可謂非吾國譯本小説中之者舊也。是書分刊《瀛寰瑣紀》中，譯者别署蠡勺居士，不知何許人？予按：《瀛寰瑣紀》出版於有清同光之交，其體裁儼同近代雜志，文苑諧著、説部筆記，應有盡有，是亦一古雜志也。

《柳暗花明録》，亦却而司佳維氏之佳構。天虛我生言此篇結構細密複雜，而情景逼真，忽離忽合。放翁詩云：『山重水複疑無路，柳暗花明又一村。』文境似之，可謂罕譬而喻。與《荳蔻葩》相較，則《荳蔻葩》如書家著筆，慣用中鋒，而《柳暗花明録》則以偏鋒見長也。至行文之縝密，又如水銀瀉地，無孔不入，此固佳氏之特長。即描繪一景物之微，亦必曲意經營，不肯苟且，且從無千篇一律之病。如本書第十二章中薏德跳舞，與《荳蔻葩》中伊瑟姆跳舞，迥乎不同。即寫薏德之天真爛熳，亦與伊瑟姆毫不相似，不愧名家筆墨。第一章寫老牧師家庭歡聚之狀，讀之覺融融洩洩，一室生春，而妙在各人有各人之神情。茜雪之端莊，且置不論，寫老牧師之慈愛薏德，出以輕淡之筆。如云『老牧師不答，但握其手，點頭而笑，然老淚已濕其眼角』，又如云『牧師笑點其首微嘆。此嘆聲之中，實滿貯愛憐，上帝知之』等，著句不多，而慈愛之意便躍然紙上。薏德、卜蓓，雖同一稚氣可掬，然薏德口吻確是一嬌憨女郎，卜蓓則一活潑兒童，截然不相混淆。而薏德答茜雪少年是否男子之問，有云『當然爲男子，若爲女，則又何必理我』，妙語解頤，猶食哀家梨，爽快絶倫。

薏德與羅倫可謂心心相印，初入爵邸，見羅倫即爲井邊坐談之人，因其隱不以告。薏德以爲已犯莫大之罪，無復可恕，故對待羅倫，狀益冷雋。羅倫一言一動，幾乎動輒得咎，讀之令人失笑。然兒女子確有此種心理，佳氏乃能體會入微，妙不可階。茜雪、卜蓓，交相駭怪。無怪其然，狡哉羅倫，自知負疚，乃以劫馬故事，開薏德之詞鋒，而略挫其傲態，更復殷勤求恕，冀蓋前愆。蓋羅倫明知薏德口甜心苦，繫鈴解鈴，惟我能之，想羅倫當時亦必忍俊不禁也。

第十三章羅倫代維廉説婚一段文字，委婉曲折，有匣劍帷燈之妙。第十七章蘇惠恩登裘狄斯妝樓後中有句云：『忽覺有物蹴履而滚，視之，乃爲香檳之瓶塞，則不禁微笑，拾而納之袋中。』瑣瑣屑屑，寫來煞是可笑，且遥遥回應第十三章中『是知其人生平起居，斷無節度，行且以酒自喪其身者』數語絲絲入扣。第十九章茜雪聞薏德拒婚絶倫而大愕，誤謂其妹心在維廉，薏德答語有云：『維廉乎？實告姊，吾乃爲卜蓓耳！』此與《荳蔻葩》中伊瑟姆答其義父萬留『兒必嫁阿爺』一語，同一風趣。惟薏德則有激而言，伊瑟姆則不解解之，此則微有不同者耳。

裘狄斯玩羅倫於掌握中，天良盡没，譎詐已極，然第十三章向羅倫索款時云『汝但少養一馬，即有之矣。豈汝待我不如畜耶』云云，則凄惋動人，似語語自肺腑中出，我聞猶憐，無怪羅倫之受其紿而不悟也。

《小綿海》一卷所刊長篇小説《碧血鴛鴦》，亦譯自佳氏手筆。佳氏著作，均有脂粉氣，多纏綿悱惻之音，惟本篇則婀娜之中，有剛勁之致。蓋書中之主人翁裘立葛蘭敦，艷若桃李，冷若冰霜，隱姓埋名，蹤跡母仇，險阻艱難，無不備嘗，故全書遂覺驚心動魄之事多而兒女纏綿之事少，即有幾處叙及兒女之情，亦不十分濃艷，筆下總有一種剛勁之氣。想見名家下筆，頗費斟酌。予嘗謂作小説，事實筆仗，當兩兩相稱。今讀佳氏諸作而益信吾言之不謬。

是書第十四章中泰倫司馮途窮追悔一段，唤醒紈袴子弟不少。泰倫司馮之墮落，愛爾斯媽與沙律造成之。泰倫司馮之自新，則泡普洱與愛佛感動之。不有愛爾斯媽之詐，無以見泡普洱之仁；不有沙律之狐媚，無以見愛佛之至情。吾故曰泰倫司馮敗子回頭，實泡普洱與愛佛之功也。

沙律以色媚人，迹其行爲，卑鄙已極。又有愛爾司媽狼狽爲奸，惡迹益著。沙律似可耻可賤矣，然其對於愛德華爾倫則情深一往，實爲可敬。三十三章臨終前表明心鄙一段，如怨如慕，便鐵石人也應淚下，爾倫大哭失聲宜矣。

林譯法國小仲馬《血華鴛鴦枕》，意境高超，名言絡繹，針砭薄俗，厥功匪鮮。如論私生子有云：

『法律家故爲是刁難，以遏生人之私欲，殆謂私生子之地位，必處極卑至劣之中，庶人人知所戒懼，不敢爲狹邪之游，及逾墻相從之事。此大誤也。夫欲止人爲惡，當兩息其奸萌，當其外遇之時，科罪必兼及其父，不能獨責其子，使之萬劫不能翻身。』又如云：『凡人私生之子，苟不授以姓氏，予以産業，加以教育，凡其子之身體靈魂不爲淑治，即謂之有害社會之蟊賊，當加以明刑，示之重罰，如此則蕩子之心可以少斂。蓋律例詳明，亦足以轉移乎敝俗。』懲前毖後，大聲疾呼，保障人道不少。

斐尼克孟素以私生子故，不齒於社會，後得神甫倭勒爲之講授《聖經》，便大澈大悟。如云：『我既無父，天主即吾父也。……想吾母後來亦爲聖母，然則耶穌實吾兄耳。嗟夫耶穌，吾愛汝至矣！』及設理想何等明透。厥後伊莎不貞，悲憤已極。至有人類宜不應尊天主，且宜取《聖經》而毀裂之。及果有天主者，人類宜痛拒之，斥出理想之外。如必須天主，亦宜别立一人等憤語。前後見解，何矛盾若是？世不乏大智慧人，當能悟小仲馬言外微旨。

《血華鴛鴦枕》中至理名言，實難枚舉。如黑底訓斐尼克孟素當以理遏欲一節，快論美術家非美術家皆當書紳自警。又如書中有云：『……蓋自世界第二人以後，已非上帝手造之人，其餘咸爲二機關所製：一爲愛情，一爲快樂。今吾人所得者，在兩機關中，量恰平均，果此兩機關不畸輕畸重，則吾人之性質亦必迫於和平。果兩機關彼此相反者，而兒童受生以後，性質亦自相忤戾，必待世故之磨冶，力平其一偏，然後始成一純净之性質。……』樸實説理，盡人能解，亦不刊之論也。

《流星》（德國 P. F. Richtor 著，劉半儂譯，刊《新民德》二卷一號），爲短篇小説中有數文字，篇幅極短，然寓意深遠，發人深省。大意勸人於少年時代，須以道德自範，以勤勞自勵，不然少年之時光一去不來，縱能幡然悔悟，恐將徒呼負負矣。此篇命意措辭，極爲沉痛，借一流星説法，尤見匠心。青年學子，直可作修身教科書讀。

塞爾維亞小説家著作，實爲罕見。予曩於《禮拜六》周刊三十七期中得《勇婿》短篇，爲塞國辣塞雷維克著。其文莽莽蒼蒼，殊有雄渾之氣。讀者可於此篇略識彼國之人情風俗焉。

美國華盛頓歐文，文名遍新舊兩大陸。昔英國名小説家撒克萊曰：『歐文爲賫送新世界文字至舊世界之第一大使。』洵非過譽。蓋美國作家得佔英國文學界中一席者，歐文實開其先。次則長卿氏 Longfellow。長卿氏以詩名，歐文則以散文著。歐文著作，清新俊逸，似不染人間煙火氣者，其描繪自然景物、動物生活，非有至精至確之觀察，實難臻此妙境。歐文雖不能詩，然其文篇篇皆無韻之詩也。歐文得名於英國司各脱之力爲多。《坿掌録》（The Sketch Book）脱稿後，挾書登墨蘭及康司坦白爾二書肆，囑其印刷，均遭拒絶，後幸得司各脱説項，墨蘭遂以四百鎊購之。書出，人争傳誦，由是得名。一八二九年，牛津大學贈以法律博士位號，可謂榮矣。

司各脱、迭更司、撒克萊三君，爲英國小説家泰斗。其著作各有特長，未易軒輊。英國麥秀 E. J. MATTHEW 氏所著《英國文學史》中，論三君著作，頗有精到語，今節譯如下，以示吾國人士之愛讀三君小説者。麥秀曰：『司各脱、迭更司，皆善用偶然之事，以成其著作者也。前者文中有晝，後者雅有劇情。若撒克萊，則好將若干事實之能連屬者，貫串成篇，雖較獨叙一偶然之事略難，然意味之連亘不斷，則可斷言。撒克萊善狀人情世態，不事謾罵。司各脱則別有一種誠摯活潑之氣，亦無人能及其萬一。然彼所述者僅足爲彼一時之人情世態，至撒克萊則描述人物性質，必用全力，故其所述，雖歷百世莫能易。迭更司之滑稽，頗肖司各脱。蓋二君均不喜怒罵者，以其妙思，發爲妙文，自足引起人之愉快耳。迭更司即描寫一極鄙賤之人物，亦必以慈愛之心出之，其天君之純潔高尚，尤足令人感佩。撒克萊嘗有言曰：予甚感謝《塊肉餘生述》(David Copperfield)著者以其深切純潔之書頁，賜我子女也。當時小說而能得名人傾倒若是，實不多覯也。』又《歐美大家文匯》(*The Great Authors*) 撒克萊傳之末曰：『迭更司作意，示人縱下流，其天性無有不善也。撒克萊則示人愈高貴，天性益汩没，故放僻邪侈之事，遂無所不爲也。』明乎《文匯》、《文學史》所論，可以讀三君之著作矣。

俄國托爾斯泰，本其悲天憫人之懷，著爲小說，藹然仁人之言，讀之令人淚下而不自知。如《此何故耶》(見《中華小說界》)、林譯《人鬼關頭》及《恨縷情絲》(均見《小說月報》)等，皆於至情至性，溢於紙上。無怪一編脱稿，萬國轉譯，盛名固不易幸致也。

《胠篋之王》、《大寶窟王》、《八一三》，同出法國馬梨塞勒白朗 Mauriee Lellane 手筆。馬氏爲法國名小說家，其文汪洋恣肆，波瀾層出不窮，讀之無有不神往者。然欲與《福爾摩斯探案》較，終覺略遜一籌。蓋《福爾摩斯探案》，一篇有一篇之奇智，故有出神入化之妙。至馬氏著作，則以一劇盗亞森羅蘋爲主，縱寫得神奸巨猾如生龍活虎，總覺譎而不正，非探案之正軌也。

《伊索寓言》爲後世寓言小說之鼻祖。作此類小說，有當注意者三：一叙述宜簡單，毋複雜；二意寓勸懲，須以明顯之筆達之，俾人人可以了解；三描寫動物，爲善爲惡，須不失其自然之天性，故狐則常狡，兔則常怯，獅則常勇，狼則常虐，牛則常强，馬則常驕，驢則常忍耐。《伊索寓言》固具此三公例者，即其他寓言，亦莫能逃此範圍也。

西籍東來，譯本小說佳者固不少，而平淡無奇者亦不知凡幾，甚矣，選材之難也。惟有一事足爲譯本小說誇者，則歐美小說家，類能以道德自勵。故事實平庸意味晦澀之小說，容或有之，若夫不顧廉耻，以傷風敗俗之事，鋪張揚厲，演爲説部者，吾未之見焉。吾國何如？予欲無言。歐戰閉幕，將來歐美小説家，必有以其所得教訓所歷經驗，借説部以發揮而光大之者。願吾譯界諸君，放開眼光，多選擇此種小説，以發揚吾譯界之榮光。（玄甫）

作小説莫難於楔子，楔子莫佳於《水滸》，《桃花扇》亦恰到好處，《紅樓夢》不欲落入窠臼，故輕輕以此開卷第一回也下筆，可見作者抱負不凡。

《紅樓夢》作者，疑係吴梅村，或出於數遺老手筆，而梅村其一也。

醉心《紅樓夢》者，往往尋疤覓疵，挑剔書中情節，亘二百年而未有已。不知原書經曹雪芹披閲十載，增删五次。曹氏胸羅八斗，心細於髮，其紕漏處，必有紕漏之所以然者。試問摇筆弄舌諸君，有曹氏之才否？推敲十年否？知乎此，當亦爽然自失矣。吾友老儒鄧狂言，曾得曹氏删稿於藏書家，於原書多所發明，知作者於河山破碎之感，祖國沉淪之痛，一字一淚，爲有清所禁，曹氏恐湮没作者苦心，爰本原書增删，隱而又隱，插入己所聞見，即流傳至於今者是也。其紕漏處，均是絶大關鍵，惜後人吠影吠聲，不特厚誣作者，抑且唐突古人矣。不才願鄧君公諸世人，饜息衆囂也。若某君話小説，至疑原本不佳，故經曹氏增删，直夢囈矣。

曩年任君堇叔主持《繁華報》，吐屬名雋，小説亦多可觀。所載《一聲雷》，隱射伶人李春來與黄開甲之妾朱素珍事，即爲旅滬粤人環控李氏之導綫。是新小説之影響及於社會者。周君桂生，曾主持《月月小説》，所譯《八寶匣》、《三玻璃眼》、《左右敵》等，清新俊逸，實有中興小説之功。今兩君厠身商界，其文字久不與社會相見，頗有倚杖柴門，臨風聽蟬之致。

林譯小説，蒙於《塊肉餘生》則賞其精警；《十字軍英雄記》，則賞其沉雄；《大食故宫餘載》，則賞其幽秘；《旅行述異》，則賞其俊逸；《橡湖仙影》，則賞其曲折；《冰雪因緣》，則賞其縝密；《埒掌録》，則賞其雅趣；《茶花女》，則賞其哀艶。而冒險小説，則推《魯濱孫飄流記》；宫闈小説，則推《恨綺愁羅記》；社會小説，則推《塊肉餘生述》；倫理小説，則推《噀血酬恩記》；神怪小説，則推《金塔剖屍記》；偵探小説，則推《福爾摩司奇案開場》；滑稽小説，則推《埒掌録》；歷史小説，則推《大食故宫餘載》；軍事小説，則推《黑太子南征録》；劄記小説，則推《旅行述異》；哀情小説，則推《不如歸》。

讀林譯小説，如飲汾酒久，偶飲他酒，即京莊花雕，殊覺味淡。若《奇女格蘭》、《新天方夜譚》等書，則無意味可言。而先生自撰之小説，則不敢贊一詞。

《留東外史》第六十八章『偷衣服仗膽脱險』一回，警察夜入乃木邸追吴大鑾，始終未提邸中人，似屬紕漏。吴大鑾真正一愛國少年，惜於護法之役，被十七師師長陳復初所殺，可惜之至。

惲君鐵樵主幹《小說月報》時，雅以力挽墮風爲己任。其譯著非不佳也，乃文字過於錘煉轉致沉悶尠歡，至貽輕薄者大說家之譏。然其所譯歐戰小說如《獻身祖國》等，究不可没。

《隨園詩話》中老人自云：『《紅樓夢》中大觀園者，即余之隨園也。』此老可謂臉厚。

先哲有言『惟上智與下愚不移』，西哲畢困腓士特亦有：『詖辭邪說，無損於智愚；唯危險及於半智半愚之夫。』余謂讀小説亦何莫不然。

聞法國文豪囂俄之《孤星淚》，原作悲天憫人，異常精采，惜譯筆殊欠精神。若以天笑生譯之，當不減《鐵窗紅淚記》也。

《冰雪因緣》與《塊肉餘生述》，同爲却而司迭更司刻意經營之作，林畏廬刻意經營之譯，無閒句，無苟筆。散觀之，同一醰然有味；合全書較之，《冰雪因緣》之結構之情節，實不及《塊肉餘生述》多。《冰雪因緣》作者刻意求工，繪聲繪影，至於靡遺巨細，寫東貝之驕，愛迭司之冷，保羅之僻，卡格爾之儉，船主之願，佛羅倫司之孝，討克司之癡於情，李却子之誠慤，巴伊拉之戇，約翰之悌，莫不妙到秋毫。而獨寫佛羅倫司之夫倭而脱，謹誠以外，殊無他長，而字裏行間，讀者總覺倭而脱似帶些戇氣者然，即佛羅倫司之拳拳於倭而脱，亦無淪肌浹髓之情愫，實亦作者下筆時之缺憾而無法以補救，遂令讀者有美猶有憾之嘆焉。

寧波陳天嬰先生，遂於佛學，所作《莽和尚之姊》（載《民權素》中），幽妙奥秘，色即是空，空即是色，先生之天分才學，寫佛菩薩之愛情，足當前無古人之譽。

《現身説法》，爲俄文豪托爾司太氏手筆，畏廬譯成華文。讀者震於托氏大名，實則原本平淡無奇，譯筆亦涉松懈。

譯外國小説，決不能攙用吾國之典故，或間參以吾國之習慣舊俗，致成爲非驢非馬之書，而人名地名必須照音直譯。林氏譯本，我無間焉。嘗見有人譯莎士比亞爲叶斯璧，托爾斯太爲陶斯道，意謂非襲用吾國姓名，斷難醒目，而讀者反茫然於國外之聞人，深無取也。若謂西人姓氏，詰屈聱牙，試問若寫同國時人，貢桑諾爾、布阿穆爾、靈圭諸君之事，其姓名詰屈聱牙，且有過於西人，然則亦硬易以任何姓名歟？兹事所關於學問者大，不僅小説一部分事，深望學者之有以正之也。

戴君天仇初入報界時，常爲小説，署名散紅，頗多言情之作。年來奔走四方，此調久不彈矣。天笑生所著《馨兒就學記》、《埋石棄石記》、《孤雛感遇記》，同爲教育小説之不可多得者。三書命意遣辭，則《就學記》最佳。

美國華盛頓歐文之小説，流麗閒雅，沁人心脾，讀之使人神怡。林氏譯筆，又足以達之。以不才性近而言，以歐文爲傾倒焉。

《福爾摩司探案》，譯者諸君文筆條暢，《壁上奇字》、《怪獒》尤佳。

《福爾摩司別傳》（瘦鵑譯），原文出法人手筆，實則非傳歇洛克，傳亞森羅頻耳。而寫福爾摩司，如《後紅樓》等之寫寶黛，無一是處，同是蛇足。即寫亞森羅頻之狡猾，亦如近頃流行之《黑衣盜》、《怪手》等之影片，大同小異，千篇一律，令人作惡，譯筆則頗整潔。

竊以各種小説，以社會小説爲可貴。英國社會改進之功，識者許却而司迭更司與有力焉。寫一種階級之社會，如《水滸》之寫官吏之腐敗焉，劇盗之横行焉，是刺官迫平民鋌而走險之强盗社會之一種情狀也。如《紅樓夢》之寫世族之家之齷齪焉，驕奢淫佚焉，是刺官宦家庭鮮克有禮之情狀也。如《儒林外史》之寫紳儒之尖酸焉，刻薄焉，是刺儒林社會之情狀也。如《留東外史》之寫學生之沉湎焉，亡命客之放浪焉，是刺留東一部分之學界情狀也。如《廣陵潮》之寫社會之迷信焉，學究之守舊焉，是刺清末國初揚州社會之情狀也。以上各書，優劣雖有不同，而描寫一時代一種之社會，固淋灕盡致矣。嗚呼，世界愈進化，作奸愈益進，安得寫生妙手，一一鑄鼎象奸，昭示來兹乎！

《殘蟬曳聲録》，政治而兼革命及言情小説也。其中政治革命，佔十之七八，又緯以兒女之愛，令讀者耳目一新。

年來言情小説盛行，青年之沉溺於情者，苟以公開之統計計之，其斫喪當使人驚愕。嗟乎，世安有真正之佳人，真正之才子哉！休矣青年，毋夢夢也！

丁格爾《步行中國游記》，實則詳於雲南一省，而描寫人情風俗，山川景物，令讀者神往。譯筆亦條暢潔净。

《廣陵潮》描寫揚州舊社會，有獨到處，亦有過火處。四集以前，瑜瑕互見。以後，則情文蕪蔓，不近情理處太多。

外國人紀述中國之書，如《太平天國外記》、《慈禧寫照記》、《使館被圍記》、《英使覲見記》、《慈禧外記》、《步行中國游記》及國人英文原著譯成華文之《清宫二年記》、《西學東漸記》，此種筆記譯來平鋪直敘，明白曉暢，如行寬闊之道，雖無風景可尋，亦覺空曠可喜。

社會小説《歇浦潮》，殊覺鬆憚，而書中事實，則强半可考。較之《繁華夢》，似勝一籌。

陳君冷血，文筆冷峭，所譯《火裏罪人》、《土裏罪人》及關於虚無黨之小説，與譯《梅花絡》、《空谷蘭》之包君天笑，自是一時瑜亮。

外國名家小説，如美國華盛頓歐文之《坿掌録》、《旅行述異》、《大食故宫餘載》之清新俊逸，俄國托爾司太《心獄》之愷悌慈祥，英國迭更司之《賊史》、《塊肉餘生》、《滑稽外史》、《冰雪因緣》之描寫逼真，司各德之《十字軍英雄記》、《黑太子南征録》、《金風鐵雨録》之大刀闊斧，哈葛得《橡湖仙影》之結構精密，莎士比亞《吟邊燕語》之妙趣環生，日本德富蘇峰《不如歸》之哀感頑艷，均使讀者挹之無盡，惟德國長篇小説迄未有譯之者耳。

美國愛倫浦所著《杜賓偵探案》，爲作偵探書之濫觴，寫杜賓有緩帶輕裘之概。英國柯南達爾繼之，寫福爾摩司，踵事增華，青出於藍。然愛氏之功殊不可没，其思想案情，舉重若輕處，不減柯氏也。惜譯者不多。此外，貝克偵探案亦不弱。

邇來新舊文學思潮之戰日益加劇，漸成爲近今一問題。主舊學者，意在昌明國粹，發揮而光大之。主新學者，欲謀文字之改進，或主創拼音字母，或主以拉丁文代國文；其激烈者，詆中國字之醜陋，書法之惡劣，且毁及倫常之説、孔子之道；尤好奇而迎合者，有所謂新體之詩焉，詈《聊齋》之完全不通焉。雙方長槍大戟，旗鼓相當，大吹大擂，各各鼓吹其主義，重勞當局之調停。夫中文之有待於改進，而謀所以普及，小子亦極端贊成。顧兹事關係巨重，討論一問題，先須平其心氣，苟真正留心文學之改進，要當集思廣益，研究其簡易普及，人盡可能之道。若流於意氣謾罵，我無取焉。以拉丁代中文，愚以爲勢不可行。拼音字母，亦有事倍功半之慮。禮教國倫常説之不可破，孔子之道無害於新學。字之好醜，文之深奥，新派諸君既不願學之，似亦無礙於天地之寛。詈《聊齋》爲完全不通者，進而言之謂四書五經完全不通可乎？唐宋名家之詩，盡多老嫗能解，試以新體詩比較，孰優孰劣，敢以質諸作者。小於獨居深思，常竊嘆鼎革以來，我儕求治過急，魯莽滅裂，爲國人病，已無可諱，究於國事何補？而僅僅之成績，亦摧拉殆盡焉。愚以謂新派諸君，而求改進文字之道，不必掊及孔子，毁及倫常，辱及種種之舊習慣。苟諸君之主張而果有當焉，自易博得國人之同情，實行其主張，不必張脈僨興，與人挑戰，詆毁他方。將來所造就文明之後人，自然變换我等腐敗之腦筋，則彼時之孔子不勞掊，倫常不勞毁，種種之舊習慣亦不勞辱及也。洪楊之敗，識者謂爲毁聖過力，激動公憤。湘淮子弟，振臂一呼，應者四起，卒敗垂成。於此知回反多數心理之必無倖，況信仰自由，規爲國憲，尊重他人之信仰，亦文明國通例，決不能以信仰孔子，謂盡屬腐敗也。吾國版圖之廣，人口之衆，關於國計民生之改革，不能不平其心氣研究其改革之道。若必以西洋之成法，謂可盡行於中國而不悖，此則削足就履之談，决不願聞。嘗見鄉里之兒童就學，其父兄日惕惕於兒童抉固有之道德範圍者，諸君固中國人，不能無聞見焉。此僅僅萌芽之新機，或將爲此種駭人聽聞之議論所摧殘，諸君而徒快一時之議論，我又何言？ 否則苦口之言，諸君當知所勉矣。

《小説月報》十卷三號中之《不堪回首》一篇，曾經《月月小説》中譯爲文言，名曰《十年一夢》，去繁就簡，故情節微有異同。

迭更司《滑稽外史》中寫尼古拉司之母，《冰雪因緣》中寫女王，言如糞土。我於中外小説捨先生而外，未之見焉。誠盡文章游戲之能事已。

中土説部叙戰鮮有佳者，《三國》叙戰過多，自易流於板滯；《水滸》意不重此，且腐敗之官軍與寇盜戰，宜無足觀；《野叟曝言》叙戰較佳。外國小説叙戰之佳，因國家徵兵制，國民身隸尺籍者多，故寫來自多生氣。司各得之《十字軍英雄記》，寫騎兵有云：『陣後鐃笳之聲，干雲而上，軍如黑綫，咸置馬不御。一聞號令，千騎皆登，煙塵障天，行帳均入黑霧之中。此數千騎士，塵高於頂，似風移沙山向英軍而進。來時沙勢作幻影，忽凸忽凹，爲狀不一，又聞號令出之雲沙之中，而前騎環立，圍英軍於圜内。』讀之如身在沙場，神飛氣王。

小説如作畫焉，外國寫形，中國寫意。寫形似難而易到，寫意似易而難到。吾國名小説，不知西人曾譯何幾種？ 相傳拿破崙身在軍中，不廢《水滸》。此或崇拜耐庵者，過甚其辭。且《水滸》意態不易描模，率爾操觚，毫厘千里矣。（某使館譯員，自負通漢文，嘗譯『馳騁文壇』爲『To ride to and fro on a desk』，意蓋騎了馬在寫字臺上跑來跑去。）

讀《水滸》至魯大師醉打山門一段文字，撩人杏花春酒之饞。

寫大風狀態，無有過於《塊肉餘生》殉墨司之震駭心目者。哈葛得言情之作，大致兩男争一女，兩女争一男，變化無多。而《橡湖仙影》則雙管齊下，故情節特佳。其叙蠻荒，是其擅長，青年讀之，增人膽識。

武松醉打蔣門神一段文字，令人生『丈夫路見不平事，磨損胸中萬古刀』之概。

某君話小説，擬甄選五部之善本，次第其高下，欲以矜式後人，詡爲有功世道人心之舉。無論名小説大手筆之作者，一人有一人之心胸，一書有一書之宗旨，不易軒輊。此正如或問袁簡齋本朝詩誰爲第一，同一可笑。而列《金瓶梅》於一等，敢問某君有子女，不識亦教其讀《金瓶梅》否？

寫宫幃中娥眉嫉妬，無過於《恨綺愁羅記》者。

哲理小説，俄法兩國爲多。冷血、天笑譯來，咸悱惻動人。好學深思之士，皆嗜此種文字也。

《留東外史》作者寢饋《水滸》、《紅樓》、《西厢》有年，故章法文字爲近頃白話小説之不可多得者。日支時論，按期譯載，指爲排外之書，久欲得而甘心。有人指爲淫書，且有數地不許其發行者，異哉！若此書而列於淫書之林，則海上三年來所出版者，應干涉者當强半。嗚呼，中國之無是非焉亦已久矣，何有於《留東外史》一書！

幼讀《國策》至楚圍雍氏，韓令使者求救於秦，宣太后爲使者尚子曰：『妾事先王也，先王以其髀加妾之身，妾困不支也；盡置其身妾之上，而妾弗重也。何也？以其少有利焉。』詫爲《策》中何以有此穢語。若置之今之小説中，無不目爲淫詞者。

外國小説，上半段大都奇詭可喜，引人入勝，偵探案尤甚。比經收束，大致潦草，往往在人意中。《滑稽外史》固煌煌巨製，而後半意興闌珊，局促寡味。

歐美文士嘗以小説爲生活，故勤勉從事，有同百凡之職業，攻考彌專，斯奇詭不名一格。試看哈葛得之叙《蠻荒》，歐文之寫《格臘那達》，唐格拉司之《帳中設法》，柯南達利之《福爾摩司探案》，耗多少心力，字裏行間，均非率爾操觚者所得想像。而木屑竹頭，莫非工師之大木，雖百變其格，而層出不窮，想入非非而入情入理。返觀中土鬻文之士，大抵惟稻粱之是謀，既無以小説爲業尚，又鮮壽諸名山之想，幾爲文人末路之生涯，既無思致，自寡佳構，經千百年尚不能排脱古人之範圍獨劈蹊徑，遂奄奄無生氣焉。若關於海外風土，殖民狀態，以及四民無告之苦，尤迄無有顧而問之者，是小説家之羞焉。

年來群趨於言情小説一途，所寫佳人非佳人，才子非才子，千篇一律，令人齒冷。其思想之逼狹卑陋，已覺可憐，實則描寫蕩子淫娃，自詡風流而已。充其弊『楚王好瘦腰，宮中多餓死』，遂一窠蜂於婦女之黑幕。此種百怪雜陳之書，一言以蔽之：女界濫污史而已矣，乃風起雲涌，泛濫於中國。平心論之，社會亦與有罪也。我聞中學以上之師生，人手一編，奉爲枕秘者，比比焉。其未受教育之一般社會，固無論矣。竊嘗思之，重思之，此女界之濫污史，又與中學以上之師生奚涉者？君子於此，占世變也。嗚呼，洪水横流，人皆欲倒。曾是文明先導之出版界，乃竟負薪以救火焉，是可惘已！（太冷生）

（一九一九年民權出版社排印本）

何海鳴（右）、尤半狂（左）

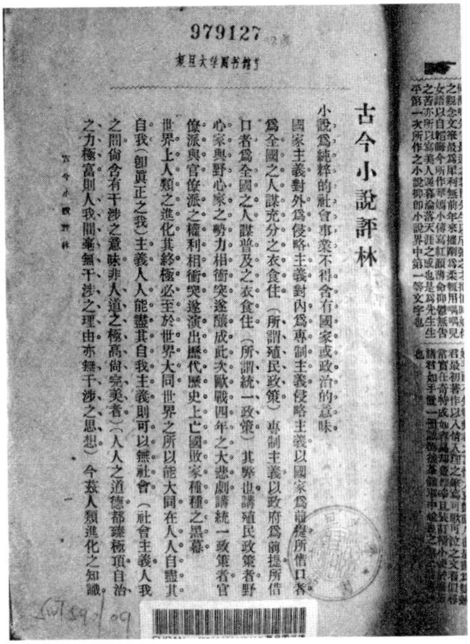

古今小說評林

小說爲純粹的社會事業不得含有國家或政治的意味。

國家主義對外爲侵略主義對內爲專制主義侵略主義以國家爲前提所借口者爲全國之人謀充分之衣食住（所謂殖民政策）專制主義以政府爲前提所借口者爲全國之人謀普及之衣食住（所謂統一政策）其弊也講殖民政策者野心家與野心家之勢力相衝突遂釀成此次歐戰四年之大悲劇講統一政策者官僚派與官僚派之權利相衝突遂演出歷代歷史上亡國敗家種種之黑幕

世界上人類之進化其終極必至於世界大同世界之所以能大同在人人自盡其自我（卽眞正之我）主義人人能盡其自我主義則可以無社會（社會主義人我之間尙含有干涉之意味非人道之極高尙完美者）（人人之道德都臻極頂自治之力極富則人我間毫無干涉之理由亦無干涉之思想）今茲人類進化之知識

古今小說評林